Quart*buch*

Der katalanische Kardinal Rodrigo Borgia wird 1492 in Rom zum Papst Alexander IV. gekrönt und begründet die berüchtigte Herrschaft der Borgias.
Manuel Vázquez Montalbán erzählt den Aufstieg und den Niedergang der Borgia-Familie in einer modernen Sprache. Was ihn dabei interessiert, ist der Wille zur Macht und das Funktionieren von Macht. Er sieht auf die Geschichte samt ihrer Akteure und zieht aus ihr einen spannenden fiktiven Text:
Alexander VI. nutzt den Papststuhl bereits, um Familienpolitik zu betreiben; sein Lieblingssohn, Cesare Borgia, Herzog von Valentinois und Erzbischof von Valencia, und Vorbild für Machiavellis Der Fürst, *will sogar Herr über ganz Italien werden.*
Aut Caesar aut nihil! *(Kaiser oder nichts!) lautet das Motto der Borgias – und nicht von ungefähr ist Cesare sein entschlossenster Verwirklicher. Seine schöne gebildete Schwester Lucrezia hingegen holt die berühmtesten Dichter und Denker der Zeit, Ariost, Petrarca, Leonardo da Vinci, an ihren Hof.*
In die Jahre der grausamen Borgia-Herrschaft fällt paradoxerweise auch die Blütezeit des Humanismus. Und als sich am Ende das Schicksal wendet und die Borgias das Glück verläßt, siegt damit wieder die Reaktion. Das Motto der Borgias wird abgewandelt: Aut Deus aut nihil! *Zurück in finstere Zeiten.*

Manuel Vázquez Montalbán

KAISER ODER NICHTS

Roman

Aus dem Spanischen von Theres Moser

Verlag Klaus Wagenbach Berlin

Die im Deutschen kursiv gesetzten Dialoge zeigen an, daß die Personen an diesen Stellen im Original katalanisch sprechen und nicht spanisch.

Inhalt

›Ein neuer Fürst kann
kein guter Mensch sein.‹

NICCOLÓ MACHIAVELLI

Dem Pater Miquel Batllori, SJ,
so vieler Dinge kundig
und gründlicher Kenner
der borgianischen Kosmogonie
und davon überzeugt, daß es Inzest gab.
Ich bitte ihn, meine Freiheiten, vor allem
die Jesuiten betreffend,
zu entschuldigen.

Für Antonio Gramsci,
ohne dessen Studien über Machiavelli
ich es nicht gewagt hätte,
einen so posthistorischen Roman
in Angriff zu nehmen.

Für Jordi Batlló,
ohne dessen intellektuelle Herausforderungen
und erdachte Strategie
dieser Roman nicht vorwärtsgekommen wäre.

»Ungefähr zu jener Zeit«, sagte Kennedy,
»kam Cesare Borgia, als sie seinen Vater zum Papst
machten, von der Universität von Pisa nach Rom.
Er dürfte damals etwa zwanzig Jahre alt gewesen sein,
war kräftig, gewandt, ritt Pferde zu, führte auf
erstaunliche Weise die Waffen und tötete Stiere.«
»Das auch?«

PÍO BAROJA (César o nada)

HERR MACHIAVELLI ERHÄLT TRAURIGE NACHRICHTEN

Könnte man nur den Verstand auf das Spiel anwenden, etwa auf das Kartenspiel *cricca* oder das Würfelspiel *tric-trac*. Könnte man nur. Gewiß ließe sich durch die Untersuchung der Kombinationen herausfinden, warum man gewinnt, warum man verliert, warum der Barbier von Sant'Andrea fähig ist, Niccolò Machiavelli zu besiegen, obwohl der Herr Sekretär sogar, wenn er Scheiben von *finocchióna* ißt oder gewässerten trebbianischen Wein trinkt, das so tut, als würde er über Ursprung und Zweck der *finocchióna* in der Welt nachdenken und die objektiven Gründe erforschen wollen, warum er die trebbianischen Weine denen aus Cinqueterre vorzieht, auch wenn das die Genueser schmerzt. Warum? Warum gewinnt dieser Dummkopf gegen mich? Er grübelt und ärgert sich über die Anmaßung, die Ungerührtheit und den Spieleifer, mit denen der Barbier die Karten handhabt, sie knetet, aussortiert, ordnet, und schließlich die seiner Wahl auf den Spieltisch des Sieges oder der Niederlage schleudert. Und Machiavelli bleibt die Wurstscheibe, die er gerade kaute, im Hals stecken, als er die Karte, die verliert, auf den Tisch wirft und ausruft:
»Daß du gegen mich gewinnst, ist schlimmer als das Verlieren an sich! Und in meinem eigenen Haus zu verlieren, macht es noch schlimmer. Das nächste Mal werden wir wieder in der Taverne spielen.«
Barbo Mulino fordert mit einer Gebärde die anderen in der Runde dazu auf, sich über die Aggression dieses Mannes zu empören, der immer liest, selbst wenn er auf den Wegen wandelt, die sein Haus mit dem kleinen Dorf Sant'Andrea di Percussina verbinden, und der sich festlich in einen Talar kleidet, wenn er zu Hause die Klassiker rezitiert, als wäre Lesen ein Pontifikalamt. Der Schneider Guidotto fertigt für »Seine Magnifizenz« Machiavelli zwei Arten von Festtrachten an: die einen für seine Verhand-

lungen im Namen der florentinischen Regierung, die anderen, um zu Hause zu lesen.
»Sie lesen zuviel.«
Machiavelli versucht, nicht allzusehr aufzubrausen, und was eben noch verbitterte Grimasse war, verwandelt sich in ironische Vertraulichkeit.
»Es entsetzt mich, daß das Glück existiert.«
Die anderen haben die Absicht der Worte nicht genau verstanden, doch sie entspannen sich, und Barbo wagt sich vor.
»Kartenspielen lernt man nicht aus Büchern. Lesen ist nicht gut für die Logik des Spielers.«
»Als ich noch las, spielte ich schlechter.«
Was der Arzt gesagt hat, ist schon spöttische Herausforderung, und die gesteht ihm Machiavelli nicht zu.
»Herr Doktor, wollten Sie mehr lesen, töteten Sie weniger.«
Müde ist er, der Gastgeber, er erhebt sich und bedeutet den anderen, das Spiel fortzusetzen, während er sie im Geiste als Scheißefresser beschimpft; schlimmer noch, Aasfresser, die dieses den abscheulichsten Würmern streitig machen. Ekelhafte Würmer, das sind sie selbst. An den Wänden rund um den Tisch mit dem Kohlebecken stehen Bücher und Archive, denen sich Niccolò Machiavelli nun zuwendet, um seine Beherrschung wiederzuerlangen; und als er zu einem Buch greift und es öffnet, seufzt er erleichtert und betrachtet die Verbissenheit der Spieler mit wiedergewonnenem Gleichmut und einer gewissen Geringschätzung. Da glaubt er plötzlich, Lärm und Geräusche zu hören, und um sich zu vergewissern, tritt er ans Fenster, gerade rechtzeitig, um zu sehen, mit wem die bäuerliche Magd, mehr bäuerlich als Magd, einen Streit beginnt: mit einem Mann, der alle Wege der Welt auf sich genommen hat und einen mehrere Tage alten Bart trägt. Als arme Bedienstete ist das Mädchen den Armen und Landstreichern gegenüber nicht gerade barmherzig. Der Hausherr beugt sich aus dem Fenster und fordert sie zu Mitleid auf.
»Gib ihm etwas, dann soll er gehen.«
Das zu Machiavelli hinaufgewandte Gesicht des Mannes kündet von Strapazen, aber auch von Wunden, und mit jeder Wunde von einer Geschichte, die interessant sein könnte.
»Er behauptet, Sie zu kennen, Herr Niccolò, und er will mit Ihnen sprechen.«

»Ich soll dich kennen?«
Der Mann stammelt mit einstudierter Erschöpfung:
»Cesare Borgia.«
»Es wird dir auch in tausend Jahren nicht gelingen, Cesare ähnlich zu sehen.«
»Ich bringe Nachrichten von Cesare Borgia.«
Die Herablassung verwandelt sich in Erstaunen, und Machiavelli, aus dem Fenster gebeugt, bedeutet ihm heraufzukommen und läßt die Spieler zurück, während er brummt: »Freßt doch auch die Eingeweide, ihr Hurenböcke, auf daß euch nichts mehr an den Hörnern hängenbleibt.« Sie antworten mit bösen Blicken, und Barbo Mulino stößt mit dem Ellbogen in die Luft. Wie er doch loswettert, der Herr Sekretär des Rats der Zehn, wenn er verliert! Oberster Rat der Miliz von Florenz mit dem Titel »Seine Magnifizenz«, und kann nicht verlieren!
Machiavelli erreicht einen Raum, in dem noch mehr Bücher in Gesellschaft eines edlen Tisches vor sich hindämmern, neben einem Kleiderständer mit einem Talar, den er sich nun über die Schultern wirft, und einem thronartigen Sessel, auf dem er Platz nimmt, um den sinnierenden Denker zu mimen, in Erwartung des Besuchers. Die übertriebene Darbietung des grübelnden, adeligen Intellektuellen erwidert der Bote mit noch mehr Erschöpfung und einem von zuviel Anstrengung kraftlosen Ausdruck des Erstaunens.
»Dich schickt Cesare Borgia?«
»Haben Sie es nicht erfahren?«
»Was sollte ich erfahren haben? Ich habe mich eben aus dem Grund hierher zurückgezogen, um nicht zu erfahren, was passiert. Ich habe genügend eigene Probleme.«
»Cesare Borgia ist tot.«
Machiavelli reißt den Mund auf, nicht jedoch die Augen, die aus den Schlitzen der Augenhöhlen heraus Aussehen und Kleidung des Erzengels des Todes mustern, so als hafte ihm der verruchte Staub des Schauplatzes, von dem er die Nachricht überbringt, an.
»Du kommst von weit her.«
»Von Viana, Navarra, nahe den Pyrenäen. Ich bin vorher noch in Ferrara gewesen, um mit Signora Lucrezia, Cesares Schwester, zu sprechen, das war meine Pflicht.«
Und da der Aufgesuchte niedergeschlagen schweigt, möchte der

Besucher ehestmöglich loswerden, was zu sagen er hergekommen ist.

»Sie fragen mich nicht, wie es geschehen ist?«

»Betrachte es als gefragt.«

»Ich verstehe Sie nicht.«

»Wie ist es gewesen?«

Dem Boten behagt es nicht, den Tod stehend darzustellen, und er fordert mit den Augen das Recht, sich zu setzen, was ihm Machiavelli auch einräumt. Nachdem offenkundig war, daß seine Müdigkeit nach Ausruhen verlangt, fährt er sich mit den Händen übers Gesicht, richtet schließlich den Blick auf einen Winkel des Zimmers, als erwarteten ihn dort alle Bilder der Erinnerung, und leiert eine tausendfach wiederholte Geschichte herunter.

»Wir sagten ihm alle, daß er die von Beaumont nicht angreifen solle, sondern warten, bis wir eine Truppe zusammengestellt hätten, doch seit seinem Aufbruch aus Rom war mein Chef nicht mehr derselbe berechnende Cesare Borgia, den Sie kannten. Die gleiche Verwegenheit, mit der er so oft geflohen war, sogar aus Spaniens Burgen, trieb ihn zu dieser selbstmörderischen Attacke gegen die von Beaumont. Mir blieb keine Zeit, an seine Seite zu gelangen, und ich sah aus der Ferne, wie er gegen Hiebe und Lanzenstiche der Meute anfocht, die ihn umzingelte, zu Boden warf und ihr Werk vollbrachte, indem sie ihn massakrierte. Als ich bei ihm ankam, strömte noch Leben aus all seinen Wunden, doch in seinen Augen hatte sich der Tod eingenistet. Ich bin Juanito, Don Niccolò, Sie dürften sich an mich erinnern, ich war bei der Besichtigung der Befestigungsanlagen der Romagna zusammen mit Signor Leonardo dabei. Cesare konnte keinen Schritt ohne mich tun. ›Wenn du nicht mitkommst, Juanito, reise ich ohne Schatten.‹ Juanito Grasica, erinnern Sie sich?«

»Ich erinnere mich.«

»Erinnern Sie sich noch an den Tag, als Cesare und Leonardo da Vinci über Ihre Theorien eines militärischen Angriffs lachten?«

»Das war eine Diskussion über meine Studie *Discorso sulle cose di Pisa*. Ich kann mich an all die Male erinnern, wo man mich verlachte, nicht hingegen an alle, wo ich mich über die anderen lustig gemacht habe. Cesare Borgia ist also tot.«

Er sieht durch den Besucher hindurch und murmelt:

»Alea iacta est.«

Doch gewinnt er den Boten als Zuhörer seines Monologs zurück.

»Viele hofften auf seine Rückkehr, um einen Traum zu vollenden. So mancher wird es nicht glauben, daß er gestorben ist. Es wäre ein einfaches Urteil zu sagen, Cesare starb auf grausame Weise, weil er grausam war. Ein Anführer soll sich nicht darum kümmern, ob er den Ruf hat, grausam zu sein, wenn diese Grausamkeit seine Ergebenen zusammenhält. Schrecklich ist es, zwecklos grausam zu sein.«

»Wen meinen Sie mit seinen Ergebenen?«

»Dich.«

»Gewiß. Ich war meinem Chef immer treu, auch wenn ich fast nie den Sinn seines Handelns verstand. Das sagte ich ihm einmal, in einem der seltenen Augenblicke, in dem Miquel de Corella oder Ramiro de Llorca mich an ihn heranließen. Einmal sagte der Chef zu mir – das werde ich mein Leben lang nicht vergessen –, daß seine Taten beinahe nie persönlicher Natur waren: ›Ich bin ich und meine Familie.‹ Alle Borgias handelten, und handeln immer noch, aus Familieninstinkt.«

»Du hast recht, Juanito. Es gab noch etwas darüber hinaus, aber der Familieninstinkt war zweifellos entscheidend. Sie waren Fremde, als sie nach Italien kamen, und trafen auf die Feindseligkeit der alteingesessenen Familien und Mächtigen. Alles fing mit Cesares Großonkel, Papst Calixtus III., an, ein für die italienischen Sippen völlig überraschender Pontifex. Mit ihm begann die Saga der Borgias in Rom. Doch allein wegen dieses Papstes, der davon besessen war, einen Kreuzzug gegen die Türken zu unternehmen, würde es heute weder die Geschichte noch die Legende der Borgias geben. Die Legende begann an dem Tag, als Cesares Vater, der Kardinal Rodrigo, neben dem Körper seiner Geliebten und Mutter Cesares, Vanozza Catanei, aufwachte und sich sagte: ›Ich kann Papst sein, also will ich Papst sein.‹«

Juanito Grasica überwindet seine Müdigkeit und zwinkert dem Gelehrten zu.

»Das Bett ist Teil des Lebens der Borgias.«

»Zweifellos. Rodrigo, will heißen Alexander VI., Cesares Vater, begann sich in einem Bett als Papst zu fühlen.«

Vanozzas Körper erscheint durch die Lamellen der Jalousie zerteilt. Die Sonne geht unter und kündigt die Nacht an, doch Rodrigo mag die Nacht nicht. Er murmelt:

Wenn die Nacht ihre dunklen Schleier ausbreitet,
schließen fast alle Tiere ihre Lider,
und die Kranken wachsen in ihrem Schmerz.

»Hast du etwas gesagt? Du redest nur katalanisch, wenn du traurig oder mit den Deinen zusammen bist.«
»Es sind Verse eines valencianischen Dichters, Ausiàs March. Er schrieb über die Liebe und den Tod.«
Vanozzas Bauch hat Falten, und feine Fältchen beginnen ihre Augen zu umgeben, obschon sie noch immer wie ruhige Seen schimmern, liebreich, aber fern.
»Wen siehst du an, wenn du hersiehst?«
»Dich.«
Die gefärbten Haare fallen sanft auf die Brüste, als sie sich bückt, um die nachlässig auf einen Stuhl gelegten Kleidungsstücke einzusammeln. Rodrigo zieht die Laken hoch, um seine eigene Nacktheit zumindest notdürftig zu bedecken, während er die Verfallserscheinungen Vanozzas mit einem ebenso zärtlichen wie erschrockenen Blick mustert.
»Seltsam, trotz der Dunkelheit bemerkt man gerade in der Nacht, daß die Zeit vergeht.«
Diesmal hat ihn Vanozza gehört und betrachtet ihn lächelnd, doch erstaunt.
»Entweder bist du melancholisch oder du willst mir sagen, daß ich alt werde. Ich habe nicht den Körper von Giulia Farnese.«
»Wir wollten doch nicht mehr von Giulia sprechen. Du bist sehr schön. Ich hingegen komme in die Jahre. Wie alt bin ich?«
»Sechzig?«
»Einundsechzig.«
»Na und?«
Vanozza hat sich angezogen und stellt sich vor ihn hin.
»Bin ich hübsch?«
Rodrigo nickt und erhebt sich in die Laken gehüllt aus dem Bett. Er tritt ans Fenster, das auf einen Innenhof geht, und sieht von dort aus in einem anderen Zimmer einen Mann, der sich mit einer Feder in der Hand über Papiere beugt.

»Dein Gatte schreibt. Aber er ist ein schlechter Dichter. Schlimmer noch, er ist ein vulgärer Dichter.«
Vanozza drängt sich an Rodrigo, läßt sich mit dem Rücken gegen seine Brust fallen, nimmt dabei seine Arme und schlingt sie um sich. Nun beobachten sie beide den Schreibenden.
»Er ist ein guter Mensch und ist dir gegenüber loyal.«
»Wäre er das nicht, hätte ich ihn dir nicht zum Mann gegeben.«
»Wenn er kein guter Mensch, oder wenn er dir gegenüber nicht loyal wäre?«
»Wenn er mir gegenüber nicht loyal wäre, selbst auf die Gefahr hin, dadurch kein guter Mensch mehr zu sein.«
Rodrigo seufzt, löst die Umarmung, die Situation. Er beginnt seine Kleidung zusammenzusuchen, und allmählich nimmt sein Äußeres das Erscheinungsbild eines Geistlichen an, ein noch nicht vollendetes Erscheinungsbild, aber er fühlt sich schon fähig zu sagen:
»Wir müssen eine Zeitlang darauf verzichten, uns zu sehen.«
»Warum?«
»Das Konklave zur Wahl des neuen Papstes beginnt.«
Nun vervollständigt der Mann allerdings seine Garderobe. Das dunkelviolette Gewand macht ihn zu einem Kirchenfürsten.
»Jeder Kardinal möchte Papst sein. Warum nicht ich?«
»Bist du verrückt?«
»Kann ich es nicht erreichen? Während mehr als zwanzig Jahren habe ich in der päpstlichen Politik die Fäden gezogen, ich bin apostolischer Kanzler. Seit den Zeiten meines Onkels Alfonso, Calixtus III., hat es keine Schritte von seiten der Päpste gegeben, die ich nicht kannte oder begünstigte. Ich habe es zugelassen, daß es andere wurden, die weniger mit den Angelegenheiten der Kirche vertraut sind als ich. Den Papst, der soeben gestorben ist, habe ich eigenhändig gekrönt. Warum also kann jetzt nicht ich es sein?«
»Man weiß, daß du sieben Kinder gezeugt hast, und dir werden noch weitere dort und da nachgesagt.«
»Ich bin nicht der einzige Kardinal, der Kinder hat. Riario hatte welche und war Papst. Della Rovere hat sie und will Papst sein. Sixtus IV. verwandelte die Hochzeit eines seiner Söhne in ein gesellschaftliches Ereignis.«
»Du bist kein Italiener. Alle italienischen Geschlechter möchten

einen aus ihrer Dynastie als Papst sehen: Colonna, della Rovere, Medici, Orsini, Este, Sforza. Erinnere dich an die von ihnen entfesselte Kampagne, als ihr Katalanen nach Rom kamt, erinnere dich an das Los deines Bruders Pere Lluís.«

»Ich erinnere mich, und weil ich mich erinnere, will ich Papst sein. Die gesamte Geschichte der Borgias läuft darauf hinaus, daß ich Papst werde, und eines Tages unser Sohn Cesare es sein wird.«

»Cesare Papst?«

Rodrigo übergeht die Verblüffung der Frau, die sich in einem ungläubigen Gesicht ausdrückt, und fordert sie mit einer ausladenden, freundlichen, aber bestimmten Gebärde zum Verlassen des Schlafzimmers auf. Er selbst öffnet die Tür und zieht Vanozza an einer Hand in einen Salon, wo sie die wartenden Kinder Cesare, Lucrezia, Joan und Jofré überraschen. Während Lucrezia zu ihrem Vater eilt, ihn umarmt und von ihm Küsse auf Wangen und Lippen bekommt, neigt Joan den Kopf und schlägt halb ironisch, halb respektvoll die Absätze zusammen. Jofré, auch fast noch ein Kind, tritt aus der Langeweile und fügt sich in das scheinbar Unabänderliche. Cesare hat nicht einen Muskel gerührt und wartet, seitlich auf der Brüstung des Fensters sitzend, durch das sich die römische Nacht ankündigt, auf das, was geschehen mag. Er ist schwarz gekleidet und beherrscht mit seiner Raubvogelnase den Raum. Der Gruppe schließt sich Carlo Canale, Vanozzas Ehemann, an, er kommt mit der Natürlichkeit eines Unsichtbaren hinzu, zumindest nach der geringen Aufmerksamkeit zu urteilen, die ihm die dort Anwesenden entgegenbringen, mit Ausnahme Vanozzas, die sich von Rodrigo löst, um sich an seine Seite zu stellen und mit ihm gemeinsam zu hören, was der Kardinal verkündet.

»Meine Kinder, ich habe euch holen lassen, weil ich euch etwas mitteilen muß, das Joan schon weiß, und du, Cesare, vielleicht vermutest. Der Papst ist gestorben, und das Konklave beginnt. Ich gebe euch bekannt, daß ich Papst sein will und alles tun werde, was in meiner Macht steht, um das zu erreichen.«

Cesare wirft Rodrigo einen Gegenstand zu, den dieser sich gezwungen sieht, im Flug zu erhaschen. Es ist ein Dolch, in einer Hülle, und vom Schweigenden fordert der Kardinal Erklärungen.

»Somit hältst du etwas in Händen, um es zu erreichen.«

In Rodrigos Gesicht zeichnet sich keine Zustimmung ab, auch nicht in dem Joans, wohl aber Fröhlichkeit in dem Jofrés, während sich Lucrezia nach wie vor an die Brust ihres Vaters schmiegt.

»Du solltest mehr darauf achten, was du tust und sagst. Wir haben oft über eure Bestimmung gesprochen, und das geschah, damit es mir jetzt gelingt, Papst zu werden, und du das auch deinerseits eines Tages erreichst.«

Cesare hält dem Blick des Vaters stand und betrachtet seine Geschwister, als wollte er sie prüfen. Er empfindet Liebe für Lucrezia, Verachtung für Joan, Gleichgültigkeit gegenüber Jofré. Auch Rodrigo mustert seine Kinder, als würde er eine Bestandsaufnahme vornehmen.

»Die Familie wird uns unbesiegbar machen. Die Borgias gegen die restlichen Geschlechter, die sich die Macht aufteilen und keine Eindringlinge wünschen. Mein Onkel kam allein nach Rom, ohne weiteren Schirmherrn als San Vincentius Ferrerius, und umgab sich mit Valencianern und Katalanen, um sich gegen diese Verschwörer zu verteidigen. Er hatte nicht, was ich habe: Reichtum. Erfahrung in der Kurie. Eine Familie. Aber ich fing beinahe mit nichts an. Meine Mutter war eine Witwe aus Xàtiva, die dank ihres Bruders, des Bischofs von Valencia ... Sie hatte zwei Söhne, meinen armen Bruder Pere Lluís und mich ...«

Die Kinder lauschen der Geschichte ihrer Dynastie aufmerksam, aber mit einer gewissen Übersättigung. Obwohl Rodrigo vor Joan stehenbleibt und ihn am Arm packt, als wollte er ihn zum Hauptempfänger seiner Nostalgie machen, hört ihm Joan mit geringer Lust zu. Cesare hat sich in sich selbst vergraben und lauscht der Rede seines Vaters, während er eine Ferne betrachtet, die nur er sieht. Nun streichelt Rodrigo die blonden Locken Lucrezias, fährt ihr mit den Händen über Wangen, Schultern, hält bei den Brüsten inne, läßt sie dann aber zu ihrer Wespentaille hinuntergleiten, derer er sich bemächtigt, als wollte er aus diesem Körper trinken.

»Du, Lucrezia, bringst deine Schönheit ein, und alle Herren der Erde werden sie besitzen wollen und von den Borgias besessen werden. Du, Joan, wirst von deinem frühverstorbenen Stiefbruder das Herzogtum Gandía erben, wirst in Spanien reich und mächtig und der bewaffnete Arm des Papsttums sein, wenn ich gewählt werde. Du, Cesare, bist zum Kardinal und Papst be-

stimmt, und du, Jofré, mußt wachsen, Junge, um der Familie nützlich zu sein. Während des Konklaves sollten wir uns so wenig wie möglich sehen. Alle Welt weiß, daß ich eine Familie habe, aber besser, sie erinnern sich nicht zu sehr daran, während ich um Stimmen für meine Wahl buhle. Burcardo, der Protokollchef, hat mir geraten, daß ihr euch nicht blicken laßt.«
»Burcardo ist eine Unke.«
Joan antwortet seinem Bruder, ohne die üble Laune abzulegen:
»Cesare, du verabscheust Burcardo, weil ihn deine Art, dich zu kleiden, entsetzt.«
»Und unsere Art zu leben. Burcardo haßt uns. Sogar noch mehr als Giuliano della Rovere.«
»Burcardo ist mir treu, und er weiß genau Bescheid, wie ich mich verhalten muß, um Papst zu werden.«
Aus der Entfernung wirft er den Dolch in Richtung seines Sohnes zurück, und diesmal muß der ihn aus der Luft fangen.
»Wirst du unbewaffnet kämpfen?«
Rodrigo hat eine Hand in eine Innentasche seines Gewandes gesteckt und holt lauter Goldmünzen heraus, die er eine nach der anderen in einen Kelch fallen läßt.
»Das werden meine Waffen sein.«
Er bereut jedoch seine Geste, bekreuzigt sich und geht zu einem Betstuhl, kniet, zum Erstaunen der Anwesenden, nieder und wird in seiner Frömmigkeit nur von Vanozza und ihrem Mann begleitet, die sich ebenfalls bekreuzigt und niedergekniet haben.

Knieend und mit gekreuzten Armen sucht Rodrigo vor seinem Chorstuhl Einkehr, während jeder Kardinal die seinem Alter oder seiner Langeweile entsprechende Haltung einnimmt. So in sich gekehrt Borgia ist, so sehr läßt Giuliano della Rovere Rockschöße und Worte flattern, zieht die Augenbrauen hoch, unterhält sich mit den Kurialen, ohne jedoch die seltsame, glühende Passivität Rodrigos aus den Augenwinkeln zu verlieren.
»Wird es Ascanio Sforza?«
Der Kardinal Maffeo Gherardo ist so alt, daß seine Stimme wie ein Hauch wirkt, den seine Hände wie ein Lautsprecher zu einem Ohr von della Rovere hinauftreiben.
»Er trat als Papst in das Konklave.«

»Dann wird er es nicht als Papst verlassen.«
»Welcher auch immer, nur nicht dieser giftige Borgia, Gherardo. Seit diese grobschlächtigen Katalanen nach Rom gekommen sind, arbeiten sie an der Ankunft des Antichrist. In Florenz predigt der Prophet Savonarola gegen das Papsttum, und die deutschen Katholiken rüsten zum Krieg. Die ruhigsten Mitglieder der Kirche würden sich erheben, sollte dieser infame katalanische Pöbel den Stuhl Petri einnehmen.«
Man ersucht um Schweigen, da der Bischof Bernardino López de Carvajal mit dem allgemein geschätzten, wohldurchdachten Auftreten eines Mannes, der die Gemüter beruhigen kann, sich zu sprechen anschickt. Della Rovere wechselt den Kardinal, die Gruppe, und die wohlwollenden Botschaften der Rede von López de Carvajal kommen wegen seines Flüsterns nur in Bruchstücken bei ihm an.
»... Es gilt den Kandidaten zu wählen, der am geeignetsten ist, um gegen die Laster der Kirche zu kämpfen... Die Kirche muß reformiert werden ... Treibt keinen Handel mit den heiligen Gütern ... Fallt nicht in die Sünde der Simonie.«
Das scheint Rodrigo der geeignete Moment, um sich zu erheben und auf den jungen Kardinal de' Medici zuzugehen.
»Wir müssen so bald wie möglich zum Schluß kommen. In der Stadt herrschen Unruhen. In dieser Nacht sind zweihundert Morde registriert worden.«
»Als wir die Stufen von Sankt Peter hinaufstiegen, waren drei beinahe gleiche Sonnen zu sehen.«
»Ein Zeichen Gottes. Die Drei ist die spirituelle Ordnung Gottes im Kosmos: Himmel, Erde und Mensch. Gott möchte eine rasche Wahl.«
»Ascanio Sforza hat sieben Stimmen.«
Sforza wirkt zufrieden, während er mit zusammengekniffenen Augen das Hin und Her Borgias und della Roveres beobachtet. Der Weg della Roveres ist dem entgegengesetzt, den Borgia abschreitet, redend, tuschelnd, zu überzeugen versuchend. Doch am Ende treffen sie sich, und es senken sich die Augen, das Lächeln, die Stimmen, als della Rovere fragt:
»Wieviel bist du bereit auszugeben?«
»Was nötig ist: Herzogtümer, Bistümer, Abteien, Pfründe, Landhäuser, Güter, Schlösser.«

»Dein Onkel hat euch gut versorgt.«
»Man muß mit den Wölfen heulen. Ich habe sogar Geld, um dich zu kaufen.«
»Oh doch, Geld hast du!«
Die Kardinäle gehen auseinander, finster blickend der schwächliche della Rovere, der kräftige, gedrungene Borgia ruhig und freundlich, wobei er die Perlen des Rosenkranzes, der ihm von einer Hand herabbaumelt, abzählt, jede für ein Versprechen, das passendste für jedes Ohr.

Mit einem Kamm aus Gold und Perlmutt streichelt Adriana del Milà Lucrezias Haar mehr, als daß sie es kämmt, und lächelt über ihre Ansprüche: Ich wünsche, daß du mich so kämmst wie deine Schwiegertochter, Giulia Farnese. Sie ist das hübscheste Mädchen von Rom. Joan Borgia, in türkischen Gewändern, streicht sich mit seinen Fingern die Haare zurecht, die unter dem Turban hervorlugen, und Prinz Djem neigt sich Grimassen schneidend zum selben Spiegel. Joan dreht sich um und klopft ihm sacht auf die drei Wülste seines Oberbauchs, die auf zwei weiteren Speckfalten sitzen. Der Prinz nimmt die Haltung eines Kämpfers ein, und die beiden Männer balgen sich, mit ineinander verstrickten Körpern, und fallen keuchend und mit ersticktem Lachen zu Boden. Djem hat den röteren Kopf, bittet um Waffenpause und gewinnt erst am Fenster wieder Statur und Atem zurück, als gäbe es im Inneren nicht genügend Luft für sein Gefühl, ersticken zu müssen. Joans Stimme dringt zu ihm.
»Du bist zu dick, Djem.«
»Wir Geiseln essen zuviel. Was sonst bleibt uns übrig?«
»Wenn mein Vater Papst ist, wird alles anders. Dann hat es keinen Sinn mehr, dich hierzubehalten, um deinen Bruder, den Sultan Bajesid, unter Druck zu setzen.«
»Wenn es keinen Sinn hat, mich als Geisel hierzubehalten, was dann? Werdet ihr mich umbringen?«
»Rede keinen Unsinn, Djem. Dein Bruder bezahlt dafür, daß wir dich in Rom haben. Du bist ein gutes Geschäft.«
Lucrezia mischt sich in das Gespräch ein, und Adriana del Milà unterbricht das Kämmen.
»Du bist der unterhaltsamste Gefangene, den wir je hatten.«

»Danke, Lucrezia. Ich bin genaugenommen kein Gefangener. Ich bin eine Staatsraison. Meine türkischen Landsleute sind schon vor den Toren Belgrads.«
Eine unsinnige Staatsraison, denkt Djem, und sein Blick weist diejenigen, die er ansieht, scharf zurecht. Ihr trachtet danach, meinem Bruder Furcht einzujagen, damit ihr mich zu seinem Gegenspieler machen könnt, zum Anwärter auf den türkischen Thron, ihr Dummköpfe. Mein Bruder läßt sich mit jedem Mal weniger Furcht einjagen. Mich fürchtet mein Bruder nicht, doch euch Christen entzückt die Vorstellung, daß ich für ihn eine Bedrohung bin. Konstantinopel ist unser. Wir sind bis Belgrad vorgedrungen. Der Islam steht vor euren Toren, doch ich finde es großartig, euch im Glauben zu wissen, daß ich meinem Bruder Schrecken einjage. Denn wenn ihr aufhört, das zu glauben ... Djem deutet mit einem Finger an, seine Kehle zu durchschneiden. Joan de Gandía ist die Situation zuwider, und er beschließt, dem Türken, der sich nun aus dem Fenster beugt, einen Arm um die Schulter zu legen.
»Was bedeutet es für uns, daß die Türken Belgrad erreichen? Ist jemand in Belgrad gewesen? Existiert Belgrad? Wir haben uns wie Türken gekleidet, um heute eine orientalische Nacht zu feiern.«
»Schau, Cesare reitet fort.«
Joan und Djem beobachten, wie Cesare den Hof zum Tor hin überquert.
»Und er reitet ohne Michelotto Corella. Erstaunlich. Wie ist er gekleidet?«
»Als Cesare Borgia. Mein Bruder kleidet sich immer im Gegensatz zu den anderen. Niemals verkleidet er sich wie du oder ich. Mein Vater besteht darauf, ihn zum Kardinal zu machen, er aber haßt diesen Entschluß. Er ist ein Mann der Waffen.«
»Dein Vater ist ein Jäger, und also kann er Papst sein.«
»Himmel, was für ein Alptraum. Wie viele Verpflichtungen würden auf mich niederprasseln: Mir genügen die jetzigen, und es fehlte mir gerade noch, daß mich mein Vater noch weiter in das Spinnennetz seines politischen Ehrgeizes zieht. Er hat mir die Heirat mit einer schrecklichen Frau nahegelegt, María Enríquez, Cousine des spanischen Königs. Ich erbe die Braut meines frühverstorbenen Stiefbruders Pere Lluís. Ich würde nach Spanien

reisen müssen und über Untertanen in Gandía regieren, eine Gegend voller Orangenhaine und Morisken.«
Burcardo hat den Raum betreten und verlangt Erklärungen über Cesares Abreise. Er trifft bei allen auf Gleichgültigkeit, außer bei Lucrezia, an die Burcardo sich wendet, ohne ihr in die Augen zu sehen.
»Ich habe gesehen, wie Ihr Bruder fortgeritten ist, Signora. Eine Sache ist es, sich während des Konklaves nicht blicken zu lassen, und eine andere, aus Rom zu verschwinden. Das wirkt wie Gleichgültigkeit.«
»Burcardo, immer auf den äußeren Schein bedacht. Warum siehst du mich nie an, wenn du mit mir sprichst? Verlangt es das Protokoll?«
»Der Mann soll nur betrachten, was er sehen kann.«
Adriana del Milà mustert den Protokollchef erstaunt.
»Ein sonderbares Rätsel. Was will das heißen? Daß Sie Lucrezia nicht sehen können? Sind Sie etwa blind, Signor Burcardo, oder verwirrt Sie Lucrezias Schönheit? Mir ist zu Ohren gekommen, daß Sie in den Frauen den Grund für das Verderben der Männer sehen.«
»Das ist seit dem Paradies auf Erden eine objektive Tatsache, doch gebe ich zu, daß seit damals viel Zeit vergangen ist.«
Adriana del Milà lacht und betrachtet Burcardo als unzulänglich zu Fleisch gewordenes Beispiel menschlichen Irrens.
»Die Lektüre von *Le livre de la cité des dames* der in Venedig geborenenen Christine de Pizan, worin die eigene Wesensart der Frauen verteidigt wird, scheint nicht ihre Sache zu sein. Oder aber, Signor Burcardo ist taub gegenüber den Argumenten berühmter Humanistinnen wie Nogarola oder Scala, die Evas Unschuld in der unklaren Geschichte mit dem Apfel im irdischen Paradies verteidigen.«
»Es ist logisch, daß Evas Töchter Eva verteidigen. Mir ist diese Literatur nicht unbekannt, und ebenso weiß ich, daß ein ebenso hervorragender wie liederlicher Schriftsteller, Boccaccio, die Frauen in *De claris mulieribus* über die Möglichkeiten des weiblichen Wesens hinaus gepriesen hat, ohne dabei ihren unabsehbaren Wankelmut zu beachten. Sei dem wie es sei, meine Sorge ist eine andere. Ich habe gesehen, wie Cesare fortritt, und das sollte er nicht tun. Jemand müßte ihn überreden, zurückzukehren.«

Die Reglosigkeit der Anwesenden bedeutet Gleichgültigkeit; Burcardo grüßt, bevor er den Salon verläßt und mit raschen Schritten auf die Treppe zuschwebt, die zur unteren Vorhalle führt. Djem läuft hinter ihm her, Gewicht und Schritt vorantreibend, bis man ihn zwischen zwei tiefen Atemzügen verstehen kann:
»Burcardo, laufen Sie nicht so!«
Der Prinz gelangt auf gleiche Höhe mit dem Verfolgten, der ihn in unterwürfiger Haltung erwartet.
»Man merkt in der Tat, daß Sie keine Laster haben. Sie laufen nicht, Sie fliegen. Schon mehrmals glaubte ich, bei Ihnen eine klare Distanz gegenüber den Gepflogenheiten der Borgias zu bemerken.«
»Das ist durchaus logisch. Meine Pflicht besteht darin, den Verhaltensweisen eine Richtung zu geben, nicht sie aufzuzwingen.«
»Aber es ist doch offenkundig, daß Sie die Vertrautheit unter den Borgias, zwischen Vater und Tochter, Bruder und Schwester, stört. Den ganzen Tag berühren sie sich, das haben Sie wohl beobachtet, nehme ich an. Dabei muß es sich um eine alte valencianische Sitte handeln. Auch dürfte Ihnen die Liebschaft Rodrigos mit der jungen Giulia Farnese mißfallen, die obendrein von Adriana del Milà, ihrer Schwiegermutter, eingefädelt wurde, und von der Blindheit des Ehemannes, Orsino Orsini, begünstigt wird, der zwar nicht blind, aber einäugig ist. Einen aufrechten Christen wie Sie müssen diese Dinge empören.«
Die Antwort ist Schweigen.
»Signor Burcardo. Die Erhebung Rodrigos auf den Päpstlichen Stuhl könnte eine Revolte auslösen.«
Und weiteres Schweigen lädt ihn ein, weiterzusprechen.
»Uns Geiseln geht es immer schlecht in Zeiten des Wandels. Es sind die abscheulichsten Nachrichten über das Benehmen der Borgias im Umlauf, und es gibt seltsame Zeichen am Himmel. Jemand will die sieben Engel als Verkünder der sieben Plagen gesehen haben. Ich glaube, für Sie Christen ist dieses Zeichen sehr bedeutsam ...«
Die feinen Lippen Burcardos bewegen sich, und er rezitiert:
»... ›Sieben Engel mit sieben Plagen, den sieben letzten ... Dann kam einer der sieben Engel, welche die sieben Schalen trugen, und sagte zu mir: Komm! Ich zeige dir das Strafgericht über die große Hure, die an den vielen Gewässern sitzt. Denn mit ihr ha-

ben die Könige der Erde Unzucht getrieben, und vom Wein ihrer Hurerei wurden die Bewohner der Erde betrunken ...‹«
Burcardo wirkt wie in Trance, in willkürlichem Gestikulieren faßt er den Türken am Arm und nähert seine Lippen dem Gesicht des Zuhörers.
»Und in der Apokalypse heißt es weiter: ›... Der Geist ergriff mich, und der Engel entrückte mich in die Wüste. Dort sah ich eine Frau, auf einem scharlachroten Tier sitzen, das über und über mit gotteslästerlichen Namen beschrieben war und sieben Köpfe und sieben Hörner hatte ...‹«
Der Vortragende ist verstummt, doch bedeutet er mit einer Gebärde Djem, aus dem Zitierten einen Schluß zu ziehen.
»Sieben Köpfe und sieben Hörner. Die sieben Kinder Rodrigos.«

Rodrigo geht auf und ab zwischen den müden Kardinälen und dem Camarlengo, lauert auf die Entwicklung der Absichten. Aktenbündel und Bücher haben Unordnung in den Raum gebracht, auch auf den Gesichtern macht sich erschöpfte Nachlässigkeit breit, und die Körper versinken in den mächtigen Stühlen, als suchten sie so den ihnen verwehrten Schlaf in horizontaler Lage. Plötzlich durchquert Borgia den Saal, geht auf Ascanio Sforza zu und wirft ihm an den Kopf:
»Du wirst nie Papst sein. Alle bezeichnen dich als Vertreter ausländischer Mächte, ebenso wie Giuliano della Rovere, der die gegnerischen vertritt. Ich bin der einzige neutrale Kandidat. Der Vatikan muß als eine geistliche Macht außerhalb des Kampfs um Vormachtstellungen stehen, er muß unabhängig sein und in der Lage, dem Großen Türken und dem Islam die Stirn zu bieten. Mit sieben Stimmen bist du hereingekommen, und mit sieben wirst du hinausgehen. Schließe dich mir an, Ascanio, du wirst mein Kanzler sein, wirst das Schloß von Nepi, das Bistum von Erlau erhalten.«
»Wieviel wirft es ab?«
»Zehntausend.«
»Ich möchte ein Kloster in Katalonien.«
»Ripoll, tief in der katalanischen Geschichte verwurzelt.«
»Und einen Teil deiner jährlichen Bezüge.«
»Zu deinem Palast sind drei Ladungen Silber unterwegs.«

»Vier.«
»Vier. Wie viele Stimmen kannst du mir abzweigen?«
Sforza senkt Einverständnis verheißend den Blick, und Borgia wendet sich an Orsini, bei dem er sich darauf beschränkt zu sagen:
»Die Städte Monticelli und Soriano, das Bistum von Cartagena, dreißigtausend.«
Und am Ohr des Kardinals Colonna raunt er:
»Die Abtei von Subiaco.«
Und zum Kardinal Pallavicini:
»Das Bistum von Pamplona.«
»Und eine Rente?«
»Und eine Rente.«
Della Rovere beobachtet aus der Ferne den Überzeugungsgang Borgias, der nun mit dem jüngsten Kardinal, Giovanni Medici, den Pakt besiegelt. Colonnas Lippen murmeln in das Ohr von Giuliano della Rovere:
»Nun hängt es nur mehr von der Stimme Gherardos ab.«
Und dort sitzt der neunzigjährige Alte. Autistisch und vor sich hindämmernd, bemerkt er gar nicht, daß Rodrigo Borgia, schon zur Umarmung bereit, auf ihn zugeht.
»Dieser *dreckige* Sohn einer *dreckigen* Hure wird seinen Willen durchsetzen. Wenn ich ihn hier nicht aufhalten kann, werde ich es draußen tun.«
Colonna besteht darauf:
»Das wird dir mehr nützen. Rodrigo wird gewinnen, doch die Straße gehört uns, wenn du es willst. Ich habe gehört, daß Rodrigos Familie gespalten, eingeschüchtert ist, und Cesare sogar Rom verlassen hat.«
»Es hätte mich mehr beruhigt, wenn Joan abgereist wäre. Mir gefällt es nicht, daß Cesare fortgegangen ist, ich kann es unmöglich glauben. Er hat ein kämpferisches Wesen. Sieh nur, sieh, wie diese Giftschlange über den senilen, geifernden Gherardo herfallen will. Das muß verhindert werden.«
Della Rovere möchte die Niederlage abwenden und geht auf ihn zu, Rodrigo kommt ihm aber zuvor, und als Giuliano ankommt, muß er feststellen, daß der Greis erwacht ist und als Reaktion auf das Säuseln, das von Borgias Lippen kommt, die Augen aufreißt.
»... Sechstausend.«

Giuliano schließt Fäuste und Augen, und als er sie wieder öffnet, ist der Horizont des Saals mit dem zufriedenen Gesicht Rodrigos besetzt, der Glückwünsche und Handküsse entgegennimmt, während die für das Protokoll Verantwortlichen umherlaufen und López de Carvajal verkündet:
»Habemus papam.«
Della Rovere neigt den Kopf und wendet sich inmitten des allgemeinen Jubels, der im Saal rund um den neuen Papst ausbricht, an Ascanio Sforza. Zornentbrannt wettert Giuliano:
»Was hast du getan, Ascanio, du Unvernünftiger? Du hast dein Recht auf die Primogenitur für ein Linsengericht verkauft.«
»Werde bloß nicht biblisch, Giuliano. Er war stärker als die anderen und reicher.«
Ascanio will den Sieger beglückwünschen, doch della Rovere hält ihn an einem Arm zurück.
»Sobald er dich reich gemacht hat, wirst du ihn nicht mehr brauchen. Beginne daran zu denken.«
Sforza lächelt ihn geheimnisvoll an und geht auf Borgia zu, doch der neue Papst eilt ihnen entgegen, übergeht Ascanio, als wäre er schon gekauft und somit nicht mehr zu beachten, und fordert den Handkuß und die anschließende Umarmung della Roveres heraus. Als die Umarmung vollbracht ist, kreuzt sich Geflüster zwischen Mund und Ohr. Giuliano sagt:
»Du sollst wissen, daß ich für dich gestimmt habe.«
Borgia antwortet mit leiser Stimme:
»Das habe ich erwartet und für dich die Festung von Ostia, die Legation von Avignon und ein Kanonikat in Florenz vorgesehen.«
»Danke, Eure Heiligkeit.«

Die Glocken läuten, und im Gegentakt zu ihrer majestätischen Getragenheit klingen die Schritte della Roveres durch die Räume bis zu den Gruppen und Personen hin, die seiner verschwörerischen Worte harren.
»Die Stunde ist gekommen. Rom darf die Vorherrschaft dieser Bastarde nicht dulden, die unseligerweise vor nunmehr fast fünfzig Jahren hierhergekommen sind.«
Und della Rovere spricht zu anderen aufmerksamen Gesichtern weiter:

»In fünfzig Jahren haben sie auf Kosten unserer Familien Reichtümer angehäuft und sich valencianischer und katalanischer Spießgesellen bedient, die ihre Hände mit Blut und ihre Säcke mit Gold gefüllt haben.«
Und er erregt pures Schaudern, als er sagt:
»Rodrigo schläft unter dem Schutz dieser katalanischen Kupplerin, Adriana del Milà, die mit einem gehörnten und zufriedenen Orsini verheiratet ist, mit seiner Tochter Lucrezia. Er schläft, gedeckt von der Schwiegermutter, auch mit Giulia Farnese, der Frau des einäugigen und gehörnten Orsini. Und die Geliebte Rodrigos, Mutter seiner Kinder, die große Hure, Vanozza, geht mit ihren Söhnen ins Bett, in manchen Nächten mit Joan, in anderen mit Cesare, ein Sohn des Papstes, der es vierzig Mal treibt, vierzig Mal am Tag, und es ist ihm gleich, ob mit einer Frau oder mit einem Mann.«
»Aber hast du das denn gesehen, Giuliano?«
»Sie verhehlen es nicht. Sie haben die Gottesfurcht verloren, und die Furcht vor den Menschen kümmert sie nicht. Lucrezia ist die Geliebte ihres Bruders Joan. Cesare hat die Franzosenkrankheit.«
»Er ist doch noch ein Junge.«
Und auf seinen Gängen trifft della Rovere auf Burcardo, überrascht ihn bei einer mühseligen Suche, die dieser nicht erhellen will, auf offener Straße.
»Der große Schwindel ist besiegelt. Rodrigo wird feierlich als Papst verkündet.«
»Die göttliche Vorsehung.«
»Burcardo, komm mir jetzt bloß nicht mit der göttlichen Vorsehung. Ich bin Kardinal. Räume mir also das Recht ein, zu wissen, wann die Vorsehung im Spiel ist und wann nicht. Weißt du, wieviel Geld Borgia ausgegeben hat, um Papst zu werden?«
»Die Vorsehung wird ihm Reichtum beschert haben.«
»Burcardo, mir ist bewußt, daß du ein apostolischer, römischer Katholik mit festen Grundsätzen bist. Ich weiß, du bist ein Anhänger des Theologen Institoris, des großen Inquisitors von Mainz, Köln, Trier, Salzburg, Bremen. Du kennst das *Malleus maleficarum* ausreichend, um begriffen zu haben, daß es am Hof der Borgias verschiedene Formen der Hexerei gibt. Vanozza, Lucrezia, Adriana del Milà sind Hexen, und ihre Verhexungen werden wie ein Fluch das Werk Gottes treffen. Wolltest du nur reden! Ich

weiß, wie sehr dich das von dieser Familie geführte Leben empört. Es heißt, Rodrigo und seine Tochter kopulieren, und ebenso kopulieren Vanozza und Cesare.«
»Vielleicht sind das zu viele Kopulationen.«
»Diese Inthronisation muß verhindert werden. Würdest du reden. Würdest du erzählen, was du weißt ...«
Doch Burcardo ist in Eile und läßt das Versprechen in der Luft schweben.
»Eines Tages wird das Buch geöffnet werden, in dem alles geschrieben steht, und was niederträchtig war, wird als niederträchtig erscheinen, und das Große als groß.«
Die zunehmend ferner klingende Stimme von Giuliano della Rovere verfolgt ihn:
»Wirst du dieses Buch schreiben?«
Die Schritte eines immer verängstigteren Burcardo, der überall bedrohliche Schatten zu sehen glaubt, führen in eine bestimmte Richtung, und er blickt auf der Suche nach erkenntnisträchtigen Zeichen in den römischen Himmel. Er setzt seinen Weg fort und begibt sich in ein Ruinenfeld, wo zwischen umgestürzten Säulen und hartnäckigem Gestrüpp Waffenbrüder im Nahkampf trainiert werden. Burcardo wählt einen bärtigen, stämmigen unter ihnen aus, der bereit ist, zur Seite zu treten und die Botschaft anzuhören.
»Cesare ist fortgegangen, Corella, und es wäre übel, wenn jemand diese Abwesenheit als eine Mißachtung seines Vaters, des neuen Papstes, auffaßte.«
»Papst?«
Corella dreht sich zu den Kämpfern um.
»Rodrigo ist schon Papst. Hugo. Juanito. Wir haben schon einen Papst.«
Die Kämpfer beklatschen die Ernennung Rodrigos und umringen Burcardo, den Boten, heben ihn gegen seinen Willen und Gleichgewichtssinn auf die Schultern. Corella wählt einen der Kämpfer aus.
»Während sie diese Unke ablenken, Juanito, holen wir Llorca und machen uns auf die Suche nach Cesare. Ich kann mir schon vorstellen, wo er steckt.«

»Seht euch diese Zeichnung an, und stellt euch das Gemälde vor, das sie wiedergibt. Ich möchte, daß ihr diese Hingabe an den Frühling nachahmt.«
Cesare geleitet mit seinen Händen drei nackte Mädchen zu Botticellis Komposition der *Drei Grazien*, und das nicht immer liebenswürdig, denn seine Finger krallen sich ungeschickt in das junge Fleisch, und er zwingt die Mädchen durch Schläge mit der Hand, ihre Hälse in die von ihm gesuchte Haltung zu bringen, um der Kohlezeichnung auf einer Staffelei zu gleichen. Der Künstler tritt ein paar Schritte zurück, überprüft, ob sich die Wirklichkeit vollkommen der Kunst angleicht, doch was er sieht, ist wohl nicht nach seinem Geschmack, denn er löst die Komposition mit heftigen Stößen auf, wodurch die Mädchen aufs Bett fallen. Dort fühlen sie sich befreit, auf vertrautem Terrain, von dem aus sie versuchen, den mürrischen fremden Mann, der sich an die Bettkante gesetzt hat und sie kritisch betrachtet, zu locken.
»Zeigt mir eure Hintern.«
Die drei Hintern strecken sich unter Kichern zur Decke, wobei die falschen florentinischen Damenlöckchen hin und her wogen. Nun mustert Cesare ihre Hüften.
»Nur du hast einen runden Hintern. Der deine entspricht zu sehr dem Topos, er gleicht einem Apfel.«
»Mir haben sie immer gesagt, ich hätte einen schönen Hintern.«
»Wollt ihr an einem großen Aufmarsch von Hintern teilnehmen? Ich kann bis zu dreißig Varianten unterscheiden.«
»Bevorzugen Sie es nicht, die Gesichter der Personen zu sehen?«
»Hintern sind weniger verräterisch. In Gesichtern liegen viel mehr Elemente für das Scheitern. Für einen Hintern reicht es, drei oder vier gute Signale auszustrahlen.«
»Haben Sie uns eigentlich wegen unseres Gesichts oder wegen unseres Hintern ausgewählt?«
»Würden mir eure Hintern nicht gefallen, wärt ihr nun nicht bei mir.«
»Sie ziehen sich nicht aus?«
Cesare antwortet weder noch zieht er sich aus, doch wirft er sich auf die Körper und betastet das Fleisch, das sich ihm darbietet, während das Mädchen mit dem runden Hintern versucht, ihn zu entkleiden. Er sträubt sich energisch, beinahe gewaltsam, und die drei Frauen fügen sich seinen Wünschen, die darin bestehen,

daß ihre Gesichter gegen die Matratze gedrückt und die Hintern himmelwärts gestreckt bleiben, während er sie wie ein Griffbrett streichelt. In dem Moment wird bedächtig die Tür geöffnet, so daß Cesare noch Zeit bleibt, Kontrolle über sich und die Waffe, die er am Gürtel trägt, zu gewinnen. Von der Türschwelle aus betrachten Corella, Llorca und Juanito Grasica abwechselnd die Hintern der Frauen, die ihre Gesichter verstecken, und die Haltung Cesares, der die erste Überraschung überwunden hat und ihnen nun mit kühler Entrüstung begegnet.
»Habe ich euch befohlen herzukommen?«
»Cesare, in Rom geschieht so manches.«
»In Rom geschieht immer etwas.«
»Dein Vater ist der neue Papst.«
Eines der Mädchen lacht und gibt Cesare einen Klaps auf den Hintern, worauf auch er lachen muß. Die Vorstellung, daß dieser seltsame Mann Sohn des Papstes sein könnte, sorgt für unzügelbare und ansteckende Heiterkeit, bis Cesare zu lachen aufhört und die Frauen schubst, damit sie das Bett und in der Folge das Zimmer verlassen.
»Wir können nicht nackt hinausgehen. Die Nacktheit ist eine Sünde, Heiligkeit.«
»Es bleibt euch nichts anderes übrig. Der Sohn des Papstes gestattet euch, nackt hinauszugehen.«
Doch als sie schon jammernd und hysterisch kichernd den Raum verlassen haben, wirft ihnen Cesare durch das Rechteck der offenen Tür ihre Kleidungsstücke nach. Damit scheint dieses Kapitel abgeschlossen, Cesare wieder Herr der Lage zu sein. Er mustert die in untertänigem Warten verharrenden drei Männer.
»Mein Vater ist also Papst.«
»Burcardo hat uns beauftragt, dich zu holen. Dich an der Seite deines Vaters blicken zu lassen, ist schlecht, aber aus Rom fortzugehen, ebenso. Della Rovere verbreitet schon die Nachricht, du seist mit Rodrigo verfeindet, und wiegelt die Meute auf, sich der Ernennung deines Vaters zu widersetzen.«
»Es liegt an meinem Bruder Joan, meinen Vater zu verteidigen. Er ist der Mann der Waffen. Ich werde ein Geistlicher und kann nur für ihn beten.«
Ramiro de Llorca kann sich kein Lächeln abringen, und Aggression begleitet seine Worte.

»Dein Bruder besitzt nicht den Charakter, um dieser Situation ins Auge zu sehen. Er hat keinen Mumm.«
»Mein Vater wird sich allein zu verteidigen wissen.«
Cesare hält die Audienz für abgeschlossen, doch obwohl Ramiro Anstalten macht zu gehen, gibt Miquel nicht auf. Er tritt an ihn heran, bis sich ihre Gesichter beinahe berühren, dann redet er auf ihn ein und hält den zunehmenden Stößen stand, die ihm Cesare versetzt, um ihn loszuwerden.
»Hör gut zu! Ich war im Begriff, mich an diesen verdammten Universitäten zum Notar oder Professor heranzubilden, und seit wir uns an der Universität von Pisa kennengelernt haben, bin ich dein treuer Begleiter. Du schuldest mir alles, was ich nicht gewesen bin, und ich dir nichts für das, was ich bin. Ich will offen zu dir reden. Du weißt, daß dein Vater nicht mehr so manövrieren können wird wie vorher. Es geht nun nicht mehr darum, Schlachten in Büros oder Kellern zu gewinnen. Jetzt ist dein Vater ein Staatsoberhaupt fast ohne Heer, und du weißt, daß dein Bruder ihm keines verschaffen wird. Du selbst hast es uns tausendmal erzählt. Der Augenblick ist gekommen. Glaubst du, das ist der richtige Zeitpunkt, um sich abzusetzen?«
»Ich setze mich nicht ab. Ich beschränke mich darauf, Druck auszuüben. Mein Fortgehen hat genügt, alle Welt nervös zu machen. Hätte Joan die gleiche Wirkung erzielt? Ihr seid gekommen, mich zu holen. Ich flöße fern von Rom mehr Angst ein als in Rom.«
Corella beginnt zu verstehen und sich lächerlich zu fühlen.
»Also ist alles eine Komödie gewesen?«
»Erhebe es in den Rang einer Farce.«
Corella zeigt auf Cesare und bemerkt den anderen beiden Kameraden gegenüber:
»Er ist schlauer als wir drei zusammen. Ich habe einmal aus einem Buch gelernt, daß es sich in solchen Zeiten des Umbruchs nur lohnt, Condottiere, Kardinal, Höfling, Philosoph, Zauberer oder Magier der Philosophie oder Philosoph der Magie, Geschäftsmann, Bankier, Künstler, Frau, ach!, und Fürst zu sein. Also gut, aus Cesare möchte sein Vater einen Kardinal, sogar einen Papst machen, doch in Wahrheit ist Cesare ein Condottiere, ein Kardinal, ein Philosoph der Magie, einer, der Nikolaus von Cusa, Pico della Mirandola oder die schwer verständlichen Anhänger des Marsilio Ficino liest und die Sterne beobachtet.

Außerdem ist er ein Fürst. Er hat so viel Geld wie ein Bankier, und zum vollkommenen Menschen fehlt es ihm nur, eine Frau zu sein. Versteht, daß ich ihm meine Seele verkaufe. Es gibt keinen Fürsten ohne Adjutanten, und ich bin und werde der oberste Adjutant des Fürsten sein. Bist du auch dabei, Ramiro?«
Ramiro de Llorca weicht ihm diesmal nicht aus, sondern antwortet ihm:
»Du wirst ein humanistischer Adjutant sein, soweit ich das sehe und höre. Worte, Worte über Worte. Und ich?«
»Ein Adjutant. Einfach ein Adjutant.«

»Sic debes assare porcum.«
Joan Borgia zeigt auf das gebratene Tier auf dem Tablett und macht sich mit dem Messer darüber her, um es zu tranchieren und Djem eine Portion zu servieren.
»Du hättest mir nicht sagen sollen, daß es Schwein ist. Wir dürfen kein Schweinefleisch essen.«
»Dieses Rezept stammt vom Koch des Papstes Martin V., der Rom wieder zum Zentrum der Christenheit machte, und ich nehme an, selbst wenn du ein Ungläubiger bist, kann man dir Ablaß erteilen. Iß also ruhig Schweinefleisch.«
»Wie könnte ein ungläubiger Gefangener ein Schweinegericht zurückweisen? Was ist denn in diesem Kessel, das so gut riecht?«
»Fasan in einer Soße aus Pinienkernen und Orangenblüten, mit Zimt gewürzt. Und dort hinten hast du einen römischen Eintopf aus Innereien vom Zicklein mit Mandelmilch und Gewürzkräutern, und Rebhühner in Beize mit Orangenschalen. Es ist eine wunderbare Nacht, dazu angetan, sich bis zum Geht-nicht-Mehr vollzustopfen und nicht zu Hause blicken zu lassen. Der Tradition zufolge kann das Volk das Haus des gewählten Papstes plündern, und ich glaube nicht, daß die Plünderer uns besonders schätzen.«
»Du wirkst von der Ernennung deines Vaters wenig betroffen.«
»Was ihm gefällt, gefällt mir.«
»Geschieht der Wille eures Gottes bei der Ernennung der Päpste?«
»Das sagt die Doktrin der Kirche.«
»Dein Vater, glaubt er an Gott?«

Verwirrung zeigt sich in Joans Augen, dabei sollte er angesichts dieser vermeintlichen Dreistigkeit Empörung an den Tag legen.
»Werde doch nicht zornig. Meine Frage beruht auf der Beobachtung seines Verhaltens. Er ist ein großer Kenner der Kirchengesetze und der politischen Mächte, er weiß wie kein anderer über die Schwächen der Adeligen Bescheid und versteht es, die unteren Klassen zufriedenzustellen oder einzuschüchtern. Aber ich habe ihn selten über religiöse Fragen reden hören, er zeigt sich den Juden gegenüber tolerant und ist, was den Islam betrifft, neugierig.«
»Mein Vater ist apostolischer und römischer Katholik, besonders der Jungfrau Maria ergeben, und weiß, daß die anderen beiden monotheistischen Religionen, deine und die der Juden, falsch sind. Letztere ist vom Augenblick der Kreuzigung Christi an falsch, und die eure ist eine fatalistische Religion, die nicht an die Freiheit des Menschen glaubt; ihr akzeptiert die Knechtschaft, solange der Geknechtete kein Mohammedaner ist, eure ewigen Strafdrohungen sind kindisch, und ihr stürzt euch in heilige Kriege, um die Christenheit zu zerstören.«
»Alle Religionen haben ihre heiligen Kriege. Ich bin zu fett, um nachzudenken, Joan, doch es gibt viele Formen der Knechtschaft, und ihr Christen behandelt eure Gefangenen, die ärmsten eurer Armen, gehören sie nun eurer Religion an oder nicht, wie Sklaven. Was du unsere ewigen Strafdrohungen nennst und als kindisch bezeichnest, sehe ich anders. Der Koran sagt, wenn wir sterben, verharren wir bis zum Tag der Auferstehung und des Letzten Gerichts *im Taumel des Todes.* Was kann man mehr verlangen als einen fortdauernden Taumel? Wo wartet ihr auf das Letzte Gericht? An entsetzlichen Orten wie dem Fegefeuer oder der Hölle, oder an einem törichten Ort wie der Vorhölle. Ich bin mir jedenfalls sicher, daß dein Vater nie in die Vorhölle kommen wird. Aber, was hat dich auf dieses Fest geführt, bei dem du als Türke verkleidet bist, und ich nicht? Ich bin Türke, Joan.«
»Alle Borgias verkleiden sich gern, Cesare etwa ist andauernd verkleidet. Ich glaube, in Spanien würde man es mir nicht erlauben, mich als Ungläubiger zu verkleiden. Sie vertreiben die Juden und töten die besiegten Mohammedaner. Meine künftige Frau ist eine junge Alte, Cousine der Könige von Spanien und Tochter des großen Feldherrn von Kastilien. Wir werden in Bar-

celona heiraten, und die Könige von Spanien werden unsere Trauzeugen sein. Man hat mir gesagt, María Enríquez schläft mit Keuschheitsgürtel, damit sie nicht einmal im Traum vergewaltigt werden kann. *Bebamus atque amemus, mea Lesbia.*«
Joan Borgia klatschte in die Hände, und die Bediensteten zogen die Vorhänge zurück, damit die zunächst wie zweidimensionale Schatten wirkenden, nach orientalischer Art gekleideten Tänzerinnen hindurchschlüpfen konnten.
»Sind sie Türkinnen?« fragte Djem.
»Nein. Ich glaube, sie sind aus Apulien, denn wenn es nicht regnet, kommen die Mädchen aus dem Süden nach Rom herauf, oder weiter in den Norden, um sich ihre Brötchen zu verdienen. Erinnerst du dich an diese Tänze?«
Unter der gebieterischen Gebärde des Gastgebers und dem schleppenden Klang der Musik begannen die Mädchen sich in den Hüften zu wiegen, manchmal nach Osten, dann wieder nach Westen blickend, ohne anderes Ziel, als ihren Nabel ins Zentrum ihrer Verrenkungen zu verwandeln. Prinz Djem war in einen Lachkrampf ausgebrochen, doch das hinderte ihn nicht daran, mit beiden Händen die verschiedensten, von seinen Fingern gierig zerpflückten Fleischsorten hemmungslos zu fressen. Joan aß nichts, sondern trank Wein aus einem Kupferkrug und wiegte sich neben den Tänzerinnen, wobei er zur großen Erheiterung Djems versuchte, ihre Bewegungen nachzuahmen. Joan trank so viel, wie Djem aß, und der echte Türke erhob sich, um sich zu der auf den Garten gehenden Brüstung zu begeben; weiter hinten lag Rom mit seinen verstreut funkelnden Lichtern unter dem nächtlichen Himmel. Djem übergab sich, wobei er darauf achtete, daß das, was aus seinem Mund hervorquoll, nicht das Geländer beschmutzte, sondern im Garten landete, der sich in der Dunkelheit nur erahnen ließ. In seinem Rücken bildeten die Tänzerinnen und Joan chinesische Schatten, und die Bitterkeit in seinem Mund löste weiteres Erbrechen aus. Er übergab sich noch zwei Mal, trocknete seine Tränen und erfrischte sich bei der Betrachtung der tanzenden Schatten.
Und er erntete Mißfallen, als er ausrief:
»Allah ist der Größte, und sein Krummsäbel wird euch zerstückeln. Man muß die Ungläubigen töten, wo auch immer sie sich befinden.«

Im Garten bewegt sich ein Schatten und nimmt nach und nach die Gestalt eines Jünglings an, der nur mit einem knappen, von einem Goldband gehaltenen Lendenschurz bekleidet ist.
»Was machst du dort? Hast du mich bespitzelt?«
»Signor Joan hat mich aufgefordert herzukommen, um Ihnen Gesellschaft zu leisten. Er hat mir gesagt, Ihnen gefallen die Tänzerinnen nicht, sie bevorzugen die Tänzer.«
Zärtlichkeit liegt im Blick Djems, der über die im Halbdunkel liegenden Formen des jungen Mannes gleitet.
»Bist du ein guter Tänzer?«

Kardinäle und Adelige auf den Knien, Orsini, della Rovere, Colonna, Medici, Sforza, Campofregoso, Namen, die Rodrigo in der Reihenfolge aufzählt, wie sie ihm die Hand küssen, als würde er ein Verzeichnis der Besiegten erstellen. Rodrigos Gebärden werden feierlicher, er kehrt denen, die ihn würdigen, den Rükken, um ein paar Stufen emporzusteigen und eine erhöhte Lage einzunehmen. Von seiner neuen Position aus bedeutet er ihnen, sich zu erheben, und bekreuzigt sich, was die Nachahmung der Geste und ein Gemurmel hervorruft, das verstummt, als der Papst das Wort ergreift.
»Ich danke euch, daß ihr in mein Haus gekommen seid, um mir eure Verbundenheit zu beweisen. Burcardo bereitet das entsprechende Protokoll für die Inthronisationszeremonie vor, und Gott wohnt in meiner Freude und der euren für einen größeren Glanz der Kirche. Es ist nicht der geeignete Moment, um euch zu sagen, wie ehrgeizig mein Pontifikat sein wird, aber ich möchte doch wiederholen, was bereits verkündet wurde: Von der Stärke des Vatikans hängt die Zukunft der Christenheit ab, und die Zeiten der Schwäche, wo man mit weltlichen Mächten paktieren mußte, sind vorbei. Das Papsttum ist eine geistliche Macht und muß auch als weltliche Macht anerkannt werden. Von dieser Kraft ausgehend will ich den Wunsch meines Onkels, Calixtus III., erfüllen, und einen Heiligen Kreuzzug gegen die Türken vorantreiben, ebenso wie die Christianisierung der neuentdeckten und der noch zu entdeckenden Welten. Die Eroberung Granadas durch die Könige Kastiliens und Aragóns stellt die vernichtende Niederlage der Ungläubigen in Spanien dar, acht Jahrhunderte nach

ihrem Eindringen. Es ist ein Anlaß zur Freude und ein Vorzeichen. Geht und bereitet meine Investitur vor. Ich teile euch mit, daß ich mich, der Nachfolgeordnung entsprechend, Alexander VI. nennen werde, da es zuvor bereits fünf Päpste dieses Namens gegeben hat.«

Diejenigen, die ihr unerschütterliches Einverständis bekräftigt hatten, entfernten sich ruhig, während Burcardo mit tausend Augen, wie es seine Art war, alles rundherum prüfte, und als der Papst und der Zeremonienmeister allein waren, fragte ihn Rodrigo:

»Was wird geredet, Burcardo?«

»Daß es Simonie gegeben hat.«

»Simonie? Ich habe mich darauf beschränkt, mein Geld unter den Armen zu verteilen. Die Kardinäle sind für gewöhnlich die ärmsten Söhne reicher Familien, aber letzten Endes arm.«

»Bei allem Respekt, mein Rat wäre es, den Namen Alexander in Anbetracht der geringen Bedeutung der Päpste, die so hießen, noch einmal zu überdenken.«

»Alexander II. bot einem Kaiser die Stirn, Alexander III. widersetzte sich einem weiteren Kaiser, und zwar niemand Geringerem als Friedrich Barbarossa. Sind wir nicht an einem Punkt angelangt, wo wir den Herrschern Spaniens und Frankreichs die Stirn bieten sollten?«

»Niemand erinnert sich an diese Päpste, doch es besteht der gefährliche Bezug zu Alexander dem Großen.«

»Was ist daran schlecht? Es wird erzählt, daß wir Borgias indirekte Nachkommen der Liebschaft Julius Caesars mit einer Frau aus Tarragona sind, und nach Alexander war Julius Caesar der größte Heerführer der Geschichte.«

Burcardos Miene verdüsterte sich, als er Adriana del Milà hereinkommen sah, und er zog sich zurück, ohne ihr zur Begüßung mehr als ein Hochziehen der Augenbrauen zu schenken.

»Dieser Burcardo kann den Geruch von Frauen nicht ertragen. Ich will dich nicht aufhalten, aber ich mußte einfach kommen, um dich zu umarmen. Rodrigo, endlich!«

Sie umarmen sich. In Rodrigos Augen liegt Rührung, die ihn schließlich weinen läßt.

»Es ist ein Triumph unserer Familie, Adrianeta. Wenn meine Mutter diesen Augenblick erlebt hätte, sie war doch so bekümmert, als sie uns unter dem Schutz von Onkel Alfonso nach Rom ziehen ließ. Auch dein Vater, mein Cousin. Du bist eine Borgia, Adriana, sogar mehr als viele Borgias der direkten Linie. Du bist Nichte und Enkelin von Onkel Alfonso, seiner Heiligkeit Calixtus III. Du kennst den gemeinsamen Kampf der Milà und der Borgias.«

»Beuge dich aus dem Fenster, Rodrigo.«

»Das ist nicht klug.«

»Beuge dich hinaus, und richte deinen Blick weiter nach hinten zu der Gruppe von Mädchen, die am Tiber entlangspazieren.«

Der Blick von Alexander VI. schweift nicht lange umher, und seine Lippen stoßen einen Namen hervor, der wie ein Leckerbissen klingt.

»Giulia!«

Er hat ihr Strahlen wahrgenommen, auch wenn er kaum sehen konnte, wie sie inmitten ihrer Freundinnen scherzte.

»Sie will dich, wenn auch nur aus der Ferne, mit ihrer Gegenwart würdigen.«

»Ich sehe sie kaum, aber ich erahne sie. Geliebte Körper verströmen eine Energie, die unseren Magen erreicht. Welche Luft sie auch immer umgeben mag, Giulia wird graziler sein als die Luft selbst. Wie alt ist deine Schwiegertochter?«

»Das weißt du besser als irgend jemand anderer. Alle ihre Jahre sind dein.«

»Wie viele?«

»Siebzehn.«

Rodrigos Augen liebkosen die ferne Silhouette, und als sie in den Raum zurückkehren, prallen sie auf Burcardo, der leise eingetreten ist und zur Seite gedreht zu ihm spricht, damit er die Gegenwart Adrianas nicht in sein Gesichtsfeld aufnehmen muß.

»Ich halte es für angebracht, daß Sie die Sänfte ausprobieren. Es ist nicht leicht, sich in diesen Tragsessel zu setzen, obwohl Sie genug Körperfülle besitzen, um ihn zu verschönern.«

»Komm mit, Adriana, und sage mir, was du davon hältst.«

Der Papst nimmt Adriana an einer Hand und führt sie beinahe schwebend die paar Stufen hinunter, die sie vom Hof, in dem die Kutschen stehen, trennen. Dort wartet die Sänfte samt ihren Trägern, und dort ist auch Cesare mit Michelotto und seinen Leibwächtern. Ihm steht der ganze Ernst, den der Anlaß erfordert,

in sein Gesicht geschrieben. Rodrigo verstört die Anwesenheit seines Sohnes, doch steigt er auf den Tragsessel, prüft die bestmögliche Haltung, wobei er die Arbeit der Träger erschwert, und bittet um Meinungsäußerungen.
»Wer ist stärker, der Sessel oder der Papst? Wie sehe ich aus?«
»Wie ein Papst von Rom. Das ist alles«, bemerkt Adriana begeistert. Rodrigo gefällt ihre Bemerkung, doch wartet er auf die Meinung Cesares.
»Hast du nichts zu sagen?«
Cesare nähert sich dem kleinen Fenster und beugt sich zu ihm hinab, damit die Worte zwischen ihm und seinem Vater bleiben.
»Du wirst dieses Spiel nicht gewinnen, wenn ich nicht mitspiele.«
»Von welchem Spiel sprichst du? Ist es etwa ein Spiel, den Auftrag der göttlichen Vorsehung zu erfüllen?«
Rodrigo ordnet an, die Probe fortzusetzen, und er winkt sogar mit der Hand zum Gruß und schenkt der imaginären, ihm zujubelnden Menge ein gönnerhaftes, mildes Lächeln. *Ave Maria gratia plena dominus tecum ...*

Machiavelli fröstelt es, und er schließt die Fensterläden. Für einen Augenblick wirft ihm die Scheibe sein Bild zurück und hält ihn überraschend fest.
»Als Botschafter der Republik Florenz erlebte ich goldene Zeiten und lernte Catalina Sforza kennen, eine Frau von außergewöhnlicher Macht, die mich lächerlich machte, wobei sie es leicht hatte, denn ich war ein Neuling. Die Sforza konnte nur Cesare Borgia bändigen. Ich nahm keine Verhandlungen mit dem König von Frankreich auf, denn seine Stärke war der Staat. Er selbst war fast nichts. Cesare war anders. Mit ihm konnte man über Philosophen und Magie, über Malerei und Poesie, über Rüstung und Verrat sprechen. Er konnte sich einen Staat erfinden. Alles, was außer der Wahrheit über die Borgias gesagt wurde, war Verleumdung. *Die Verleumdung.* Ich erinnere mich an ein Bild dieses Titels von Botticelli.«
Im Landhaus Machiavellis ist es schon dunkel geworden, und als er aus seinen Gedanken auftaucht, bemerkt er, daß Juanito erschöpft im Lehnstuhl vor sich hin döst. Er klatscht in die Hände,

um ihn aufzuwecken. Der Schrecken läßt den Schlafenden aufspringen und den Stuhl umkippen.
»Ich schlafe schlecht.«
»Die Leute, die sich den Waffen verschrieben haben, schlafen schlecht, und die Gelehrten ebenso. Ich schlafe schlecht, weil ich ein Gelehrter bin, und ich wäre lieber ein Mann der Waffen. Ich sagte, daß Botticelli ein Bild mit dem Titel *Die Verleumdung* gemalt hat, in dem er die Ausschreitungen der florentinischen Richter gegen die Verleumdeten öffentlich angriff. Doch wenn man es auch schon in Florenz verstand, zu verleumden, so erreichte die Verleumdung in Rom ihren Höhepunkt. Die Verleumdung befleckt, und ihre Farbe ist schwer abzuwaschen. Wenn du aber stark bist, kannst du das Gewicht aller Verleumdungen auf dich nehmen. Cesare war stark. Ich habe ihn als den Stärksten angesehen. Ich verstehe diese Schlaffheit am Ende nicht. Diesen Anflug von Wahnsinn bei einem so überlegten Menschen.«
»Er sagte von Ihnen, daß Sie der einzige Gelehrte wären, den er nicht für dumm erachtete.«
»Das hat er gesagt? Jeder Gelehrte hat etwas Dummes an sich. Ich will nun nachsehen, ob die Spieler noch durchhalten. Bleib da, doch schlafe mir nicht ein. Ich muß dir etwas Wichtiges sagen.«
Mit vier Schritten erreicht Machiavelli den Spielsalon, doch dort findet er nur noch Reste von der *finocchióna* und dem Käse vor, vom Wein rotgefärbte Gläser, mehrere leere Flaschen und verstreute Karten. Machiavelli wendet sich eifrig den Karten zu, läßt sie durch die Finger gleiten, wählt verschiedene aus und setzt sich. Das aufgefächerte Kartenblatt liegt vor seinen Augen.
»Das war mein Spiel. Wie ist es möglich, daß sie mich mit diesem Blatt schlagen konnten? Wie kann man dem Glück eine bestimmte Richtung geben? Durch welche Ritze der Vernunft schlüpft das Glück?«
Er erinnert sich an die ausgespielten Karten, mischt und gibt, als wären die Spieler noch anwesend. Er stellt die Spiele wieder her und speit Verwünschungen aus.
»Barbo Mulino mußtest du dich nennen. Was hattest du mit einer Mühle zu schaffen? Warst du vielleicht der Esel? Und Ihre Dummheiten, Herr Doktor, sind noch gefährlicher als Ihre Rezepturen.«

Auf der Suche nach Zeichen fährt er über die Karten und wird in diesem kritischen Augenblick von der Hausangestellten überrascht.

»Kann ich in dieser Höhle ein wenig Ordnung schaffen?«

»Das nächste Mal, wenn wir spielen, möchte ich, daß du im Zimmer nebenan bist und durch den Türspalt das Spiel beobachtest. Später wirst du mir sagen, ob sie schwindeln oder die Karten austauschen, wenn ich den Raum verlasse.«

»Warum sollten sie sich so viel Mühe geben, wo doch nicht um Geld gespielt wird?«

»Um zu gewinnen.«

Er läßt das Mädchen wirtschaften, begibt sich zu den Büchern und Faszikeln, zieht eine Mappe hervor, die er auf den schon leergeräumten Tisch legt, öffnet sie, beschnuppert einige Blätter. Er vertieft sich und setzt sich schließlich, um zu korrigieren, zu schreiben, verliert jegliches Zeitgefühl. Er liest laut, was er verfaßt hat:

»Verstünden es die Menschen, ihre Natur im Einklang mit der Zeit und den Dingen zu verändern, würde sich das Glück auch nicht wandeln.«

Dann kommt er zu dem Schluß:

»Das Glück bedeutet das Scheitern der Wachsamkeit des Geistes.«

Die Tür geht auf, und Juanito Grasica steht schläfrig und zweifelnd davor, ungeduldig, weil er sich versetzt fühlt.

»Ich habe auf Sie gewartet, aber als ich sah, daß Sie nicht kommen ...«

»Wichtige Angelegenheiten riefen nach mir. Es vergeht kein Tag, wo ich nicht ein paar Zeilen zu den Aufzeichnungen der Geschehnisse hinzufüge. Hier ist mein Tag völlig ausgefüllt. Ich stehe mit der Sonne auf und begebe mich in einen Wald, wo ich Bäume fälle. An manchen Tagen gehe ich auf die Jagd. Die Jagd begeistert mich, egal mit welchen Mitteln, ob mit Netz oder mit Vogelleim. Ich nehme meine Bücher mit, Petrarca, Ovid, schlage mich mit Dante herum. Wie kann man bloß inmitten einer solchen Fülle von Realität so idealistisch sein! Dann sehe ich meine Arbeit vom Vortag durch, meine Anmerkungen, meine Beobachtungen. So wie das, was auf meinen Äckern gedeiht, und das ist nicht viel; am Nachmittag mische ich mich unter dieses Pack und spiele, spiele und verliere, verliere, und wir beschimpfen uns. Nun gut. Aber es kommt der Moment, wo ich in mein Kabinett gehe, die Tageskleidung abstreife, mich in Festgewänder hülle, die königlichen oder päpstlichen gleichkommen, und mich ins Altertum versetze, um die Klassiker in würdiger Ausstattung zu lesen. In diesen Momenten fürchte ich nichts. Weder die Armut noch das Unglück, noch den Tod. Verstehst du, Juanito?«

»Sie haben gesagt, mir etwas sehr Wichtiges mitteilen zu wollen.«

»Wovon sprachen wir?«

»Wovon sollten wir wohl sprechen? Von Cesare Borgia, von seinem Vater Rodrigo, dem Papst Alexander.«

»Rodrigo. Alexander VI. Er tat nie etwas anderes als die Menschen um ihn zu betrügen, und setzte immer seinen Willen durch. Es gibt keinen Menschen, der mehr versprochen und weniger gehalten hätte. Aber er machte aus dem Betrug ein Vergnügen. Und das lohnt sich. Verstehst du, Juanito? Ein Oberhaupt muß Fuchs und Löwe sein: ein Fuchs, um die Fallen zu kennen, und ein Löwe, um die Wölfe zu erschrecken. Ein Oberhaupt kann das gegebene Wort nicht akzeptieren, wenn es sich gegen ihn richtet. Er wäre kein Anführer. Er wäre ein Idiot. Verstehst du, Juanito? Außerdem hatte Alexander VI. einen Sinn für Dynastie, wie ein Kaiser, nicht wie ein Papst. Er wollte eine Dynastie schaffen.«

»Warum das?«

»Weil er Sex hatte.«

»Sie sagten, Sie wollten mir etwas Wichtiges mitteilen.«

Machiavelli überlegt, wie er sich ausdrücken soll, schließlich sagt er unbeherrscht:

»Alexander VI. war auf Cesare angewiesen, aber er fürchtete ihn. Und Cesare begann an dem Tag zu sterben, an dem sein Vater starb. Sie gestanden sich nie ein, daß sie sich gegenseitig brauchten. Der Tod Alexanders VI. war kein Mißgeschick. Nicht, daß Gott ihn verlassen hätte. Cesare fand sich einfach nicht mehr zurecht in einer Welt, in der er nicht mehr auf die Hilfe des Stellvertreters Gottes zählen konnte. Denke an die Zeremonie der Inthronisation. Sie glich eher der Krönung eines Feldherrn als der eines Papstes.«

Und vor dem inneren Auge Machiavellis zog Alexander VI. vorüber, auf seinem Pferd und unter der päpstlichen Tiara, die ihn vom Himmel trennte und ihn mit ihm vereinte.

DER PAPST
IM KREIS DER FAMILIE

»Alle Welt gibt zu, daß er der schönste Papst ist. Es hat noch keinen Heiligen Vater von solcher Majestät gegeben.«
Vom Fenster aus fordert Adriana die Leute in ihrer Umgebung auf, sie zu unterstützen. Höflinge und Hofdamen, die über Tabletts herfallen und sich an mit Wein gefüllten Gläsern festhalten, um nicht umzufallen, pflichten ihr bei, doch nur Adriana ist wirklich daran gelegen, den Mittelpunkt der Zeremonie auf den Stufen des Petersdoms nicht aus den Augen zu verlieren. Adriana kann genau sehen, wie die päpstliche Tiara auf das mächtige Haupt von Rodrigo Borgia gesetzt wird.
»Alle Kardinäle erweisen ihm Ehre, ob es ihnen gefällt oder nicht, es ist unbedeutend, was sie unter diesen weißen Mitren denken mögen, wo doch jeder von ihnen zwölf Schildknappen, in Rosa, Silber, Grün und Schwarz gekleidet, mitgebracht hat, um den Glanz Rodrigos, eines Borgias, zu vergrößern.«
Als sich der Festzug in Bewegung setzt, eilt Adriana von Fenster zu Fenster und verlangt nach Lucrezia.
»Lucrezia, schnell! Wo ist Giulia?«
»Ich weiß nicht. Eben war sie noch hier.«
»Idiotin. Sie wird das Schauspiel versäumen. Sie werden in den Lateran einziehen. Nie hat man in Rom einen solchen Umzug gesehen, mit so vielen Gesandten, Prälaten, Adeligen, und sie alle folgen dem Emblem der Borgias, dem Ochsen der Borgias. Alle hinter dem Ochsen her!«
Die Augen Adrianas bleiben am engsten Kreis um den neuen Pontifex haften, wo Pico della Mirandola die Standarte des Papstes enthüllt: der Ochse der Borgias, vom Zeichner prunkvoll zu einem Stier gewandelt. Lucrezia teilt die Begeisterung Adrianas, nicht jedoch ihren Überschwang. Es ist Adrianas

Fest. Das Fest der Katalanen, ruft sie herausfordernd und sieht in die Runde.
»Als Calixtus III. starb, verfolgten sie meinen Vater, Rodrigo, und den armen Pere Lluís wie Ungeziefer. Sieh ihn dir an. Wir wußten, daß Rodrigo früher oder später triumphieren würde. Es ist unser Sieg.«
Rodrigo auf seiner weißen Stute, die päpstliche Tiara auf dem Kopf, unter einem goldfarbenen, von gelben und roten Streifen durchsetzten Baldachin. Sein Blick fällt auf ein Schild: »Rom war groß unter Caesar. Nun ist es noch größer. Caesar war ein Mensch. Alexander ist ein Gott.« Er murmelt: Das muß von Canale stammen. Rodrigo passiert den blumengeschmückten Konstantinsbogen, und seine Augen richten sich zum Himmel, als wollten sie die Tiefe des Weltraums ergründen.
»Seht ihr mich? Mama? Onkel? Ich bin's, Rodrigo. Ich bin Papst.«
Sein Blick fällt erneut auf die Standarte der Borgias.
»Pere Lluís, mein Bruder, schau, wo ich bin.«
Die Rührung schnürt ihm die Kehle zu und treibt ihm Tränen in die Augen.
»Wir haben gewonnen. Mutter, Onkel, Pere Lluís, mein Bruder. Wir haben gewonnen. Seht doch. Sie haben den Ochsen unseres Wappens in einen Stier verwandelt. Wir haben gewonnen!«

Alfonso de Borgia ging mit langen Schritten vor dem päpstlichen Thron auf und ab, beschleunigte den Rhythmus, die Hände auf dem Rücken und den Blick geradeaus. Ab und zu dreht er seinen Kopf zur Seite, und sein Blick wandert zur Tür, die sich, wie er weiß, demnächst öffnen wird. Und so geschieht es auch, damit der Sekretär ihm verkünden kann:
»Heiligkeit, Ihre Neffen Rodrigo und Pere Lluís sind da.«
Alfonso de Borgia nimmt Haltung an, als wollte er seine ohnehin schon große Statur als Mensch und als Papst noch erhöhen, doch als die beiden Jungen hereinkommen, ist er gerührt, geht auf sie zu, zieht die Hand zurück, die sie küssen wollen, umarmt sie und sagt mit erstickter Stimme:
»Pere Lluís, Rodrigo ... meine Lieben.«
»Onkel«, sagt Rodrigo.
»Heiligkeit«, sagt Pere Lluís.

»Ich bin sehr froh über eure erfolgreichen Studien in Bologna, nun gilt es, wichtige Entscheidungen zu treffen. Was habt ihr vor? Wollt ihr hier bei mir bleiben?«

»Sie, Onkel, sind unser Familienoberhaupt.«

»Ist bei euch zu Hause alles in Ordnung? Und wie geht es eurer Mutter? Ihr seid schon lang nicht mehr in Xàtiva gewesen. Ich verstehe das. Nun aber ist eure Heimat die Christenheit.«

»Gut, alles gut, Onkel. Wir werden tun, was Sie uns sagen.«

Calixtus III. nimmt die Anwesenheit des Sekretärs wahr und ersucht ihn, zwei Stühle vor den Thron zu stellen. Er besetzt wieder den ihm zustehenden hierarchischen Platz, und beobachtet von seiner erhöhten Position aus seine Neffen. Er hört auf, Katalanisch zu sprechen, und zeigt auf Rodrigo.

»Für einen Neffen des Papstes bist du zu gut gekleidet. Ich bin nun der Stellvertreter Christi auf Erden. Christus war arm und wurde beinahe nackt gekreuzigt. Deshalb schrieb der heilige Matthäus: *Beati pauperes spiritu, quoniam ipsorum est regnum caelorum.*«

Der Sekretär nickt schläfrig und erschrickt, als er die Antwort Rodrigos hört.

»Das stimmt genau, selig die Armen im Geiste, denn ihrer ist das Himmelreich. Doch Matthäus bezieht sich nicht auf die Armen mit leeren Taschen, sondern auf die im Geiste. Juvenal machte uns darauf aufmerksam: *Nihil habet infelix paupertas durius in se, quam quod ridiculos homines fecit.*«

»Es scheint mir kein gutes Maß zu sein, den heiligen Matthäus mit einem unverschämten Lebemann wie Juvenal auf die gleiche Waagschale zu legen, aber ihr, vor allem ihr, die es so schwer hattet als Söhne einer Witwe, müßt euch diesen weisen Spruch einprägen: *Claudus eget baculo, caecus duce, pauper amico.*«

Seine Heiligkeit zwinkert seinen Neffen zu und fährt fort:

»Das Geld ist nicht schlecht, wenn es dazu dient, das Werk Gottes und seine Werkzeuge zu verstärken, und nun sind wir Borgias dieses Werkzeug. Eine von Gott auserwählte Familie, um seinen Willen auf Erden zu erfüllen. Das wurde mir bewußt, als der Prediger Vincentius Ferrerius prophezeite, daß ich Papst sein würde, und mich dem Schutz von Alfonso de Aragón, König von Neapel, anvertraute. Jetzt seid ihr Teil der dreihundert Valencianer, Katalanen und Aragoneser, die ich als Vertrauensleute mit nach

Rom gebracht habe, und ich möchte nicht enttäuscht werden von euch. Ich bin von Feinden umgeben. Dieses Pack ruft den lieben langen Tag: *Oddio, la Chiesa romana in mano ai catalani!* Sie verabscheuen uns. Diese Stadt, dieses Land spaltet sich in Mörder und Ermordete. In Diebe und Beraubte. Heiligkeit und Willen reichen nicht aus, um die Kirche zu festigen. Man muß gebildet sein, die Kenntnis der Gesetze Gottes und der Welt ist grundlegend. Heiligkeit und Willen werden wir gegen die Heiden einsetzen, und bevor ich sterbe, werde ich noch selbst einen Kreuzzug gegen den Großen Türken anführen, mit meinen fünfundsiebzig Jahren bin ich noch bereit, in den Kampf zu ziehen, als erster, mit der gleichen moralischen Empörung, die Christus die Pharisäer aus dem Tempel treiben ließ. Dabei zähle ich auf dich, Pere Lluís. Ich weiß um deine militärischen Fähigkeiten, du wirst Anführer des vatikanischen Heers. Du, Rodrigo, wirst Kardinal, vor allen Dingen aber mußt du, wie ich, in Rechtsangelegenheiten bewandert sein, und das bist du nach deinen Studien in Lérida und Bologna. Die Kirche bedeutet nicht nur Glauben oder Gemeinschaft, sie ist auch ein sehr komplexer Machtapparat.«

Den beiden fiel, um ihm beizupflichten, nichts weiter ein, als immer wieder mit dem Kopf zu nicken, in der Überzeugung, daß sich die Unfehlbarkeit von Calixtus III. in erster Linie in der Familie zeigen würde.

»Und glaubt nicht, daß mich der Gedanke an den Türken ungerechtfertig fesselt. Der Fall Konstantinopels zwingt uns zu handeln, Belgrad ist bedroht. Vor ein paar Monaten ist ein Landsmann hier vorbeigekommen, Joanot Matorell, kennt ihr ihn?«

Sie kannten ihn nicht, weder gemeinsam noch jeder für sich.

»Ein tapferer Ritter, der bereit wäre, einen Kreuzzug zu unterstützen, wenn wir ihm das Alleinrecht seiner Chronik gäben. Er besitzt eine außerordentliche Kenntnis darüber, warum man den Türken vernichten muß.«

»Warum?«

»Du fragst mich das, Pere Lluís? Der Islam ist eine alles andere ausschließende Religion, und in der Entwicklung der mediterranen Länder liegt der einzige Ausweg. Hinter dem Finisterre beginnt das Unbekannte. Man berichtet von Magneten, die vom Meeresgrund aus die Schiffe hinunterziehen, oder von Wasser-

fällen, wo die Ozeane ins Nichts stürzen. Die Türken umzingeln den mediterranen Raum und verhindern die Ausbreitung der christlichen Völker. Durch Bestechung werden sie toleriert. Venedig verhandelt mit den Türken, die Franzosen nehmen manchmal ihre Dienste in Anspruch. Man muß das Übel an der Wurzel packen.«
Der betagte Mann richtete seine Worte weiterhin an seine Neffen, während vor Rodrigos schweifenden Augen der ockerfarbene und grüne römische Abend in Nacht überging; er hörte seinem Onkel zu, doch in seinem Blick lag der Wunsch zu fliehen.
»Rodrigo? Ich spreche zu dir.«
»Ja, Onkel.«
»Wir sollen hier in Rom unsere Familienbande nicht vergessen, aber ihr dürft auch nicht vergessen, daß ich Papst bin.«
»Ja, Eure Heiligkeit.«
»Welchen Eindruck macht Rom auf euch?«
Die beiden Brüder sehen sich an, um sich über die Antwort zu beratschlagen, und schließlich wagt sich Pere Lluís vor.
»In Wahrheit gefiel uns Bologna besser, und mehr noch als Bologna Valencia. Rom scheint ein finsterer und schmutziger Ort zu sein.«
Pere Lluís fühlt sich von dem zustimmenden Lächeln seines Onkels ermutigt.
»In Valencia lebt man die Nächte, und in Rom hat man den Eindruck, daß alle über alle reden, sich bespitzeln, und der Tiber stinkt. Die Handlanger der Orsini und der Colonna markieren ihre Territorien wie die Hunde, und die della Rovere haben von Ligurien aus ihr wachendes Auge auf Rom geworfen, wie Geier, die das Sterben einer Kuh beobachten.«
»Der Unterschied zwischen Vergangenheit und Zukunft liegt zwischen Valencia und Rom. In Valencia konnte ich mit der wohlwollenden Unterstützung der Trastámara, der Könige in Kastilien und Aragón, jetzt auch von Neapel, nur Bischof oder Kardinal sein. In Rom bin ich Papst. Vergeßt das nicht! Wir Päpste können nicht vom Wohlwollen unserer Freunde, der Könige, abhängen. Ich habe viel darüber mit Lorenzo Valla diskutiert, einem Philologen, der die bahnbrechende These vertritt, daß Konstantin die weltliche Macht der Päpste nicht guthieß. Wir brauchen unseren eigenen Reichtum, unsere eigene Macht. *Pauper eget amico.* Die

Armen brauchen einen Freund. Ich bin euer Freund, doch der beste Freund der Kirche ist sie selbst.«

Sie wurden von Papst Calixtus III. gesegnet, wobei es zu keinen erneuten Umarmungen und Innigkeiten kam, und als die beiden jungen Männer den Palast verließen, schöpften sie Luft, als hätte diese ihnen schon seit geraumer Zeit gefehlt.

»Pere Lluís, wir können uns glücklich schätzen. Unser Onkel hat uns gut untergebracht.«

»Auf wen kann er sich verlassen, wenn nicht auf seine Neffen? Aber nun will ich das Nachtleben in Rom erforschen. Ich will wissen, wie sich die römischen Feigen anfühlen, nachdem ich in Valencia und Bologna so viele befingert habe. Ich habe schon zu lange keine Frau gehabt.«

»Ich auch.«

»Du bist ein Geistlicher. Du mußt zur Heiligen Jungfrau beten und dich geißeln, wenn dich fleischliche Lust überkommt.«

Pere Lluís umarmt seinen Bruder, löst sich von ihm und entfernt sich, während Rodrigo gedankenversunken und lächelnd zurückbleibt und mit den Augen zum Himmel gewandt flüstert: »Pere Lluís, Pere Lluís.« Rodrigo macht sich auf, um sein Pferd, das er an einer Mauer des Vatikans angebunden hat, zu holen, doch stellt sich ihm eine Zigeunerin in den Weg.

»Herr. Laß mich dir dein Glück aus der Hand lesen.«

»Und wenn es Unglück ist?«

»Denke nicht schlecht, Herr. Und wenn meine Prophezeiung schlecht ausfällt, interessiert sie dich doch auch.«

»Nein. Mich interessieren nur die glücklichen Wechselfälle des Lebens.«

Die Zigeunerin nimmt seine Hand und prüft die Linien.

»Ein langes Leben sehe ich, und einer deiner Söhne wird König sein.«

»König? Von welchem Land? Von Samarkand? Von Asmara?«

»Von Italien. König von Italien.«

Rodrigo nickt herablassend und gibt der Zigeunerin lächelnd eine Münze, doch sie nimmt sie nicht, sondern flieht entsetzt vor einer Gruppe finsterer Gestalten, die den Mann umringen und ihm den Weg versperren, während sie sich unterhalten, als bemerkten sie seine Anwesenheit nicht. »Mir scheint, es sind noch weitere katalanische *marranos*, diese verdammten Renegaten, nach Rom gekommen, als wären wir nicht schon verseucht genug mit Juden.«

»Und mit Schweizern.«
»Und Türken.«
»Schlimmer als der Stamm der Juden sind nur noch die Schweizer, aber noch schlimmer als Schweizer zu sein, ist es Türke, und schlimmer als Türke, Katalane zu sein.«
»Hör zu, du Geck! Mit dir rede ich. Bist du Katalane?«
»Ich bin Valencianer.«
»Valencianer, Katalane, Aragoneser, ist das nicht dasselbe? Seid ihr etwa nicht die Handlanger der Politik von Neapel? Bist du etwa nicht der kleine Neffe, den Seine Heiligkeit, der Papst, erwartet hat?«
Rodrigo versucht weiterzugehen, doch die menschlichen Hindernisse versperren ihm nach wie vor den Weg. Schließlich wirft er den ihm am nächsten Stehenden zu Boden, dreht sich um, und versetzt dem nächsten, der sich auf ihn stürzt, einen Faustschlag. Mit einer Hand am Gürtel und mit dem zweiten Arm die Entfernungen einschätzend, bietet er den anderen beiden, die auf ihn zukommen, die Stirn. Plötzlich mischt sich eine undeutlich erkennbare Gestalt in die Prügelei und stürzt sich knurrend und keuchend auf Rodrigos Angreifer. Es ist Pere Lluís, verwegen und stolz, doch vernachlässigt er in seinem Draufgängertum die Verteidigung und bekommt einen Schlag in den Nacken und mehrere Fausthiebe von den Angreifern ab, bis ihm Rodrigo zur Hilfe eilt. Die Feinde fliehen, und Rodrigo hilft seinem sich vor Schmerz krümmenden Bruder aufzustehen.
»Weißt du, was ich dir sage, Pere Lluís? Hilf mir besser nicht mehr, denn immer, wenn du eingreifst, bekommen wir alle beide Prügel ab.«

»Von der tiefen Gläubigkeit meines Neffen zeugen seine wohltätigen Werke, die gute Ausbildung in Lérida und Bologna gewährleistet seine Tüchtigkeit als Verwalter der kirchlichen Güter und als Diplomat, was also kann seiner Ernennung zum Kardinal im Wege stehen?«
Fast alle Kardinälshäupter nickten, unter den relativ jungen Purpurträgern war das Einverständnis, Rodrigo zum Kardinal zu ernennen, von besonderer Art, wenn auch ihre leise ausgetauschten Argumente nicht mit denen von Calixtus III. übereinstimmten.

»Es kommt uns zugute, daß dieser Hengst Kardinal wird, denn wir brauchen robuste und feurige Kardinäle.«
»Es wäre eine Katastrophe, wenn sich die vom Fasten abgemagerten und vor Keuschheit verdorrten Kardinäle durchsetzten. Es gibt eine Fülle von Predigern, die nach dürren Kardinälen rufen, als ob zwischen Magerkeit und Heiligkeit eine direkte Beziehung bestünde. Was mir ein törichteres Ansinnen zu sein scheint, ist die Ernennung des anderen kleinen Neffen, Pere Lluís, zum Generaloberst. Der uriniert mit geschlossenem Hosenschlitz und macht ihn erst auf, wenn er schon nicht mehr urinieren muß.«
»Rodrigo ist ein erfahrener Wildschwein- und Frauenjäger und hat bewiesen, ein arbeitsamer, guter Verwalter zu sein.«
Die Stimme von Calixtus III. erhebt sich über die Anwesenden und gebietet Schweigen.
»Eine meiner weiteren ersten Entscheidungen ist es, Vincentius Ferrerius, den großen valencianischen Prediger, heiligzusprechen, der unsere Anfänge im Dienst der Kirche förderte und uns prophezeite, daß wir es zum Papst bringen würden.«
Es folgen erstauntes Tuscheln und einige spöttische Blicke, die milde werden, als der Pontifex seinen Segen erteilt, die Versammlung ihre Förmlichkeit ablegt, und sich, Affinitäten folgend, kleine Gruppen bilden. Zwei junge Kardinäle wecken das Interesse einer Gruppe mit einer Geschichte über Vincentius Ferrerius.
»Ich halte fest, daß er ein wundertätiger und politisch sehr einflußreicher Mann war. Unter den Wundern stehen nicht wenige in Zusammenhang mit der Küche. Stellt euch bloß vor, Eminenzen. Stellt euch vor allem die Geschichte der goldenen Legende des heiligen Vincentius Ferrerius vor, die ich euch nun erzählen werde. Sein Ansehen war so groß, daß man von einem neuen Paulus von Tarsus sprechen könnte, Prediger und Drahtzieher der Kirchen. Bei einer Gelegenheit nahm er die Einladung an, bei einem Mann der Pfarrgemeinde zu Abend zu essen, und die Nachricht rief große Rührung beim Hausherrn und seiner Familie hervor. María, wir dürfen annehmen, daß die Frau des frommen Mannes María hieß, heute abend kommt Fra Vicente zum Essen, und ich möchte, daß du ihm das Beste auftischst, was wir zu bieten haben. Es nahte die Stunde des Abendessens, der künftige Heilige kam, und die drei setzten sich zu Tisch. Die Frau

brachte mit melancholischer Befriedigung eine Servierschüssel, die sie kaum tragen konnte, von der köstlicher Duft nach Kräutern und Gewürzen ausströmte. Dem Heiligen lief das Wasser im Mund zusammen, dem Ehemann lief das Wasser im Mund zusammen, und als die Frau den Deckel hob, stießen der eine und der andere einen fürchterlichen Schrei aus: Auf dem Tablett, auf in Soße getränkten Spitzen, lag ein nacktes Kindlein mit dem unverwechselbaren Aussehen eines im eigenen, mit Honig, Dill, Anis, Ingwer und Kümmel vermengten Fett gebratenen Spanferkels. ›Was hast du getan, Elende!‹ rief der Ehemann. ›Du hast mir aufgetragen, das Beste zuzubereiten, was wir haben! Was sonst als unseren einzigen Sohn?‹ die Frau. Eine Tragödie entwickelte sich, bis die gelassene Stimme des Heiligen ertönte: ›Kein Grund zur Sorge.‹ Er sammelte sich, hob seine Augen zum Himmel und betete eine wundertätige Formel. Kaum war er fertig, begann sich die Soße zu bewegen, und das gebratene Knäblein richtete sich auf, rieb sich die Äuglein, die ihm vom vielen Ingwer brannten, und streckte die Ärmchen nach seiner Mutter aus.«

»Ich vermute, die Mutter wird es nicht an sich gedrückt haben.«

»Weshalb, Eure Hochehrwürdige Eminenz?«

»Das mit soviel Fett und Würze verschmierte Kind mußte doch das Kleid der Mutter ruinieren. Was hätte dann der Heilige zu so viel Nachlässigkeit gesagt?«

Das schallende Gelächter der Gruppe veranlaßte Calixtus III., in Begleitung seiner beiden Neffen, näherzukommen.

»Was ist der Grund für so viel Heiterkeit, Monsignore Orsini?«

»Die Freude ist es, Heiligkeit. Wir erzählten Wunder von San Vincentius Ferrerius, und sie sind erstaunlich.«

»Zum Beispiel?«

»Das von dem Knaben, den seine Mutter briet, um den Appetit des Heiligen zu befriedigen. Und mir stellen sich eine Reihe logischer Fragen, was den Körper betrifft, obwohl hinlänglich bekannt ist, daß bei Wundern nur Gott die Logik vorgibt.«

»Eine weise Bemerkung.«

»Aber es verhält sich möglicherweise so, Heiligkeit, daß der Knabe nach dem Rezept für einen Schweinebraten zubereitet wurde. Ich bin ein Feinspitz und erinnere mich an das Rezept von Johannes Bockenheym, dem großen Koch von Papst Martin V. Es lautet: *Sic debes assare porcum. Recipe intestina eius, silicet je-*

corem et pulmonem, et pista illa cum cultello, et tempera illa cum ova dura, lardone et petrocilinio, maiorano et uva passa et speciebus dulcibus. Et tunc scinde porcum per latus... Also, warum sollte ich fortfahren? Nach so gründlicher Zerstörung der Eingeweide und allgemeiner Zerstückelung, wie sollte da der Körper und seine sterbliche Seele wiederhergestellt werden?«
Calixtus III. hält dem schelmischen Blick des jungen Kardinals stand und antwortet ihm nicht, sondern setzt seinen Gang fort, wobei er mit einer Hand Pere Lluís davon abhält, gewaltsam einzugreifen. Als sie sich von den noch immer lachenden Kardinälen entfernt haben, weist Calixtus III. seinen Neffen zurecht:
»Pere Lluís, ein Soldat muß kaltblütiger sein.«
»Sie machten sich aber über Eure Heiligkeit lustig, nicht über San Vincentius Ferrerius.«
»Sie machten sich lustig, weiter nichts. Und das ist sehr römisch.«

Der junge Kardinal Orsini beweist Geschicklichkeit, als er den Bogen schwingen läßt, ihn spannt und einen Pfeil aus dem Köcher zieht, um ihn anzusetzen. An seiner Seite, wie bestellte Komparsen, sekundiert ihn in Erwartung des vermutlichen Treffers, der römische Adel. Als er sein Ziel trifft, wird applaudiert, und die Bögen hängen schlaff von den Armen der a priori geschlagenen Rivalen.
»Es ist zwecklos.«
»Du triffst, weil das Ziel das Herz eines Borgias ist. Von welchem der beiden?«
»Von welchem der drei solltest du fragen, denn die zwei Neffen wären nichts ohne ihren Onkel.«
»Es ist eine Schande, daß sich ein ausländischer Papst, der den Strategien des Königs von Neapel gehorcht, das römische Patriziat einverleibt hat.«
Der hitzige, über sechzigjährige Patrizier wird von Orsini kräftig in die linke Wange gekniffen.
»Der Ursprung der Geschichte liegt weit zurück. König Alfonso de Aragón machte aus dem Kardinal von Valencia einen Juristen und mit der Zeit einen Papst. Calixtus III. wußte mehr als ihr und hat seinen Neffen in Lérida und Bologna Recht studieren lassen,

damit er besser Bescheid weiß als wir. Welche Rolle Pere Lluís allerdings bei dem Ganzen spielt, ist mir nicht klar. Er ist ein überheblicher Ochs, der uns behandelt, als würden wir in überwachter Freiheit leben.«
»Pere Lluís? Ihn hat er schließlich zum Generaloberst des Heeres ernannnt.«
»Von dem bißchen Heer.«
»Von dem einzigen, über das der Staat verfügt, doch Rodrigos Investitur, die ihn zum Polizeichef und obersten Gefängnisverwalter von Rom macht, fand ganz bescheiden in San Nicola in Carcere statt.«
»Ihr achtet zu sehr auf die Ämter und sehr wenig auf die wirtschaftliche Macht der Borgias. Weiß jemand über die jetzigen Besitzungen der Neffen des heiligen Onkels Bescheid?«
Die anderen waren offensichtlich weder so gute Bogenschützen noch so auf dem laufenden wie Orsini, weshalb sie ihn laut die Bestandsaufnahme vornehmen lassen: »In Spanien verfügt Rodrigo über das Dechanat von Santa Maria de Xàtiva, seiner Heimat, und über sehr reiche Pfarreien der Diözese Valencia. Kaum hier angekommen, noch bevor er ihn zum Studium nach Bologna schickte, ernannte er seinen Neffen zum päpstlichen Notar, und nun als Vizekanzler besteht seine Hauptaufgabe darin, Geld, Geld und nochmals Geld einzuheben, und das mit den entsprechenden Gesetzen zur Hand. Und wißt ihr, was dem anderen Neffen, der Kardinal ist, Lluís Joan del Milà, die unschuldige Ernennung der Vier Gekrönten Heiligen einbringt? Und Pere Lluís? Trotz unserer Proteste Herr der Engelsburg und in der Folge Statthalter von Terni, Todi, Rieti, Spoleto, Orvieto, Nocera, Assisi ...«
»Soll ich fortfahren? Der Alte ist schlau, und um nicht des Nepotismus bezichtigt zu werden, erweiterte er das Kardinalskollegium durch lenkbare Kardinäle wie den für meinen Geschmack zu intellektuellen Piccolomini, Juan de Mella, Giovanni di Castiglione ..., doch im Gegenzug ernennt er Rodrigo zum päpstlichen Legaten der Mark Ancona und beabsichtigt, diesen dahergelaufenen Esel Pere Lluís mit einer Colonna zu verheiraten. Das fehlte gerade noch, daß ein Borgia mit einer Colonna ins Bett steigt.«
Ein erboster Schütze bahnt sich einen Weg durch die Anwesenden und tritt Orsini gegenüber.

»Die Frauen meiner Familie gehen nicht mit diesen Katalanen ins Bett.«
»Es war nur eine Metapher, Fürst Colonna. Aber es stimmt, daß Calixtus III. die Hochzeit mit einer Colonna ins Auge faßte, und diesen Umstand nutzte der Schuft, um meinem Vater die Besitzungen wegzunehmen. Dieser Papst ist ein Ignorant, der Rom den Glanz des Humanismus, wie er in Florenz, Ferrara, Venedig gedeiht, verwehrt.«
Ein Neuankömmling wiegt seinen Kopf, als würde er den Zweifel auspendeln.
»Ich bin nicht ganz dieser Meinung. Calixtus III. ist kein Humanist *in sensu stricto*, aber er hat den Katalog der vatikanischen Bibliothek angeregt, und er ist ein hervorragender Rechtsgelehrter. Er war Schirmherr von Valla, trotz dessen Verfolgung durch die Inquisition, und Valla ist einer der kritischsten Denker dieses Jahrhunderts. Erinnert euch, er ging so weit, in Frage zu stellen, ob wir das, was wir Christentum nennen, Christentum nennen sollten. Er war ein gefährlicher Modernisierer, der die mittelalterliche Askese verwarf und eine Reform des Verhältnisses zwischen weltlicher und geistlicher Macht forderte. Und schließlich war es auch Calixtus III., der Vallas Bestattung im Lateran anordnete.«
»Valla war der einflußreichste Philologe in Zeiten von Nikolaus V. Was sollte ein Fremder wie Calixtus III. sonst tun? Valla wurde von allen bewundert, aber nur wenige unterstützten seine Reformvorhaben in der Praxis. Worin hat sich Vallas These gegen die Legitimität der weltlichen Macht der Päpste beim Pontifikat des *Katalanen* gezeigt? Was die Bibliothek betrifft, hat sie ein Katalane organisiert und valencianische Maler nach Rom geholt. Gibt es etwa keine Bibliothekare in Rom, keine Maler in Italien? Geht durch die Straßen von Rom, jede wichtige Persönlichkeit ist entweder Katalane, Valencianer oder Aragoneser! An unzähligen Orten ist die Sprache dieser Eindringlinge bestimmender als die wunderbare Sprache Petrarcas, die ihre direkten Wurzeln bei Horaz hat.«
»Ich wußte bislang nichts von deinen literarischen Liebhabereien. Ich hielt dich nur für einen guten Bogenschützen.«
Der Neuankömmling beharrt auf seinem Einwand, was Orsini nicht empört; er betrachtet ihn sogar mit Respekt.

»Es betrifft dich nicht im geringsten, Enea Piccolomini.«
»Ich bin gerade rechtzeitig gekommen, um zu hören, was du gesagt hast. Du hältst mich für zu gebildet, für zu humanistisch. Das mag schon sein. Ich bin Schüler eines Humanisten in einer Epoche, in der Italien Hunderte hervorbringt, allesamt hervorragend, während ihr Patrizier eure Zeit mit Verleumdungen und Stammeskämpfen verbringt. Wißt ihr, warum die Borgias dort sind, wo sie sind? Haben sie etwa mit Gewalt die Macht ergriffen? Nein. Durch unsere Schwäche kamen sie an die Macht. Ihr haltet euch für den Nabel der Welt, doch ihr seid nur provinzielle Verschwörer auf Lebenszeit.«
»Du stehst im Dienst der Katalanen!«
»Ich stehe im Dienst des Offenkundigen. Orsini, du, der du den Ton angibst, verfügst du etwa über einen Plan, eine Idee, wie man den Borgias Einhalt gebieten könnte?«
Orsini antwortet nicht und kehrt schließlich dem Neuankömmling zornig den Rücken. Er wiederholt das Bogenspiel, doch der Pfeil verfehlt diesmal sein Ziel. Als sich der junge Orsini umdreht, bemerkt er in den Blicken der Umstehenden Zufriedenheit über seine Niederlage.

In Rom läuten die Totenglocken, und die Leute an den Fenstern fragen sich, wer wohl gestorben sein könnte. Der König von Neapel, schallt es durch die Höfe, über Dächer und Plätze, bis zum Thronsaal, wo Calixtus III. mit Pere Lluís ein paar Vorhaben bespricht.
»Die Orsini müssen in Rom aufgehalten werden, und die Türken in Belgrad, das sind die beiden Fronten der Christenheit.«
»Die Orsini und alle anderen sind bezwungen. Das mit den Türken ist etwas anderes, doch kein anderes Land hat sich dem Kreuzzug angeschlossen. Sie verkünden die Gefahr des Islam, doch sie wollen keinen Lanzenstoß riskieren.«
Der Sekretär kommt durch die offene Tür herein und entgeht der Erzürnung des Papstes, indem er ihm schnell die Botschaft überbringt.
»Der König von Neapel ist gestorben.«
Calixtus III. wirkt nicht verstört, doch er bekreuzigt sich mechanisch.

»Ich weiß es schon und habe vierzehn Tage Trauer angeordnet. Morgen werde ich ein großes Responsum für die Seele des Königs Alfonso halten. Es ist in unserem Sinne, daß das Königreich Neapel weiterhin in Händen der Krone Aragóns bleibt und nicht unter den Einfluß der Franzosen gerät, aber ich habe mich geweigert, einen Bastard als Erben zu akzeptieren. Die Lösung ist nicht einfach.«
»Ich habe eine Lösung zur Hand. Warum drehen wir die Sache nicht um, und ich proklamiere mich als König von Neapel?«
Calixtus III. lehnt sich in seinem Sessel zurück und mustert seinen Neffen, während er mehrmals wiederholt: die Sache umdrehen. Pere Lluís wird ungeduldig.
»Es wäre schließlich nicht die erste Nachfolge, die durch Diplomatie oder Gewalt durchgesetzt wird. Welche Macht gründet sich heutzutage schon auf eine direkte Abstammung?«
Sein Onkel antwortet weiterhin nicht, und die Ungeduld verwandelt sich in Kleinmut.
»Wenn dir mein Vorhaben so unsinnig erscheint, dann sieh es als unausgesprochen an.«
»Laß es mich prüfen. Man muß sich erst bei den mächtigen Familien umhören, denn sie könnten es als allzu krumme Sache ansehen. Rodrigo ist bereits Vizekanzler; euer Cousin, Lluís Joan de Milà, Kardinal; du, Oberbefehlshaber. Man soll das Schicksal nicht herausfordern. Aber andererseits, warum nicht?«
Der Papst erklärt mit einer Gebärde die Besprechung für beendet, und Pere Lluís verläßt den Raum gemessenen Schrittes, doch kaum hat er die Türschwelle hinter sich, beginnt er so loszustürmen, daß er mehrere erstaunte Lakaien überholt. Er durchbricht, durchquert, überfällt die auf eine Audienz beim Heiligen Vater wartende Menge. Er läuft eine Treppe hinauf, drei Stufen auf einmal, während er den Namen seines Bruders ruft. Und seinen Rufen öffnen sich Türen und Ohren, selbst die von Rodrigo, der einen Kodex studiert und von dem Widerhall des Rufs alarmiert wird. Das geräuschvolle Rufen nimmt die Gestalt des rabiaten Pere Lluís an, der zwar seinen Atem, nicht aber seine Beherrschung wiedergewinnt.
»Der König von Neapel ist gestorben.«
»Das habe ich erfahren. Ich wußte nicht, daß du ihm so verbunden warst.«

»Meinetwegen hätte er am Tag seiner Geburt krepieren können. Aber ich bin auf einen Gedanken gekommen, Rodrigo, der dem Kampf unserer Familie, dem von San Vincentius Ferrerius prophezeiten Verlauf, einen krönenden Sinn geben könnte. Wie fändest du es, wenn ich zum König von Neapel gemacht würde? König Alfonso hat keinen rechtmäßigen Erben hinterlassen, und der Bastard Ferrante hat nur spärliche Aussichten.«

»Laß es mich überlegen.«

»Antworte mir doch nicht das gleiche wie der Onkel, Rodrigo! Was gibt es zu überlegen? Allerorts gibt es neue Staatsoberhäupter, die durch Waffen oder Geld eingesetzt werden, nur der Zufall, wenn es nicht diplomatische Abkommen sind, macht sie zu Herren. Warum kann mich unser Onkel nicht auf den Thron von Neapel befördern?«

»Quanto altior est ascensus tanto durior descensus.«

»Das ist der Aphorismus von einem Mönch und Kastraten.«

»Und einem Heiligen. Dem heiligen Hieronymus.«

»Es ist nicht dein Stil, die Kirchenväter zu zitieren. Wir haben in unserem Wappen einen Stier, ein starkes und mächtiges Tier in einer Menge von Religionen. Ich bin ein Borgia-Ochs und kein kastrierter Mönch, der sich unsinnige Gedanken über zu viel Ehrgeiz macht.«

»Wir sind noch nicht reich, und noch nicht stark genug. Was du anstrebst, kostet Geld und Kraft. Alles wird kommen.«

»Ich hab' die Kraft. Ich kann allen meinen Hauptmännern vertrauen und alle übrigen Familien in Schach halten, sogar diesen Hampelmann von Orsini, dem ich auf den Sack treten werde, wenn er es am wenigsten erwartet.«

»Besser, du schneidest ihm den Kopf ab, statt ihm auf den Sack zu steigen. Denn wenn du ihm den Kopf abschneidest, verletzt du seinen Stolz nicht. Wenn du ihm hingegen auf den Sack steigst, wird er es dir nicht verzeihen.«

Er streckt eine geballte Faust zum Himmel, dann die andere, und stellt sich schließlich vor seinen Bruder, angespannt und herausfordernd.

»Mach dich nicht über mich lustig. Bist du für oder gegen mich?«

Rodrigo schließt die Augen, und als er sie öffnet, sieht er wieder die durch das Hereinstürmen von Pere Lluís unterbrochene Arbeit vor sich. Aus den Augenwinkeln beobachtet er, wie die Span-

nung des Bruders langsam in die ängstliche Erwartung einer Zustimmung übergeht. Rodrigo stößt einen Seufzer aus, der ihm in der Brust weh tut, und ohne ihn anzusehen, ruft er:
»Ich bin auf deiner Seite, Pere Lluís. Was auch geschehen mag!«
Der Generaloberst verläßt den Raum, und erneut in Einsamkeit wirft Rodrigo die Feder von sich, erhebt sich, geht auf einen Betstuhl zu, kniet nieder, und betet drei der Madre de Déu de Lleida gewidmete Ave Maria auf Katalanisch. Als er zu beten aufhört, verharrt er in sich gekehrt und beschließt, den Palast zu verlassen, und den Geleitschutz abzulehnen, obwohl er nicht vermeiden kann, daß ihm zwei Soldaten in einiger Entfernung folgen.
Der Kardinal zögert nicht, und sein Körper taucht ganz selbstverständlich in die Dunkelheit des Portals eines kleinen Palasts. Ebenso selbstverständlich gehen seine Füße die Treppe hinauf, die in einen Kreuzgang mündet, wo eine Alte in Begleitung ihrer Zöglinge wandelt; alle vier Frauen verneigen sich beim Erscheinen des Kardinals, der, ohne stehenzubleiben, der Alten ein Zeichen gibt, ihm zu folgen. Als sie sich bereits in einem geräumigen Zimmer befinden, ersucht er die Frau, die Tür zu schließen.
»Hat es Ihre Eminenz bemerkt? Die Venezianerin ist zurückgekommen, Paola, erinnern Sie sich an sie? Ihre Eltern kamen mir mit tausend Einwänden, doch ich machte aus freien Stücken Gebrauch ...«
»Von meinem Namen?«
»Das würde ich nie tun. Ich setzte Ihre Wünsche und mein Geld ein.«
»Mir steht heute nicht der Sinn nach Mädchen. Nimm diese Liste und ermögliche mir ein Treffen mit diesen Leuten hier, in einer halben Stunde.«
Die Alte prüft die Liste.
»Das wird nicht einfach sein, aber eine halbe Stunde ist lang. Wünscht Ihre Ehrwürdige Eminenz währenddessen nicht eine gute Gesellschaft?«
Rodrigo verneint und kehrt ihr den Rücken, ein ausreichendes Zeichen, damit die Kupplerin das Zimmer verläßt. Als er allein ist, drückt ihn seine Niedergeschlagenheit in einen Sessel, und er streckt die Arme zum Himmel, als gälte es, das Gewicht der Welt zu tragen. Er fühlt sich sitzend genauso unbehaglich wie stehend. Es scheint jemand ins Zimmer gekommen zu sein, und er wen-

det sich zur Tür. An der Schwelle sieht er ein dunkelhaariges, schwarzäugiges Mädchen, mit aus der Bluse hervorquellenden Brüsten, das ihn anlächelt.
»Erinnern Sie sich? Ich bin Paola.«
»Ich erinnere mich an dich, Paola.«
Die Venezianerin streckt ihm eine Hand entgegen, und Rodrigo nimmt sie an, wie er auch die Einladung zu einem Schlafzimmer annimmt, wo Paola sich auszieht und auf die Reaktion des Mannes wartet. Rodrigo läßt sich passiv und gedankenverloren lieben, bis das Mädchen ihre Bemühungen unterbricht und an seine Seite sinkt.
»Gefalle ich Ihrer Eminenz nicht mehr?«
Mit einem Finger malt der Mann ein Zeichen auf die Haut des Mädchens, läßt sich streicheln, besteigen, und beendet das Spiel der Zärtlichkeiten und Leidenschaft, indem er die Decke wie eine Schattenuhr über sie breitet. Und als sich die Schatten endgültig einnisten, schläft die Frau, und Rodrigo denkt, einen Arm unter dem Nacken, bis die Türangeln quietschen, die Alte sich hereinbeugt, und Rodrigo ihr ein Zeichen macht, still zu sein. Paola schlummert nackt unter dem Laken, das ihre Nacktheit nur dürftig verhüllt, und Rodrigo kleidet sich an. Er weicht dem zufriedenen Blick der siegreichen Kupplerin aus und hindert sie daran, ihm zu folgen. Der Kardinal betritt erneut das Zimmer, in dem er sich anfangs befunden hat; dort erwarten ihn vier Männer.
»Galceran, Joan, Llançol, Milà. Ich wußte, daß ihr kommen würdet. Der Tod des Königs von Neapel erschwert die Dinge. Pere Lluís drängt darauf, vom Papst als König eingesetzt zu werden, doch das würde das Faß zum Überlaufen bringen und einen Aufstand gegen ›i catalani‹ hervorrufen.«
»Was können wir tun?«
»Bringt Calixtus III. dazu, nicht Pere Lluís zu ernennen!«
»Das könntest du doch am besten.«
»Ich? Verstehst du denn nicht, Milà? Wie würde mein Bruder es aufnehmen, daß ich gegen seine wahnwitzigen Ambitionen vorgehe? Wenn mein Onkel mich nach meiner Meinung fragt, muß ich sagen: Mach ihn zum König von Neapel oder zum Kaiser von Konstantinopel oder Samarkand. Wir müssen Pere Lluís vor sich selbst, und gleichzeitig uns und den Heiligen Vater schützen.«

Den Verschwörern ist ein Licht aufgegangen, sie zeigen sich von den Ausführungen des jungen Kardinals überzeugt, und jeder übernimmt auf seine Weise seine Verpflichtung.

Ein ärmlich gekleideter Mann klettert auf einen römischen Brunnen und schreit:
»Katalanen! Diebe! Raus!«
Um ihn herum mehren sich zustimmende Rufe. Die Teilnehmer der Kundgebung richten ihren Blick auf den Palast, in dem Versuch, damit bis ins Schlafgemach des Papstes vorzudringen. Der Papst, in seinem Bett, fragt, was denn draußen los sei, und niemand antwortet ihm, sondern sie decken ihn trotz der Schwüle des *ferragosto* zu und geben ihm Arzneien, die Calixtus III. zurückweist. Er stammelt beinahe stimmlos etwas, das nur sein Sekretär versteht.
»Er wünscht, daß Sie seinen Eid vom Tag seiner Proklamation vorlesen.«
Rodrigo taucht aus seiner Versunkenheit auf.
»Jetzt?«
Der Greis lispelt und klammert sich mit aller Kraft, die ihm noch bleibt, an den Arm seines Sekretärs.
»Er besteht darauf, daß es jetzt geschieht.«
Rodrigo blickt in die Runde der Anwesenden und verzieht das Gesicht, als würde ihn der Geruch nach Krankheit oder Tod belästigen. Eine alte Krankenschwester entfernt die Leibschüssel des Papstes, und der Arzt, Pere Lluís und zwei Kardinäle, die zwischen Rosenkranzgebet und Schläfrigkeit vor sich hindösen, rümpfen die Nase. Der Arzt untersucht die Exkremente und wiegt pessimistisch sein Haupt. Der Sekretär scheint den Gestank nicht wahrzunehmen, denn er hält Rodrigo ein Papier hin, wie einen Befehl von seinem Onkel. Rodrigo nimmt es entgegen, prüft es, und liest mit immer lauter werdender Stimme vor:
»Ich, Calixtus III., Papst, verspreche und schwöre bei der Heiligen Dreifaltigkeit, Vater, Sohn und Heiliger Geist, bei der ewigen Jungfrau Mutter Gottes, den Aposteln Petrus und Paulus und den Himmlischen Heerscharen, daß ich, sollte es nötig sein, mein eigenes Blut vergießen werde, um mit der Unterstützung meiner Brüder alles zu tun, was in meiner Macht steht, um Konstantinopel zu erobern, das vom Feind des

Gekreuzigten Erlösers, Mohammed, Sohn des Teufels, Fürst der Türken, zur Strafe für die Sünden der Menschen besetzt und zerstört wurde. Wir müssen Konstantinopel befreien und die teuflische Sekte des schändlichen, niederträchtigen Mahoma vertilgen. Das Licht des Glaubens ist in diesen unglückseligen Gegenden beinahe erloschen. Sollte ich dich einmal vergessen, Jerusalem, soll meine rechte Hand in Vergessen geraten, dann möge meine Zunge erstarren; wenn ich nicht mehr deiner gedenke, Jerusalem, wenn du nicht mehr der Ursprung meiner Freude bist. Gott steh mir und meiner heiligen Botschaft bei! So möge es sein.«

Nur Pere Lluís scheint den Text verstanden zu haben und sagt »Amen!«, während der sterbende Papst dem über ihn gebeugten Rodrigo seine Befriedigung ausdrückt.

»Verkauft alle päpstlichen Güter und bezahlt den Kreuzzug!«

»Ja, Onkel.«

»Wir müssen Mohammed den Kopf abschneiden.«

»So wird es geschehen, Onkel.«

Rodrigo ruft seinen Bruder mit einer Geste zu sich und führt ihn in einen Winkel des Zimmers.

»Das hier ist bald vorbei, und ich möchte nicht, daß uns des Onkels Tod in Rom überrascht. Es wird einen Aufruhr geben, und die Orsini, die Colonna oder wer auch immer, wird den Pöbel gegen uns hetzen. Wir müssen Zeit gewinnen. Du solltest nach Spanien gehen, nach Valencia, nach Xàtiva. Und zurückkommen, wenn alles …«

»Und du?«

»Mich hassen sie weniger. Aber auch ich werde mich, wenn nötig, absetzen.«

Pere Lluís geht wie ein Ochse in Angriffstellung, aber sein Bruder läßt ihm keine Zeit zur Rebellion. Er packt ihn an den Schultern und spricht nicht mehr Katalanisch mit ihm.

»Hör auf, dich wie ein Hornochs zu verhalten, und benimm dich wie ein vernünftiger Mensch. Wie sehr willst du dich aufplustern, um zu verhindern, daß sie dich töten? Wie viele Söldner werden dich weiterhin schützen, wenn sie erfahren, daß der Onkel tot ist? Es ist alles in die Wege geleitet. Der Kardinal und Patriarch von Venedig, Barbo, steht in unserer Schuld und gewährt dir seinen Geleitschutz. Reite nach Ostia, und schiffe dich auf einer Galeere in Richtung Spanien ein. Hier überfallen sie unsere Häuser, unsere Besitzungen. Wir müssen Zeit gewinnen.«

Auf der Straße ist Geschrei zu hören, und durch das in den römischen August hinein geöffnete Fenster fallen Steine und Rufe wie Messerstiche.
»Katalanen! Diebe! Raus aus Rom!«
Pere Lluís nimmt den Rat seines Bruders an, sie umarmen sich, und er läuft hinaus, während Rodrigo sich aus dem Fenster beugt und neugierig den Tumult beobachtet.
»Die Sippen der Colonna und Orsini haben sich zusammengetan, um die Fremden hinauszuwerfen. Sie haben die Haut des Ochsen verkauft, noch bevor sie ihn töteten.«
Der Lärm der Straße hat sich in den Palast verlagert, und von den fernen Gängen dringt das synkopierte Geräusch herannahender Gruppen zu Rodrigo, der am Fenster stehenbleibt. Eilige, stampfende Schritte nähern sich der Tür. Sie wird aufgestoßen und gibt den Blick auf eine bewaffnete Schar frei, an deren Spitze die Gesamtheit der römischen Patrizier. Die Gegenwart Rodrigos hält sie zurück, bis Orsini die Führerrolle übernimmt und zwei Schritte auf Kardinal Borgia zugeht.
»Dein Onkel liegt im Sterben, und das Joch der Borgias wird mit ihm zugrunde gehen.«
»Von welchem Joch sprichst du?«
»Ihr habt den Stuhl Petri dazu benutzt, um euch zu bereichern und euch des Staates zu bemächtigen.«
»Der Stuhl Petri wird in den nächsten Stunden leer werden, und wer wird ihn besetzen? Ein Colonna? Ein Orsini? Ein della Rovere? Wer kann sich einem Wechsel widersetzen? Mein Onkel war ein Mann des Rechts, der nach der Schande von Avignon zu einer Legitimierung des vereinten Papsttums beigetragen hat. Meinem Onkel ist es nicht gelungen, Papst Luna davon abzubringen, auf den Thron zu verzichten und die Einheit der Kirche zu stärken. Ich bin kein Mann der Waffen und der Kämpfe, ich bin Rechtsgelehrter. Werde ich mich widersetzen, daß du, zum Beispiel, der künftige Papst wirst?«
»Ich strebe es nicht an. Aber dein Bruder hat eine Strafe verdient. Er hat uns gedemütigt. Er hat sich über uns lustig gemacht.«
»Mein Bruder ist mein Bruder, ich bin ich, und das Anliegen der Kirche, das dem Gottes gleichkommt, muß über uns allen stehen. Wir Kardinäle sind heilige Männer, vorausgesetzt, daß auch unsere Ziele heilig sind, wie schon der heilige Paulus sagte: *Qui*

altare deserviunt, cum altare participant. Die dem Altar dienen, haben teil an ihm. Laßt mir Zeit, um mich um meinen hinscheidenden Onkel zu kümmern, und zählt auf mich, wenn es darum geht, die heilige Geschichte der Kirche fortzusetzen.«
Rodrigo bahnt sich einen Weg, ohne angegriffen zu werden, und als er den Gang erreicht, läuft er mehr, als er geht, gelangt zur Treppe und in den hinteren Hof, wo sein Bruder soeben, von vier Leibwächtern umgeben, sein Pferd besteigt.
»Reite eine Runde, damit es nicht den Anschein hat, daß du nach Ostia willst, denn möglicherweise kontrollieren sie die Abreise. Überquere den Tiber über die Porta di San Paolo. Sie sind hinter dir her, Pere Lluís.«
Die fünf Reiter ziehen los, ohne daß Pere Lluís etwas gesagt hätte, und Rodrigo bleibt mit Tränen in den Augen und einem Spruch auf den Lippen im Hof zurück:
»Mihi hieri et tibi hodie.«

Die klein gewordenen, fiebrigen Augen von Pere Lluís blikken wie die eines kranken Tiers in den meerblauen Himmel, und Niedergeschlagenheit bricht aus ihm hervor, als er sich an der Mole an die auf seine Entscheidung wartenden Leibwächter wendet.
»Die Galeere ist ausgelaufen und wollte nicht auf mich warten.«
Die Leibwächter tauschen Blicke aus, und einer faßt Mut.
»Die Galeeren warten nicht auf die Besiegten, und wir wollen unseren bescheidenen Hals auch nicht für Sie riskieren. Kardinal Barbo verpflichtete uns zu nichts weiter. Wir gehen.«
Sie kehren ihm den Rücken, und Pere Lluís hält den, der gesprochen hat, am Arm fest.
»Ich habe Geld, um hundert Galeeren zu mieten.«
»Geben Sie uns Bescheid, wenn es soweit ist, aber Sie sollten vielleicht nicht mehr als Generaloberst gekleidet sein, denn sie suchen nach Ihnen, und sollte man Sie finden, wird es Ihnen übel ergehen.«
Die Söldner entfernen sich, und Pere Lluís sucht einen im Halbdunkel liegenden Winkel auf, um sich das auffällige Zierwerk von seiner Uniform zu reißen und wie ein zerlumpter oder abgesetzter Generaloberst auszusehen. Er schwitzt und klappert

mit den Zähnen, während er auf der Suche nach einer Fluchtmöglichkeit durch die engen Hafengassen streift. Er betritt eine Taverne, in der sein Eintreten Schweigen und auch Spott hervorruft.

»Der Admiral der türkischen Flotte!«

Das schallende Gelächter hält an, während er auf den Wirt zugeht. Der Blick von Pere Lluís ist trüb, und das Sprechen fällt ihm schwer, als er auf den Kittel des Lokalbesitzers deutet.

»Wieviel verlangst du für diesen Kittel?«

»Nur den Kittel? Will der Herr nicht auch die Hose?«

»Gut. Kittel und Hose.«

Der Mann sagt ihm den Preis ins Ohr, und Pere Lluís diskutiert nicht. Er legt das Geld auf den Schanktisch. Auch der Wirt diskutiert nicht, zieht sich unter allgemeinem Gelächter Kittel und Hose aus, während Pere Lluís sich entkleidet und die erworbenen Kleidungsstücke anzieht. Der Wirt steckt nicht nur das Geld ein, sondern eignet sich auch die Kleidung des Gastes an und zieht sie sich über, während sich die Erheiterung in der Taverne noch steigert. Auf beiden Seiten des Schanktisches haben sich die Äußerlichkeiten verändert; und die anfängliche Verblüffung des Wirts wird zu Habgier.

»Was wünscht Eure Exzellenz sonst noch zu kaufen?«

»Ein Schiff. Ich muß heute noch in See stechen.«

»Hier in Ostia werden Sie keines finden. Vielleicht in Civitavecchia. Dort könnte ich eines auftreiben. Wenn Sie wollen, kümmere ich mich darum.«

Pere Lluís gibt seine Zustimmung und mehr Geld, zieht sich dann an einen Tisch zurück und trinkt mit großem Durst einen Krug Wein. Plötzlich bemerkt er, daß ihn Blicke durchbohren, und er bemüht sich, das Schweigen zu brechen.

»Ich bin ein Ritter vom Heiligen Grab, der sich in Malta einem Feldzug gegen die Ungläubigen anschließen möchte.«

Die Gäste der Schenke nähern sich, in fließendem Übergang, wie eine Lache verschütteten Weins, und einer wagt es, sich an seinen Tisch zu setzen.

»Wir wissen nichts von einem Kreuzzug.«

»Der Papst liegt im Sterben, und sein Nachfolger wird gewiß seinen Plan, einen Kreuzzug zu organisieren, durchführen.«

»Wer wird sein Nachfolger? Wieder ein Katalane?«

»Nein. Niemals!«
Was Pere Lluís beinahe als Schrei ausgestoßen hat, findet beim Volk Widerhall.
»Niemals!«
»Es heißt, die Verwandten des Papstes hätten sich aller Reichtümer Roms bemächtigt, und die Söldner seines Neffen Pere Lluís hätten die adeligen Familien enteignet und ihre Privilegien mißbraucht.«
»Ja, das wird behauptet.«
»Mir ist es gleichgültig, ob sie den Herren in Rom alles rauben. Ich bleibe arm, wer auch immer die Reichen sind, aber welchem Lager gehören Sie an, der Sie ein so römisches Auftreten haben?«
»Dem von Gott unserem Herrn.«
»Sehr weit ist dieses.«
»In ihm haben wir alle Platz.«
Der Wirt ist zurückgekehrt und flüstert Pere Lluís Neuigkeiten ins Ohr. Der versucht aufzustehen, doch sein Blick umnebelt sich, und die Gesichter, die sich ihm nähern, erscheinen ihm wie aufgelöst oder verzerrt. Als es ihm schließlich gelingt, sich zu erheben, ruft er aus:
»Meine Herren, ich ziehe mich zurück, aber eine Runde geht auf meine Kosten.«
Er stützt sich auf die Schulter des als Generaloberst von Rom gekleideten Wirts, sie steigen die Treppe hinauf und gelangen in ein normales Gästezimmer. Auf dem Bett verliert er das Bewußtsein, und als er es wiedererlangt, ist das Gesicht des Wirts nahe dem seinen, und dahinter eine ihm vertraute Silhouette, die er aber nicht wirklich scharf wahrnehmen kann, bis sie sich aus ihrem Silhouettendasein löst und als der Sekretär seines Onkels entpuppt, der zu ihm spricht, ohne ihm Zeit zu lassen, etwas zu sagen.
»Gott sei Dank, daß Sie aufgewacht sind. Ihre Familie ist in großer Sorge um Sie in diesen Zeiten des Aufruhrs. Ihr Bruder hat mir aufgetragen, Ihnen zu sagen, daß alles seinen Lauf nimmt.«
Pere Lluís schließt die Augen, und der Sekretär gibt ihm noch weitere Informationen zu seinem Befinden.
»Sie liegen schon seit zwei Wochen im Delirium, und es war nicht leicht, Sie zu finden. Sobald Sie sich erholt haben, können Sie sich in Civitavecchia einschiffen.«

Pere Lluís hätte gerne gefragt, was ihm denn fehlt, doch seine Stimme versagt.
»Es handelt sich um Fieber.«
Der Gesichtsausdruck des Sekretärs ist ebenso neutral wie die Pflege des Wirts fachmännisch. Er drückt ein feuchtes Tuch auf die Stirn des Darniederliegenden. Ein Lächeln huscht über das Gesicht von Pere Lluís. Er versucht durch das Schließen der Augen das Gefühl der Sicherheit, das ihn durchströmt, zu bewahren. Doch kaum hat er die Augen geschlossen, ist die Miene des Sekretärs nicht mehr unbeteiligt, sondern besorgt, und die des Wirts, der den Kopf schüttelt, als wollte er sich weigern, das Unvermeidliche anzunehmen, auf theatralische Weise beklommen.

»Ohne Nachricht von deinem Bruder?«
Sarkasmus klingt in dieser Frage Orsinis an, doch Rodrigo faßt sie als ein Bekunden von Interesse auf und bekennt niedergeschlagen:
»Ohne Nachricht.«
»Ein Konklave bei dieser Augusthitze und Pest auf den Straßen und Friedhöfen.«
Rodrigo wirkt resigniert, und während er mit Orsini auf und ab geht, erläutert er die Fähigkeiten der anderen Mitglieder des Kardinalskollegiums.
»Estouville scheint sich seines Sieges sehr sicher zu sein. Was würdest du vom Sieg eines französischen Kardinals halten?«
»Was gibt es an einem französischen Kardinal auszusetzen?«
»Vielleicht wäre nun, nach dem Interregnum meines Onkels, ein italienischer Papst angebracht: Die Stadt würde es als Wiedergutmachung auffassen.«
»Deine Überlegung gefällt mir sehr, Rodrigo, vor allem, weil sie von dir kommt.«
»Ich werde für einen italienischen Kardinal stimmen: Barbo.«
»Für den Patriarchen von Venedig? Niemals. Das würde die Stärkung der venezianischen Republik bedeuten, und weder die Medici noch die Sforza, noch die Gonzaga, noch die Este sind bereit, das gutzuheißen.«
»Ich kann auch noch anderes akzeptieren.«

Rodrigo geht zum Patriarchen von Venedig, umarmt ihn herzlich und sagt ihm ins Ohr:
»Danke für das, was du für Pere Lluís getan hast.«
»Wie geht es ihm?«
»Schlecht. Aber noch schlechter ginge es ihm, wenn sie erfahren hätten, daß er am Leben ist, und wo er sich befindet. Orsini akzeptiert dich nicht als Papst. Und ebensowenig die della Rovere.«
»Es ist nicht der richtige Moment für mich?«
»Nein. Vielleicht ist es der Moment für einen alten oder kranken Papst.«
»Sie werden es nicht schlucken. Ich kann warten.«
Es wird zur Ordnung gerufen, damit das Konklave im Gebet beginnen kann, und während gebetet wird, kreuzen sich die Blicke, man forscht in den Gesichtern, und Rodrigo besänftigt und beruhigt seine Schar von Kardinälen, indem er sie sprechen und Zeit vergehen läßt, und der Müdigkeit und dem Gebet Tür und Tor öffnet, und erneut der Müdigkeit, und erneut dem Gebet. Es ist Nacht geworden, als sich die Kardinäle erheben und Rodrigo zusammen mit anderen, von übereinstimmenden Dringlichkeiten getriebenen Purpurträgern die Latrinen aufsucht. Mit erhobenen Soutanen hockend, setzt ein Gutteil des Kardinalskollegiums beim Erleichtern der Schließmuskeln das Konklave fort.
»Kein schlechter Ort, um zur Ruhe zu finden.«
»Wir sind, was wir essen, wie Aristoteles sagte, demnach auch, was wir scheißen.«
»Gott hat uns das Vergnügen des Harndrangs und seiner Erleichterung beschert.«
»Es steht nicht geschrieben, daß diese Lust eine Sünde ist. Ich entsinne mich, daß ein lateinischer Dichter, Catull, sagte, ihr in Spanien würdet eure Zähne mit Urin putzen, damit sie weißer blieben.«
»Ein anderer lateinischer Dichter sagte, ihr Römer würdet euch Exkremente von Kindern auf den Kopf schmieren, um der Kahlheit vorzubeugen.«
»Wir sind hier, um andere Dinge zu bereden. Gebt laut euren Kandidaten bekannt.«
Die hockenden Kardinäle verkünden einer nach dem anderen ihre Vorlieben, und zwei sagen: Wer auch immer, nur nicht der Franzose. Rodrigo ist überrascht.

»Aber er ist doch der reichste!«
»Wenn wir einen Franzosen zum Papst machen, kommt es in Rom zu einem Schisma.«
»Also dann?«
Orsini steht auf, und die anderen folgen seinem Beispiel.
»Für die hier Versammelten verpflichte ich mich, dir zu sagen, daß zwei unserer Stimmen auf Piccolomini fallen werden, ihn unterstützen Norden und Süden, Sforza von Mailand und Ferrante von Neapel aus. Und deine Stimme, Rodrigo?«
»Meine Stimmen. Es sind sieben. Ich bin für sieben Stimmen verantwortlich.«
»Und wem werden sie gelten?«
»Laß uns zum Konklave zurückkehren.«
Wieder im Saal geht Rodrigo unter dem wachsamen Blick der Verschwörer von den Latrinen zu Piccolomini.
»Enea, sie spekulieren zweifellos darüber, was ich von dir für meine Stimmen verlange.«
»Was verlangst du, Rodrigo?«
»Das Patrimonium meiner Familie, meiner Verbündeten und meiner katalanischen, aragonesischen und valencianischen Beamten zu festigen.«
»Ich gestehe dir ganz ehrlich, Rodrigo, daß ich es nicht anstrebe, Papst zu werden, sondern lieber bei meinen Büchern bleibe, wo doch der Glanz des Goldenen Zeitalters der lateinischen Kultur zurückzukommen scheint, Zeiten für den Menschen, dieses Wunder, wie es von Pico della Mirandola bezeichnet wurde. Aber ich kann nicht dulden, daß sich ein Franzose auf den Stuhl Petri setzt, denn das würde den Anfang vom Ende des Gleichgewichts Italiens bedeuten. An dem Tag, wo Franzosen oder Spanier sich in Italien einmischen, wird unsere Welt vergehen. Was habe ich dir sonst noch für die öffentliche Bekanntgabe deiner sieben Stimmen zu geben? Dir persönlich?«
»Kann ich dir nützlich sein?«
»Deine Erfahrung und deine Macht werden mir nützen.«
»Ich möchte, daß du dies vom ersten Moment an verkündest.«
Enea Silvio Piccolomini stimmt zu, und man schreitet zur Wahl. Estouville. Piccolomini. Estouville. Piccolomini. Estouville. Estouville. Estouville. Estouville. Es fehlen die sieben Stimmen von Rodrigo, und sechs Kardinäle haben ihm ihre Gesichter zu-

gewandt. Rodrigo nickt, und die Stimmen fallen. Piccolomini. Piccolomini. Piccolomini. Piccolomini. Piccolomini. Piccolomini. Piccolomini. Laute Begeisterung bei den triumphierenden Kardinälen, im Gegensatz zu der Gelassenheit des Ernannten und der scheinbar höflichen Gleichgültigkeit Rodrigos. Piccolomini dankt für das Vertrauen.
»Es ist nicht der Augenblick, um mein Programm zum Ausdruck zu bringen, doch gedenke ich, mich Pius II. zu nennen, und will meinen Wunsch kundtun, die vormaligen Streitigkeiten beizulegen und mich auf die Erfahrung von Rodrigo Borgia, eines gelehrten und rechtskundigen Mannes, Bindeglied zwischen zwei Pontifikaten, zu stützen. Ich wähle ihn als den Kardinal aus, der mir die Tiara aufs Haupt setzen wird.«
Der Handkuß wird vom ernannten Papst mit seinem Segen belohnt, und als sich Rodrigos Augen nach oben richten, finden sie die Bestätigung des gegebenen Versprechens.
Nach dem Ende des Konklaves verbrachte Rodrigo seine Tage mit dem Aussortieren von Papieren, der ehrenden Erinnerung an seinen Onkel und der Anbetung von Jungfrauen, die ihm geneigter waren. Der Schatten des scheidenden Sekretärs überfiel ihn bei einem seiner Gebete, um ihm mitzuteilen:
»Pere Lluís ist gestorben.«
Und Rodrigo packte ihn am Kragen, zwang ihn zuerst, näher zu kommen, und dann niederzuknien.
»War es das Fieber, oder stimmt es, daß Gift im Spiel gewesen ist?«
Der so Festgehaltene zuckt mit den Schultern, und der Kardinal entläßt ihn aus seinem Griff, um sich wieder seinen Gebeten zuzuwenden. Private Gebete sind es, die Tage später, im Schatten der Investiturzeremonie des Papstes Pius II., zu öffentlichen werden. Der betrübte Kardinal Borgia macht ein majestätisches Gesicht, als er die päpstliche Tiara nimmt, sie über das Haupt von Pius II. erhebt, sie auf halbem Weg zu Piccolominis Kopf und dem seinen dem Himmel entgegenhält, man könnte meinen, um sie im Kontrast mit der Unendlichkeit zu sehen. So verweilt Rodrigo, mit der Tiara in Händen, bis die ironische Stimme Piccolominis an sein Ohr dringt.
»Rodrigo, dieses Mal bin ich der Papst. Setze mir die Tiara auf.«
Der Kardinal setzt sie auf Piccolominis Schläfen, und seine aus-

gebreiteten Arme bleiben wie enttäuscht in der Luft, bis sie kreuzförmig auf seine Brust sinken, als wollte er die Bemerkung von Pius II. für sich behalten.
»Eines Tages wird sie dein sein, Rodrigo. Daran zweifle ich nicht.«

Der Blick des auf einem Pferd sitzenden, nach San Giovanni in Laterano reitenden Alexander VI. kehrt aus den Wolken zurück. Er betrachtet mit Stolz die ihm zujubelnde Menge, sucht mit den Augen bestimmte Personen und schließt sie beruhigt, wie eine Katze, wenn er die erhoffte Anwesenheit bestätigt findet. Die Silhouette Giulias an einem Fenster. Er hat Cesare nicht gesehen, er ist umgeben von Corella, Grasica, Llorca und Montcada, sie sind allesamt als Mönche verkleidet und betrachten amüsiert das Spektakel, bis das schallende Gelächter Corellas Cesare dazu veranlaßt, sie aus der ersten Reihe der Zuschauer zu bugsieren. Als sie sich bereits entfernt haben, kann Corella seinen Lachkrampf nicht länger zurückhalten, und obwohl die anderen seine Heiterkeit teilen, werden sie allmählich müde und flehen ihn an, sich zu beruhigen.
»Was hat dich so viel lachen lassen?«
»Die Ergriffenheit der Massen, lieber Cesare. Wie sehr man sich auf sie verlassen kann. Das Pack, das heute ausruft ›Es lebe der Papst‹, ist dasselbe, das uns *Katalanen* während des Konklaves den Hals abschneiden wollte, und sie sind ihrerseits Söhne oder Enkel von denen, die deinen Vater und deinen Onkel abmurksen wollten, als Calixtus III. starb.«
»Die Völker werden von intelligenten, selbstbewußten Minderheiten mit zukunftsweisenden Ideen verändert. Man muß ihnen die Köpfe füllen. Bemerkst du nun, daß die große Mehrheit das Hirn von Kindern besitzt?«
»Weshalb machst du die Kinder schlecht?«
»Laß uns die lästige Familienzeremonie hinter uns bringen, Miquel. Ich habe Lust, das Gesicht aller meiner natürlichen Geschwister, meiner natürlichen Mutter, ihres natürlichen Ehemanns und meines natürlichen Vaters unter der Tiara des Heiligen Petrus zu sehen.«
»Sankt Peter hatte Glück. Eine so wertvolle Tiara wie diese hätte er verkauft und wäre zur Hölle gefahren.«

Von den großen Fenstern ihres Palazzo aus verfolgt das Ehepaar Carlo Canale und Vanozza Catanei den Festzug, während Joan Borgia und Djem Schach spielen. Canale betrachtet die Hauptrolle, die Alexander VI. dabei spielt, als wäre es seine eigene, und Vanozza wirkt, als hätte sie ihre Mission erfüllt. Cesare und seine Begleiter kommen herein, werden von den Spielern keines Blickes gewürdigt, lenken auch Canale nicht von seiner bewundernden Betrachtung des Umzugs ab, Vanozza hingegen bemerkt Cesare, sieht ihn prüfend an, geht zu ihm, nimmt seine Hand und fragt:
»Alles in Ordnung, oder?«
Cesare küßt seine Mutter auf die Wange, setzt sich und schließt die Augen. Er läßt Corella den Platz des Begleiters von Canale am Fenster einnehmen, und begibt sich in den Hintergrund. Canale bringt lauthals seine Begeisterung zum Ausdruck, ohne sich auch nur eine Sekunde des Spektakels entgehen zu lassen:
»Hast du gesehen, wie sehr ihn das von mir gemachte Schild beeindruckt hat?«
»Um welches Schild handelt es sich, Signor Canale?«
»Auf ihm steht: ›Rom war groß unter Caesar. Nun ist es noch größer. Caesar war ein Mensch. Alexander ist ein Gott.‹«
Corella applaudiert, Cesare schließt sich an, und Vanozza hüpft vor Freude.
»Es ist wirklich ein schönes Schild, nicht? Carlo hat mich um Rat gefragt, und ich sagte ›Nur zu!‹«
»Ist Lucrezia nicht hier?«
»Sie verfolgt den Festzug vom Palast Santa Maria in Portico aus, mit der Milà und ...«
»Und ...«
»Und ...«
Vanozza will das Geheimnis nicht lüften, und Cesare nähert seine Lippen ihrem Ohr.
»Schmerzt es dich?«
»Warum sollte es mich schmerzen? Dein Vater und ich haben immer die Grenzen gekannt, die uns voneinander trennten. Es war eine Ehre, daß er mich zu seiner Gefährtin wählte. Er war der attraktivste Mann von Rom. Jemand sagte damals von ihm: Nie habe ich einen sinnlicheren Mann gesehen. Ich habe ihm Kinder geschenkt, er hat sie nach seinem Gutdünken erzogen. Ich habe

versucht, ihm zu helfen, nicht zu schaden. Giulia verkörpert die Jugend. Dein Vater braucht es, sich jung zu fühlen, solange er kann, und das ist für uns alle von Interesse. Bei dir angefangen.«
»Und für den?«
Vanozza weist Cesare mit einer Gebärde zurecht. Nein. Er darf seinen Bruder nicht so verächtlich behandeln, der unter dem lauernden Blick Djems in eine Partie vertieft ist. Doch die Frau zieht es vor, die gesetzte vorige Überlegung wieder aufzunehmen.
»Als ich deinen Vater kennenlernte, war er soeben aus Spanien zurückgekehrt. Er hatte schon zwei Päpste gekrönt, und besuchte als Kardinal von Valencia seinen Sitz, Xàtiva, Torreta de Canal, alle diese Orte, von denen er mir so viel erzählt hat. Er lernte auch Fernando de Aragón, der ihm nicht vertrauenswürdig schien, und dessen Frau kennen, Isabel, eine unerträgliche Kastilierin. Dein Vater sagte über sie: Sie ist unsympathisch, aber notwendig, und er half ihr, gegen ihre Nichte, die rechtmäßige Erbin, den Thron zu besteigen. Bei der Rückkehr wäre er beinahe ertrunken. Ein Unwetter kostete viele seiner Begleiter das Leben, und Rodrigo kam wie von den Toten erweckt nach Rom. Er war der von den Frauen meistbegehrte Mann. Nein, er war noch kein Gott. Er war ...«
»Ein Fürst.«
»Wie weißt du das?«
»Weil du immer, wenn du in die Vergangenheit abschweifst und mir diese Geschichte erzählst, sagst, daß er wie ein Fürst war.«
»Sieh ihn dir an. Ein Gott? Ein Fürst?«
Cesare tritt ans Fenster, gerade rechtzeitig um zu sehen, wie das Pferd kehrtmacht; er kann nun den Rücken des Papstes mit ausgebreitetem Mantel und trotz des Gewichts der Tiara erhobenen Kopfs betrachten.
»Es sind keine Zeiten für Götter, sondern für Fürsten.«
Vanozza will jedoch an diesem Morgen ihre heimliche Sanftmut nicht verlieren und betrachtet verliebt, wie sich Alexander VI. entfernt, so als wollte sie ihn mit dem Blick anstoßen, einen langen Weg zu vollenden.
»Cesare, manchmal denke ich, dein Vater hat mich aufgesucht wie einen Ruhepol zwischen zwei Schlachten.«
»Zwischen zwei Jagden. Mein Vater ist kein Krieger. Er ist nur ein Jäger.«

VANOZZA, DIE RUHESTÄTTE DES JÄGERS

Carlo Canale bittet um Aufmerksamkeit, Schweigen, und greift mit zwei Fingern in die Luft, als wolle er sich an dieser winzigen, zarten Berührung festhalten, während er sich nahezu schwerelos auf die Zehenspitzen stellt und seine Lippen sich wie eine Haut dem Gewebe der vorgetragenen Verse anpassen.

Als meine Farbe heut Euch so erschien,
Daß Ihr schon an den Tod habt denken müssen,
Ergriff Euch Mitleid, und das holde Grüßen
Ließ noch das Leben nicht aus mir entfliehn.

Dies schwache Leben, das mir noch geblieben,
War einzig Eurer schönen Augen Gabe
Und Eurer Stimme, süß wie Engelsang.
Aus ihr erkenn ich, was ich bin und habe;
Und gleich dem Tier, durch Schläge angetrieben,
Ward meine Seele wach, die müd und krank.

Die beiden Schlüssel – und das sei Euch Dank –
Von meinem Herzen sind in Euren Händen;
Ich weiß mich nun mit jedem Wind zu wenden,
Und was Ihr gebt, ist lieblicher Gewinn.

Vanozza applaudiert heftiger als die anderen Mitglieder des aus dem Stegreif entstandenen Dichterhofstaats.
»Wie schön! Wie schön Petrarca ist! Ich bekomme Gänsehaut. Carlo, rezitiere nun deine Gedichte. Carlo, schreibe! Der große Poliziano sagte, er besäße die Seele eines Dichters, und widmete ihm seinen *Orfeo*!«
Carlo wäre vielleicht bereit gewesen zu rezitieren, hätte nicht Cesare bemerkt:

»Manchmal muß Schreiben ein geheimes Vergnügen bleiben.«
»Sei doch nicht so boshaft, Cesare, laß doch Carlo seine Verse vortragen.«
Carlo weigert sich und hofft, Alexander VI. höchstpersönlich würde ihn dazu auffordern, denn es interessiert ihn nicht, was Corella und die anderen Anhänger Cesares denken, oder Lucrezia, die wie abwesend über ihre goldenen Locken streicht, während an ihrer Seite ein verzückter Jüngling am Gesagten keinen Anteil nimmt. Alexander VI. verlangt nicht nach den Versen Canales, sondern sucht im Himmel seine eigene Eingebung und rezitiert ohne weitere Erklärung:

Alt e amor, d'on gran dessig s'engendra
esper, venent per tots aquests graons,
me són delits, mas dóna'm passions
la por del mal, qui'm fa magrir carn tendra
e port al cor sens fum continuu foc,
e la calor no 'm surt a part de fora.
Socorreu-me dins los termes d'una hora,
car mos senyals demostren viure poc!

Die hohe Liebe, die großes Begehren, und / Hoffnung schürt, die diese Stufen erklimmt, / erfüllt mich mit Freude, doch quält mich die / Furcht vor dem Übel, das mein Fleisch verzehrt / und mein Herz mit stetem Feuer ohne Rauch, / dessen Glut nicht von innen nach außen dringt. / Steht mir bei in der Frist dieser nahen Stunde, / denn mir bleibt nur wenig Leben noch!

»Ich verstehe gar nichts, aber ich finde es wunderschön.«
»Vanozza, so viele Jahre in meiner Nähe, und du verstehst noch immer meine Sprache nicht. Cesare, haben dir diese Verse von Ausiàs March gefallen?«
Es ist jedoch nicht Cesare, der antwortet, sondern Corella.
»Ebensosehr wie die Petrarcas, die Canale vorgetragen hat. Sie sind beide große Dichter, die die gleiche Lektüre verbindet. Seit mehr als eineinhalb Jahrhunderten hat das erneute Studium der lateinischen und griechischen Klassiker zu einer Blüte der italienischen, französischen, katalanischen und kastilischen Dichtkunst geführt. Petrarca ist in italienischer Sprache das, was Ausiàs March für die katalanische ist, sie sind zwei Begründer. Außer-

dem stützen sich beide auf Augustinus, Cicero, Vergil und Ovid. Wußte Eure Heiligkeit, daß ein Papst von Avignon drauf und dran war, Petrarca zu exkommunizieren, weil er Vergil zitierte?«
»Ich habe nicht vor, irgend jemanden zu exkommunizieren, weil er Gedichte zitiert. Und im Widerspruch zur Auffassung der Theologen werde ich nicht einmal Kopernikus exkommunizieren, der mir Himmel und Erde durcheinanderbringt, wobei ich nicht weiß, wohin uns das führen wird.«
»Eure Heiligkeit tut gut daran. Vergil zu zitieren ist schon nicht mehr gefährlich, doch das Schaffen einer Sprache ist das Rückgrat eines Landes. Es gibt keine Bedeutsamkeit ohne Sprache. So wie es kürzlich ein weiser Kastilier, Nebrija, ausdrückte: Die Sprache ist immer dem Imperium zur Seite gestanden.«
Cesare lacht schallend.
»Miquel sorgt für Überraschung. Der geheimste und gefährlichste Krieger Roms doziert über Petrarca, Ausiàs March und das gesamte Jahrhundert, wenn sich die Gelegenheit bietet, wie ein Schüler der Humanisten aus Florenz oder Ferrara.«
»Das nennt man das Bündnis von Waffe und Wort.«
Lucrezia taucht aus ihrer Versunkenheit auf und fragt, weiterhin über ihr Haar streichend, während ihr Begleiter zustimmend nickt:
»Sind die Waffen so gefährlich wie die Worte?«
Nun ist es Cesare, der ihr antwortet.
»Die Waffen dienen nur zum Töten, doch gibt es Worte, die töten, und andere, die schlummern.«
Alexander VI. verscheucht mit einer Handbewegung Lucrezias Bedenken und fordert sie auf, sich auf seinen Schoß zu setzen. Der Papst bemerkt das Unbehagen des bis jetzt an der Seite seiner Tochter gebliebenen Jünglings angesichts der gefügigen Erwiderung Lucrezias. Der Kardinal Ascanio Sforza legt ihm eine Hand auf die Schulter, und der Papst tröstet den Jungen lautstark:
»Ruhig Blut, Schwiegersohn, und das gilt auch für dich, Giovanni, der du ein Sforza bist, denn es gibt keine zärtlichere Liebe als die des Vaters für seine einzige Tochter. Ascanio, sag deinem Neffen, daß Lucrezia in guten Händen ist.«
Ascanio lächelt nachgiebig, und auch der von seinen Vorurteilen gequälte Junge stimmt zu. Alexander verfällt der Tochter gegen-

über, die schon auf seinem Schoß sitzt, in eine väterliche, erzieherische Haltung.
»Wohin auch immer ihr gehen mögt, dürft ihr die Wurzeln der Borgias nicht vergessen, aber ihr sollt euch hier zu Hause fühlen, denn Valencia und die Krone von Aragón gehören unserer Vergangenheit an. Rom und die Christenheit sind unsere Zukunft. Aber vergiß nicht, Lucrezia, daß große Schriftsteller wie Ausiàs March, den ich vermutlich in Lérida kennengelernt habe, oder Joanot Matorell, tapferer Kreuzfahrer *in pectore,* mit dem mein Onkel Alfonso, Calixtus III., bekannt war, auf Katalanisch geschrieben haben. Dein Bruder Joan ist in Gandía, Heimat des Dichters March, und so unserem geliebten Xàtiva ganz nah.«
Vanozza eilt herbei und nötigt Lucrezia dazu, den Schoß ihres Vaters zu verlassen.
»Ich möchte mit Seiner Heiligkeit sprechen. Laßt ihn mir einen Augenblick für mich.«
Weder Lucrezia noch Rodrigo verstehen die durch ein Lächeln nur ungenügend verhehlte Schroffheit Vanozzas, doch Rodrigo läßt sich, erstaunt über die rätselhafte Entführung, in das Nebenzimmer ziehen. Er faßt es als Eifersuchtsanfall auf und versucht, sich bei Vanozza einzuschmeicheln, streichelt ihren Körper, als würde ein unbezähmbares Begehren in ihm erwachen. Sie läßt das Spiel zu, versucht aber, die päpstlichen Hände abzuwehren, und bricht in Tränen aus. So verkehrt sich das Liebeswerben in Mitgefühl.
»Was ist los, mein Liebling? Habe ich etwas getan, was dich bedrückt?«
Vanozza sträubt sich, den Grund ihres Kummers preiszugeben, doch schließlich gibt sie nach.
»Du besprichst nichts mit mir. Cesare hast du zum Kardinal gemacht, ohne daß ich, seine Mutter, es wußte. Du hast die Hochzeit von Lucrezia mit einem Sforza und die Joans mit einer Kastilierin vereinbart, und ich habe es über Dritte erfahren. Du übergehst mich, und von den anderen werde ich beschimpft.«
»Sag mir, wer dich beschimpft, und ich werde ein Exempel statuieren.«
»Mir kommen täglich die Verleumdungen deiner Feinde zu Ohren. Es übersteigt die Schmerzgrenze. Man behauptet, ich würde mit Joan und auch mit Cesare schlafen, und daß du mein Haus

benützt, um mit Lucrezia oder mit Giulia Farnese ins Bett zu gehen, durch meine, mit Adriana del Milà geteilte Kuppelei ermöglicht, Adriana und ich gelten demnach als Kupplerinnen von Adrianas Schwiegertochter. Was ich aber nicht ertrage ...«
»Was kannst du nicht ertragen?«
»In Florenz beleidigt mich der Mönch Savonarola ständig, indem er dich der Konkupiszenz bezichtigt. Dabei handelt es sich nicht um das Wort eines politischen Feindes, sondern um das eines Heiligen. Ich finde es niederschmetternd, daß ein Heiliger mich verdammt.«
»Vanozza, liebe Frau. Savonarola ist kein Heiliger. Um heilig zu sein, müßte ich ihn seligsprechen, und das habe ich nicht vor. Aber ich verspreche dir, ich werde ihm einen gewichtigen Brief senden.«
»Könntest du nicht seinen Segen für mich erbitten?«
»Von Savonarola? Wozu willst du den Segen eines Mönchs, wenn du den des Papstes erhalten kannst? Willst du, daß ich dich segne?«
Empört bricht Vanozza das Gespräch unter vier Augen ab.

Im Schutz der Nacht weint Vanozza bitterlich, und Carlo Canales vermehrte Zärtlichkeit vermag ihre Klage nicht zu mildern. Da beginnt der Mann sie in seinen Armen zu wiegen, bis die Frau zu weinen aufhört und nach und nach beruhigter blinzelt.
»Alles habe ich für ihn getan. Alles. Ich habe ihm mein Leben geschenkt. Kinder. Mich seinen Launen gefügt.«
»Ich weiß, Liebste.«
»Als er aus Spanien zurückkehrte, glich er einem auf wunderbare Weise aus den Fluten erretteten Fürsten und hatte schon zwei oder drei Kinder; von ihnen lebt nur noch eine Tochter. Ich weiß nicht, wo sie sich befindet. Ich schenkte ihm vier Kinder, meine Geduld und mein Verständnis.«
»Ich weiß, Liebste, ich weiß.«
»Ich habe sogar die Geschichte mit der Farnese erduldet, die das Miststück von Milà, seine Base, die zur Kupplerin auf Kosten ihres eigenen Sohns geboren zu sein scheint, ausgeheckt hat.«
»Der arme Orsini ist einäugig.«

»Seine Mutter aber nicht. Ich erinnere mich an den Augenblick, wo Giulia Farnese in unser Leben trat.«
Vor ihrem inneren Auge erschafft Vanozzas Gedächtnis die Begegnung Rodrigos mit Giulia Farnese aufs neue, und sie blinzelt jedes Mal, wenn sich die Augen Rodrigos auf das Mädchen richten.
»Giulia«, sagt Vanozza.
In der Erinnerung folgt das Mädchen ihrem Ruf, erscheint heiter und natürlich im Rahmen einer offenen Tür, sucht mit den Augen nach Adriana.
»Guilia!« ruft Adriana und streckt die Hand nach ihr aus.
Die junge Farnese geht auf sie zu, doch trifft sie auf dem Weg, den die Anwesenden freigeben, unversehens auf Rodrigo, der in seinem Gespräch, in der Gebärde, im Leben selbst innegehalten hat, wie gelähmt von ihrer überwältigenden Schönheit.
»Giulia!« ruft Adriana erneut, doch vergeblich, da die Bewegung im Raum der Begegnung zwischen Giulia und Rodrigo erstarrt ist, bis er die Hände ausstreckt, eine der ihren ergreift, sie küßt, während Adriana herbeieilt.
»Kanntest du meine Schwiegertochter Giulia Farnese nicht? Giulia, das ist Kardinal Borgia, mein Vetter, man muß ihn dir nicht vorstellen.«
Das Mädchen nimmt verwirrt zur Kenntnis, daß man ihn ihr nicht vorstellen muß, und gibt sich keine Mühe, ihre Hand, die Rodrigo festhält, zurückzuziehen. Lucrezia hat sich einen Weg gebahnt und drängt sich sanft zwischen Giulia und ihren Vater, umarmt den Kardinal, küßt ihn, und Rodrigo löst sich allmählich aus der Berührung mit dem Mädchen. Vanozza ist durch das Offenkundige erstarrt, ebenso Orsino Orsini, Giulias einäugiger Ehemann, und die Höflinge der Borgias tuscheln über das, was sie soeben gesehen haben. Streng und mit kritischem Auge mustert Burcardo die gar reichlich gezeigte nackte Haut Giulias, und auch die ebenso übertriebene Zuneigung, die Lucrezia ihrem wiedererlangten Vater entgegenbringt. Nicht für lange. Rodrigo sieht, wie Adriana und Giulia lachen und sich anschicken, den Salon zu verlassen. Er kann nicht anders, als den beiden Frauen durch den Tunnel des Schweigens nachzueilen, das durch das Kichern und Getuschel Adrianas und Giulias, die zu fliehen vorgeben, unterbrochen wird. Die Verfolgung endet in einem Raum,

aus dem Adriana bereits verschwunden ist und Giulia vergeblich entweichen will, während Rodrigo sie erreicht und sich ihr impulsiv, aber fragend nähert, als wollte er für etwas um Erlaubnis bitten, das unweigerlich getan werden muß.
»Es ist eine Ehre, Eminenz, aber ...«
»Eine viel größere Ehre ist es für mich, dich wenigstens zu sehen, die Ausstrahlung deines Körpers einer jungen Göttin zu spüren. Ich fühle mich krank und vermag meine Krankheit nicht zu benennen. Meine Brust schmerzt, doch habe ich keinen anderen Schlag bekommen als den deiner Augen.«
»Es ist eine Ehre, Eminenz, aber ...«

Kluge, ich muß nicht sagen, daß ich Euch liebe / denn wie ich glaube, seid Ihr Euch dessen gewiß / auch wenn Ihr zeigt, daß Euch der Grund verborgen bleibt / warum die Liebe so verschieden ist.

Sie hat Rodrigos Worte nicht verstanden, wohl aber, wie er niederkniet, ihre Hand in die seine nimmt, ihre Taille umfaßt und sie von unten nach oben wie eine zarte Blüte betrachtet. Die Augen Vanozzas waren jenseits der halbgeöffneten Tür und kehren nun aus der Erinnerung zur unterwürfigen, manchmal störenden Zuwendung Carlo Canales zurück.
»Zwei Jahre sind seither vergangen, und Rodrigo ist schon Papst. Er hat die Orsini dafür reich beschenkt, sich Hörner aufsetzen zu lassen, und ebenso die Farnese, weil sie die Verwandten Giulias sind. Es heißt, Laura, die Tochter von Giulia und dem einäugigen Orsini, sei in Wahrheit eine Tochter Rodrigos. Wir haben alle gesündigt, aber die eigentliche Sünderin bin nach wie vor ich, ich habe ihm Kinder geschenkt, ich bin Gegenstand der Reden heiliger Prediger.«
»Heiliger! Das sagst du, meine Schöne, heiliger! Wer kann das schon wissen!«

»Wenn ich dir sagte, Savonarola kümmert mich nicht, würde ich lügen, Remulins, genau so wie mit einer gegenteiligen Aussage. Das von Savonarola vertretene Glaubenskonzept entspricht der Vergangenheit, den Anfängen der Kirche, es steht in enger Beziehung zur Rebellion von Hus und vielfältigen anderen Theorien, die eine Vorrangstellung der Schafe gegenüber dem

Guten Hirten fordern. Im Christentum liegt unterschwellig ein egalisierender Anspruch, der zur Anarchie, zur Unordnung neigt, oder aber zu einer neuen, schlimmeren Ordnung als die bekämpfte. Zeiten der Veränderung sind anregend, aber gefährlich, denn der Wechsel ist nicht immer kontrollierbar, und es gibt dunkle Kräfte, die diese Veränderungen für einen Umsturz nutzen. Was mich aber bei Savonarola vor allen Dingen besorgt, ist nicht, von ihm als Antichrist betrachtet zu werden, sondern daß er ein Hampelmann in den Händen des Königs von Frankreich werden und Florenz zum Tor für die Franzosen in Italien machen könnte.«

»In Wahrheit verdankt Charles VIII. Savonarola den Titel des Neuen Kyros, mit dem er droht, in Italien einzufallen. Und Savonarola war es, der sich des Propheten Jesaja bediente, um diese Invasion zu rechtfertigen. Jesaja legt Jahwe in den Mund: ›Kyros ist mein Hirte, und alles, was ich will, wird er vollenden, und zu Jerusalem sagt er: du wirst wieder aufgebaut werden, auf den Ruinen des Tempels gegründet.‹«

»Jesaja ist ein reiner Vorwand. Mir ist bekannt, daß der König von Frankreich darum gebeten hat, ihm das Buch Jesaja vorzulesen, und den Leitsatz verwendet: Es gibt keinen Gott außer mir; außer mir gibt es keinen gerechten und rettenden Gott. Das ist die Unordnung, die ich fürchte. Die Franzosen aus dem Norden, Florenz benutzend, und die Spanier aus dem Süden, über Neapel, während sich Kastilien über den neuen, von Columbus entdeckten Weg in Spanisch-Amerika, jenseits des Ozeans, ausweitet.«

»Jesaja sagte: ›Aram im Osten, die Philister im Westen, und sie fraßen Israel mit gierigem Maul.‹«

»Propheten! Propheten im Dienst vergangener Geschichten! Und die Macht Gottes heute? Wer vertritt die Macht Gottes? Savonarola predigt die Notwendigkeit eines Konzils, um mich meines Amtes zu entheben, und der König von Frankreich und della Rovere unterstützen ihn.«

»Meiner Meinung nach soll man ihn lassen. Es ist nicht ratsam, ihn unter dem Vorwand anzugreifen, daß er Werkzeug der Franzosen sei, denn das würde eine übereilte Feindschaftserklärung gegenüber dem König von Frankreich darstellen. Savonarola wird sich theologisch selbst zerstören, und theologisch soll man auch zulassen, daß er sich allein erhängt.«

Der Gedanke erstaunt Rodrigo. Daß er sich allein erhängt! Remulins! Er bewundert die analytische Kaltblütigkeit seines Studienkollegen schon seit sie sich an der Hochschule in Lérida kennenlernten. Er kann sich an keinen einzigen Fehltritt von ihm erinnern, allerdings auch an keine Jägerei.

»Behalte den Fall Savonarola im Auge. Ich lege ihn in deine Hände. Reise, sollte es nötig sein, nach Florenz. Ich kann meine Zeit nicht mit diesen fanatischen Mönchen verlieren, wo ich mich doch mit den neuen Fürsten schlagen muß, und das in Zeiten unvermuteten Wandels. Ich werde einen Schiedsspruch für die Aufteilung der von Spaniern und Portugiesen jenseits des Ozeans eroberten Territorien diktieren. Wir werden das Jahr 1500 erreichen, und ich befürchte eine Welle des Millenarismus unter der Leitung von beschuhten oder unbeschuhten Mönchen wie diesem Girolamo Savonarola.«

»Ich würde Savonarola nicht herunterspielen. Er hat sich zum Herrn der Republik von Florenz gemacht, die Macht der Medici außer Kraft gesetzt und seltsame gesellschaftliche Bräuche eingeführt.«

»Zum Beispiel?«

»Die Leute verbringen den Tag im Gebet, fasten freiwillig drei Tage in der Woche bei Brot und Wasser, und zwei bei Brot und Wein.«

»Der Wein verbessert die Diät.«

»Mach dich nicht lustig. Die Klöster sind voll mit Mädchen und verheirateten Frauen, und es heißt, daß man in den Gassen von Florenz nur mehr Knaben, Männer und alte Frauen zu Gesicht bekommt. Es werden Scheiterhaufen zur Läuterung der Eitelkeiten errichtet, und auf ihnen landen prächtige Kleider, Luxusgegenstände, Briefe, Würfel, Liederbücher, Perücken, Musikinstrumente und anstößige Kunstwerke. Botticelli, der große Botticelli, hat für seine Zeit als heidnischer Maler um Verzeihung gebeten und malt nur noch Jungfrauen, und von dir sagt Savonarola, daß du nicht einmal an Gott glaubst.«

Alexander hätte gedacht, daß die am Torso des Pasquino, neben der Piazza Navona, hängenden Pamphlete schlimmere Dinge über ihn sagten. Er konnte eines lesen, als er den Platz verließ, auf dem Cesare mit zwei Stieren gekämpft hatte. Doch das mit dem Mönch ist anders und durchbricht das Zeichen der Zeit.

»Beobachte das aus der Nähe, Remulins«, sagt er eindringlich, »und halte mich auf dem laufenden.«
»Burcardo möchte mich sprechen, und das ist ein Wunder, denn er ist ein Mann, der ebensoviel schweigt, wie er beobachtet, er macht mich nervös.«
Wie bei einer vorgesehenen Ablösung überläßt Remulins Burcardo seinen Platz. Er kommt leise und mit einem knappen Gruß herein, und erst, als er mit dem Papst allein ist, versucht er, die erstickende Vorsicht zu besiegen und frei zu reden.
»Heiligkeit, ich habe ein paar im Entstehen begriffene Gemälde von Pinturicchio gesehen, die Eure Heiligkeit in Auftrag gegeben hat, und andere, bereits fertiggestellte, und ich befürchte, sie könnten ein weiterer Stein des Anstoßes sein inmitten der Geröllhalde von Skandalen, in der sich Eure Heiligkeit gerade befinden.«
»Es sind religiöse Gemälde, Burcardo.«
»Leider hat die Kirche nie ein ausreichendes Kriterium, einen moralischen Kanon über den Umgang mit den Bildern erstellt. Dieser moralische Kanon drängt, denn wir sprechen in der Tat von eindeutig religiösen Inhalten und Personen, doch mit einem beinahe ausschließlichen Modell, Heiligkeit: Giulia Farnese, so wie schon Eure Tochter Lucrezia und früher Vanozza Catanei als Modell dienten.«
»Überrascht dich die Auswahl der Modelle? Du bist ein gebildeter Mann und kennst die vorherrschenden platonischen Theorien und die Traurigkeit, die wir wegen der Unmöglichkeit, die absolute Schönheit zu erfassen, empfinden. In ihrer Unmöglichkeit, in ihrem Fehlen auf Erden muß man sich der naheliegendsten Schönheit annähern. Gibt es eine schönere Frau als Giulia Farnese, um die Jungfrau oder die Heiligen zu verkörpern? Haben etwa der große Giotto oder Masaccio nicht zu realen Modellen gegriffen, um biblische Geschichten darzustellen? Wozu eine Bilderdoktrin, wie du sie für die Kirche forderst?«
»Man sagt, jedesmal wenn Eure Heiligkeit an einem Bild vorbeigeht, auf dem Giulia Farnese erscheint, kniet Eure Heiligkeit nieder und bekreuzigt sich.«
»Ich kniee mich nieder oder bekreuzige mich vor der Jungfrau oder der heiligen Katharina, nicht vor Giulia Farnese.«
»Man spricht von einem Geheimgang, der den Vatikan mit dem Ort eurer Zusammenkunft mit Giulia Farnese verbindet.«

»Du kennst diesen Gang unter der Sixtinischen Kapelle, er ist für Notfälle da. Rom ist kein sicherer Ort, nicht einmal für den Papst.«
»Eurer Heiligkeit wird auch vorgeworfen, die Gemächer des Vatikans mit dem Symbol des Stiers geschmückt zu haben, und man betrachtet ihn als ein heidnisches Zeichen. Der Stier Apis.«
»Meine Kenntnisse der Mythologie sind bescheiden, Burcardo, doch ihnen zufolge waren die Ägypter die Lehrmeister für die von Moses verwendete Symbolik. War die etwa ketzerisch? Wenn du die Gemächer der Borgias durchschreitest, wirst du nur die Verherrlichung biblischer Werte finden, obwohl Sibyllen und Propheten die Ankunft Christi vorhersagten.«
»Man sagt ...«
»Man sagt! Wer sagt das?«
»Es ist schlimm, daß man Eurer Heiligkeit eine Anwendung der Kabbala durch eine Synthese von christlichen, jüdischen und heidnischen Elementen unterstellt, nach Art des gefährlichen Pico della Mirandola, der die Kabbala als Teil der Offenbarung ansieht. Das fügt sich zu den Vorkehrungen gegen das Judentum ...«
»Ich weiß, daß man mich *marrano*, Schwein, Renegat nennt, weil ich in Rom die Juden aufgenommen habe, die von den Königen von Kastilien und Aragón, Isabel und Fernando, auf Rat des finsteren Cisnero, Beichtvater von Isabel, des Landes verwiesen wurden. Wer sind diese Juden? Ärzte, Advokaten, Astrologen, Spezialisten, die wir brauchen können.«
»Pfandleiher.«
»Wir brauchen auch Geld, wenn wir ein Heer des Vatikans zusammenstellen wollen, das die rückschrittlichen Feudalherren und die Gier der Franzosen und Spanier abzuschrecken vermag. Das Bündnis mit den Sforza ist ein Fiasko gewesen, und mein Schwiegersohn ist so kleinmütig, daß er keinen Finger gegen die Franzosen rühren wird. Er hat sich in seine Heimat geflüchtet und beschuldigt mich aller möglichen unrechtmäßigen Handlungen. Offensichtlich flöße ich ihm Furcht ein. Wir müssen jedenfalls ein antifranzösisches Bündnis mit anderen Städten, vor allem mit der Republik Venedig schließen. Das kostet Geld. Ich danke dir, daß du versuchst, mich vor den anderen zu schützen, doch schütze mich nicht vor mir selbst.«

Das Gespräch läßt sich nicht fortsetzen, weil Rufe und Lärm vom Innenhof heraufdringen, und der Papst sich aus dem Fenster beugt, um den Grund herauszufinden, Burcardo hingegen nicht den Mut hat, sich an seine Seite zu stellen.
»Sieh her, Burcardo, es ist Cesare. Er spielt mit dem Stier.«
Zu Pferd foppt Cesare den Stier, täuscht vor, sich erwischen zu lassen, weicht dann aus, beugt sich hinunter, berührt seinen Nacken, packt ihn am Schwanz. Die Schar seiner Anhänger und aus den Fenstern gebeugte Damen spenden ihm belustigt Beifall. Cesare steigt vom Pferd und zieht sein Schwert. Er erwartet den Angriff des Tiers, die mit dem Degen bewaffneten Arme hochgestreckt, läßt den Stier vorbei, und enthauptet ihn dann in zwei Streichen. Der erste Hieb beendet den Lauf des Tiers und zwingt es in die Knie, der zweite trennt sein Haupt ab, das Cesare kurz darauf bluttriefend zu dem Fenster emporhebt, wo sich der begeisterte Gesichtsausdruck des Vaters in Widerwillen verwandelt hat. Burcardo hingegen scheint fasziniert vom Anblick des mächtigen Schädels, an dessen Hals Blutsträhnen hängen.

Savonarola ist auf ein schmuckloses Podest geklettert und bohrt sein Kinn in die Luft, spitz und kantig sein Gesicht und seine Gebärden, als gälte es, den Raum anzugreifen, in den sie wie Messerstiche eindringen.
»Ihr sollt wissen, Florentiner, daß die Truppen von Charles VIII., dem König von Frankreich, in die Stadt kommen werden, und gelobt sei Gott, denn Charles VIII., der Neue Kyros, wird das Werkzeug gegen den Antichrist sein, der in Gestalt des Papstes von Rom den Stuhl des Heiligen Petrus einnimmt! Rom kommt in seinen Sünden Ninive oder Babel gleich, und die Huren des Papstes haben den heiligen Ort voller Schlangeneier gelassen, Satansbrut. Man muß zur Einfachheit des christlichen Lebens zurückkehren, die Bräuche, das Leben Christi, eines Armen, anstreben. Ein christliches Leben, das sich nicht auf die naturgegebenen Sinne gründen kann, sondern auf das natürliche Licht der von der Offenbarung genährten Vernunft, mit dem Ziel, der Gnade Dauer zu verleihen! Wir brauchen ein Konzil, das den Antichrist vom apostolischen Stuhl vertreibt!«
Machiavelli wendet sich von der Menge ab, die der Predigt Sa-

vonarolas lauscht, und trifft dabei auf einen vornehmen Herrn im Pilgergewand.

»Je öfter ich ihm zuhöre, desto mehr zweifle ich.«

Machiavelli hat gesprochen, und der Pilger zeigt sich überrascht.

»Sie zweifeln an der Heiligkeit Savonarolas?«

»Ich zweifle an der Wirksamkeit des von ihm Gesagten. Er schwingt Reden für eine Revolution, verfügt aber nur über Worte, um sie in Bewegung zu setzen.«

»Und über die Truppen des Königs von Frankreich.«

»Savonarola zählt auf die Truppen von Charles VIII., aber Charles VIII. zählt nicht auf Savonarola. Er ist ein Komparse für die Annektierungsträume der Barbaren.«

»Noch einmal die Barbaren?«

»Charles VIII. wird der Kleine König genannt, und man spottet reichlich über das Emblem seines Banners *Misso a Deo.* Er ist jedoch ein kleiner König, möglicherweise von Gott gesandt als Werkzeug der Barbaren. In Italien ist im Lauf der Geschichte in den Städten ein Status quo entstanden, jeder Stadt ihr System, ein Universum, das danach strebt, das Universum des klassischen Rom wieder aufzubauen, eine Berechtigung, insgesamt einen Plan für ein mögliches, künftiges Italien, Erbe des römischen Wissens, so wie es in den letzten zweihundert Jahren in humanistischen Träumen entworfen wurde. Aber es kommen erneut die Barbaren.«

»Die Türken?«

»Die Franzosen, Aragoneser, Kastilier, die Schweizer sogar, haben sich bewaffnet, und sie sind die wildesten, bedrohlichsten Söldner. Wer sollte sie aufhalten? Savonarola? Der ist bloß ein waffenloser Prophet.«

»Ein waffenloser Prophet. Gut beobachtet. Mit wem habe ich die Ehre?«

»Es sind keine güntigen Zeiten, um zu offenbaren, wer man ist. Also zunächst, mit wem spreche ich?«

»Mit dem Pilger Remulins, aus Katalonien.«

Machiavelli lacht.

»Eher Remulins als Pilger, denn trotz der Entfernung wissen wir hier in Florenz Bescheid, wer im Hofstaat des Papstes welche Rolle spielt, und Sie sind ein Mann seines Vertrauens, so wie sein Arzt, der auch Katalane ist.«

»Und ich spreche, wenn ich mich nicht irre, mit Niccolò Machiavelli, dem Mann, auf den die Stadtregierung hört.«
»Noch hört, aber ich weiß nicht, für wie lange. Savonarola und die Franzosen werden die Republik zugrunde richten. Die Medici waren grausam und despotisch, manchmal aber auch großartig. Waren es etwa nicht die Medici, die Ghiberti fünfzig Jahre lang unterstützten, damit er ein paar Türen für das Baptisterium anfertigen konnte? Wer kann es in Widerrede stellen, daß Florenz unter Lorenzo il Magnifico den größten kulturellen Glanz seit der Zeit von Augustus hervorbrachte? Damals tummelten sich in Florenz Wißbegierige aus ganz Europa. Savonarola aber, und auch seine Gegner, sind mittelmäßig, kleinlich, armselig, scheinheilig. Ist die Nachricht vom Scheiterhaufen der Eitelkeiten nach Rom vorgedrungen? Er ist das Bild für Savonarola und die Seinen. Sie errichteten einen Scheiterhaufen, auf den die Florentiner all ihr eitles Beiwerk werfen sollten, was sie auch taten. Was warfen sie in die Flammen? Perücken, falsche Bärte, Karnevalslarven, Karten, Würfel, Spiegel, Parfüms, Glasperlen, Bücher, Porträts schöner Damen, und einige Künstler, wie etwa Baccio della Porta oder Lorenzo di Credi, verbrannten sogar ihre *anstößigen* Werke. Trotzdem bin ich für die Republik, und ich ziehe Cassius und Brutus Caesar vor.«
»Ich habe das Treffen mit Ihnen gesucht.«
»Ich habe nichts dagegen, doch nicht auf offener Straße.«
Die beiden Männer spazieren, bis sie sich unter einem Dach befinden. Machiavelli macht den Vorschlag, eine Taverne zu besuchen, in der, um einen Tisch versammelt, bereits einige Männer sitzen. Einem von ihnen ist das Eintreten Remulins unangenehm, er versucht zu verbergen, wer er ist, indem er sich weiter hinten hinsetzt und den Weinkrug vor sein Gesicht stellt.
»Ich denke nicht, Ihr Vertrauen durch die Anwesenheit meines Gastes, Signor Remulins, zu verraten, Berater Seiner Heiligkeit und daran interessiert, unsere Meinung über das Phänomen Savonarola zu erfahren.«
»Es kann nicht andauern.«
»Savonarola ist eine Leiche.«
Machiavelli wiegt den Kopf, ist mit denen, die so denken, nicht einverstanden, und ergreift, nachdem er Platz und Wein genommen hat, das Wort.

»Durch die heute gehaltene Rede besitzt Savonarola mehr Macht denn je. Er hat seine Erneuerungsgedanken für die Kirche mit der Rolle von Charles VIII. als Läuterer der Christenheit verbunden. Was könnte den französischen König mehr interessieren? Ist dieser florentinische Johannes der Täufer, der die Ankunft des Messias verkündet und dafür ein Konzil verlangt, denn kein Geschenk?«
»Lästere nicht, Niccolò.«
»Es ist keine Lästerung, sondern offenkundig. Charles VIII. wird in Florenz einmarschieren, wird es vernichten, um dann nach Rom zu ziehen, und Savonarola als waffenlosen, aber verwendbaren Propheten zurückzulassen. Sehen Sie das etwa nicht so, Remulins?«
»Ich höre zu.«
»Und Sie informieren.«
Der halbverborgene Mann kann sich nicht länger zurückhalten, streckt seinen Kopf vor und damit sein Gesicht; es ist der Kardinal della Rovere, auf ihn richten sich nun alle Blicke, und Remulins stellt die Frage:
»Wen informiere ich?«
»Alexander VI., das nächste Ziel von Charles VIII.«
»An Ihnen läge es, della Rovere, als Kardinal des Kollegiums und somit Verteidiger der kirchlichen Interessen Bericht zu erstatten.«
Giuliano versucht die Zustimmung der Anwesenden zu erheischen, indem er jeden einzelnen ansieht, während er verkündet:
»Stimmen denn etwa die Interessen der Kirche mit denen der Borgias überein? Vertritt denn ein Papst, der aus dreiundvierzig persönlichen oder familiären Gründen bis zu dreiundvierzig Kardinäle ernennt, die Interessen der Kirche? Stimmen etwa die Interessen der Italiener mit denen der Borgias überein? Verhält es sich nicht eher so, daß diese Familie Eindringlingen entstammt, die aus Spanien kamen und in der Vergangenheit die Interessen der Krone von Aragón vertreten haben, und nun die der katholischen Könige?«
Niemand wagt etwas zu erwidern, und beinahe alle Blicke richten sich erwartungsvoll auf Machiavelli, der schließlich spricht:
»Ich bin mir sicher, daß die Interessen der Italiener nicht mit denen der Barbaren übereinstimmen, und Barbaren, richtige Barbaren, sind die neuen Invasoren Italiens.«

Die Soldateska stürmt Haus um Haus, und wie immer sind die Söldner nur dazu da, ihren Sold zu kassieren, und lassen alles im Stich, sobald sich die Lage zum Schlechten wendet. Rom hält still in Erwartung von Plünderung und Klage. Mailand und die Sforza beugen sich den Franzosen, Florenz ergibt sich, Venedig stimmt zu. Was kann der Papst mit einer Handvoll Söldnern ausrichten? Die Spanische Garde und die Freiwilligen der deutschen Kolonie leisten an den Toren Roms Widerstand, doch ist es ein zum Scheitern verurteilter Kampf. Burcardo, Cesare und Djem lauschen aus Respekt der langweiligen Rede Alexanders VI.

»Und wo sind die römischen Patrizierfamilien? Wo sind diese Ausverkäufer des Landes? Della Rovere ist ein französischer Agent, aber Orsino Orsini hatte von mir den Auftrag, dem Angreifer die Stirn zu bieten, und sei es auch nur mit seinem einzigen Auge. Wo ist er denn? Übrigens, befinden sich die Frauen in Sicherheit?«

»Nicht alle.«

»Was willst du damit sagen, Cesare?«

»Darüber wollten wir mit dir sprechen. Giulia Farnese ist in den Händen der Franzosen.«

»Hat sie etwa ihr Gatte gezwungen, sich den Franzosen auszuliefern?«

»Sie haben sie als Geisel genommen und verlangen Lösegeld von dir.«

»Von mir?«

»Von dir.«

Der Papst hat es gehört, übergeht es aber. Er ist aufgestanden, will auf und ab gehen, tut es aber nicht, will reden, doch will ihm kein zusammenhängender Satz gelingen. Er schafft es nur, drei Mal hintereinander »Giulia, Giulia, Giulia« zu stammeln, und nachdem er sich damit Luft gemacht hat, klagt er:

»Und Joan ist in Gandía, mein bewaffneter Arm so weit weg. Ihn würde ich fragen, was wir denn tun können.«

Es antwortet nicht der abwesende Joan, sondern Cesare.

»Zahlen.«

»Was zahlen?«

»Das Lösegeld. Die Entführung mag eine Prellerei sein, da den Franzosen dein großes Interesse an dieser Dame bekannt ist, doch im Augenblick fordern sie einen hohen Preis. Sie sind vor den Toren Roms, und wenn wir bezahlen, werden sie sie freilassen.«

»Worauf warten wir? Der Preis ist egal. Cesare, verhandle jetzt sofort, verliere nicht eine Sekunde!«

Corella tritt aus dem Halbschatten, tuschelt mit Cesare, und beide gehen, lassen den Papst mit einem Arm auf Burcardos Schulter zurück, den diese päpstliche Geste erstaunt.

»Die Demütigung hat bereits begonnen. Sie werden in die Stadt eindringen und die Weisung haben, mich abzusetzen, ein Konzil einzuberufen und einen Papst zu ernennen, der ihren Interessen geneigt ist.«

Burcardo überlegt und schließt sich der von Selbstmitleid geprägten Traurigkeit Alexanders VI. nicht an.

»Sie werden aber einen Borgia-Stier vorfinden, der mit all seiner Kraft den Stuhl Petri verteidigt. Der Widerstand von Benedikt XIII., Papst *Luna* genannt, in Peñíscola, war gering im Vergleich zu dem, was ich tun kann. Burcardo, höre mir zu, und halte das Gehörte fest, denn dies ist möglicherweise meine letzte Möglichkeit eines Testaments. Meine Fehler sind groß gewesen, doch habe ich immer versucht, die Unabhängigkeit der Kirche gegenüber den Fürsten zu festigen.«

»Noch ist nicht alles verloren.«

»Hältst du etwa zwischen deinen Gebetsbüchern oder Protokollen ein Heer versteckt?«

»Das versteckte, unsichtbare, aber tatsächliche Heer besitzt Eure Heiligkeit. Gebt die Tiara nicht verloren, bis Ihr nicht die Absichten des Franzosen kennt.«

Rom brennt, wie die beiden Männer von den vom Feuerschein erhellten Fenstern aus feststellen, und die Plünderungen breiten sich aus wie heißes Öl. Djem hat sich im Rücken des Papstes und Burcardos an einen Tisch gesetzt und ißt mit beiden Händen alle Speisen, derer er habhaft werden kann, bis er den mißbilligenden Blick Burcardos auf seinen Händen, seinen fettigen Lippen, seinem von Bulimie befallenen Körper spürt. Djems Augen sind die eines hungrigen und in die Enge getriebenen Tiers.

»Was ist mit Ihnen los, Prinz Djem?«

»Ich habe Hunger.«

»Ist es wirklich nur Hunger?«
»Schwöre, Burcardo, mir die Wahrheit zu sagen.«
»All meine Wahrheit soll die Ihre sein.«
»Man hat mir gesagt, daß ihr mich den Franzosen ausliefern werdet. Joan, mein Freund, der einzige, der mich beschützte, ist nicht hier.«
»Wer hat Ihnen das gesagt?«
»Man hat es mir gesagt.«
»Sie befinden sich in einem Wahn, Prinz. Glauben Sie denn, die Franzosen sind nach Rom gekommen, um Sie zu holen?«
Von der Straße her dringen Schreie und Flüche, Waffengeklirr und Todeslaute bis in die Gemächer der Borgias, während Cesare und Miquel auf die Lichter des französischen Lagers zureiten. Cesares Hand liegt beschützend auf einem Beutel, der neben seinem rechten Hosenbein baumelt, und den er nicht losläßt, bis er das feindliche Lager erreicht hat, wo er ihn herrisch auf einen Tisch fallen läßt, an dem französische Soldaten sitzen. Seine anmaßende Geste wird nicht gutgeheißen, ein Offizier setzt ihm das Messer an die Kehle, doch Michelotto hat seines auch gezückt und hält es dem Franzosen an den Hals. Die versammelten Soldaten sind noch in Wut erstarrt, als eine Person eintritt, die die Begrüßung verdient:
»Attention! Le roi!«
Charles VIII., mit seiner spitzen, riesigen Nase und auf wackeligen krummen Beinen, fordert eine Erklärung, die man ihm leise gibt, während man ihm den von Cesare überbrachten Geldbeutel zeigt. Der König überläßt das Geld mit einer verächtlichen Gebärde einem Adjutanten und geht zu dem bereits entwaffneten Trio: Cesare, Corella und der französische Offizier.
»Ich befinde mich also vor dem berüchtigten Kardinal Cesare Borgia, Erzbischof von Valencia. Neffe des Papstes? Sein Sohn gar?«
»Angehöriger.«
»Angehöriger. Sie kommen, um Giulia Farnese zu holen? Ihr Ehemann, Fürst Orsini, ist meinen Vorhaben gegenüber loyal und hat keinen besonderen Eifer gezeigt, sie zu befreien. Die Dame ist sehr schön, und der Preis war hoch. Der Papst ist ein Mann, der das, was er liebt, zu schätzen weiß, nicht wahr?«
»So ist sein Ruf.«

Der König bedeutet mit einer Kopfbewegung, die Abmachung zu erfüllen, und augenblicklich kommt Giulia hinter einer Zeltplane hervor. Unter den Blicken aller sieht sie niemanden an, geht majestätisch an den sich verneigenden Männern vorüber, verläßt das Zelt und wendet sich zu einem gesattelten Pferd. Sie besteigt es, Charles VIII. höchstpersönlich klopft dem Pferd auf die Kruppe, und Giulia Farnese reitet zwischen den entzündeten Fackeln, begleitet vom Hufschlag der Pferde, in Richtung Rom, wo nur noch die fernen Lichter die Einsamkeit des Papstes umgeben, der, durch die Entfernung klein an Gestalt, an den Toren der Stadt auf die Rückkehr der verlorenen Liebe wartet, als hätte außer ihm und ihr nach der Katastrophe nichts mehr Gewicht.
»Siehst du, was ich sehe, Burcardo?«
»Ich sehe es, Kardinal della Rovere.«
»Und dein christliches Blut gerät nicht in Wallung?«
»Das Blut wallt nicht, Eminenz.«
Della Rovere zieht Kreise um Burcardo, als wollte er ihn belagern und dadurch bezwingen. Vor ihren Augen vollzieht sich das Wiedersehen zwischen Giulia und Alexander, sie versucht knieend seinen Ring zu küssen, er zwingt sie aufzustehen, und Cesare, Miquel, Adriana del Milà und der Ehemann Orsini kommen gerade rechtzeitig, um sie fortzubringen. Als Orsini seine Frau in einen Umhang hüllt, erlahmt dic besitzergreifende Geste Rodrigos. Eine flüchtige Herausforderung liegt in den sich kreuzenden Blicken der beiden Männer, eine ungleiche Herausforderung, da Orsinis leeres Auge eine Binde verdeckt. Am Ende bleibt der Papst allein unter dem Mond und den lauernden feindseligen Augen der Römer. Eine verdunkelte Stimme, Tochter der Nacht, nähert sich, einer gespaltenen Zunge gleich, dem Protokollchef:
»Burcardo, heute nacht werden die Franzosen in den Vatikan eindringen, und dann geht es mit den Borgias zu Ende. Es wird ein Zeugnis von einer ihnen nahestehenden Person wie dir vonnöten sein, um sie anzufechten und sie daran zu hindern freizukommen. Ein läuterndes Konzil. Darum geht es.«
Burcardo erschrickt über die Worte des vermummten della Rovere, der an seiner Seite verharrt.
»Alle, die auf der Seite der Franzosen stehen, haben wir unter Kontrolle, und diesmal wird Rodrigo sich nicht retten.«

Burcardo antwortet nicht und folgt Rodrigo, während sich della Rovere dem Gefolge Orsinis anschließt, das Giulias Heimkehr begleitet. Adriana hält die bekümmerte Giulia am Arm, und della Rovere widmet sich Orsini, der dahinschreitet, als trüge er das Gewicht der Welt auf den Schultern.

»Es war demütigend, tapferer Orsini, aber wie Sie vorhin Ihre Frau verteidigten, als der Papst sie endgültig in Besitz zu nehmen schien, hat mich beeindruckt. Es heißt, Seine Heiligkeit hat euch sexuellen Kontakt untersagt. Er gestattet nicht einmal, daß der Ehemann von seiner Frau Gebrauch macht. Er zerstört die von Gott geheiligten Bande.«

Orsini hört ihm nicht zu, genausowenig wie seiner Mutter Adriana, als diese versucht, ihn aus seiner Melancholie zu reißen.

»Alles ist überstanden, mein Sohn.«

Der kann seine Aufgebrachtheit nicht länger zügeln und brüllt: »Alles ist offenkundig geworden! Mehr denn je. Ich will keinen Tag länger in Rom bleiben. Der Papst ist ein Ungeheuer, selbst der Ehemann Lucrezias meldet von Padua aus, daß er ein abscheulicher Blutschänder ist, und fordert seine Frau zurück. Morgen schon breche ich als Pilger nach Jerusalem auf!«

»Das scheint mir ein sehr weiter Weg für dich, mein Sohn.«

»Für meine Scham gibt es keinen Ort, der entlegen genug sein kann.«

Della Rovere hält den jungen Orsini zurück.

»Mehr Schande hat Rodrigo Borgia auf sich geladen, ich weigere mich, ihn als meinen höchsten Pontifex anzuerkennen, und mehr noch kommt auf ihn zu. In dieser Nacht sind die französischen Soldaten in Vanozzas Haus eingedrungen und haben dort alles getrieben, wonach sie gelüstete.«

Dem niedergeschlagenen Ehemann steht nicht der Sinn danach, fremdes Unglück zu bedauern, und della Rovere macht sich los, um sich wieder zu dem aus Papst und Burcardo bestehenden Duo zu gesellen, doch schon betreten sie, von Cesare und seinen Freunden gefolgt, den Palast, und Giuliano hält sich in einem gewissen Abstand. Drinnen schreitet Alexander zum Apostolischen Stuhl und setzt sich. Niemand außer Burcardo, seinen Kindern, Cesares Freunden und Djem leistet ihm Beistand, und je lauter die Fanfarenklänge das Heranrücken der französischen Truppen ankündigen, desto gelassener gibt sich die versammelte

Gruppe, niemand verläßt seinen Platz, und als die Türen von der Soldateska aufgestoßen werden, bringt Burcardo seine letzte Empfehlung zum Ausdruck.
»Heiligkeit, jedem gebührt sein Platz, und Eurer ist der Gottes. Sollte der König Frankreichs ihn schänden, würde die Exkommunikation ihn für unwürdig erklären.«
Auf dem Thronsessel erwartet Alexander die Ankunft der Soldaten, ihrer Hauptmänner, und schließlich kommt Charles VIII. hinkend über den Gang. Um beherrschend zu sein, steht ihm nur seine Nase, spitz wie ein Dolch, zur Verfügung, und er hält Abstand, bis er es nicht mehr vermeiden kann, Alexander VI. gegenüberzutreten. Alle Augen prüfen die nachfolgende Geste, von der die von Burcardo geplante Vorgehensweise abhängen wird. Charles VIII. beugt sein Knie, küßt Hand und Ring, die ihm der Papst entgegenstreckt, die Hand, die sich darauf erhebt und den gerührten, gleich einem geistlichen Vasallen hingegebenen König von Frankreich segnet, während Cesare und Burcardo sich als Sieger fühlen, Giuliano della Rovere inmitten des französischen Gefolges hingegen eine bittere Pille zu schlucken hat.

Charles VIII. hebt sein Glas und prostet Alexander VI. zu, der als Zeichen der Anerkennung den Kopf neigt.
»Auf daß die Mißverständnisse von gestern uns als Grundlage für die Abkommen von morgen dienen mögen!«
Bedächtig erhebt der Papst seinen mächtigen Körper, und damit beginnt der für das Auge ungleich wirkende Kampf zwischen dem gekrümmten König und dem aufgerichteten Pontifex.
»Signor, mir wurde mitgeteilt, daß mit Eurer Majestät Kyros, der große persische Eroberer, käme, der Name, mit dem Euch Fürsten und Dichter bedacht haben. Ich schätze neben Kyros, einem Mann der Waffen, das Talent eines Perikles, eines ausgezeichneten Staatsmannes, und die Überlegungen eines heiligen Thomas, der unsere Denkweise schuf.«
Die Versammelten trinken, und Musik erklingt im päpstlichen Umkreis. Corellas Gesicht drückt Zorn aus, das Djems tiefe Betrübnis.
»Was ärgert dich, Miquel?«
»Ich weiß nicht, wie du den Vorschlag deines Vaters annehmen

konntest, den König von Frankreich als Geisel auf seinem Feldzug nach Neapel zu begleiten.«
»Damit beweisen wir unsere guten Absichten. Djem kommt ebenfalls als Geisel mit.«
»Dein Vater ist in seiner Schwäche stark. Der französische König hat es nicht gewagt, sich gegen ihn zu stellen, und er war letzlich der einzige italienische Staatsmann, der versucht hat, ihm die Stirn zu bieten. Du jedoch bist offiziell nicht einmal sein Sohn.«
»Unterschätze mich nicht! Ich bin Kardinal. Nun geht es um einen anderen Kampf, Miquel. Sieh dir die Nase des Königs von Frankreich an. Dieser Dummkopf besitzt nur Nase und Dünkel.«
Della Rovere verneigt sich vor Vanozza.
»Ich freue mich zu sehen, daß Sie die Invasion nicht behelligt hat, Signora Vanozza. Es waren schreckliche Gerüchte über vandalische Plünderungen der französischen Soldateska in Umlauf, deren Opfer Sie angeblich gewesen sein sollen.«
»Die Fassade meines Hauses ist etwas in Mitleidenschaft gezogen worden, doch nur die Fassade. Seien Sie versichert, Giuliano, daß ich es bemerkt hätte, wäre ich Opfer dieser Schandtaten gewesen.«
Della Roveres Gesicht zeigt keine Freude mehr, und Vanozza geht zu Cesare, nimmt ihn am Arm und zieht ihn in einen Winkel des Salons.
»Wie konntest du dieser Abmachung zwischen deinem Vater und dem König zustimmen? Wie zulassen, daß man dir die schlechteste Rolle, die der Geisel, gab?«
»Rodrigo betrachtet die Invasion als einen vorübergehenden Sturm und grübelt schon über eine Bündnispolitik, die alle zum Franzosen übergelaufenen römischen Verräter zur Vernunft bringen soll, allen voran die Orsini und della Rovere. Sobald die Franzosen abgezogen sind, wird der Augenblick gekommen sein, mit ihnen abzurechnen. Ich habe nichts Seltsames in seinem Bestreben entdeckt.«
Vanozza streichelt ihren Sohn, und in ihrem Blick liegt nicht nur Zärtlichkeit, sondern auch eine gewisse Furcht.
»Du bist zu vertrauensselig.«
»Du bist die einzige Person in Rom, die das glaubt. Wem mißtraust du? Meinem Vater?«
»Nein.«

»Mir selbst?«
»Der Situation. Du solltest zur richtigen Zeit am richtigen Ort sein, sonst wirst du deine Stunde versäumen.«
»Das ist meine Stunde. Es stört mich nur, sie mit dem fetten, trübsinnigen, unnützen Djem zu teilen.«
»Weiß er es?«
»Er befürchtet es.«
Sie finden einen lustlosen Djem vor, der die auf Tabletts gereichten Speisen zurückweist und zu Alexander VI. geht, auf ihn einredet, ihn um etwas bittet, was der Papst nicht beachtet. Der türkische Prinz wird zudringlich, und ein Leibwächter hält ihn zurück, stößt ihn fort, so daß er beinahe in Vanozzas Armen landet, die ihm zu Hilfe geeilt ist.
»Beruhige dich doch, Djem. Was geschieht dir denn?«
»Ihr habt mich verkauft, mich dem König von Frankreich ausgeliefert wie einen Anhang zum Hauptteil des Abkommens.«
»Es ist nur für sechs Monate.«
»Warum nicht für sieben oder vier?«
»Danach wirst du zurückkehren. Cesare kommt ebenfalls mit, als Gesandter des Pontifex.«
»Als Geisel. Aber er ist eine wertvolle Geisel. Er ist Sohn eines Herrn der Erde und des Himmels. Doch der arme Djem? Ich bin nichts weiter als eine zunehmend verbrauchte Figur, an der mein Bruder ebenso wie der Papst kein Interesse mehr haben, und ich verstehe nicht, warum der König von Frankreich mich zu seiner Kriegsbeute zählen will.«
»Tröste dich. Bekanntlich stellen die französischen Herdfeuer die höchsten Gelüste zufrieden.«
Vielfaches Glockengeläut unterbricht das Fest, erhebt es gleichzeitig, da der Jubel alle außer Djem erfaßt hat, und man sich, den Friedensvertrag feiernd, unter französischen und päpstlichen Höflichkeiten umarmt, bis Charles VIII. anordnet:
»Es ist an der Zeit, nach Neapel aufzubrechen, wo ich mich zum König Siziliens und Jerusalems erklären will!«
Er verbeugt sich höflich vor Alexander und zieht sich zurück, während der Vater Cesare segnet, ihn umarmt und ausruft:
»Kardinal, erfüllen Sie unserem Verbündeten gegenüber Ihre Pflicht, es möge dem Werk Gottes dienen.«
Der französische König reitet, von Cesare und Djem flankiert.

Hinter ihm die Karren mit der Kriegsbeute und den Spenden des Papstes, wenn auch die größten Geschenke die beiden Männer sind, die jeder für sich über andere Sorgen nachgrübeln. Djem schwitzt, Opfer der Angst oder eines unbestimmten Übels.
»Seltsam, dein Schwitzen im Januar, Djem.«
»Ich fühle mich gar nicht gut, Cesare.«
»Der Ritt dürfte nicht allzulang dauern. Wir werden in Velletri übernachten.«
Cesare lächelt, als ein Bote im Galopp heranreitet.
»Majestät! Die zwei Karren mit den Wertgegenständen sind abhanden gekommen!«
»Wie konnten ausgerechnet diese beiden verlorengehen?«
Cesare mischt sich ein:
»Es gibt keine gerisseneren Diebe als die Römer, Majestät. Sie bestehlen sich mitunter sogar selbst, wenn es sonst nichts zu rauben gibt.«
»Da werden Köpfe rollen!«
Der französische König reitet mit gerunzelter Stirn und betrachtet Djem und Cesare verstohlen.
»Einer ist als Türke gekleidet, was gerechtfertigt ist, da er Türke ist, doch als was ist Eure Eminenz gekleidet?«
»Als ich selbst.«
Die violette und fuchsienfarbene Kleidung ist auffällig und beginnt dem König, den Cesares Aufmachung mit jedem Mal Hinsehen mehr erstaunt, zu gefallen. Mittlerweile ist der Zug an ihrem Rastplatz angelangt, die Reiter steigen ab, und die Wächter schützen den König ebenso, wie sie die Geiseln bewachen, doch keiner bemerkt, daß sich Juanito Grasica, gleich gekleidet wie Cesare, in die Gruppe gemengt hat. Man verständigt sich mit Blicken, und während sich Grasica im königlichen Gefolge zu Djem gesellt, als dieses in den Palast einzieht, bleibt Cesare immer weiter zurück und sucht in einer Falte der Nacht Zuflucht. Djem hat den Vorgang nicht verfolgt und verharrt weiterhin schwerfällig und stumpfsinnig in seinem Geiseldasein, doch als er seine Augen auf den wie Cesare gekleideten Mann richtet, den er für Cesare hielt, entdeckt er, daß er es nicht ist. Er will etwas ausrufen, doch Juanito Grasica gebietet ihm zu schweigen, und seine Bestürzung hält noch an, als sich der König, zufrieden angesichts der Eingangshalle des Palasts, zum vermeintlichen Cesare umdreht.

»Ich hoffe, es handelt sich um eine des Kardinals würdige Bleibe, wie sie es für einen König Frankreichs, den sogenannten Neuen Kyros der Christenheit, ist.«
Er fährt aber nicht fort, denn Cesare ist nicht Cesare, und Juanito Grasica nimmt mit verdächtigem Wohlgefallen die vom Palast gebotenen Perspektiven wahr, und Schrecken überbordet die Augen des schweißgebadeten Djem, als er feststellt, daß Cesare verschwunden ist, und der türkische Prinz in Ohnmacht fällt.

»Zu allem Überfluß entkam, die Verwirrung nutzend, auch noch der Elende, der sich als Cesare ausgab. Ich werde tun, was Kyros in meiner Lage getan hätte. Ich werde den Bürgermeister dieses erbärmlichen Orts an den Galgen bringen und dieses Volk von Dieben und Heuchlern über die Klinge springen lassen.«
Della Rovere ist bedrückt, aber noch nicht zornentbrannt.
»Majestät, ich erlaube mir, Euch zu raten, weder das eine noch das andere zu tun. Ihr wurdet als Befreier von der Tyrannei der Borgias empfangen, und ein Gemetzel würde die Zukunft vergiften. Neapel erwartet Euch, und Ihr werdet Herr Italiens sein vom Norden bis zum Süden, von Mailand bis Neapel, was seit dem Römischen Imperium nicht mehr stattgefunden hat.«
»Und der päpstliche Staat?«
»Der wird von Norden und Süden in die Zange genommen.«
»Ich will, daß man mir diesen Sohn des Papstes aufgespießt herbeischafft.«
Unter den Beratern des Königs kreisen besorgniserregende Nachrichten, die der König erfahren möchte.
»Was redet ihr hinter meinem Rücken?«
»Die Truppen, die wir ausgesandt haben, um den verräterischen Cesare zu greifen, sind in Hinterhalte geraten. Unsere Männer wurden von Heckenschützen angegriffen, die sich nach vollbrachter Tat wieder zurückzogen, und es heißt, Cesare leite diese bewaffneten Gruppen von einem unbekannten Schlupfwinkel aus.«
»Diesen Sohn einer Hure werde ich auf eine Folterbank spannen und geschmolzenes Blei trinken lassen!«
»Bei allem Respekt, Majestät, es war ein Irrtum, nicht den ursprünglich festgelegten Plan auszuführen. Rom zu besetzen, Alex-

ander VI. zu entmachten, ein Konzil einzuberufen, um einen neuen Papst zu ernennen, und mit den Borgias in einem beispielhaften Prozeß abzurechnen.«

»Für so einen Skandal war die Situation noch nicht reif, und es stimmen auch nicht alle Verbündeten Ihrer Kandidatur zum Papst zu, della Rovere.«

»Alles sollte damit beginnen, den Borgias das Rückgrat zu brechen!«

Della Rovere bleibt keine Zeit, sich seinem Traum hinzugeben, denn erneut kommen schlechte Nachrichten, und ein herbeigeeilter Arzt rät, sich ans Krankenbett des Prinzen Djem zu begeben.

»Es scheint so, oder er tut so, als wäre er ernstlich krank, und er stinkt wie eine Kloake.«

»Ach, della Rovere, ich kann diese als Türke gekleidete Talgkugel nicht ertragen.«

Djem ist halbnackt in seinem winterlichen Schweiß, und Unruhe will ihn aus dem Bett treiben, woran ihn die Arme von vier Soldaten hindern. Seine entfesselte Kraft ist so gewaltig, daß sich einer der Soldaten auf seinen Bauch setzt, und wenn er vorher verängstigt war, so stöhnt er nun vor Schmerzen. Della Rovere betrachtet den ungleichen Kampf zwischen dem Sterbenden und den Soldaten, und sein Blick fällt auf die im Hintergrund verweilende, lustlose Gestalt des Arztes.

»Was hat dieser Mann?«

»Das Leben entweicht ihm durch Hintern und Mund.«

»Ein gerechtes Ende für einen Päderasten, doch diese Antwort kann ich Ihrer Majestät nicht geben.«

»Joan! Lucrezia! Joan! Warum habt ihr mich verlassen? Warum nur?«

Die Schreie des Totgeweihten werden zur Wehklage, Schleim und Erbrochenem, seine Kleider, die Laken, das Zimmer stinken, und die ihn zurückhaltenden Soldaten können nicht länger widerstehen, ebensowenig wie die anderen am Bett Versammelten, die sich von Prinz Djem abkehren, der in seinen eigenen Exkrementen liegend und schweißgebadet immer wieder den Namen Joan Borgia stammelt. Der Arzt erinnert sich an die Bemerkung della Roveres.

»Zweifellos handelt es sich um etwas, was er eingenommen hat,

und ich vermute, daß wir es nicht mit einer gewöhnlichen Ruhr, sondern mit einer Vergiftung zu tun haben.«
Della Rovere zeigt sich nicht bestürzt, und während er einen verächtlichen Blick auf das bißchen Leben, das Djem noch bleibt, wirft, murmelt er:
»Die *Cantarela.*«
»Das ist eine Legende.«
»An wie viele Legenden glauben wir, und wie viele haben sich als ungewiß herausgestellt? Man erzählte mir die Formel der *Cantarela*, des Gifts der Borgias, das Cesare auf dem Landgut Vanozzas in Pietro in Vincoli mischt: Arsen, das für die Weinstöcke verwendete Sulfat, Urin. Es gibt keinen verdächtigen Tod in Rom, der nicht der von Carlo Canale verteilten *Cantarela*, den Dolchstößen Miquel de Corellas oder den Massakern des finsteren Ramiro de Llorca zugeschrieben würde. Corella mordet einen nach dem anderen, Ramiro de Llorca Hunderte um Hunderte. Corella ist das Werkzeug der persönlichen, Llorca das der kollektiven Bedrohung. Warum sollte Djem verschont bleiben?«
»Warum?«
»Wem diente Djem noch zu dem Zeitpunkt?«
»Aber der Prinz ist noch nicht gestorben. Ich habe Brechen und Aderlaß angeordnet, sobald er sich beruhigt hat.«
»Verordnen Sie gar nichts. Sehen Sie ihn doch an.«
Djems Augen schweifen suchend zur Decke, während aus seinem Mund Speichel und flüchtige Schattennamen fließen. Della Rovere nähert sich ihm und fragt:
»Prinz, Prinz Djem, hören Sie mich?«
Er hört ihn und sucht ihn mit dem Blick, erkennt della Rovere.
»Della Rovere! Wir haben gewonnen!«
»Ja, wir haben gewonnen.«
»Den Bosporus.«
»Den Bosporus?«
»Jenseits des Bosporus.«
»Jenseits des Bosporus?«
Und Djem verschwendet die letzten ihm verbleibenden Worte:
»Jenseits des Bosporus, den Tod.«

Joan stößt die schweren Türen auf, ohne daß die Diener es wagten, seinen Gang oder seinen Lärm aufzuhalten, denn die Wildheit seines Blicks vermögen nur Tränen zu hemmen, und er tritt in die Kapelle, wo María Enríquez zu Gott betet.

»Sie haben ihn verkauft! Sie haben ihn verkauft wie ein Schwein!«

Die Frau ist bestürzt, erahnt einen dramatischen Grund für das Leid ihres Mannes und verspürt den Drang, ihn zu umarmen, doch sie hält sich zurück.

»Was ist geschehen?«

»Djem ist gestorben! Sie hatten ihn den Franzosen ausgeliefert, als wäre er ein Tier, und er ist gestorben.«

»Soviel Trauer um einen Ungläubigen?«

Nun ist es an Joan, bestürzt zu sein, doch die Bestürzung verkehrt sich schnell in Empörung.

»Er war mein Freund.«

Und nach der Empörung macht er sich von seiner Frau los, die er nach einer zwecklosen, beschwichtigenden Gebärde in der Kapelle zurückläßt. Joan läuft, bis er endlich die Einsamkeit des herzoglichen Thronsaals erreicht und in die Luft ruft, als befände sich dort seine römische Familie.

»Ihr habt ihn umgebracht!«

Er erhält keine Antwort, und angesichts der Mauer aus Schweigen gerät der Herzog von Gandía noch mehr in Wut.

»Aus welcher Substanz seid ihr denn gemacht? Djem ist wie ein ausgesetzter, den Franzosen überlassener Hund krepiert, und ihr lacht und feiert den harten Scherz. Und Djems Leichnam? Du, verfluchter Cesare, wirst beschuldigt, Anstifter dieses Streichs mit Djems Ende als Draufgabe gewesen zu sein, damit die Franzosen leer ausgingen. So wenig schätztest du ihn, um sein Leben bloß wegen eines Details zu opfern, ein Detail, der geliebte Djem ein Detail, sein Leben oder sein Tod eine Draufgabe?«

Doch in Rom zerreißt Cesare den Brief seines Bruders, den er ohne Erschütterung gelesen hat, zufrieden im Kreis seiner kraftstrotzenden Kumpane Miquel de Corella, Montcada, Llorca und Grasica.

»Meinem Bruder, dem Herzog von Gandía, hat der Tod von Djem gar nicht gefallen, ganz und gar nicht. Seine hysterischen Tränen ekeln mich an, ebenso wie die Tatsache, daß er die Gerüchte

über den Tod des Türken ernst nimmt. Die *Cantarela*, von der della Rovere spricht? War Djem etwa nicht lieb Kind des gegen die Borgias intrigierenden della-Rovere-Clans? Der arme Dickwanst war mir gleichgültig, manchmal amüsierte er mich.«
Corella liefert ihm eine ironische Erklärung.
»Deinen Bruder verbittert Gandía. Er darf sich nicht als Türke kleiden, und es heißt, seine Frau legt sich im Nachthemd mit Schlitz ins Bett.«
Grasica am Fenster dreht sich um.
»Das Gefolge von Neapel ist angekommen. Jofré und Doña Sancha winken der Menge zu.«
»Das ist eine andere Geschichte. Soviel ich gehört habe, geht Sancha, Jofrés Frau, immer nackt ins Bett.«
»Und mit wem sie kann.«
»Mein Bruder ist noch fast ein Kind, und sie eine Südländerin von sechzehn Jahren. Eine schlimme Sache, das mit den gehörnten Ehemännern. Der unglückliche Orsini wollte, von den Hörnern, die ihm Giulia Farnese aufsetzte, geplagt, nach Jerusalem ziehen, doch war es bequemer für ihn, sich auf ein Schloß der Familie zurückzuziehen, und er fordert nun, daß seine Frau ihm dorthin folgt. Er konspiriert, um meinen Vater zu vernichten und nun, wo Charles VIII. mit eingezogenem Schwanz nach Frankreich zurückkehrt, eine französische Partei neu aufzubauen. Mein Vater hat Giulia verboten, mit ihrem eigenen Mann ein eheliches Leben zu führen! Ein vollständiges Panorama. Mein Bruder Joan kompensiert den Tod Djems und die christliche Zurückhaltung seiner Frau mit sämtlichen Huren des Herzogtums, und Jofré zückt mehr das Schwert als sein Gemächt zum Ausgleich für die Abenteuer von Doña Sancha. Miquel, zu viele Hörner in dieser Geschichte.«
Das schallende Gelächter wird vom soeben angekommenen Alexander freundlich aufgenommen, der ohne ein Wort Cesare lang und gerührt in die Arme schließt. Er löst sich von seinem Sohn, betrachtet ihn wie aus der Ferne.
»Prächtig, Cesare. Deine Flucht aus dem französischen Heer ist außergewöhnlich gewesen, und es gibt keinen Hof, der nicht darüber lachte.«
»Es wird wenig Zeit bleiben fürs Lachen. Charles VIII. zieht sich zurück, aber er hat die schwache Verteidigung der italienischen

Staaten offengelegt. Völlig verblüfft haben wir dem Einmarsch der Franzosen zugesehen, einem wirklich modernen Heer: dreitausend Reiter, fünftausend Mann Infanterie aus der Gascogne, fünftausend aus der Schweiz, viertausend bretonische Bogenschützen zweihundert Armbrustschützen und eine beachtliche Artillerie, leicht genug, um von Pferden und nicht von Ochsen gezogen zu werden. Die italienischen Staaten können ihre Verteidigung nicht auf Söldner und unverantwortliche Feudalherren bauen, einen Haufen von heruntergekommenen Condottiere, noch mehr Söldner als die Plebejer, und nur auf die Interessen ihres Stammes bedacht. Die Zeiten sind vorbei, wo Condottiere wie Sforza sogar noch einen Staatssinn entwickelten. Es gilt, ein ordentliches Heer zu schaffen, und ich will, daß du mich anhörst. Ich habe Pläne.«

»Ich werde das mit deinem Bruder Joan besprechen. Ich werde ihn aus Gandía herkommen lassen, um die Orsini hart zu bestrafen. Wir haben einen gewaltigen Vorteil. Da Giuliano della Rovere entlarvt wurde, hat er sich nach Frankreich geflüchtet. Wir sind diese Sackfliege los.«

Angesichts des Gelächters von Cesares Freunden gibt sich Alexander erstaunt.

»Worüber lacht ihr? Sind wir Borgias etwa keine Stiere, und ist die Sackfliege etwa nicht ein üblicher Quälgeist der Geschlechtsteile des Stiers? Trotz seiner Kraft vermag der Stier dieser Fliege nicht zuzusetzen, also ist es besser, daß sie fort ist. Ich habe im Augenblick defensive, und nicht militärische Pläne. Bündnisse! Blutsbündnisse! Das von deiner Schwester mit den Sforza hat sich zerschlagen, doch das von Jofré und Doña Sancha besteht noch. Dein Bruder benahm sich in der Hochzeitsnacht wie ein Borgia. Der Junge bestieg Doña Sancha drei Mal, und sie konnte ihn nicht abschütteln, das bezeugen der päpstliche Legat und der König von Neapel persönlich. Deine Schwester werde ich dem Bruder von Doña Sancha antrauen, und damit wird ein großer Schachzug vollendet, der die Krone von Aragón und den König von Spanien mit einbezieht. Laß dich aber vorläufig nicht allzuviel blicken. Der französische König hat befohlen, dich zu suchen und gefangenzunehmen, und ich habe ihm eine Nachricht gesandt, in der ich mein Bedauern über dein unverantwortliches Handeln zum Ausdruck brachte. Dieser furchtbare Dummkopf hatte sich als König Siziliens und Jerusalems ausrufen lassen.«

»In dieser Reihenfolge? Das ist eine eingebildete, aber sehr übliche Aussage. So als würde man sich zum König des Mondes proklamieren.«

Alexander pflichtet vergnügt Cesares Scherz bei und schreitet stolz und Respekt gebietend zum Fenster, um die Ankunft von Jofré, Sancha und ihrem Gefolge zu betrachten. Das Mädchen besitzt die prächtige, weise Feinheit der beherrschten Frau aus dem Süden und einen herausfordenden Blick, während der milchbärtige Ehemann an ihrer Seite bis an die Zähne bewaffnet nach allen Seiten späht. Sancha nimmt mit herzlichem, sinnlichem Gleichmut die Verneigung Burcardos entgegen, und gibt sich der spontanen Umarmung Vanozzas sowie der berechnenden Lucrezias hin. Sie mustert ihre Umgebung mit besitzergreifendem Blick, und als sie ihr Gesicht zur Fassade des Gebäudes hebt, treffen ihre Augen auf Alexander VI. und Cesare, die am Fenster stehen. Die Neapolitanerin senkt ihren Blick nicht, sondern sieht weiterhin nach oben und lächelt, als sie bemerkt, daß der Papst und sein Sohn sie hämisch mustern. Alexander hat mit den Fingern hinter den Scheiben einen flüchtigen Gruß angedeutet, doch sendet er ihr statt dessen einen pompösen Segen. Sancha erwidert ihn mit einem Kniefall, und der Papst lächelt in der Ferne, während er murmelt:

»Ich verstehe nicht, wie der Junge dieses Weib geschafft hat.«

Musik erklingt, und nachdem das Protokoll aufgehoben ist, geben sich die Borgias mit ihren Freunden der Nacht und den Trankopfern hin. Die Augen von Doña Sancha scheinen auf den Gebärden des Skandals zu ruhen: zu nahe Lippen von redenden Paaren, die Hände des Papstes, die von der Taille Lucrezias zu der Adriana del Milàs gleiten, schließlich seine Giulia hinterherjagenden Augen, wenn diese verschwindet. Der Blick der Neapolitanerin fällt auf die mächtige Erscheinung Ascanio Sforzas. Sie betrachtet sie eingehend. Man könnte sagen, sie kostet sie aus. Sancha täuscht Hingabe für den eingenickten Jofré vor, doch amüsiert es sie bald mehr, einem Lied zu lauschen, das der unverschämte Corella der Frau eines Gesandten ins Ohr singt.

»Überrascht?«
Cesare, wie in Trauer gekleidet, hat sich an ihre Seite begeben.
»Gibt es denn etwas, das mich erstaunen sollte?«
»Vielleicht hast du noch nicht alles gesehen.«
»Das hoffe ich.«
»Haben dich die Borgias enttäuscht?«
»Die Legende ist viel spannender.«
»Wirst du zu ihr beitragen?«
»Muß ich das? Sie scheinen über all diese Leute gut im Bilde zu sein. Wer ist dieser so mächtig aussehende Kardinal?«
»Mal sehen. Gute Einschätzung. Ascanio Sforza. Er wäre beinahe Papst geworden.«
»Verdiente er es mehr als mein Schwiegervater?«
Sie sehen sich verschmitzt in die Augen. Doña Sancha scheint an Cesares schwarzer Kleidung Anstand zu nehmen.
»In Trauer?«
»Das war nicht meine Absicht. Ich kleide mich fast immer in Trauer.«
»Wer sind Sie?«
Cesare ist erstaunt, nicht erkannt worden zu sein.
»Eine Figur der schwarzen Legende der Borgias. Hat man Ihnen keine Geschichten über die römischen Sitten erzählt? Vor allem über die des Papstes und seines unehelichen Sohns, Cesare.«
»Doch. Von beiden.«
»Hat man Ihnen die Geschichte mit den Kastanien erzählt?«
»Nein, die nicht.«
»Es ist ein orgiastischer Brauch in diesem Salon, daß in Anwesenheit des Papstes ein Dutzend nackter Frauen auf allen vieren mit dem Mund Kastanien auflesen, die ihnen vorher auf den Boden gestreut worden sind. Schließen Sie die Augen und stellen Sie es sich vor.«
Sancha schließt die Augen und stellt es sich vor, sie sieht die rosigen Hintern und die Brüste der kriechenden Frauen, die Kastanien auf dem Boden, den Papst den Vorsitz führen, Lucrezia und Vanozza scherzen. Lächelnd schlägt sie die Augen auf.
»Haben Sie es gesehen?«
»Sind die Kastanien eßbar?«
»Haben Sie gesehen, wie die Männer auf die Rücken der nackten Frauen stiegen und sie ritten?«

»Nein, das habe ich nicht gesehen.«
»Dann schließen Sie nochmals die Augen, und bemühen Sie sich.«
Das tut sie, und die gleiche Szene wird von den die Damen besteigenden Männern überlagert, und Lucrezia befindet sich schon auf den Knien des Papstes. Der schwindelerregende moralische Abgrund zwingt sie erneut dazu, die Augen zu öffnen und nochmals zum geringeren Übel der lüsternen erotischen Turniere, dessen Zeuge sie sind, zurückzukehren. Aber Cesare ist zu nah an sie herangetreten, klebt beinahe an ihr, und seine Lippen umlagern die ihren.
»Ich stelle mich vor, meine Schwester. Ich bin Cesare Borgia.«
Der junge Jofré ist rechtzeitig aufgewacht, um die Annäherung zu sehen, und will sich dazwischendrängen, doch stößt er mit einem Diener samt Tablett voller Gläser und Flaschen zusammen, und das Geklirr und die Aufregung über den sich über Kleider ergießenden Inhalt der Gläser läßt Vanozza herbeieilen und Ordnung schaffen, um das Mißgeschick des Jungen zu verbergen. Cesares spöttische Haltung kündigt ihr eine Untat an, und sie möchte Sancha umarmen, sie beschützen, doch die Neapolitanerin weicht aus, bahnt sich unter den entblößenden Blicken ihren Weg und schreitet majestätisch auf den Garten zu, Cesare im Auge behaltend, der mit Freunden redet und etwas sagt, das – wie ihr scheint – mit ihr zu tun hat, und sie sieht, wie Cesare sich von der Gruppe löst und ihr mit aller Durchtriebenheit in den Augen nacheilt, doch als sie schon beinahe den Garten erreicht hat, trifft sie auf die mächtige Gestalt Alexanders VI., der sie wohlwollend in die Arme schließt und verzückt ansieht.
»Die zarteste, schönste, dunkelste Blume Neapels!«
Das Mädchen weicht, ohne ihr Lächeln zu verlieren, dem Papst aus und erreicht den Garten, wohin ihr Cesare mit hingebungsvollem Blick folgt, während der Papst vor Verblüffung wie gelähmt zurückbleibt. Die Erstarrung dauert aber nur kurz, da Giulia an ihm vorbeihuscht, sich lächelnd unbeteiligt gibt, und der Papst will ihr nacheilen, doch hindert ihn der Überfall Vanozzas daran, deren Gespächsbedürfnis der Papst höflich Folge leistet, ohne daß dies zu seinem Begehren, Giulia zu folgen, in Widerspruch stünde.
»Es ist deine Nacht, Rodrigo.«

»Die unserer ganzen Familie, Vanozza. Joan ist mit den spanischen Königen verschwägert, Jofré mit denen Neapels, in Erwartung Lucrezias, die seinem Weg folgen wird. Ich habe das Werk von Onkel Alfonso fortgesetzt, eine mächtige Familie aufgebaut, und jedesmal, wenn das Gebäude einzustürzen drohte, habe ich nach dem Teil gesucht, der dieses Vorhaben eisern weiterführt. Als Pere Lluís starb oder umgebracht wurde, übernahm ich meine eigene und seine Rolle, ich war wir beide. Meinem ersten Sohn gab ich den Namen Pere Lluís, damit er den Weg meines Bruders fortsetzte, Machtwerkzeug der Familie zu sein, doch auch er starb, worauf ich Joan an seine Stelle gesetzt und mit der Frau verheiratet habe, die meinem toten Sohn versprochen war. Ich habe einen Sinn für Dynastie, so wie andere einen Sinn fürs Überleben haben.«

»Alle Teile sind an ihrem Platz, und ich?«

»Du wirst alt, Vanozza, nicht körperlich, wohl aber im Geist. Nie hattest du dich beklagt, und in letzter Zeit tust du es unaufhörlich, ich glaube nicht, daß du Gründe dazu hast.«

»Ich bin nur die Ruhestätte des Jägers gewesen, das gebärfreudige Weib, das es dir ermöglicht hat, die Teile für die Errichtung des Gebäudes der Borgias zusammenzufügen.«

Alexander VI. gibt sich bekümmert über den ungerechten Vorwurf, findet jedoch, daß Vanozza für ihre Gebärfreudigkeit sehr gut entschädigt wurde. Er hat immer versucht, Ehemänner für sie zu suchen, die ihr Leben und das Rodrigos würdig machten. Ein Papst oder ein König, der seine Geliebten nicht gut unterbringt, verdient weder Papst noch König zu sein. Zuerst war es Doménico, der Patrizier della Croce, und nun Carlo Canale, ein Freund Polizianos, in literarischen Kreisen anerkannt, Exsekretär des Kardinals Gonzaga, der sogar Gedichte schreibt. Ein Dichter. Was willst du mehr? Sollen wir über dein Vermögen reden? Deine Häuser, den Palast Magani, den von Sankt Peter in Vincoli, die Residenz mit den Weingärten. Und deine Anrechte auf das Schloß von Bieda?

»Ich beklage mich über meine Rolle, nicht über meine Armut oder meinen Reichtum. Deine Kinder und Giulia, Giulia, Giulia auf allen Gemälden von Pinturicchio.«

»Und du etwa nicht?«

Alexander umklammert eine ihrer Hände und führt sie beinahe

streng vom Fest weg, zieht sie durch den Gang, bis sie vor dem Bild *Die Verkündigung* angelangt sind.
»Bist das nicht du? Habe ich dich denn nicht vergöttert, haben wir uns nicht geliebt, wie Körper und Jugend es von uns verlangten?«
Vanozza schluchzt.
»Ich habe Angst, Rodrigo. Um mich, um die Kinder. Der Einsatz ist zu hoch. Der arme Jofré ist halbtot vor Angst angesichts dieser so mächtigen, herausfordernden Frau.«
»Jedem seine Angst.«
»Ich habe Angst, Rodrigo.«
Vanozza ändert jäh ihre Haltung, seufzt tief, trocknet ihre Tränen, lächelt Rodrigo an und läßt sich an seinem Arm in den Salon zurückführen, vor der Tür jedoch weicht sie von seiner Seite, und der Papst betritt das Fest allein, bei dem in diesem Augenblick Carlo Canale die Hauptrolle spielt.
»Freunde, wir befinden uns in einem entscheidenden Moment im Pontifikat des großen Alexander VI., und ich vertraue darauf, daß Ihre Heiligkeit nicht denken wird, ich versuchte, ihr etwas zu raten, aber der große Petrarca verwendet die Geschichte, um die versäumten Siege zu verurteilen. Denkt an dieses Gedicht Petrarcas:

Mit seines Ahnherrn Krone schmückt das Haar
Sich Charles' Nachfolge und ergreift das Schwert,
Damit er Babylon den Hochmut wehrt
Wie dessen ganzer untergebner Schar.

Und mit den Schlüsseln, mit dem Mantel kehrt
Zu seinem Neste heim Christi Vikar;
Droht ihm zuvor nicht irgendwo Gefahr,
Sieht er Bologna, eh ihn Roma ehrt.

Und euer Lamm, so treuergeben zart,
Besiege wilde Wölfe, daß verstoßen
Ein jeder sei, der nicht der Liebe wahrt.

Ermuntert es, das noch nicht fest entschlossen,
Beruhigt Roma, die des Gatten harrt,
Und zieht das Schwert für Christus unverdrossen.

Vanozzas Augen haben ihren trostlosen Ausdruck verloren und folgen freudig dem Vortrag ihres Gatten, doch suchen sie schicksalhaft Alexander, der Giulia gegenüber zudringlich und kindisch ist, und schweifen in den Garten, wo sie die erste Umarmung, den ersten Kuß zwischen Cesare und Sancha entdecken, die der Gier ihrer Körper vorausgehen.

DIE LETZTE PARADE DES JOAN DE GANDÍA

Über der grüngestrichenen Gipslandschaft Flußläufe in Indigoblau, verschneite Hügel, erträumte Burgen. Die Augen des knieenden Papstes stimmen mit dem Modell seiner Eroberungsträume überein, und während er auf die Burgen deutet, nennt er die Namen ihrer Besitzer, seiner Feinde.

»Colonna, Orsini, Orsini, Colonna, Orsini, Orsini, Orsini, Orsini!«

Die konzentrierten Augen und die verhaltene Wut ließen ihn nicht wahrnehmen, wie Lucrezia eintrat, gefolgt von Adriana del Milà, die an der Schwelle besorgt und umsichtig stehengeblieben ist. Lucrezias Augen glänzen fiebrig, und ihre kleinen, geflügelten Füße haben Eile, zum knieenden Papst zu gelangen, wo sie innehält, und mit geballten Fäusten und zitternden Lippen nach Worten ringt. Rodrigo bemerkt sie nicht, bis sich sein Blick bei der Bestandsaufnahme einer entfernteren Burg in den Schoß des Mädchens versenkt und die Augen hochwandern, um zunächst das Gesicht und danach ihre Aufgewühltheit zu entdecken. Schweigen, bis der Papst die Hände seiner Tochter zu ergreifen versucht, Hände, die ihn zurückweisen. Die Geste ermöglicht das Hervorbrechen der Worte.

»Du wirst mich nicht mehr wiedersehen!«

Der Pontifex richtet sich auf und wendet sich an Adriana, die ihm von der Tür aus zu Gelassenheit rät, bis der Sturm sich gelegt hat.

»So strafst du meine Augen, meine Tochter?«

»Du hast mit mir gespielt! Du hast mich mehrmals versprochen, ohne mich zu fragen. Und nachdem du mich mit Giovanni Sforza verheiratet hast, ist von deiner Seite irgend etwas gesche-

hen, damit er wie ein Besessener nach Pesaro flüchtete. Was soll außerdem das hier heißen?«
Sie hält ihrem Vater ein Pergament hin, das er freundlich entgegennimmt und lange durchsieht, um seine Bedeutung zu erfassen.
»Eine reine Formalität.«
»Eine reine Formalität, daß der Ordensgeneral der Augustiner nach Pesaro reist, um von meinem Mann die Trennung zu erbitten, weil die Ehe *nicht vollzogen wurde*? Hat mich denn jemand gefragt, ob die Ehe vollzogen wurde?«
Rodrigo gelingt es, ihre Hände zu fassen, und er zieht sie an sich, bezwingt Lucrezias Abwehr mit seiner Kraft.
»Hör mir gut zu! Du bist eine Borgia, vor allen Dingen bist du eine Borgia, und wir Borgias haben ein Ziel, für das du ein Werkzeug bist, wie ich auch. Ich habe soeben Joan benachrichtigt, daß er alles sein lassen und sofort aus Gandía zurückkehren soll. Er muß den Feldzug gegen die Orsini leiten. Eine nach der anderen müssen diese Burgen fallen. Hat mir Joan etwa persönliche Gründe entgegnet? Nein. Er wird kommen, obwohl ihm gerade erst ein Erbe geboren worden und seine Frau María Enríquez schon wieder schwanger ist. Er ist ein Borgia. Und du? Die Heirat mit Giovanni Sforza war ein Irrtum, und an einem Irrtum soll man nicht festhalten. Es wird dir nicht an Ehemännern fehlen. Ich bin an einem Bündnis mit Neapel interessiert, und deine Schwägerin Sancha hat einen sehr hübschen Bruder, Alfonso de Aragón. Du würdest Herzogin von Bisceglie sein.«
Lucrezia gelingt es, sich loszumachen, zur Tür zu laufen; und von dort aus dreht sie sich um und schreit:
»Ihr habt einen Bastard des Königs von Neapel für mich ausgesucht. Soweit ich sehe, führt der Weg der Borgias von Bastard zu Bastard. Soll ich diese neue Ehe nun vollziehen oder nicht? Ich teile dir mit, daß ich ins Dominikanerinnenkloster von San Sisto gehe und nicht vorhabe, euch wiederzusehen.«
Dem Papst bleibt das Wort auf der Zunge liegen, während Lucrezia hinausläuft und Adriana del Milà hinter ihr her, nicht ohne sich für die kränkende Situation zu entschuldigen. Für einige Augenblicke verharrt Rodrigo aufgewühlt, doch hebt er die Schultern und kehrt zu seinen Burgen zurück, gerade als Cesare und sein Gefolge hereinkommen, das Modell umringen, kommentie-

ren, beurteilen. Cesare wohlwollend, verächtlich Corella, der eine Lektion über die sogenannte Kunst der Gestaltung erteilen will. Pinturicchio versteht es nicht, Burgen nachzubauen. Er hat nicht die Überzeugungskraft eines großen *artifex polytechnes* nach Art des Leonardo, fähig zu jeder Art von Erfindung, wie sein Meister Verrocchio. Die Künstler sind Söhne Merkurs, und diesem Gestirn wird die Goldschmiedekunst, die Bildhauerei, die Malerei, die Astronomie, die Musik, und alles, was mit Rechnen und Technik zu tun hat, zugeschrieben.
»Seit den Texten von Marsilio Ficino gelten die Künstler als dem Merkur unterstellt und praktizieren die Einheit der Künste durch die Gestaltung. Wißt ihr, was das ist? Die Fähigkeit, etwas Materielles zu schaffen, ausgehend von den Vorstellungswelten der Intelligenz, durch die Geometrie, die das Gerüst aller Dinge ist, und der Erfindung, der Tat, der Hände, und schließlich der Stoffe. Leonardo hat von dieser Beziehung zwischen Geist und Händen gesprochen, ohne zwischen den Ausführungen der verschiedenen Künste zu unterscheiden. Der Künstler ist, muß der *große Gestalter* sein. Ein solches Talent kann ich bei diesem Modell nicht erkennen.«
Alexander VI. schnappt nach Luft, denn zum Ärger mit Lucrezia kommt nun noch Corellas Besserwisserei.
»Miquel, du bist gewiß ein großer Gestalter, mit dem Dolch. Mir genügt das, was Pintoricchio für mich angefertigt hat. Diese Burgen werden eine nach der anderen in unsere Hände fallen.«
»Durch das Werk des Heiligen Geistes?«
Cesare ersetzt einen freiwillig gewichenen Corella.
»Durch deinen Bruder und die von ihm befehligten Truppen. Ich habe Joan angewiesen, so schnell wie möglich nach Rom zurückzukehren.«
Ironie liegt in dem Blick, den Cesare und Miquel de Corella wechseln, doch überläßt der Kardinal die Antwort seinem Stellvertreter.
»Zweifellos ist ihr Wunsch groß, sich ihren Sohn, den Herzog von Gandía, zunutze zu machen, doch welche Erfahrung hat er in Belagerungen? Welche Überfallstrategien auf Festungen hat er erlernt?«
Alexander besitzt eine geheime Wahrheit, und er lächelt für sich allein über sein Geheimnis.

»Ihr werdet zu gegebener Zeit erfahren, auf welche Bestände ich zähle, natürlich wird Joan de Gandía nicht allein sein.«

Joan de Gandía hebt von seinem Pferd aus den Blick zum Fenster, doch die Fröhlichkeit des Flüchtigen schwindet, als er den verletzten Ernst im Gesicht von María Enríquez sieht, mit dem Kind in den Armen, die Beinchen auf dem schwangeren Bauch der Mutter. Joan hält das Bild mit seinem Blick fest, als wollte er es vom Vergessen entbinden, für immer bewahren, für dieses relative Immer, zu dem er fähig ist. Schließlich führt er zum Abschied zwei Finger an die Stirn und findet nach den Tränen nur Trockenheit in den Augen seiner Frau, eine funkelnde, wütende Trockenheit, die in der Staubwolke seines Galopps durch den Korridor der Zeit und die Alleen bis zum Meer hin fortdauern wird. Und schon auf dem Schiff spürt er, je mehr sie sich von den Küsten Valencias entfernen, daß er allzuleicht den pathetischen Abschied von María abschüttelt, sich von den letzten Monaten seines Lebens loslöst, immer heftiger angezogen wird von den Horizonten Roms und dem magnetischen Kern des Vatikans.
In den päpstlichen Gängen gerät er in die Mitte des saugenden Wirbels, die Küsse, die ihm sein Vater auf die Wangen drückt, die herzliche Umarmung Cesares und ein schüchterner Scherz Jofrés, den er nicht versteht, aber über den er lacht. Er fragt nicht, wer der Mann mit dem prüfenden Blick ist, der ihn von einem Winkel des Saals aus betrachtet, denn seine Augen suchen Vanozza und finden sie an der Seite Canales. Sie suchen auch Lucrezia, doch seine Schwester ist nicht hier.
»Und Lucrezia?«
»Über Lucrezia werden wir zu gelegener Zeit sprechen. Wie war die Reise? Erzähle uns von Spanien. Von deinem Sohn, und vom künftigen. Bravo, Joan! Alles verläuft nach unseren Plänen.«
»Was ist mit Lucrezia los?«
»Das frage ich mich auch, was mit Lucrezia los ist.«
Rodrigo wendet sich an die ganze Familie.
»Was ist mit Lucrezia los?«
Niemand der Anwesenden antwortet, doch eine Tür wird geöffnet, und Sancha stürmt herein wie eine dunkle Lohe, die den Herzog von Gandía dazu zwingt, die Augen zu schließen.
»Was ist los mit Lucrezia?« fragt Sancha spöttisch und antwortet

sich selbst: »Sie ist eine Heilige. Mit Ausnahme von Eurer Heiligkeit besitzt niemand in der Familie so tiefe religiöse Empfindungen wie Lucrezia. Ich habe sie vorhin in ihrem Zelt im Dominikanerinnenkloster besucht. *Ora et labora. Ora et labora.* Es befand sich auch der Spion der Familie, Perotto, dort, um sie zu trösten. Oder darf man nicht zugeben, daß er der Spion der Familie ist? Es gibt keine römische Adelsfamilie, die nicht über Spione verfügt, um die anderen Familien zu bespitzeln. Neu ist es nur, Spione zu haben, um uns selbst zu überwachen.«
Ein verzückter Rodrigo mißt, großzügig den Kopf wiegend, dem Sarkasmus keine Bedeutung bei und bietet Joan als Opfergabe die Anmut seiner Schwiegertochter dar. Cesare hat nur Augen für Sancha, und auch Joan ist so geblendet, daß ihm der junge Jofré einen Stoß mit dem Ellbogen versetzen muß.
»Sie ist meine Frau, Sancha.«
Der Junge nimmt von dem Mädchen Besitz, indem er ihre Taille umschlingt und sich mit ihr dem Neuankömmling nähert. Sancha blickt einen Moment lang Cesare an, dann Joan, und wendet sich schließlich ironisch an Vanozza.
»Vanozza, was für hübsche Söhne du hast! Mir wurde gesagt, du wärst mit einer prüden Kastilierin verheiratet, die immer Trauer trägt.«
Vor Joans innerem Auge taucht das schmerzvolle Bild von María Enríquez auf, am Fenster, streng, in Trauer, aber schön in seiner Erinnerung, und er will sie verteidigen, doch Sanchas dunkle Schönheit verströmt eine Hitze, die ihn schweigen läßt, Cesare empört und Jofrés Unruhe aufstachelt, der Sancha streichelt, und so seinen Besitz geltend macht. Rodrigo hat die Lage erfaßt, klatscht deshalb in die Hände und setzt Prioritäten.
»Es wird noch der Augenblick für Erholung und Erinnerung kommen. *Jetzt aber, Joan, geht's an die Arbeit.* Hinaus mit den Damen, und du, Jofré, achte darauf, daß sich deine Frau nicht in den Korridoren verliert. Man muß immer wissen, wo die Frauen sind. Cesare, du bleibst hier.«
Alexander kehrt allen den Rücken zu und schreitet in den Raum, wo das Modell mit den Burgen steht. Joan bemerkt, daß sich im Gefolge des Papstes nicht nur Cesare, Miquel de Corella, Juanito Grasica und Ramiro Llorca befinden, sondern auch der Mann mit dem prüfenden, schroffen Blick, den man ihm nicht vorge-

stellt hat, und der sein Tun mit sparsamen Gebärden fortsetzt. Der Papst breitet seine Arme über die künftigen Eroberungen aus. Mit einem Hochziehen der Augenbrauen fordert er Cesare zur Erklärung auf, und der Kardinal zögert nicht.

»Joan, das sind die Festungen, die erobert werden müssen, nicht der Eroberung willen, sondern wegen eines Plans, diese Gebiete auf Kosten der Feudalmächte dem Kirchenstaat anzugliedern. Denke an die von den della Rovere mit soviel Protest bedachte Expansion Richtung Neapel. Nun geht es darum, Rom mit einem königlichen Staatsgebiet zu umgeben, das Seiner Heiligkeit ergeben ist.«

»Genügt es dir nicht, ihnen mit der Exkommunikation zu drohen? Ist denn der geistliche Besitz nicht mächtiger?«

»Seit dem Gang nach Canossa sind viele Jahre vergangen. Die modernen Fürsten haben schon keine Furcht mehr, verdammt zu werden, und Denker wie Valla haben die historische Rechtmäßigkeit Konstantins, der Kirche weltliche Macht zu geben, in Frage gestellt. Wir stellen schon nicht mehr Fürsten oder Herrscher wie in den Zeiten von Marsilio de Padua oder des heiligen Thomas dar, die durch Gottes Gnade und die seines Stellvertreters auf Erden, des Papstes, die Spitze der Pyramide einnehmen. Die modernen Fürsten sind real und verdanken alles der Realität ihrer Macht. Sie haben sich in eine Nachahmung Gottes und seiner Kirche, den Staat, geflüchtet.«

Die Antwort Cesares ist nicht freundlich ausgefallen, und Alexander fordert ihn auf, geduldig zu sein und die Erklärung fortzusetzen.

»Die Könige Spaniens haben die Einheit mit Feuer und Schwert erreicht, die Frankreichs genauso, Kaiser Maximilian von Österreich gewinnt Oberhand über die Feudalherren. Wir befinden uns in einem anderen Abschnitt der Geschichte. Nationale Einheiten. Starke Könige. Rückkehr zur Idee des Imperiums. Geldverleiher. Entdeckungen auf dem Gebiet der Wissenschaften. Neue Welten für die Expansion. Es gibt sogar welche, die behaupten, die Erde sei rund. Was kann ein in Stadtstaaten aufgesplittertes Italien ausrichten, die allesamt der Willkür der feudalen Familien unterworfen sind?«

Joan zuckt mit den Schultern und betrachtet die Burgen, als wären sie Rätsel. Dann lacht er los.

»Ich verstehe nicht, wozu wir das tun sollen, aber es gefällt mir. Wir werden reicher sein. Gefürchteter und somit begehrenswerter. Mehr bewundert. Großartig!«
Cesares, Corella zugewandtes Gesicht zeigt die Enttäuschung nicht, als er sich von dem Modell zurückzieht, um seinem Vater die Initiative zu überlassen.
»Tausende Männer stehen bereit, und was noch wichtiger ist, dir wird ein großer Feldherr als Berater zur Seite stehen.«
»Berater? Seit wann braucht ein Borgia einen Berater?«
»Selbst wir Borgias brauchen Berater, Joan. Man muß sie nur auszuwählen wissen.«
Rodrigo fordert nun den schweigenden Gast auf vorzutreten, der grüßt und sich vorstellt.
»Guidobaldo da Urbino, zu Diensten Ihrer Heiligkeit.«
»Viel Guidobaldo für so wenig Urbino.«
Joan lacht über seinen eigenen Scherz, bis Corella einschreitet, der weiterhin an Cesares Seite steht.
»Nicht Gelächter ist es, was der beste Feldherr Italiens verdient.«
»Wenn nicht der beste, so doch einer unter den besten, und so sehr Guidobaldo wie Urbino. Ich bin bereit, es Ihnen zu beweisen.«
Da Urbino spuckt mit zusammengepreßten Zähnen aus und erträgt es nur schlecht, daß Joan sein Benehmen erheitert, bis sich Joan endlich spöttisch dem familiären Imperativ beugt.
»Wenn es eure Entscheidung ist, soll sie gut sein. Signor da Urbino, ich bitte Sie, meine Entschuldigung anzunehmen, und hoffe, daß es zwischen uns zu einer aufrichtigen Zusammenarbeit kommt.«
»So gefällt es mir!«
Rodrigo ist zufrieden, legt seinen Arm um Joans Schultern und führt ihn fort, während Corella, Cesare, Llorca und Urbino weiter über Strategien diskutierend zurückbleiben und der Gast Cesares Beobachtungen bestätigt. Vater und Sohn betreten den Raum, wo die Damen vor dem unwillkürlich eingenickten Jofré Vertraulichkeiten austauschen. Die Rufe von Vanozza und Sancha halten sie nicht zurück, Joan läßt seine Augen über Gesicht und Brüste seiner Schwägerin gleiten, während ihn der Papst zur Seite zieht.
»Giuliano della Rovere ist schon kein Feind mehr. Er befindet

sich in Frankreich und löffelt die Suppe von König Charles aus. Wir müssen die Orsini zugrunde richten. Sie haben mich vor den Franzosen im Stich gelassen. Diese hundsgemeinen Schufte haben sich gegen mich gewandt, und der einäugige Orsino Orsini ist so weit gegangen, mir Giulias Anwesenheit in Rom zu verwehren. Ich zog andere Saiten auf und drohte, ihn zu exkommunizieren, ihn und alle Orsini.« Rodrigo senkt die Stimme und fügt hinzu: »Einschließlich Adriana.«

»Adriana exkommunizieren? Aber hat nicht sie es eingefädelt, daß du Giulia verführen konntest?«

»Joan, verwende dem Papst gegenüber keine schnöden Worte. Wer hat wen verführt? Laß uns zu deiner Schwester Lucrezia gehen, vielleicht kannst du sie dazu bringen, ihre Klausur zu verlassen.«

»Lucrezia begehrt auf.«

»Deine Schwester ist kein kleines Mädchen mehr. Sie schwankt zwischen der Treue zu ihrer Familie und dem blöden Willen, sie selbst zu sein. Heutzutage haben die Frauen eine außerordentliche Macht erlangt, Joan. Sie sind gebildet. Sie besitzen Wissen, und Wissen ist Macht. Aber es bringt Kummer mit sich, Joan. Erinnere dich an den Ecclesiastes: ›Viel Wissen, viel Ärger, wer das Können mehrt, der mehrt die Sorge.‹«

»Ehrwürdige Mutter, Seine Heiligkeit bittet, empfangen zu werden.«

Die Superiorin steckt ihre Feder ins Tintenfaß und legt Löschpapier auf das Geschriebene. Dann begibt sie sich zu einem Betstuhl, wo sie sich bekreuzigt und ein geheimes Gebet spricht, sich danach mit einer weiteren Bekreuzigung vom Adressaten verabschiedet und zum Treffen mit dem Papst, in Begleitung von Joan de Gandía und Burcardo, eilt. Die Nonne verbeugt sich im Handkuß, erhält den Segen und in der Folge den Vorschlag, unter vier Augen zu sprechen, was Gandía und Burcardo respektieren. Joan nutzt die Abwesenheit des Vaters, um Burcardo gegenüberzutreten und ihn auszufragen:

»Was ist mit Djem geschehen?«

»Seine Heiligkeit hat Ihnen schon schriftlich von den Vorkommnissen berichtet. Eine strategische Situation fiel mit der schlechten

Gesundheit des Prinzen zusammen, die seine Exzesse hervorgerufen haben.«
»Der einzige Exzeß bestand darin, ihn als Zugabe für die französische Kriegsbeute zu verwenden. Djem war nicht nur ein Fettbrocken. In diesem Fettbrocken gab es ein Herz, ein einsames, unverstandenes Herz.«
Joan hat die Stimme erhoben, und Burcardo empfiehlt ihm zu schweigen, um den abseits stattfindenen Dialog zwischen Alexander VI. und der Superiorin nicht zu stören.
»Es ist eine Ehre, Signora Lucrezia bei uns aufzunehmen, und ich möchte nicht, daß Eure Heiligkeit das, was ich nun sagen werde, als Zurückweisung oder Bedenken auffaßt. Lucrezia ist ein gutes Mädchen und eine aufrechte Christin, doch hat ihr Leben bislang der Welt angehört und wird in die Welt zurückkehren. Auch wenn sie es versucht zu vermeiden, ist durch sie die Welt in dieses Kloster eingedrungen und hat bedenkliche Unruhe unter den Schwestern gesät.«
»Ich verstehe die Lage, ehrwürdige Mutter, und ich wünschte nichts mehr, als daß sich meine Tochter alles genau überlegte.« Er streckt ihr einen Beutel hin, den die Superiorin, ohne überrascht zu sein, nimmt und zwischen den Falten ihrer Schwesterntracht verschwinden läßt.
»Ich möchte so viel Sorge mit einem Beitrag zur Unterstützung der Novizinnen vergüten.«
»Mit Geduld läßt sich vielleicht alles überwinden.«
»Geduld, Schwester, genau das. Laßt uns die nicht kanonisierte Heiligkeit Hiobs bewundern, der angesichts der ihm von Gott gesandten Katastrophen sagte: ›Nackt kam ich hervor aus dem Schoß meiner Mutter; nackt kehre ich dorthin zurück. Der Herr hat gegeben, der Herr hat genommen; gelobt sei der Name des Herrn.‹«
»Gelobt sei Gott.«
»Amen.«
Die versöhnte Superiorin geht in Richtung Kreuzgang voran, in dessen Mitte ein riesiges Zelt aufgeschlagen ist. Drinnen bewegen sich im entzündeten Licht die Schatten seiner Bewohner. Einen Augenblick lang wohnen der Papst und seine Begleiter den Bewegungen der Schatten und ihren Verkörperungen bei, Bewegungen, die ihnen anzeigen, daß sie Blindekuh spielen, doch ist

die Kuh keine Frau, sondern ein Mann, was bewirkt, daß Burcardo die Augen schließt, und die Oberin sie ganz weit aufreißt. Alexander fordert seinen Sohn Joan auf, zu seiner Schwester zu gehen, und der dringt in das Zelt ein, überrumpelt und zerstört die Logik des Spiels. Die vier Mädchen haben innegehalten, unter ihnen eine strahlende Lucrezia und eine keuchende Sancha, nur die blinde Kuh, die ein blinder Stier ist, setzt das Spiel fort. Er stößt auf seiner Suche auf Joan, und als er seinen Körper, sein Gesicht abtastet und feststellt, daß es sich um einen Mann handelt, nimmt er die Binde von den Augen und steht erstaunt vor dem mächtigen Herzog von Gandía.

»Ich bedauere, ich ...«

»Seltsame Nonne.«

»Ich erlaube mir, mich vorzustellen: Pere Caldes, hier kennt man mich allerdings als Perotto. Ich stehe im Dienst Ihrer Schwester, Herzog.«

»Das sehe ich.«

Es bleibt jedoch keine Zeit zur Auseinandersetzung, da Lucrezia Joan umschlingt wie eine Schlange, bis er das Gleichgewicht verliert und zu Boden fällt, wo die Frau sich auf den Brustkorb ihres Bruders setzt.

»Wo kommst du denn plötzlich her? Hat dich deine schreckliche Frau fortgehen lassen? Hast du meinen Neffen nicht mitgebracht? Was für ein Gefühl ist es, Vater zu sein?«

»Du bist zierlich und wiegst nicht viel, aber du läßt mich nicht atmen.«

Joan richtet sich wieder in voller Größe auf, und Lucrezia führt ihn zu einem schlichten Bett, auf das sie sich setzen, nimmt die Hände des Mannes in die ihren, fröhlich, zu Tränen gerührt, mit einem zerbrochenen Glück, gleichzeitig aber mit einer überschäumenden Freude.

»Joan, Joan.«

Lucrezia bricht in den Armen des Mannes, zur Verblüffung aller ratlosen Anwesenden, in Tränen aus, und als die verschleierten Augen des Mädchens über die Schulter ihres Bruders sehen, nehmen sie hinter der Zeltplane die Schatten ihres Vaters, der Oberin und Burcardos wahr.

»Sie lauern dort.«

»Worauf sollten sie lauern?«

»Ich kann nicht über mein Leben verfügen, Joan.«
»Ich auch nicht.«
»Man hat mich Latein studieren, die Klassiker lesen, über Philosphie diskutieren lassen, aber ich darf mir meinen Mann nicht auswählen, ja nicht einmal den behalten, den sie für mich bestimmen.«
»Mich haben sie zum Feldherrn erzogen. Ich verabscheue die mir zugeteilte Rolle. Sie zerstreut mich, doch der bloße Gedanke daran macht mich müde. Ich will leben, nur leben, so wie es auch der arme Djem wollte.«
Nun ist es an Joan, verzweifelt zu weinen, und er steckt Lucrezia mit seiner tiefen Trostlosigkeit an, während Sancha die Szene neugierig und amüsiert betrachtet.

Sancha, nackt. Sancha nimmt einen Schleier, windet ihn, dreht ihn zu einem Strick und sucht den Körper des ebenso nackten Mannes zwischen den Laken. Sie schlingt ihm den Strick um den Hals, und Cesare schlägt um sich, erschrocken über die zarte Bedrohung und erleichtert durch Sanchas Lachen. Der Mann befreit sich und besteigt die Frau, zunächst spielerisch, dann aufgereizt, dringt er auf kürzestem Weg in sie ein und läßt das Erstaunen in den Augen der Frau zu Liebestaumel werden, zum Wunsch, er möge fortfahren, bis sich schließlich die Säfte voneinander lösen, und sie an der Decke Landschaften suchen, die nur sie sehen. Von ihnen kehrt Sancha mit einem aufgeschobenen Gespräch zurück.
»Du hättest sie weinen sehen sollen. Lucrezia weinte wie eine Frau, und Joan ...«
»Warum kommst du gerade jetzt auf Joan und Lucrezia?«
»Ich habe nie einen Mann wegen eines anderen Mannes weinen sehen. So sanft.«
»Genügt dir denn die Sanftheit des jungen Jofré nicht?«
»Mein Mann ist sanft, weil er unsicher und unreif ist. Er hat die Sanftheit eines Jungstiers. Die Sanftheit Joans war anders.«
»Bin ich nicht sanft?«
»Nein. Du bist nicht sanft. Du bist zu kopflastig. Die allzu intelligenten Leute können Sanftheit vortäuschen. Nur vortäuschen.«
»Und der Kardinal Sforza, ist er auch sanft?«

Sancha wird unruhig und richtet ihren nackten Körper zwischen den Laken auf.
»Was soll das heißen, warum kommst du gerade jetzt auf Ascanio?«
»Ich weiß, daß du mit ihm ins Bett gehst, zwar seltener als mit mir, aber du gehst mit ihm ins Bett.«
»Ich mit Ascanio Sforza?«
»Ja, du.«
Eine falsche Empörung und zur Schau gestellter verletzter Stolz treiben Sancha aus dem Bett, lassen sie ihre Kleider zusammenraffen und einen Winkel suchen, um sich anzuziehen, während Cesare, noch immer liegend, spöttisch ihre Hast betrachtet.
»So unsicher siehst du die Zukunft der Borgias, daß du dich in den Schatten der Sforza stellen mußt? Willst du Rom gegen Mailand eintauschen? Gefallen dir etwa die Nebel des Nordens?«
»Sei dankbar für das, was ich dir gegeben habe, und frage nicht nach, was ich mit meinen restlichen Stunden anfange.«
»Du solltest dich mehr um deinen kindlichen Ehemann kümmern. Er begreift, daß er deine Bedürfnisse nicht befriedigen kann. Er betrinkt sich, sucht Streit. Er hat aus bloßer Überheblichkeit getötet, und beinahe hätte es auch ihn erwischt. In Rom wird sehr leichtfertig gemordet.«
»Jofré ist euer Problem, das der Borgias, nicht meines. Ich bat nicht darum, mich mit einem Kind zu verheiraten.«
Sancha hat sich angekleidet und will gehen, doch Cesare hält sie zurück, und sie stehen sich schließlich von Angesicht zu Angesicht gegenüber, bis Cesare befiehlt:
»Entblöße dich.«
»Das war ich schon.«
»Entblöße dich.«
Sancha windet und wehrt sich, doch Cesare reißt ihr die Kleider vom Leib. Zunächst sträubt sich die Frau, dann läßt sie es geschehen und gibt nach, als Cesare sie aufs Bett wirft und sich anschickt, in sie einzudringen. Vor der Mischung aus Begehren und Spott, die er in den Augen der Frau sieht, hält der Mann inne und weiß nicht, ob er hinein oder hinaus soll, das Gesicht voller Schatten, zu denen Sanchas Hände wandern. Sie streicht mit den Fingern darüber und verweilt schließlich bei einem, der echt ist, ein Fleck nämlich, kein Lichteffekt.

»Und dieser Fleck? Ist es also wahr, daß du die Franzosenkrankheit hast? Empfängst du deshalb die Leute nur nachts oder im Halbdunkel? Ist es also ein von eurem Arzt Gaspar Torella wohlbehütetes Geheimnis?«
Cesare weist die Zärtlichkeit zurück, antwortet nicht, kehrt sein Gesicht der Dunkelheit zu, steigt ab und läßt sich verstört neben den Körper der siegreichen Frau fallen. Nun hat es Sancha eilig, sich anzukleiden, läuft dann durch Gänge und Gärten, bis sie das Innere des Vatikans erreicht, wo der Papst das Pfingstoffizium zelebriert und sie sich rasch auf die Tribüne begibt, wo Lucrezia in Begleitung von Adriana und Giulia Farnese sitzt. Zu den Bittgebeten des Papstes erklingt das Lachen der Mädchen über das, was Sancha erzählt, ein Gelächter, das Adriana nicht dämpfen kann und in das sie schließlich einstimmt. Sancha erzählt eine lustige Geschichte, und Lucrezia unterstützt sie dabei, während sie die ernsten Gesichter der Kardinäle sehen und die zurückgehaltene Empörung Burcardos wahrnehmen. Sie bemerken auch das verständnisvolle Lächeln des Papstes, ohne daß dieser die lateinischen Gebete oder das Ritual aufgegeben hätte, doch kommt es zum Skandal, als sich Lucrezia, von den lärmenden Damen gefolgt, zum Chor begibt, als handle es sich um eine Vergnügungsreise. Burcardo murmelt halblaut *»Ignominia et scandalo nostro et populi«*, doch der hysterische Übermut der Frauen läßt sich nicht aufhalten, unsichtbar für die erbitterte Zuhörerschaft liegt ihr Lachen über den andächtigen Worten des Papstes.

Als Guidobaldo da Urbino das Zelt betritt, springen aus den Laken Joan de Gandías zwei Frauen, wenn man so will entkleidet oder eben nackt, jedenfalls eingeschüchtert durch den Blick des Hauptmanns. Joan rafft sich auf und befiehlt ihnen, zu gehen, während er seine eigene Nacktheit bedeckt und der Begegnung ins Auge sieht.
»Läuft alles gut?«
»Bis jetzt war es einfach, die Burgen sind gefallen, als hätte es sie nie gegeben, nun aber wird es ernst. Die Burg von Bracciano ist eine fürchterliche Festung.«
»Wir befinden uns schon seit Wochen im Belagerungszustand, und meine Geduld hat Grenzen. Mir erscheint diese Festung

nicht so fürchterlich. Gestern machte ich einen Rundgang um ihre Mauern, und sie kommen mir einnehmbar vor.«
»Nach meiner Erfahrung mit Belagerungen würde ich keinen Angriff ohne Sinn und Verstand versuchen.«
»Ich habe all das satt. Wie lange haben Sie schon kein duftendes Schaumbad mehr genommen?«
»Ich pflege keine duftenden Schaumbäder zu nehmen.«
»Stumpfsinnige Kriege. So wie Kinder im Spiel Kräfte messen oder die Stärke im Blick des anderen einzuschätzen versuchen, sollten sich Sieg oder Niederlage durch weniger umständliche Vorgänge entscheiden.«
»Ich nehme an, Bartolomea Orsini wird sich nicht in die Augen sehen lassen.«
»Das ist das Schlimmste: eine Frau, die uns in Schach hält.«
Joan de Gandía verläßt das Zelt, von Guidobaldo da Urbino gefolgt, und mustert die in der Ferne sich abzeichnende Silhouette der Burg. Der Herzog von Gandía besteigt ein Pferd; sein Hauptmann ist darüber erstaunt, folgt ihm aber trotzdem im Galopp auf die Burg zu. Vor den Mauern angelangt informiert Joan de Gandía den Wachposten über seine Bedingung.
»Ich wünsche, daß sich die Burgherrin, die höchst bewundernswerte Signora Bartolomea Orsini, zeigt.«
Das Erstaunen da Urbinos überträgt sich auf die Wachen, doch wenig später beugt sich Bartolomea Orsini herab, und Joan de Gandía hat Gelegenheit, die runden Formen und den schelmischen Blick der Dame zu betrachten, die ein Kräftemessen aus der Ferne nicht erlaubt.
»Welche Ehre, vom Sohn des Papstes belagert zu werden!«
»Ich halte jeden Widerstand für nutzlos. Man muß nicht etwas noch unbequemer machen, was an sich schon unbequem ist.«
An die Soldaten gewandt deutet die Orsini auf den Herzog von Gandía.
»Habt ihr gehört? Für diesen Borgia, einen *marrano,* Sohn von *marranos*, ist eine Belagerung bequem oder unbequem. Eine Unannehmlichkeit, zweifellos.«
Hinter den Mauern ertönt schallendes Gelächter, das lange genug andauert, um die Ohren von Alexander VI. zu erreichen, der mit Cesare und Miquel de Corella spricht und die von einem Boten ausgerufene Nachricht gehört hat.

»Sie lachen? Über wen lachen sie?«
Der Bote wagt es nicht, eine Mutmaßung anzustellen, aber Miquel de Corella riskiert es.
»Ich nehme an, sie lachen über den Herzog von Gandía und über uns alle. Die Belagerung von Bracciano ist zum Gespött ganz Italiens und sogar Frankreichs und Spaniens geworden. Es wird erzählt, daß der französische König ständig auf dem laufenden ist und die Orsini nährt, damit sie uns zermürben.«
Der Papst wirkt niedergeschlagen. Wie ein in die Enge getriebener Stier starrt er in die Gegend, wo vermutlich die Schlacht im Gange ist.
»Was würdest du tun, Miquel?«
»Cesare hat eine Idee, wie wir vorgehen sollten.«
Endlich wendet sich Rodrigo an Cesare.
»Sprich, Cesare! Brauche ich etwa Vermittler, um zu erfahren, was du denkst? Was würde Eure Eminenz, der Kardinal, tun?«
»Seine Eminenz, der Kardinal, würde Seiner Heiligkeit, dem Heiligen Vater, empfehlen, daß wir uns aus dieser unfruchtbaren Belagerung zurückziehen und zu einem leichteren Schlag ansetzen, um das Vertrauen unserer Soldaten zurückzugewinnen und weiteres Gelächter zu vermeiden.«
»Dazu rät auch da Urbino, aber Joan sträubt sich.«
»Die Unfähigkeit des Herzogs ist nur aus seiner Überheblichkeit erwachsen.«
»Sprich nicht so von deinem Bruder!«
»Um Gottes Willen! Seid Ihr denn blind? Seht Ihr nicht, daß sich selbst Hauptmann da Urbino lächerlich vorkommt?«
Joan reitet an da Urbinos Seite, sein Gesicht verrät Müdigkeit und Überdruß, doch wird er jäh aus seiner melancholischen Versunkenheit gerissen, als sie sich plötzlich von Orsinis Truppen eingekreist sehen, und Guidobaldo ihm befiehlt:
»Galoppieren Sie los! Ich werde versuchen, die Flucht zu dekken.«
Joan zögert, doch schließlich gibt er dem Pferd die Sporen, weicht dem einen oder anderen Lanzenstoß aus, kann aber eine kleine Verletzung am Bein nicht vermeiden, die er entsetzt betrachtet, aber weitergaloppiert, bis er das Zelt erreicht, wo er sich, ohne Hilfe oder Rat, heulend und fluchend auf sein Lager fallen läßt und mit der Hand das Blut stillt. Seine Getreuen versuchen

vergebens, die Wunde zu untersuchen. Er schützt sie, als wäre sie die Quelle des unerträglichsten Schmerzes, bis ihn der Anblick des Blutes ohnmächtig werden läßt und sie ihm die Kleider ausziehen können, um zum Ursprung des Blutes zu kommen. Jemand sagt: »Es ist nur ein Kratzer.« Die anderen beginnen zu lachen, während Joan de Gandía wieder zu sich kommt. Sie fragen ihn:
»Und Signor da Urbino?«
»Der hat sich fangen lassen.«

»Wenn er sich hat fangen lassen, worüber beschwert er sich dann?«
Die Frage von Alexander VI. bleibt unbeantwortet, und das herrschende Schweigen fordert ihn auf, fortzufahren:
»Wir Borgias sind Jäger und wissen, daß wir an einem Tag Wild erlegen können, und andere Male nicht. Wir sind Jäger Gottes, und auch Joan ist dazu prädestiniert. Sobald er von seinen Wunden genesen ist, werden wir ihm einen triumphalen Empfang bereiten, denn er war ein Held Roms, der für die Größe der Kirche gekämpft hat. Was Signor da Urbino anlangt, hätte er umsichtiger sein sollen. Ich werde nichts für seine Befreiung tun. Weshalb schüttelst du den Kopf, Cesare?«
»Urbino hat aus diesem nicht gerade kampfbereiten Söldnerheer herausgeholt, was er nur konnte. Wir müssen von den Franzosen und Spaniern lernen. Sie stellen staatliche, gut ausgebildete Heere auf.«
»Dein Bruder hat auch sein Bestes gegeben.«
»Zweifellos. Mehr war unmöglich von ihm zu erwarten.«
»Ich bemerke einen gewissen Spott in deiner Rede.«
»Das Gelächter ist wohl innerhalb der Familie besser aufgehoben und muß nicht ganz Italien anstecken.«
Alexander ermahnt ihn:
»Etwas mehr Respekt deinem Bruder gegenüber! Er ist verletzt!«
»Der Wunde geht es schlechter als meinem Bruder. Die Wunde stirbt vor Scham, weil sie als Wunde gilt, wo sie doch genau weiß, daß sie nur ein Kratzer ist.«
»Wie kommst du auf diesen Unsinn? Joan wurde von da Urbino schlecht beraten, das ist alles. Er muß sich erst an das Aufblitzen

des Feuers gewöhnen. Für seine künftigen Unternehmungen habe ich einen Meister in Strategie ausgewählt.«
Rodrigo kehrt seinem Sohn und dessen Begleitern den Rücken zu, als hätte er vor, das Geheimnis zu hüten, und Cesare forscht nicht nach, sondern wartet ab.
»Möchtest du nicht den Namen erfahren?«
»Ohne Zweifel.«
»Ohne Zweifel was? Interessiert es dich oder nicht? Ich will es dir sagen, damit du weißt, daß in der Christenheit mein Wunsch Befehl ist. Don Gonzalo Fernández de Córdoba, der berühmte Feldherr der spanischen Könige, hat eingewilligt, mit deinem Bruder zusammen die Eroberung von Ostia in Angriff zu nehmen. Della Rovere hat sich dort mit einer französischen Garnison verschanzt.«
»Leider muß ich dir sagen, daß du dich geirrt hast, indem du Joan die Befehlsgewalt für etwas übertrugst, was er nicht zu lenken verstand, und nun irrst du dich abermals, indem du den Feind herbeiholst. Der *Gran Capitán* ist ein richtiger Feldherr. Er befehligt ein richtiges Heer, und nicht eine Bande von Söldnern, die bei der ersten Salve die Flucht ergreifen. Der *Gran Capitán* wird in Rom einmarschieren, nicht um dich zu unterstützen, sondern um dich zu warnen. Rom wird von kastilischen Soldaten besetzt sein, und unsere katalanischen, valencianischen und aragonesischen Söldner werden nur wenig ausrichten können. Du, der große Jäger, könntest dich in einen Gejagten verwandeln.«
Cesare verläßt seinen Vater, gefolgt von seiner Bande, mit einem ehrerbietigen Gruß. Die verhaltene Wut Cesares wird von seinen Begleitern belächelt, bis sein eigenes Lachen alle ansteckt.
»Selbst wenn er Julius Caesar höchstpersönlich als Condottiere engagierte, würde er deshalb meinen Bruder zu keinem Sieger machen. Habt ihr verstanden? Er schleust nun die Kastilier in Rom ein und gefährdet damit die Unabhängigkeit des Staates.«
»Deinem Vater steht nicht der Sinn nach Feinheiten. Joan mag zwar nicht verletzt sein, nicht einmal in seinem Stolz, dein Vater aber schon. Erst gestern mußte ich einer Versammlung, in der man nicht nur Joan de Gandía, sondern alle Borgias verhöhnte, ein schlechtes Ende setzen.«
»Wie setztest du der Versammlung ein Ende?«
»Auf die Weise, die auf der Hand lag. Ich setzte den Anwesenden

ein Ende. Sie treiben im Tiber Richtung Ostia, dem Tyrrhenischen Meer zu, was das Sterben verkörpert, wie der göttliche Manrique in den *Coplas por la muerte de su padre* sagte.«

Juanito Grasica hört Corella fasziniert zu.

»Nur dir kann es einfallen, die Dichtkunst mit dem Morden zu vermischen.«

»Es ist stärker als ich. Ich bin ein Humanist.«

»Wir werden wohl dem Verletzten einen Besuch abstatten müssen, damit er sich nicht über mangelnde Bruderliebe beklagen kann.«

»Du befiehlst, Cesare.«

Der fröhliche Trupp betritt das Gemach, in dem Joan de Gandía mit hochgelagertem Bein, von Vanozza, Lucrezia und Sancha umsorgt, ruht. Corella betrachtet mit zerknirschtem Gesicht den Verband, während seine Augen das Ausmaß des Schadens abwägen.

»So sind wir. Nur ein kurzer Moment trennt das Leben vom Tod, und schon Vergil sprach von den tausend Gesichtern des Todes. *Plurima mortis imago.* Liest du eigentlich Seneca, Joan?«

»Immer weniger, Miquel. Seneca gehört nicht zu meinen bevorzugten Autoren, aber ich kann mich an einiges erinnern. Es ist viel weniger düster als das, was du soeben gesagt hast. *Vivere militare est.*«

»Leben heißt kämpfen, keine schlechte Divise für einen Krieger wie dich, einen ernstlich verletzten Krieger, wie ich sehe. *Cotidie morimur,* schrieb Seneca, und dem ist so, wir sterben Tag für Tag.«

»Ich versichere euch, daß es mir nicht behagt, über den Tod zu sprechen. Kommst du in ebenso grausamer Absicht wie Miquel, Cesare?«

»Nein. Ich mag ebensowenig über den Tod reden.«

»Den Borgias hat es nie gefallen, über den Tod zu reden.«

»Uns Borgias behagt das Nichts nicht.«

Cesare hat seinen Gedanken in die Luft gesprochen, als redete er mit sich selbst, sieht jedoch darauf seinen Bruder an.

»Aus dem Mund eines Kardinals zu hören, daß der Tod dem Nichts gleichkommt, ist allerdings erstaunlich. Dein Leitspruch ist aus religiöser Sicht verdächtig, Bruder. Kaiser oder nichts. Beziehst du dich auf das Nichts?«

Cesare geht nicht auf das philosophische Problem ein.
»Wir mögen auch das Wenige nicht.«
»Worauf beziehst du dich?«
Cesare zeigt auf den Verband.
»Du bist nur wenig verletzt, Joan. Eine sehr mickrige Wunde für das Ausmaß der Niederlage, obwohl ich glaube, daß dir der *Gran Capitán* beistehen wird.«
Der Herzog will sich erheben, doch die Frauen halten ihn zurück, ganz besonders Sancha, die sich sinnlich und liebevoll auf Joans Körper legt, eine Berührung, die Cesare gilt. Den Kardinal scheint das nicht zu kümmern, er betrachtet voller Ironie das Paar, eine Art Pietà der Jungfrau angesichts ihres verletzten Sohns. Joan de Gandía gleicht dem Christus von Pinturicchio, abgezehrt und bärtig. Cesare geht, ihm voran das Gelächter seiner Freunde, und de Gandía bleibt selbstbeherrscht und den Frauen ausgeliefert zurück. Vanozza ist am meisten aufgeregt und läuft hinter Cesare her, um die Wogen zu glätten, Lucrezia folgt ihr, nachdem sie es sich überlegt hat, und Sancha bleibt bei Joan, Samariterin, bis sie schließlich allein sind, Körper an Körper, und die Umarmung des Verletzten kräftig genug ist, um sie neben sich ins Bett fallen zu lassen. Sancha fährt mit einem Finger über sein Gesicht.
»Es muß sehr schön sein, wenn du einer Frau sagst: Ich liebe dich.«
»Das pflege ich nicht zu sagen.«
»Könntest du es mir einmal sagen?«
»Ich könnte.«
»Du bist anders.«
»Als was, als wer?«
»Anders als alle. Selbst anders als die Borgias. Deine Träume sind nicht von Eroberung geprägt.«
De Gandía fühlt sich unwohl und steigt leicht hinkend aus dem Bett.
»Unterschätze mich nicht, Sancha. Ich gelte als Eroberer der Frauen und als *Caudillo.*«
»Was die Frauen betrifft, hege ich keine Zweifel, aber du bist kein *Caudillo.* Ich weiß das sehr wohl zu unterscheiden. Dein Bruder Cesare ist einer. Dein Vater auch. Vielleicht könnte Ascanio Sforza einer sein. Dieser *Gran Capitán*, von dem man so viel

spricht. Sie sind Jäger, einmal jagen sie Hirsche, ein andermal Menschen. Was du hingegen willst, Joan, ist fortziehen.«
»Fortziehen?«
»Nicht dort zu sein, wo du gerade bist. Aus Gandía weggehen, aus Rom weggehen. Du würdest am liebsten den Ort verlassen, an dem du dich befindest.«
Sancha ist aufgestanden, läuft auf den Verletzten zu, umarmt, umschlingt ihn, und liebkost schließlich sein Ohr mit den Lippen.
»Wir beide, Joan, sind so verschieden! Ich liebe dich so sehr!«

In Schwarz und schwertbewaffnet eilt die Gefolgschaft des *Gran Capitáns* diesem voraus bis zum päpstlichen Stuhl, und als der Feldherr niederkniet, kommt ihm Rodrigo entgegen, zieht ihn hoch, umarmt ihn, denn – wie er verkündet – der Mann, der die Araber in Granada und die Franzosen in Neapel besiegt hat, kann nicht knien. Ein doppelter Sieg über die Barbaren. Die Christenheit steht in der Schuld des *Gran Capitáns*. Der Kastilier wirkt von so viel Lob nicht geschmeichelt, wohl aber besteht er dem Papst gegenüber darauf, niederzuknien und seinen Ring zu küssen, was wohlwollend angenommen wird, wobei Alexander VI. zum Ausgleich und zur Beunruhigung eines wichtigen Mannes im Gefolge, den der Papst mit einem verächtlichen Blick bedenkt, den Feldherrn zur Seite zieht.
»Wie böse uns der spanische Gesandte ansieht. Ich kann ihn nicht ausstehen, und er mich genausowenig, Don Gonzalo. Er hat schlechte Manieren und versteht es nicht, mit einem Papst zu sprechen. Es kostete mich äußerste Mühe, einen Borgia in die zweite Reise des Columbus nach Westindien einzuschleusen, und mich verwundert, daß die Gegenwart der Borgias in den neuen, zu erobernden und zu christianisierenden Gebieten nicht gern gesehen wird.«
»Ich komme aus einem wilden Land, Heiligkeit, das über acht Jahrhunderte hinweg Krieg geführt hat.«
»Auch ich komme von dort, und stamme von hohen Befehlshabern des Heeres von Jaime dem Eroberer ab. Ich weiß, was die *Reconquista* bedeutet. Kriegführen und Siesta. Ein Land der Gegensätze, immer zwischen Krieg und Siesta.«

Alexander VI. legt seine Hände auf die Schultern des Feldherrn, der zurückweicht, als wollte er den körperlichen Kontakt vermeiden, doch der Papst hält ihn zurück, um mit ihm Auge in Auge zu sprechen.

»Wir sind auf den bewaffneten Arm Kastiliens und Aragóns angewiesen, um die französische Barbarei von Italien abzuwenden, und ich habe bereits mit König Fernando über die Notwendigkeit eines starken päpstlichen Staates gesprochen, der seine religiöse Kraft mit seiner politischen und militärischen Macht zu vereinen versteht. Mein Sohn wird der militärischen Seite dieser religiösen Macht dienen und mit seinen Truppen zur Eroberung Ostias ausziehen.«

In den Augen des *Gran Capitáns* schimmert kritische Distanz.

»Ich beharre nicht darauf.«

Der Kastilier bleibt weiterhin kühl und zurückhaltend.

»Ich bitte darum.«

Die Blicke werden schärfer, und ohne wahrnehmbare Regung formen die Lippen des Papstes die Worte:

»Ich bitte darum.«

Nun gerät Gonzalo Fernández de Córdoba in Aufruhr, schließt die Augen, schüttelt den Kopf, weist die Bitte zurück.

»Es bedarf nichts einer Bitte, was schon beschlossen ist.«

Der Papst drückt den sich sträubenden Kastilier an sich, und präsentiert ihn dem Hofstaat und dem verärgerten Gesandten wie eine Trophäe.

»Ich verkünde große Neuigkeiten! Die Truppen von Kastilien und Aragón werden gegen die letzten französischen Redukte kämpfen, und an der Seite des *Gran Capitáns*, Schulter an Schulter, der Herzog von Gandía!«

Joan nimmt mit einem einfachen Lächeln den Beifall entgegen, der den Ausruf des Papstes stützt, und seine Augen suchen das Einverständnis Sanchas, doch sie ist nicht für ihn da. Sancha scheint nur Augen für den kastilischen Feldherrn zu haben, und wartet zusammen mit Lucrezia, Giulia und den Hofdamen darauf, dem Helden Granadas vorgestellt zu werden. Der Papst geleitet Gonzalo zunächst zu Joan de Gandía, dann zu den Kardinälen, unter denen auch Cesare ist, und schließlich zu den Damen. Es kreuzen sich Blicke und Worte zwischen Fernández de Córdoba und Sancha.

»Ich komme aus Neapel und möchte Ihnen ein Geschenk überbringen, Doña Sancha.«
»Ein Wappenschild? Ein Schwert?«
»Eine Person.«
»Lebendig oder tot?«
Auf einen Fingerzeig des Feldherrn löst sich der junge Alfonso de Aragón aus dem Gefolge, und zunächst umarmen sich Schwester und Bruder, dann nimmt Alfonso Sancha an den Händen und dreht sie um sich, so schnell wie in einem Karussell. Die anderen Anwesenden bilden einen Kreis, und der Gesandte nutzt die Gelegenheit, das Wort an den *Gran Capitán* zu richten.
»Sind sie denn verrückt geworden? Die Anweisungen von König Fernando sind sehr präzise. Den Borgias soll Einhalt geboten werden. Und was tun Sie? Zuerst willigen Sie in die groteske Farce ein, seinen Sohn zu unterstützen, nun servieren Sie dem Papst den Bruder von Doña Sancha auf dem Tablett, damit er ihn mit Lucrezia verheiratet. Diese Vorgehensweise ist nicht im Sinne von König Fernando, und viel weniger noch im Sinne der Königin Isabel. Sie verabscheut diesen ketzerischen Papst.«
Der Feldherr hat keine Augen für den Gesandten, nur für die dunkle Schönheit aus Neapel, die sich anschickt, ihren Bruder Lucrezia vorzustellen. Ascanio Sforza hat den Kreis der Kardinäle verlassen und geht neben Cesare einher.
»Flatterhaft, dieses Mädchen. Sie scheint uns alle zugunsten des spanischen Feldherrn zu verlassen.«
»Sie ist eine Sibylle.«
»Pythia natürlich, nein vielleicht Kassandra. Ein passender Vergleich. Kassandra war Sibylle, weil ihr der verliebte Apollon die Sehergabe verlieh, doch als sie ihn zurückwies, verbreitete Apollon überall, daß ihre Prophezeiungen falsch seien. Wer von uns wird den Apollon geben? Du, Cesare?«
»Warum nicht? Doña Sancha hat das Hirn zwischen den Schenkeln, und es ist sehr gut entwickelt.«
Verdrießlich verfolgt Joan die Augenspiele zwischen Sancha und dem *Gran Capitán*, bis sich der Feldherr vom Herzog beobachtet fühlt und die der Frau gewidmete Aufmerksamkeit nun seinem unmittelbaren Waffenbruder zukehrt.
»Wir sollten ausführlich über den Feldzug sprechen, Herzog. Ich berechne meine Kriegszüge Meter für Meter. Und ich möchte

mit einer erbarmungslosen Untersuchung der Fehler im Feldzug gegen die Orsini beginnen, bei dem ich mir nicht erklären kann, wie ein so erfahrener Feldherr Guidobaldo da Urbino scheitern konnte.«
»Guidobaldo hat die Mentalität eines klassischen Condottiere. Heute ist die Kriegsführung eine Kunst, mehr noch, eine Wissenschaft.«
Der *Gran Capitán* läßt sich Zeit für seine Antwort, und als er sie schließlich gibt, versucht er die Ironie abzuschwächen, um den mürrischen Herzog nicht zu empören.
»Sie haben völlig recht, geschätzter Herzog. Die Zeiten für glorreiche Abenteurer sind vorbei, nun stehen wir am Anfang einer wissenschaftlichen Kriegsführung.«

»Es ist eine Ehre, den Herzog von Gandía, Eroberer der Festung von Ostia, gemeinsam mit dem *Gran Capitán*, Gonzalo Fernández de Córdoba, empfangen zu dürfen.«
Ascanio Sforza hat das Glas erhoben, und Kardinäle und Patrizier folgen seinem Beispiel.
Trotz der erwiesenen Ehre fühlt sich der Herzog, der ausgestreckt auf dem Sofa liegt, mit einem Lorbeerkranz auf dem Haupt, mit einem zum x-ten Mal geleerten Glas und vor Trunkenheit glänzenden Augen, mit denen er die rund um den Tisch sitzenden Gäste Ascanios mustert, nicht wohl. Ein alter Kleriker, die Wangen gerötet vom Alkohol, und ebenso mit einem bacchantischen Lorbeerkranz gekrönt, wendet sich an den Herzog.
»Mit Verlaub, glorreicher Krieger.«
Ascanio schneidet ihm mit dem Blick das Wort ab, und nimmt die liebenswürdige Rede wieder auf.
»Ihr werdet Euch fragen, warum ein Sforza, aus einer Familie, die in letzter Zeit so sehr von den Borgias beleidigt wurde, dem Herzog von Gandía diese Huldigung zuteil werden läßt. Und Ihr werdet Euch heute, morgen und für alle Zukunft auf die Erklärung beschränken müssen, die ich Euch nun gebe. Obwohl mein Neffe Giovanni als Ehemann Lucrezias zurückgewiesen wurde, und trotz des Argwohns, der traditionell zwischen Mailand und

dem Heiligen Stuhl besteht, steht meine Loyalität dem Papst und seinem Vorhaben eines vatikanischen Staates gegenüber außerhalb jeglichen Zweifels.«

Mehrere berauschte Gäste schließen sich Ascanios Begeisterung an.

»Deshalb stoße ich auf den Herzog von Gandía, Werkzeug der Politik des Heiligen Vaters, an.«

»Unzulängliches Werkzeug, zweifelsohne.«

Ascanio dreht sich zu dem unverschämten Kerl um, der von der Nachhut her spricht. Joan betrachtet ihn verächtlich.

»Seit wann gibt im Haus der Sforza der Hofmeister seine Meinung zum Besten? Warum verbietest du ihm nicht das Wort, Ascanio?«

»Schweige, Fabio.«

»Vielleicht ist das Instrument des Vatikans wirksamer als das ihres Neffen, Kardinal Ascanio. Es heißt, daß es bei der schönen Lucrezia nicht funktioniert hat.«

Die hochgezogenen Augenbrauen Kardinal Sforzas können die ansteckende Heiterkeit nicht vermeiden, und ebensowenig, daß Joan sich mit einer befehlerischen, empörten Miene an den Redner wendet, ohne seine Rede aufhalten zu können.

»Schlimm, das mit dem Instrument. Der Herzog ist kein gutes militärisches Instrument, und nicht einmal die Reize und die Liebeskünste von Lucrezia Borgia vermögen ihrem Neffen das Instrument zu heben.«

Der Herzog schüttet den Inhalt seines Weinglases in das Gesicht des Lästerers, und dem Wein folgen die Worte:

»Bei deinem Kapaunsgesicht mußt du ein ernsteres Problem haben! Dir fehlt das Werkzeug.«

Aber der Herausforderer geht nicht weiter darauf ein, und ruft, als würde er zu Sforza sprechen, aus:

»Stimmt es, Kardinal, daß diese Bastarde, wie dieser Bastard, der heute nacht ihr Gast ist, Sohn der Hure Vanozza Catanei, ein violettes Kardinalsmal auf den Testikeln tragen?«

Joan hat sich bereits erhoben, unfähig zu jeder Ironie, und den Raum verlassen, um sich wankend auf die Straße zu begeben, vom Alkohol vorangetrieben. Er stolpert, fällt, steht wieder auf, seine Diener folgen ihm und zweifeln, ob sie ihm bei seiner langen Flucht durch den Tunnel der Nacht, bis er die Gemächer sei-

nes Vaters erreicht, beistehen sollen. Dort unterhält sich Alexander mit Remulins.
»Wir dürfen uns Savonarola gegenüber keinen Fehltritt erlauben, und die florentinische Gesellschaft muß endlich seiner überdrüssig werden.«
»Er ist zu einem Tyrannen der Moral geworden, und der Widerspruch gegen ihn bleibt nicht aus. Die Geschäftsleute beklagen sich, daß Florenz eine Stadt ohne Kredite ist, und stacheln den Aufruhr an. Die Florentiner waren schon immer sehr aufsässig, schließlich hat sogar der *Palazzo della Signoria* das Aussehen einer Festung, um sich gegen den Pöbel zu verteidigen. Der Rückzug der Franzosen ist dem Mönch auch nicht zugute gekommen. Aber wir müssen weiterhin Geduld bewahren. Savonarola muß sich selbst zerstören.«
Genau in dem Moment tritt Joan de Gandía ein, und wendet sich fassungslos, hysterisch schreiend an seinen Vater.
»Ich bin ein Bastard! Habe ich es denn zu ertragen, von den Handlangern der Sforza daran erinnert zu werden? Hättest du aus mir nicht etwas Besseres als einen Bastard machen können?«
»Wovon sprichst du?«
»Du hast mich aufgefordert, zur Ehrung zu gehen, die mir Ascanio Sforza bereiten wollte! Du! Ich bin beleidigt worden! Du ebenso! Vanozza auch! Sie haben mich als Hurensohn beschimpft!«
»Wer? Ascanio?«
»Er hat die Szene vorbereitet, und sein Hofmeister hat für den Rest gesorgt! Ein Hofmeister! Er hat die Lippe riskiert!«
»Nicht lang.«
Der Papst wirkt entschlossen, als er den Raum verläßt und Remulins hilflos mit dem taumelnden Joan zurückbleibt. Er durchläuft, lauthals die Anwesenheit Miquel de Corellas fordernd, die Gänge.
»Miquel, Corella, im Namen Gottes, im Namen der heiligen Jungfrau von Lérida, komm her, du Mistkerl, komm sofort! Wo steckst du, Mistkerl?«
Auf seine Rufe eilen Cesare und Miquel de Corella herbei, und Rodrigo geht direkt auf den Adjutanten seines Sohnes zu, stößt ihn beiseite und spuckt ihm, sobald er allein ist, Ratschläge ins Ohr, die Corella mit zunehmender Kälte aufnimmt. Corella wählt

unter denen, die ihn umgeben, vier Männer aus und hält Cesare zurück, als dieser mitkommen will.
»Das ist nicht deine Sache.«
Corella geht den bewaffneten Männern voran und verstärkt die Gruppe mit den Soldaten an der Tür, um schließlich die Truppe anzuführen und den Weg zu beschreiten, den der Herzog von Gandía soeben zurückgelegt hat. Je näher die Gruppe dem Portal des Palastes von Ascanio Sforza kommt, desto größer wird die Entschlossenheit, desto rascher ihr Schritt, desto heftiger ihr Atem. Die Tore halten sie nicht auf, sie öffnen sie mit dem Druck ihrer vereinten Körper, Corella als Rammbock. Das Holz schlägt gegen die Wände, die Gruppe geht die Treppen hinauf, stürmt in den Speisesaal, wo die Gäste verdauen, was sie gegessen, was sie getrunken, was sie gelacht haben, und lachen nach wie vor über die Geschichten des Hofmeisters Fabio, der den Herzog von Gandía moralisch angegriffen hat. Corella sagt nichts. Er nimmt sich Ascanio vor, setzt ihm ein Messer an den Hals, bis die Klinge zum Entsetzen der übrigen Gäste schließlich einen Blutstropfen hervorquellen läßt, und läßt in das Ohr des Kardinals unhörbare Worte fließen, die den zu Tode erschrockenen Ascanio dazu bringen, auf den Gast zu zeigen, der Joan de Gandía beleidigt hat. Zu ihm wenden sich Corella und seine Waffenbrüder, kreisen ihn ein, stoßen ihn aus dem Saal hinaus, und kaum tauchen sie in die Schwärze der Nacht, zeichnet eine Hand mit dem Dolch eine silberne Spur auf der Kehle des vor Schreck erstarrten Fabio, und was Silber war, verwandelt sich in eine klaffende Wunde, die die Augen des Sterbenden nicht verstehen wollen, bis der Tod sie mit Klarheit umwölkt, und der entseelte Körper wie eine Strohpuppe auf die Gasse fällt, während sich die rhythmischen Schritte der Mörder entfernen.

»Nichts geht über einen reich gedeckten Tisch für eine Versöhnung, wenn es einen Grund zur Versöhnung gibt.«
Vanozza zieht sich vergnügt von der Brüstung zurück, von der aus man den Blick über die Weinberge schweifen lassen kann, und zeigt auf den für die wenigen Gäste überaus reichlich gedeckten Tisch. Sie nimmt Cesare an einem, Joan am anderen

Arm, und fordert sie auf, ihr gegenüber Platz zu nehmen, flankiert von Canale und dem Cousin Kardinal Borgias.
»Wir können im Familienkreis sprechen, sogar noch freier durch die Abwesenheit Rodrigos, was sage ich da, Rodrigo, des Heiligen Vaters. Für mich wird er immer Rodrigo sein. Laßt uns Joan, den Sieger, und Cesare, der als päpstlicher Legat nach Neapel reist, hochleben.«
Joan de Gandía probiert nur ein wenig von den Speisen, Cesare jedoch ißt mit Appetit.
»Ich lade dich gern zum Essen ein, Cesare, denn du weißt das zu schätzen, was du ißt. Dein Vater hat immer so wenig Wert auf diese Dinge gelegt. Er ißt, um zu leben, sagt er. Für mich ist Essen ein Genuß. Warum sollte man sich der Verführung der Sinne verschließen? Du bist nach mir geraten. Und du bist lustlos, Joan.«
»Der Ruhm sättigt.«
»Cesare.«
»Ich sage es, wie es ist, Mutter. Joan ist schon seit einiger Zeit in Kriegs- und Liebesabenteuer verstrickt.«
»Erzähl, erzähl!«
»Was könnte ich erzählen, das nicht schon ganz Rom wüßte. Es heißt, daß dein Lieblingssohn ...«
»Cesare.«
»Ist er etwa nicht euer Lieblingssohn? Deiner und der Rodrigos? Es heißt, daß er die schöne Sancha mit dem *Gran Capitán* teilt, andere behaupten hingegen, daß die Liebe des *Gran Capitáns* für Doña Sancha platonisch ist, was in diesen Zeiten des Platonismus durchaus logisch wäre. Du bist anscheinend auch hinter einer Tochter des Grafen della Mirandola her.«
»Stimmt das alles, Joan?«
»Wenn es Cesare sagt, er verfügt schließlich über die besten Spione von ganz Rom. Aber ich weiß nicht, warum wir hier zusammensitzen, wenn der Abend schon mit Sarkasmen beginnt.«
»Dein Bruder hat recht, Cesare. Nicht wahr, Carlo?«
»Ja, Vanozza.«
Cesare stimmt ihr offensichtlich zu. Das Treffen hat schlecht begonnen, er trinkt, gewinnt Zeit und stellt sich schließlich seinem Bruder.
»Du und ich, wir müssen ein Abkommen schließen.«

»Eine verheißungsvolle Nacht.«
»Niemandem entgeht es, daß Rom dir gefällt und dich gleichzeitig erstickt, es gefällt dir, weil du wie eine Fledermaus seine Nächte lebst, und es erstickt dich, weil unser Vater für dich eine Bestimmung ausgesucht hat, die dir mißfällt. Ich schlage dir eine Veränderung vor.«
»Welche Veränderung?«
»Ich gebe dir die Nacht, und du gibst mir deine Bestimmung.«
»Eine schöne Metapher, Cesare, mein Sohn. Aber etwas nächtlich, dunkel, nicht wahr, Carlo?«
»So ist es, Vanozza.«
»Ich möchte der Feldherr der Borgias sein, und gebe dir dafür die Freiheit, dein Leben zu leben.«
In den Augen Joans schimmert Ironie, die sich allmählich in Interesse verwandelt.
»Wie läßt sich diese Alchimie anstellen? Hast du deinen Astrologen Beheim zu Rate gezogen?«
»Die Astrologen dienen wie die Kardinäle nur dazu, Riten anzubieten. Beheim verknüpft mein Schicksal mit einer so zufälligen Tatsache wie der, daß zum Zeitpunkt meiner Geburt die Sonne in meinem Aszendenten war, der Mond im siebten Haus, Mars im zehnten, Jupiter im vierten. Wunderschön, aber unergiebig. Mein Leben sieht sich dadurch bestimmt, daß ich im Hause Vanozzas geboren wurde und mein Vater Kardinal war. Auch diese Erklärung reicht mir nicht wirklich aus. Die Wahrheit gibt es nicht. Die Notwendigkeit zu handeln hingegen schon. Diese Alchimie besitze ich, und sie erfordert es, daß unser Vater das Offensichtliche wahrnimmt und du derjenige sein wirst, ihm das vor Augen zu führen.«
»Ich habe auch noch eine andere Rolle inne, abgesehen von der des nächtlichen Tiers.«
»Deine Rolle besteht darin, unseren Vater davon zu überzeugen, daß ich der Feldherr sein muß, und du dich zum Beispiel ... der Politik widmen könntest. Du bist in Gandía zwischen Kastilien und Rom in keiner schlechten Stellung. Du kannst ein Dreieck der Macht und der Röcke zwischen Kastilien, Rom und Gandía aufbauen.«
»In Kastilien gibt es nur die Röcke der Königin Isabel, und die Gewänder ihres Beichtvaters Cisnero. Es heißt übrigens, daß

die Königin Isabel ihr Hemd während der gesamten Belagerung Granadas nicht gewechselt hat.«
»Das war wohl eine Strategie, um die Mauren durch den Geruch zu bezwingen. Ich spreche nicht umsonst, Joan. Ich glaube, mein Angebot könnte dich interessieren. Ich habe Ideen zur Kriegsführung und betrachte einen Feldzug als eine Wissenschaft. Du siehst ihn als eine glanzvolle Parade zu Ehren des Siegers.«
Vanozza streicht Joan übers Haar, übers Gesicht.
»Die Paraden sind wunderschön, Joan. Die Kriege hätten keinen Sinn ohne die Schlußparaden. Doch muß man seine Bestimmung richtig einschätzen, Joan. Mir kommt der Vorschlag deines Bruders gar nicht unvernünftig vor.«
»Ich wollte eben dasselbe sagen, Vanozza.«
Canale hat seine Meinung kundgetan, doch ein Diener ist hereingekommen, nähert sich der Hausherrin und flüstert ihr eine geheimnisvolle Botschaft zu, die Vanozzas Gesichtszüge erstarren lassen.
»Du hast seltsame Freunde, Joan. Man hat mir soeben mitgeteilt, daß dich ein *Caballero*, mit oder ohne Pferd, jedenfalls aber maskiert, erwartet.«
»Maskierter als wir?«
Joan schmunzelt über seine eigene Ironie, denkt nach und kommt zu einem Schluß, denn er fordert mit einer Geste den Maskierten auf, einzutreten. Als er ihn sieht, richtet er seine Aufmerksamkeit auf ihn, steht etwas erregt auf, betrachtet das Essen wie ein obszönes Hindernis, weiß nicht, wie er sagen soll, was er schließlich sagen wird, sagt es aber.
»Entschuldigt mich. Cesare hat zweifellos recht. Ich bin ein nächtliches Tier. Mich ruft die Nacht. Die Nacht ist sanft für mich, und sie verlangt nach mir. Wir werden noch über all das sprechen, Cesare, das versichere ich dir. Du könntest die Schlachten gewinnen, würdest du mir aber die Siegeszüge überlassen?«
Er küßt seine verstörte Mutter, verabschiedet sich von den anderen mit einer Geste, und geht von dem Maskierten gefolgt fort. Vanozza überwindet ihr Entsetzen und läuft zum Fenster, von wo aus sie eben noch sehen kann, wie Joan aufs Pferd steigt und den Maskierten einlädt, ebenfalls aufzusitzen. Auf einem Maultier folgt ihnen der Leibwächter des Herzogs. Joan gibt dem Roß die Sporen, und Vanozza starrt besorgt in die Nacht, versucht, sie zu

ergründen. Die Nacht bemächtigt sich in ihrer Weite der Lage, umfaßt die Silhouette Roms und den Lauf des Tiber, dessen Ufer das Pferd mit doppelter Fracht zustrebt.

Vanozzas Gesicht erfüllt das gesamte Blickfeld von Alexander VI., und die Lippen der Frau bedrängen seine Ohren mit mühseligen Fragen, die er nicht hören möchte.

»Wo ist Joan? Warum ist ganz Rom von dem Gerücht erfüllt, daß man ihn ermordet hat?«

Dieselbe Frage richtet Vanozza aufgewühlt an ihren Sohn Cesare, an Corella, an Llorca, an Juanito, an alle Waffenbrüder, die sie umgeben.

»Wo ist Joan? Er hat mein Haus lebendig verlassen, seither sind zwei Tage vergangen, und er ist nicht wieder aufgetaucht. Warum ziehen bewaffnete Patrouillen durch die Straßen? Unsere, die der Colonna, die der Orsini?«

Vanozza ahnt, daß ihr etwas verheimlicht wird, da sich die Blicke Cesares und die seines Vaters verschwörerisch kreuzen.

»Was wißt ihr, was ihr mir nicht sagen wollt?«

Cesare nimmt seine Mutter an den Schultern und spricht, während er ihr fest in die Augen sieht. Joans Pferd ist aufgetaucht. Auch sein Leibwächter. Allerdings schwer verletzt und nicht in der Lage, eine konkrete Aussage zu machen. Alle papsttreuen Truppen durchforsten Roms Gassen und die Ufer des Tiber. Alle ausländischen Gesandten haben ihre Hilfe angeboten. Jede der Nachrichten hat Vanozza wie ein Keulenschlag getroffen, und nun entdeckt sie, daß der Salon von solidarisch gesinnten Kardinälen und Gesandten überquillt. Sie wendet sich an Alexander, möchte von ihm die Nachrichten dementiert, ihre Hoffnung gestärkt wissen. Doch der Papst ist niedergeschlagen, seine mächtige Erscheinung scheint vom päpstlichen Stuhl verschlungen zu werden, und in seiner melancholischen Versunkenheit beobachtet er, wie Vanozza in Begleitung von Lucrezia und Sancha den Raum verläßt. Als die Frauen fort sind, setzt Cesare seinen Vater ins Bild.

»Im Tiber tummeln sich die Taucher. Ein Wächter der Sägewerke hat beobachtet, wie sie einen Körper ins Wasser warfen. Von einem weißen Roß. Das hat ein Mann namens Giorgio Schavino

gesehen, der dem im ersten Moment keine besondere Bedeutung zugemessen hat, da jede Nacht Dutzende Leichen in den Fluß geworfen werden. Der Tiber ist der Abladeplatz für sämtliche Verbrechen, die in Rom passieren. Möglicherweise ...«
Der Papst hat sein Gesicht mit einer Hand bedeckt und stammelt beklommen: »Im Wasser, nein ..., nicht im Wasser! Man muß mit den Füßen auf der Erde sterben.« Mehr Kummer findet nicht Platz in seiner Brust, und er steht auf, um ihn loszuwerden, kniet nieder und betet sein zauberkräftiges *Ave Maria* an die Muttergottes von Lérida. Es bleibt ihm allerdings nicht viel Zeit zum Beten. Lärm dringt beständig näher, Türen werden aufgestoßen, und vier Soldaten schaffen einen Leichnam herein. Als sie ihn absetzen, entweicht Alexanders Mund beim Anblick des toten Sohns ein Brüllen. Joan de Gandía ist blau im Gesicht, voller Schlammspuren, sein Vater zählt auf seinem Körper mit bebenden Fingern acht Dolchstiche, und beim neunten, am Hals, der ihm beinahe den Kopf vom Rumpf trennt, stöhnt er auf. Der Papst erhebt sich, verläßt rücklings den Audienzsaal und schließt energisch die Tür, die ihn von dem Unübersehbaren trennt. Nun eilt Vanozza in den Raum, schreit, beweint ihren toten Sohn, umarmt ihn, nimmt seinen Körper in ihren Schoß. Die Anwesenden zeigen sich gerührt, der französische Gesandte weint, untröstlich auch der spanische Gesandte an seiner Seite. Endlich kommen die Frauen der Familie und können Vanozza dazu bringen, den Leichnam ihres Sohnes loszulassen und ihnen zu folgen. Die Soldaten legen den Toten wieder auf die Bahre und durchqueren mit ihm die Gemächer des Palastes, bis sie einen Raum erreichen, in dessen Mitte sich ein schlichter Marmortisch befindet, und daneben ein Holztisch mit den nötigen, von zwei ungerührten Ärzten prüfend beäugten chirurgischen Geräten. Cesare befiehlt allen, außer den Ärzten, den Raum zu verlassen, und betrachtet seinen Bruder voller Mitleid, aber ohne Trauer.
»Versuchen Sie ihm den Kopf wieder anzunähen. Er soll so vollständig begraben werden, wie er gelebt hat.«
Die Ärzte beugen sich augenblicklich über den Leichnam, entkleiden ihn und waschen ihn mit wohlriechendem Wasser, während Cesare sie ihrer Arbeit überläßt und in den Thronsaal zurückkehrt. Bei dem Versuch, die Gemächer seines Vaters zu betreten, versperren ihm zwei Wachen den Weg, und Burcardo teilt ihm mit:

»Seine Heiligkeit hat den strikten Befehl erlassen, niemanden sehen zu wollen.«
Hinter der Tür betet Alexander VI. knieend ein, zwei, fünf, zehn Mal sein *Ave Maria*. Klage ist es, Verzweiflung, die über den Boden kriecht und in gutturalen Schreien zur Decke steigt. Plötzlich hält er inne und rezitiert voller Hingabe ein paar Verse:

Quan ve la nit i expaindex ses tenebres,
pocs animals no cloen les palpebres
i los malats creixen en llur dolor.

Wenn die Nacht ihre dunklen Schleier ausbreitet / schließen fast alle Tiere ihre Lider / und die Kranken wachsen in ihrem Schmerz.

Doch er beginnt wieder zu klagen und Verwünschungen in alle Himmelsrichtungen auszustoßen. Cesare hört das Geheul von draußen und nimmt es ungerührt auf. Ihn zieht die Zurückhaltung Burcardos in den Bann, der über einen Tisch gebeugt Notizen auf ein Pergament schreibt.
»Sie schreiben auch heute ihr Tagebuch?«
»Ich schreibe Anmerkungen für das Begräbnis. Seine Heiligkeit wünscht, daß es als die Bestattung eines der großen Fürsten der Christenheit in Erinnerung bleibt.«
»Man muß es so bald wie möglich seiner Frau mitteilen.«
María Enríquez' Trauer ist grenzenlos, als sie das Schreiben ihres Schwiegervaters entgegennimmt, das ihr ein eigens aus Rom gesandter Bote überreicht. Sie liest es mit ebenso trockenen Augen, wie sie ihren Mann verabschiedete, doch ist offensichtlich, daß sie vom vielen Weinen ausgetrocknet sind. Ihre Schwangerschaft kündet bereits die Geburt an, und sie bewegt sich unbeholfen auf den holzumzäunten Ring zu, in dem ihr Erstgeborener krabbelt. Dort liest sie den Brief zu Ende, und hebt ihre Augen zum Gesandten.
»Señor Remulins, hier fehlt der Name des Mörders.«
»Man kennt ihn nicht, Doña María. Es hat zahlreiche Untersuchungen gegeben, der Verdacht fiel auf den Kardinal Ascanio Sforza, der durch einen unglücklichen Vorfall, den sein Hofmeister verursachte, beleidigt worden ist, man verdächtigte auch die Familie della Mirandola, Guidobaldo da Urbino, dem eine zweifelhafte militärische Vorgehensweise zusetzte, die Orsini, weil sie

die wiederholte Schmach nicht verziehen hätten, aber das sind alles Spekulationen. Es gibt so viele potentielle Mörder!«
»Sie vergessen einige Namen auf der Liste der mutmaßlichen Mörder.«
»Ich kann nicht vergessen, was nicht geschrieben wurde. Es wurde auch behauptet, der Herzog wäre Meuchelmördern der spanischen Könige zum Opfer gefallen, ihrer Verwandten, Doña María, doch habe ich wohlweislich diese Information nicht weitergegeben.«
»Seltsam, daß hier in Gandía, so weit weg von Rom, die Liste größer wird, und so nahe Verwandte von Joan einschließt wie seine Brüder Jofré und Cesare.«
»Was für ein Unsinn! Die Legende der Borgias macht nicht einmal vor dem Tod eines ihrer geschätztesten Kinder halt. Sie müssen bedenken, Señora, daß die Feinde der Borgias in ganz Italien Verleumdungen ausstreuen, und der Dichter Sannazaro der Tragödie ihren satirischen Teil entnommen hat. Er schrieb, es wäre logisch gewesen, da seine Heiligkeit nun einmal ein Menschenfischer sei, daß er seinen Sohn aus dem Tiber fischte.«
»Von Jofré heißt es, er hätte sich für die Hörner gerächt, die ihm mein Mann mit Sancha von Neapel aufgesetzt hat, und von Cesare, daß sein Ehrgeiz vor nichts zurückschreckt. Ich weiß, welches Leben Joan in Rom führte, und rechnete mit diesem Ende. Ich ahnte es voraus, in dem Augenblick, als Joan mich verließ, um in dieses Babylon voller Huren und Paradiesverkäufer zu ziehen. Ich vertraue auf den gerechten und schrecklichen Gott, der Feuer auf die verderbten Städte sät. Für mich haben die Borgias Joan getötet. Alle zusammen. Ihre zügellose Welt. Ihre fehlende Gottesfurcht. Bestellen Sie Seiner Heiligkeit, ich bestehe auf der Übergabe des Körpers meines Mannes und werde meinen Kindern den ewigen Haß auf alles, was die Borgias darstellen, einprägen. Und nun gehen Sie mir aus den Augen! Mit Ihnen ist in Gandía der Gestank Roms eingedrungen!«

Vor den versammelten Kardinälen beendet Alexander VI. seine Intervention.
»Ich glaube, Gott hat mich für meine Sünden bestraft, und ich nehme einen Gutteil der Kritik auf mich, die aufrechte christli-

che Seelen gegen die Form, Gottes Dinge zu lenken, angebracht haben. Es ist an der Zeit für Versöhnung im Schoß der Kirche, und der Brief des Kardinals della Rovere, den ich euch vorgelesen habe, ist nicht nur voll Mitgefühl für den trauernden Vater, sondern zeugt auch von Einverständnis mit der Reform unserer Sitten. Ich würde sieben Papsttümer geben, sieben, für das Leben des Herzogs von Gandía ...«

Ein Seufzer unterbricht die Worte, nur einen Moment lang, bevor die kräftige Stimme verkündet:

»Ich fordere eine vollständige Reform der im Vatikan herrschenden Gebräuche, eine Gewissenhaftigkeit in den heiligen Pflichten, eine strenge Wachsamkeit, damit die weltlichen Dinge nicht in diesen heiligen Bereich eindringen und der Handel mit Pfründen ein Ende nimmt. Von nun an sollen nur noch jenen Benefizien zuteil werden, die es verdienen, und an erster Stelle meiner Reformen soll die Zurückweisung von Nepotismus und Simonie stehen.«

Der Papst segnet die Knieenden und verläßt durch eine Seitentür den Raum, um sich mit Hilfe Burcardos seiner schweren Gewänder zu entledigen. Sein Gang ist müder geworden, Zeit und Untätigkeit haben auf seinem Gesicht ihre Spuren hinterlassen. In der Sakristei erwartet ihn Remulins, der nichts sagt, während Burcardo seine Aufgabe erfüllt und dem Papst seine private Kleidung zurückgibt. Als der Protokollchef fertig ist und sie allein läßt, nehmen Remulins und der Papst das unterbrochene Gespräch wieder auf.

»Doña María Enríquez hat mich also exkommuniziert?«

»Das ist nicht das richtige Wort.«

»Sie hat Rom verflucht, geschworen, meinen Enkelkindern ewigen Haß auf die Borgias einzuprägen. Sie fordert den Leichnam meines Sohnes, denn in Rom befindet er sich wie in der Hölle, oder vorerst wie in einem Bordell. In einem Augenblick, wo meine erbittertsten Feinde mir ihr Beileid bekunden, verhält sich diese Kastilierin wie eine knorrige Eiche. Schau, Remulins, selbst Savonarola hat mir einen freundlichen Brief geschickt, in dem er, wie mir scheint, sein ehrliches Beileid ausdrückt.«

Er gibt Remulins Savonarolas Schreiben, der es liest und das Gelesene einschätzt.

»Er ist aufrichtig ergriffen.«

»So aufrichtig ergriffen, daß es mich rührt.«
Die Gefühlsregung des Papstes wirkt ehrlich, und kühlende Tränen steigen in seine Augen.
»Wenn Sie es angebracht finden, ändern wir unsere Strategie Savonarola gegenüber, ohne den Druck, den wir bis jetzt auf ihn ausübten. Der hat schon gute Ergebnisse gebracht, und der Bischof Caraffa hat seine Unterstützung zurückgezogen.«
Tränen fließen über Alexanders Wangen, doch sein Gesichtsausdruck verhärtet sich, und seine Stimme wird forsch.
»Sei nicht dumm, Remulins, Savonarola muß erledigt werden. Eine Sache ist das Mitleid, eine andere die Geometrie.«
Remulins akzeptiert das Verdikt und läßt den Papst allein. Der Pontifex spaziert in seiner Einsamkeit und Trauer bis zu dem Raum, in dem das Modell mit den Burgen steht, die er mit seinem Sohn Joan zu erobern hoffte. Es handelt sich nicht nur um die Miniatur eines Kriegs, der hätte gewesen sein können und nicht war. Cesare studiert es wie ein Experte, berechnet Entfernungen, macht Aufzeichnungen, und obwohl er sich wohlweislich bei der Ankunft seines Vaters zurückzieht, läßt er seine Beute nicht los. Er sagt nichts. Allmählich gerät Rodrigo über seinen alten Traum in Begeisterung, kniet sich in seinem Eifer nieder und betrachtet erneut den auf grünlichem Gips errichteten Horizont der Eroberung. Cesares Stimme erklingt in seinem Rücken, und der kalte Scharfsinn seiner Argumente überrascht.
»Wir müssen den Verbündeten austauschen oder das Bündnis mit Spanien ins Lot bringen. Der französische König muß uns zur Seite stehen, um einen päpstlichen Staat zu schaffen. Ich habe mit dem französischen Gesandten gesprochen. Erinnere dich, wie ergriffen er an dem Tag war, als man die Leiche Joans fand. Er hat angedeutet, daß wir auf das Verständnis des neuen Königs Louis XII. zählen können, und hat Michelangelo den Auftrag für eine Skulptur zum Gedenken an Joans Tod gegeben.«
»Hast du nicht um deinen Bruder geweint, Cesare?«
»Was tut das jetzt zur Sache?«
»Nein. Du hast nicht genug um deinen Bruder geweint. Mir kam der schreckliche Verdacht zu Ohren, du ...«
»Was hätte ich durch den Tod meines Bruders gewonnen?«
»Meine Träume sind zerstört. Zuerst starb euer Stiefbruder Pere Lluís, der großes militärisches Talent besaß, geschmiedet in den

Kämpfen der *Reconquista* in Spanien. Ich bereitete alles vor, damit Joan diese Lücke füllte. Nun ist die Leere wieder da. Tot im Wasser, entsetzlich, Joans Augen in den ewigen Sümpfen versunken.«

Cesares Stimme ist leiser geworden und will überzeugend sein.

»Denk an das, was ich dir gesagt habe: Du wirst dieses Spiel nicht gewinnen, wenn ich nicht mitspiele.«

»Das ist der schlimmste Tod. Der Tod im Wasser. Die Dunkelheit des Wassers. Rette mich, mein Gott, denn die Wasser sind in meine Seele gedrungen, ich versinke im Schlamm ...!«

»Noch ist nichts verloren, Vater.«

Endlich scheint Alexander in die Wirklichkeit zurückzukehren, und antwortet seinem Sohn:

»Was willst du, Cesare?«

»Den Platz meines Bruders einnehmen.«

Er kniet sich neben seinen Vater, und seine Augen betrachten ebenfalls vom Boden aus die Perspektiven der Eroberung.

»Nun werde ich der Jäger Gottes sein.«

»Ich wünsche mir ein ewiges Andenken an das, was Joan de Gandía im Projekt der Borgias bedeutet hat.«

In einem Raum des Vatikans betrachtet ein junger Bildhauer eine *Pietà* – die Muttergottes hält den Körper ihres vom Kreuz genommenen Sohnes. Der Bildhauer ist in Begleitung des französischen Gesandten, ergriffen von dem Kunstwerk, und als sie zurückweichen, um es noch eingehender zu studieren, treffen sie wieder auf Vanozza, die an der Mauer lehnt, als bäte sie um Halt für ihren Kummer.

»Mutter und Sohn, Signora Vanozza. So wie ich Sie an jenem tragischen Tag sah, als der Leichnam auftauchte. Diese Skulptur von Michelangelo wird Ihre Geschichte für immer festhalten, die Geschichte von Vanozza und Joan de Gandía, eine der traurigsten, denen ich jemals beigewohnt habe. Nehmen Sie es als einen Beweis des guten Willens des Königs von Frankreich, Louis XII., und seines ergebenen Gesandten, Jean Villers de la Grolaye.«

Vanozza geht auf das in Marmor gemeißelte Paar zu. Stolz erhellt das Gesicht Michelangelos kurz, während Vanozza Antlitz und Körper des liegenden Christus streichelt.

»Der Haß hat dich getötet. Dieser Haß, der die Borgias umgibt,

und den der verdammte Savonarola in eine Strafe Gottes verwandelt hat.«
Die geröteten Augen Vanozzas funkeln haßerfüllt.
»Verflucht, verflucht sei Savonarola, wenn er Gott dazu angestiftet hat!«

DER WAFFENLOSE PROPHET

Remulins hat sich unter das Publikum gemischt, das auf das Wort Savonarolas wartet. Neben ihm steht Machiavelli und zeigt mehr Interesse an der Beobachtung der Leute als an dem bevorstehenden Erscheinen des Predigers.

»Frauen. Ihm bleiben nur mehr reiche Frauen.«

Remulins schenkt der Bemerkung Machiavellis Beachtung, allerdings nicht lang, denn der Prophet erscheint und ein vollkommenes Schweigen empfängt den Mönch, der seine Gemeinde wie ein Falke zu belauern scheint, bereit, über ihren Köpfen seine Kreise zu ziehen.

»Der Papst hat mich exkommuniziert! Er begnügte sich nicht damit, mir das Predigen zu verbieten, er hat mich exkommuniziert! Verrat, Verrat, ihr Christen, das ist das Wort, mit dem ich bezeichnen will, was geschieht und wie das Messer des Verruchten das Sprachrohr Gottes schlachten möchte! Den Kräften des Bösen ist es gelungen, die Zahl meiner Feinde zu vergrößern und meine Anhänger einzuschüchtern, so daß ich mich im selben Gethsemane befinde, in dem Christus die Drangsale der Seele überwand.«

Plötzlich gerät Savonarola in Zorn, da eine Gruppe von Frauen, an ihrer Spitze eine Patrizierin, die Kirche betritt. Sie kommt völlig unbefangen zu allen Predigten zu spät, sogar zu denen Savonarolas. Diesmal aber wettert der Mönch über die Menge hinweg und deutet anschuldigend auf die soeben Eingetretene.

»Hier habt ihr den Teufel! Hier ist der Teufel, der das Wort Gottes stört!«

Die Dame vernimmt zunächst starr vor Staunen, dann wütend, schließlich ängstlich den Angriff. Alle Gesichter haben sich ihr zugewandt, schuldigen sie an: Gesichter, die sie zwingen, samt ihrem Gefolge zurückzuweichen und entsetzt die Kirche zu verlassen.

»Meine Feinde erklären sich bereit, die Feuerprobe zu machen. Wenn sie diese unverletzt überstehen, sei das der Beweis, daß ich ein Ketzer bin. Und sie fordern von mir dasselbe. Sie sagen, es sei der Gottesbeweis! Die Verschwörung meiner Feinde läßt mich Gott um sein Vertrauen bitten, ich nehme die Herausforderung an! Ich und meine Anhänger werden über die Glut gehen und zeigen, daß Gott meine Schritte lenkt und beschützt!«
In der allgemein aufkommenden Begeisterung wiegt Machiavelli ironisch den Kopf und fordert Remulins auf, ihm zu folgen.
»Gehen wir. Alles Wichtige hat er schon gesagt.«
Sie schlendern schweigend durch die Gassen, doch jeder wartet darauf, daß der andere das Gespräch beginne.
»Was gibt's Neues, Signor Machiavelli?«
Niccolò lacht frei heraus und sein Gelächter läßt Remulins innehalten.
»Was gibt es zu lachen?«
»Sie müssen schon zugeben, daß es erheiternd ist, wenn ausgerechnet Sie mich nach Neuigkeiten fragen, wo Sie doch, wie öffentlich bekannt ist, nach Florenz gekommen sind, um Savonarola endgültig in die Enge zu treiben.«
»Das wird behauptet?«
Remulins wirkt betrübt und bemerkt mit einer gewissen Melancholie:
»Savonarola erhängt sich selber. Die *Signoria* von Florenz herrscht über die *Arrabbiati*, und die Gegner des Mönchs werden nicht nachgeben, ehe sie ihn vernichtet haben.«
»Erlauben Sie mir, eine Hypothese aufzustellen, Remulins. Savonarola predigte gegen die Korruption der Kirche und der mit ihr unter einer Decke steckenden Fürsten, und wurde von einem Teil der Medici gegen andere Medici benützt. Das ermöglichte dem Mythos Savonarola zu wachsen, er erreichte das Volk, die über die Korruption empörten Bischöfe wie Caraffa und eine Gruppe von Mächtigen, denen es manchmal, für kurze Zeit, gefällt, für ihr Mächtigsein um Verzeihung zu bitten. Schließlich führte der Kampf gegen die Medici dazu, die Franzosen zu Hilfe zu holen, damit sie der Republik und der italienischen Renaissance ein Ende bereiteten. Savonarola nannte Charles VIII. den Neuen Kyros, Erbauer Jerusalems und des Tempels, gegen den Zerstörer der Christenheit, Alexander VI. Vom Vatikan aus begin-

nen Sie die Front der Anhänger Savonarolas zu durchbrechen, und Sie erreichen es, ihn allmählich zu isolieren. Obendrein versucht der Papst, mit den Franzosen einen Pakt zu schließen und läßt damit Savonarola ohne Gönner. Es bleiben ihm nur mehr einige wenige reiche Frauen, die um Vergebung für ihren Reichtum bitten. Auch sie werden weniger. Das schlechte Gewissen der Reichen hält nicht lange an. Nach seinem heutigen Angriff auf die Gattin von Bentivoglio, einem der einflußreichsten Männer in Florenz aus einer Sippe von gefährlichen, blutrünstigen Condottiere, wird dieser Chor der Frommen gänzlich verstummen. Zudem hat der Papst den florentinischen Händlern mit einem Embargo ihrer Waren gedroht, sollten sie Savonarola unterstützen, und der Bischof Caraffa hat seine Hilfe zurückgezogen. Die Geschäftsleute haben tatsächlich einen klaren Realitätsbezug, sie wissen, was Sache ist, und wollen, was ihnen zusteht. Sie haben als fahrende Händler begonnen, sind von Jahrmarkt zu Jahrmarkt gezogen, und schließlich zu Geld gekommen, zu einem Haufen Geld. Arbeit und Geld. Das ist die neue Macht, und die verträgt sich nicht mit mystischen Ordensbrüdern, die für Unordnung sorgen. Savonarola besteht auf der Notwendigkeit eines Konzils, doch steht ihm nur mehr der Gott bei, an den er glaubt. Die Feuerprobe ist eine Falle, die ihm gestellt wurde. War es Ihre Idee, Remulins?«

Remulins grübelt und Machiavelli wartet geduldig darauf, daß er sein Schweigen breche. Endlich redet Remulins.

»Meine rechte Hand hat dazu beigetragen, das alles auszuhecken, meine linke wollte es verhindern und Savonarola zur Ruhe kommen lassen, den Kreis um ihn schließen. Glauben Sie denn an die Notwendigkeit, die Kirche zu reformieren?«

»Wozu?«

»Würden Sie eine auf Tugend gebaute Kirche nicht befürworten?«

»Für mich entspricht die Tugend der Vernunft, Signor Remulins. Kann sich die Kirche auf Vernunft bauen? Ich mische mich nicht in theologische Fragen. Alexander VI. tut, was ich für unvermeidlich halte, weder für gut noch für schlecht, unvermeidlich eben. So würde jeder andere intelligente Papst mit Sinn für Geschichte auch handeln. Savonarola befindet sich außerhalb des Laufs der Geschichte, und sollten seine redemptoristischen Thesen siegen,

würde ein fanatischer Obskurantismus über uns hereinbrechen. Die Korruption ist tolerierbarer als der Fanatismus.«
»Gilt es zwischen Obskurantismus und Korruption zu wählen? Ist diese Entscheidung unumgänglich?«
Machiavelli ist erstaunt und hält die Schritte Remulins' mit seinem Arm zurück.
»Sie schwanken! Sie, das Werkzeug der Politik von Alexander VI. glauben nicht an das, was Sie tun! Im Grunde verstehen Sie Savonarola!«
Remulins gelingt es, seinen Weg fortzusetzen, und er läßt einen erstaunten Machiavelli ein paar Schritte hinter sich, der kräftig ausholt, bis er schließlich den päpstlichen Gesandten eingeholt hat.
»Ich beharre auf der Frage. Ist die Feuerprobe von Ihnen vorgeschlagen worden?«
Remulins schließt die Augen, sein Kinn zittert, er ballt die Fäuste. Und in dieser ihn erbeben lassenden Gefühlsregung antwortet er:
»Nein.«

Alexander VI. ist zufrieden. Er kramt Dokumente hervor, die seine gute Laune bestätigen.
»Hier haben wir die Mitteilung der Bankiers, in der sie die *Signoria* von Florenz auffordern, ihre Geschäfte gegen die Auswirkungen der Predigten Savonarolas zu schützen. Wenn es den Florentinern an den Geldbeutel geht, hat der Prophet Jesaja ausgespielt. Oder ist unser geschätzter Savonarola, so wie ich vermute, mittlerweile schon bei Ezechiel angelangt? Ist es etwa nicht so, Remulins?«
Der Berater stimmt etwas unwillig zu, mit einem Unwillen, der dem Papst nicht entgeht.
»Gibt es denn ein Problem?«
»Nein. Alles plangerecht. Unser Mönch hat das Verbot zu predigen schlecht verdaut und es gebrochen, nun hast du ihn exkommuniziert, und er will sich nicht beugen. Er verkündet seine Wahrheit, spendete weiterhin die Eucharistie. Er hat keine andere Möglichkeit. Nun ließe sich ein kirchliches Tribunal einberufen, wenn die *Signoria* von Florenz nicht mit ihm fertig wird.

Diese Feuerprobe jedoch kommt uns nicht gelegen. Sie wurde durch einen von den *Arrabbiati* angestifteten Prediger vorgeschlagen, also von jenen, die Savonarola ablehnen.«
»Die Probe ist also für uns uninteressant?«
»Sie ist ein Rückschritt. Ein Anlaß zur Verhöhnung von seiten der Humanisten. Es ist eine Falle gewesen. Ein Franziskanermönch erklärte sich bereit, über die glühenden Kohlen zu gehen, und wollte so beweisen, daß Savonarola ein Schwindler sei, und Savonarola blieb keine andere Wahl, als die Herausforderung anzunehmen.«
»Armer Teufel! Seine Würfel sind gefallen, und früher oder später wird die florentinische Gesellschaft selber mit ihm abrechnen. Aber du hast recht. Wir können die Ketzergerichte, die Gottesbeweise nicht wieder ins Leben rufen. Dieser Obskurantismus darf nicht zurückkehren. Mir fällt da ein anderer, praktischer Grund ein, um uns dem Gottesbeweis zu widersetzen.«
»Der wäre?«
»Was, wenn Savonarola bei der Probe gut wegkommt? Wenn er sich in den Augen des Pöbels beweist und im Recht ist, und nicht wir, die ihn exkommunizierten?«
»Wie sollen wir also vorgehen?«
»Beantrage bei der *Signoria* von Florenz, daß sie uns Savonarola ausliefern, damit wir ihn hier in Rom vor ein kirchliches Gericht bringen können. Du übernimmst dabei eine Stellung, die deine Vorgangsweise rechtfertigt. Die des Juristen, die des Auditors der römischen Regierung.«
»Wir haben noch nicht über das Ende dieser Geschichte gesprochen. Soll Savonarola sterben?«
»Wenn er sich ergibt, bauen wir ihm eine goldene Brücke. Aber wir müssen die Entscheidung den Florentinern und Savonarola selbst überlassen. Es gilt diese Angelegenheit im Auge zu behalten. Das ist alles. Savonarola stellt schon jetzt keine Gefahr mehr dar. Du hast gute Arbeit geleistet, Remulins. Nun will ich mich mit Cesare besprechen.«
Das ist eine Aufforderung zu gehen, und Remulins verläßt in Gedanken vertieft den Raum, nimmt gar nicht mehr wahr, daß Cesare ihn grüßt. Kurz darauf allerdings, im Korridor, bemerkt er sehr wohl, daß Burcardo und Michelangelo ein geheimes Gespräch unterbrechen, und der Protokollchef den Künstler dazu

drängt, den Juristen anzusprechen. Michelangelo beschleunigt seine Schritte, doch Remulins zeigt sich nicht betroffen, bis eine Hand des Malers seinen Arm erfaßt.

»Ich bitte Sie um einen kurzen Moment Ihrer kostbaren Zeit. Es wird nicht lange dauern.«

»Es ist nie verlorene Zeit, mit Michelangelo Buonarroti zu sprechen.«

»Ich würde aber lieber an einem stilleren Ort reden.«

Remulins läßt sich von ihm in ein Atelier führen, das von arbeitenden Schülern besetzt ist, die der Maler mit einem einfachen Händeklatschen verabschiedet. Als sie allein sind, vergewissert sich der Künstler, daß die Türen gut verschlossen sind, und wendet sich an Remulins.

»Ich spreche mit der Person, die am besten über die Geschehnisse in Florenz Bescheid weiß, und möchte meine Besorgnis über das mögliche Schicksal von Girolamo Savonarola zum Ausdruck bringen.«

Remulins betrachtet die besorgte Miene Buonarrotis, antwortet aber nicht, sondern wartet erwartungsvoll und schweigend, bis der andere fortfährt.

»Als Fra Girolamo zu predigen begann, war ich in Florenz, im Dienst der Medici, und er wandte sich oft an uns Künstler, an die Humanisten, Schriftsteller, an Botticelli, della Robbia, Pico della Mirandola, auch an mich, und beeindruckte uns sehr.«

Remulins hört zu, doch sieht er gleichzeitig mechanisch Zeichnungen und Entwürfe durch.

»Fra Girolamo hat uns seine ganze Spiritualität übermittelt, und jeder hat sie anders aufgefaßt. Jeder erfuhr seine Botschaft seinen eigenen Vorstellungen entsprechend.«

»Botticelli gab seiner Kunst eine Wende und verzichtet nun darauf, seine Geliebte und fremde Frauen in offenkundig heidnischen Motiven darzustellen. In Ihren Werken, Michelangelo, sehe ich hingegen keinen vergleichbaren Hang zur Spiritualität.«

»Die Malerei entspringt der Malerei, nicht der Spiritualität, Remulins. Meine Malerei inspiriert sich an Masaccio oder Leonardo, ja auch an Leonardo, obwohl er ein unerträglicher Bastard ist. Savonarola muß keinen Einfluß auf die Malerei nehmen. Dennoch hat es mich beeindruckt, was er über das Verhältnis zwischen Spiritualität und Gesellschaft gesagt hat, über die Armut bei-

spielsweise, über die Einfachheit des christlichen Lebens. Dieser Mann ist schuldlos, Remulins.«
Remulins taucht aus seiner Abwesenheit auf.
»Ein Schuldloser ist nicht immer unschuldig.«
Michelangelo scheint ihn nicht zu verstehen.
»Manchmal kann die engelhafteste Unschuld Chaos hervorrufen.«
»Unordnung?«
»Ja, Unordnung.«
»Ist denn die Unordnung immer abzulehnen? Läßt sich etwa das Leben verändern, Hoffnung aufrechterhalten ohne Unordnung? Ich gehe von der malerischen Ordnung aus, die mir meine Lehrmeister überlassen haben, doch mische ich Unordnung in diese Ordnung, und so sind die Künste in unserem Jahrhundert auf der Suche nach dem verlorenen griechisch-römischen Goldenen Zeitalter erwachsen.«
»Es gibt keine Goldenen Zeitalter, Michelangelo. Es hat sie nie gegeben.«
»Auch nicht im Paradies?«
Remulins zeigt im Gespräch keine Bestürzung, nur Umsicht. Er blickt nun nach allen Seiten, als könnten ihm sogar die Statuen und die Figuren auf den Gemälden zuhören.
»Schickt Sie Burcardo?«
»Ich habe mit Burcardo den Fall Savonarola erörtert, er empfindet ebenfalls einen tiefen Respekt für die den Mönch beseelenden Absichten.«
»Warum hat er sich Seiner Heiligkeit gegenüber nicht geäußert?«
»Burcardo glaubt, daß ihn Seine Heiligkeit als Protokollchef durchaus ernst nimmt, nicht jedoch als Theologen.«
»Was wünschen Sie für Savonarola?«
»Vernunft oder Erbarmen.«
»Das ist zu breit gefächert. Wählen Sie. Vernunft oder Erbarmen.«
»Erbarmen.«
»Ich empfinde ebensoviel Mitleid für Savonarola wie Sie empfinden mögen, doch aus Mitleid kann und darf ich ihn nicht retten.«
»Dann bitte ich Sie, die Vernunft walten zu lassen. Was gewinnt man durch Savonarolas Vernichtung?«
Remulins lächelt traurig.

»Ihre Frage scheint mir zu spät zu kommen. Nun müßte man sie so formulieren: Was verliert man durch die Verurteilung Savonarolas?«

»Worüber hat Remulins mit dir gesprochen? Über Savonarola? Beschäftigt dich der Fall Savonarola noch immer? Siehst du eine so große Gefahr in diesem verblendeten Mönch? Mir kommt das absurd vor. Er schwächt die Florentiner, und das ist gar nicht schlecht für uns.«

»Er verlangt ein Konzil, er möchte die Kirche reformieren und mich absetzen.«

»Ihr zerstört ein Gespenst und laßt es somit als Gespenst weiterleben. Auf Savonarola hört nicht einmal mehr der König von Frankreich. Wir müssen übrigens unsere antifranzösische Haltung revidieren. Diese Heilige Liga gegen die Franzosen ist einerseits interessant, andererseits auch nicht.«

»Heilig? Wer verleiht ihr die Heiligkeit?«

Alexander VI. hat Cesare die Frage in der Gewißheit gestellt, die Antwort schon zu kennen. Cesare fordert aber mehr. Analysiere sie doch, diese Pantomime der Heiligen Liga. Der Heiligen! Analysiere deine Verbündeten gegen Frankreich. Die spanischen Könige, Ludovico il Moro in Mailand, die Republik von Venedig, den Kaiser Maximilian von Österreich.

»Die Heiligkeit setzt du offenbar voraus. Und die Truppen?«

»Sie sollten die Truppen stellen, doch nach der Erfahrung der Invasion Charless VIII. traue ich weder Venedig noch Mailand, und die Umarmung der spanischen Könige ist die eines Bären. Sie hält unsere Expansion in Richtung Neapel auf, an der wir so lange gearbeitet haben. Die Heirat von Jofré mit Sancha. Nun die von Lucrezia mit Alfonso di Bisceglie. Bestehst du auf deinem Vorhaben, die Kardinalswürde niederzulegen?«

»Ich bestehe darauf. Nach dem Tod Joans brauchst du keinen Kardinal mehr zum Sohn, sondern einen Soldaten.«

Das dynastische Gehirn Alexanders VI. hat zu arbeiten begonnen und hilft ihm, seinen Sohn mit anderen Augen zu betrachten.

»Wenn du deine Kardinalswürde niederlegst, könnte man eine Heirat mit einer neapolitanischen Prinzessin in Erwägung ziehen. Du hast einmal Carlota de Aragón erwähnt.«

»Zuvor gibt es noch ein Problem zu lösen.«

Der Papst errät nicht, um welches Problem es sich handeln könnte, und zieht den strengen Burcardo als Zeugen heran, der auch kein dringliches Problem sieht.
»Beziehst du dich auf deine Funktion als Kardinal von Valencia? Oder vielleicht auf die Hysterie von María Enríquez, die den Leichnam Joans fordert und die Borgias durch den spanischen Gesandten mit Verwünschungen überhäuft?«
»Ich beziehe mich auf Lucrezia.«
Burcardo schiebt eine Dringlichkeit vor, um sich zurückzuziehen, doch Cesare bedeutet ihm mit einer Handbewegung zu bleiben, eine Geste, die Alexander gutheißt. Cesare geht mit weitausholenden Schritten zur Tür und läßt einen Wartenden herein, einen jungen vornehmen Herrn, der sein Haupt entblößt und vor dem Papst niederkniet.
»Pere, Pere Caldes, wenn ich mich nicht irre. Was führt dich hierher? Ich habe dir doch befohlen, Lucrezia keinen Moment aus den Augen zu lassen.«
»Ich folge den Befehlen Cesares. Er hat mich hierher beordert.«
Cesare umkreist das durch den knienden Pere, Burcardo und Alexander gebildete Dreigespann, grübelt über den nächsten Schritt, der mehr als eine Rede sein soll.
»Cesare, darf man erfahren, was geschehen ist oder geschieht? Was zum Himmel hat Pere hier zu suchen? Er sollte sich doch um deine Schwester kümmern.«
»Du sagst es. Er sollte sich um meine Schwester kümmern. Mit ihr Blinde Kuh spielen. Stimmt es etwa nicht, Burcardo? Sahen Sie nicht, wie Pere mit den Damen Blinde Kuh spielte? Nennt man dich Pere oder Perotto?«
»Die Valencianer und Katalanen nennen mich Pere, hier nennen sie mich Perotto.«
»Perotto steht dir besser. Zu deinem Gesicht paßt Perotto besser als Pere. Nun gut, da du dich um meine Schwester kümmerst, wirst du seiner Heiligkeit und mir selbst, Kardinal von Valencia, eine Erklärung geben können.«
Cesare schweigt einen Moment lang, bemißt genau die Wirkung des Schweigens und formuliert dann dem immer noch knieenden Pere gegenüber die Frage:
»Du wirst uns wohl sagen können, warum Lucrezia schwanger ist, und von wem.«

Pere hat den Kopf gesenkt und sein Adamsapfel springt wie verrückt auf und ab, im Versuch zu entfliehen, während Cesare mit seinen Mutmaßungen fortfährt, Burcardo entrüstet die Augen geschlossen hat, und Alexander der Mund offensteht.
»Warum sie schwanger ist, läßt sich leicht folgern. Wer sie geschwängert hat, ist schon schwieriger festzustellen. Ihr früherer Mann, Giovanni Sforza, hat laut Schiedsspruch von Kirchengelehrten und Juristen die Ehe nicht vollzogen und will sich auch öffentlich nicht als potent zeigen, weshalb ihn Seine Heiligkeit und sein eigener Onkel, Ludovico il Moro, gerichtlich belangten. Entweder kroch der Samen im Schneckentempo über geheime Wege der Befruchtung, oder Giovanni Sforza kann nicht der Vater sein.«
»Ich.«
»Du?«
»Ich wollte erklären, daß in der gegebenen Situation ...«
»Willst du uns erzählen, daß du der Vater bist?«
Alexander erwacht aus der Starre seines Erstaunens, wirkt nun ungläubig und verscheucht mit einer ausladenden Geste den Verdacht, während Burcardos Augen ihre Klausur nicht verlassen.
»Komm, Cesare, du sollst keine dummen Schlüsse ziehen.«
»Wenn Pere, Perotto, nicht der Vater ist, befinden wir uns vor einem Fall von Hexerei, vor einer unbefleckten Empfängnis, oder aber meine Schwester ist eine Hure, die jeden ins Bett zieht, der an der Tür der Dominikanerinnen anklopft.«
Pere hat sich erhoben und fordert Cesare mit gerunzelter Stirn heraus.
»Ich dulde es nicht, daß die Signora auf solche Art beschimpft wird. Ich bin für alles verantwortlich, was geschehen ist.«
»Hat Eure Heiligkeit das gehört?«
Seine Heiligkeit hat es gehört und läßt sich erschöpft in den päpstlichen Stuhl fallen, während sich Cesare Perotto nähert, von Angesicht zu Angesicht zu ihm spricht, und ihn dabei mit seinem Körper zurückdrängt.
»Ganze Nationen stellen Mutmaßungen über den nächsten Ehemann Lucrezias an. Es wird Alfonso von Neapel sein, zu deiner Information, Perotto. Staatsräson, Sicherheit, stehen auf dem Spiel, die die Italiener, Franzosen, Spanier, Österreicher betreffen, und du spielst mit meiner Schwester Blinde Kuh, und zack, ein Kind. Eine Frucht der Liebe, nehme ich an.«

»Es hat nichts anderes als Liebe gegeben. Eine erwiderte Liebe.«
Cesare wirkt gerührt und streicht mit einer Hand über Perottos Haar.
»Was für ein Glück! Eine erwiderte Liebe. Liebe und Einsamkeit. Einsamkeit und Liebe. Die Einsamkeit Lucrezias und die Liebe von Pere Caldes.«
In der anderen Hand des nun erzürnten Cesare blitzt ein Dolch, und so schnell wie er ihn gezückt hat, dringt er in den Hals von Pere, doch eine Kopfbewegung des bedrohten Mannes wendet den Tod ab und verkehrt ihn in eine tiefe Wunde. Der Verletzte findet noch Kraft, bis zum Stuhl Petri zu gelangen und vor dem Papst auf die Knie zu fallen, der sich aufgerichtet hat, aber nicht über genügend Hände verfügt für das, was er tun soll. Er wischt die Blutspritzer weg, die bis zu seinem Gesicht vorgedrungen sind, und stößt gleichzeitig einen Schrei aus, der Cesare aus dem Raum weist.
»Cesare!«
Unterdessen versucht Burcardo, die Blutung zu stillen. Mit ungerührtem Blick, harten Gesten, legt er mit purifizierender Grausamkeit ein Tuch auf die Wunde, ohne die Schreie Perottos zu beachten.

Savonarola betet im Halbdunkel, und durch das Fenster fällt ein Lichtstrahl gleich einer Aureole der Auserwählten auf sein Gesicht, auf die Augen, die fassungslos weinen. Er betet in einer Stille, die nur er als solche wahrnimmt, die zerrissen ist von den Stimmen der vor den Klostermauern versammelten Meute.
»Heuchler!«
»Geißel von Florenz!«
»Ruin von Florenz!«
Er hört die Schreie, sie kreisen um seine Ohren, umzingeln seinen Geist, er versucht sie zu verstehen, doch kann er die Logik der Worte nicht begreifen.
Ein aufgeregter Mönch kommt herein.
»Fra Girolamo. Im Moment ist es nicht ratsam, hinauszugehen.«
»Bald werden sie die Scheiterhaufen entzündet haben und es wird Glut geben.«
»Das Kloster ist von drohenden Gestalten umstellt.«

»Wer sind sie?«
»Die Geschäftsleute haben die Plebs mobilisiert und Ex-Sträflinge als Agitatoren angeheuert. Man gibt Ihnen die Schuld an dem über die Stadt verhängten Wirtschaftsembargo, am Ruin von Florenz.«
Ein Mann löst sich aus der Menge, klettert auf einen Randstein des Platzes und ruft:
»Savonarola hat uns zugrunde gerichtet! Wir müssen zu den Zeiten zurückkehren, wo das Talent unserer Bankiers Florenz zur glanzvollen Wiege des Humanismus machte. Wir, die von Savonarola hinters Licht geführt wurden, müssen uns mit jenen zusammentun, die ihn immer bekämpft haben, damit Florenz wieder ein Finanzimperium wird!«
Seine Worte finden lautstarke Zustimmung. Savonarola hat der Rede hinter einem vergitterten Fenster gelauscht, und auf seinem Gesicht vermengen sich äußere und innere Schatten.
»Am Ende werden mich die Geschäftsleute vernichten, nicht der Papst. Gibt es Antwort vom König Frankreichs? Unterstützt er die Einberufung eines Konzils?«
Die Mönche um ihn herum sehen sich an, und einer von ihnen erwidert:
»Wir haben ihm einen Boten gesandt, doch der hat keine Antwort erhalten. Es heißt, Charles VIII. sei sehr krank.«
»Wir müssen die Feuerprobe in Angriff nehmen, wenn unsere Feinde darauf bestehen.«
Savonarola entblößt seine Füße und betrachtet sie.
»Meine armen Füße.«
Doch dann verwirft er das Selbstmitleid.
»Wer früher als nötig leidet, leidet mehr als nötig.«
Ein junger Mönch wirft sich zu seinen Füßen und streichelt sie liebevoll.
»Gott wird nicht zulassen, daß die Glut diese Füße verbrennt. Gott wird seine eigene Niederlage nicht zulassen.«
»Gott ließ seine eigene Niederlage auf Sinai zu, doch verwandelte er die Niederlage in den Sieg der Wiederauferstehung.«
Savonarola fordert den Mönch auf, sich zu erheben, und beobachtet erneut durch das Gitter hindurch das Geschehen draußen. Um den Redner hat sich mittlerweile eine kleine Gruppe von Patriziern geschart, sie beglückwünschen ihn zu seinen Worten.

»Mir ist die Demütigung deiner Frau durch diesen Erleuchteten zu Ohren gekommen. Ganz Florenz fühlte sich dadurch beleidigt.«
»Ich bin dankbar dafür, doch habe ich nicht aus Zorn gesprochen, sondern aufgrund der Sorge aller Florentiner angesichts des uns drohenden Ruins.«
»Was können wir tun, Bentivoglio?«
»Was wir tun können? Das fragst du mich? Seid denn nicht ihr die Verantwortlichen der *Signoria* von Florenz?«
Bentivoglio hat einen ironischen Blick in die Runde gesandt und wendet sich an einige Auserwählte.
»Canigiani, Giugni, Canacci, seid ihr etwa nicht die ärgsten Gegner Savonarolas? Ihr *Arrabbiati* habt doch nun die Mehrheit in der Stadtverwaltung, oder? Dieser Erleuchtete ist in seinem Reformwillen, der uns zunächst alle in seinen Bann zog, zu weit gegangen. Übertriebene Veränderungen sind die Vorboten von Katastrophen.«
»Wir müssen Savonarola loswerden.«
»Dann werft ihn in den Kerker.«
»Wir können ihn nicht zu einem Märtyrer machen.«
»Er hat die Kommunion gespendet, obwohl er exkommuniziert ist. Also soll ihn der Papst hinter Gitter bringen. Hat er euch nicht ersucht, ihn nach Rom auszuliefern?«
»Wollen wir zum Werkzeug des Vatikans werden? Bist du verrückt? Willst du denn, daß der Fall Savonarola gegen uns verwendet wird? Laßt uns in die *Signoria* gehen und die Lage debattieren!«
Die Herren lassen sich nicht lang bitten, entfernen sich mit unregelmäßigen Schritten vom Kloster und begeben sich in den Sitzungssaal der Regierung von Florenz, wo Canacci das Wort ergreift.
»Wir wissen, daß Savonarola schon kein Problem mehr darstellt, aber er ist noch immer ein Problem. Je eher wir ihn außer Gefecht setzen, desto eher können wir uns der tatsächlichen Probleme der Stadt zuwenden.«
»Dem Krieg und dem Geld.«
»Das ist eine Vereinfachung, Canigiani.«
»Das ist die Realität. Solange Savonarola nicht aus unserem Leben und unserer Stadt verschwunden ist, wird er ein Störenfried

bleiben. Wir müssen zu einer der Lage angemessenen Logik und zur politischen und wirtschaftlichen Initiative zurückfinden.«
Den drei Wortführern ist es gelungen, die Polemik auszuweiten, und die Mitglieder der *Signoria* mischen sich nun immer heftiger ein.
»Er hat sich mit der Feuerprobe in eine Zwickmühle gebracht.«
»Es ist keine richtige Zwickmühle. Er kann sie umgehen, wenn seine Feinde, die sie forderten, es tun.«
»Wir müssen etwas finden, demzufolge Savonarola, ob er nun die Probe ausführt oder nicht, als Verlierer dasteht und aus Florenz vertrieben wird.«
»Wenn er vertrieben wird, kann er zurückkehren.«
»Was machen wir also mit ihm?«
»Einen Prozeß.«
»Er soll gestehen, daß er ein falscher Prophet gewesen ist. Er darf nicht länger ein Held für den Pöbel sein.«
Die Tore des Konvents San Marco haben sich geöffnet, und Savonarola führt eine Prozession von Mönchen an, die ihn auf seinem Marsch zur Feuerprobe begleiten. Sie gelangen auf den Platz, wo bereits die Gegner und die hochrangigsten Mitglieder der *Signoria* im Schutz eines großen Kruzifixes warten. Alle Straßeneinmündungen sind von Holzbalken versperrt. Die Büttel ersticken die Flammen und zeichnen einen glühenden Pfad, der die Augen Savonarolas erhellt, als er verkündet:
»Hier bin ich! Um Deinen Ruhm, Herr, zu mehren, werde ich durchs Feuer gehen!«
Die Savonarola geneigten und ihm abgeneigten Mönche betrachten die Glut und fordern sich gegenseitig auf, die Probe zu beginnen. Savonarola hingegen wägt ab.
»Es sollen jene beginnen, die diese Situation heraufbeschworen haben.«
Canigiani wendet sich an die Franziskaner, die als Mittelsmänner auftreten.
»Wo sind Rondinelli und Francesco d'Apulia?«
»Sie weigern sich zu kommen, denn sie sagen, Savonarola würde sie verhexen und ihre Kleidung sei schon verhext.«
»Dann sollen sie die Kleidung wechseln.«
»Sie sagen, auch das Kruzifix sei verhext.«
»Dann soll das Kruzifix ausgewechselt werden!«

Man wartet auf die Auswechslung des Kruzifixes, doch die Feinde Savonarolas lassen sich nicht blicken. Canigiani und seine Amtskollegen in der *Signoria* lassen die Stunden verstreichen und je mehr Zeit vergeht, desto selbstsicherer fühlt sich Savonarola. Schließlich wendet sich Canigiani an ihn.

»Fra Girolamo, wenn Ihr Gottvertrauen so groß ist, warum machen Sie dann nicht die Probe? Es geht darum zu beweisen, daß Sie ein echter Prophet sind.«

»Sie führen mich in Versuchung wie der Teufel Jesus Christus. Es geht darum, einer Herausforderung nachzukommen, für die ich nicht verantwortlich bin.«

Die versammelten Mönche verhandeln, schließlich beraten sich auch die Verantwortlichen der *Signoria* leise, bis am Ende Canigiani verkündet:

»Die Probe ist für aufgehoben erklärt!«

Es hat zu regnen begonnen, und das die heftige Glut löschende Wasser bringt die enttäuschte Menge in Zorn. Die Mitglieder der *Signoria* haben sich unter die Leute gemischt und stacheln eine Gruppe von Agitatoren an, dem Vorfall einen neuen Sinn zu geben. Schließlich ruft der erste laut:

»Heuchler! Sie haben angekündigt, durchs Feuer zu gehen, und nun fliehen Sie mit dem Schwanz Beelzebubs zwischen den Beinen!«

»Savonarola, Heuchler!«

Die Schreie greifen um sich und mit ihnen die Schmähungen, während Savonarola erfolglos versucht, seine Stimme zu erheben, und sich vom Regen durchnäßt, mit seinen Armen die Ordensbrüder schützend, zurückzieht und sich sein melancholisches Erstaunen in eine kopflose Flucht verkehrt. Die Mönche suchen Schutz im Kloster, wobei einige von ihnen die Tore verbarrikadieren, andere Waffen hervorholen; während Savonarola niederkniet und in eine mystische Isolation fällt. Draußen, unter den Gaffern, murmelt Machiavelli, naß bis auf die Knochen, in angemessenem Abstand vom Kloster:

»Armer, waffenloser Prophet.«

Die Schiffer werfen zwei Kadaver an das Ufer des Tiber, und als diese über die Böschung rollen, zeigt sich das verzerrte

Gesicht Perottos und das eines Mädchens mit strahlenförmig ausgebreitetem Haar, Spiegelbild ihrer weit aufgerissenen Augen. Einer der Schiffer legt die Leichen mit dem Gesicht zum Himmel hin, und Burcardo mustert sie.

»Ich kenne sie. Bringt sie in ein Lager und wartet auf Anweisungen.«

Mit demselben Ernst, mit dem Burcardo die Leichen identifiziert hat, eilt er zu Alexander VI. und berichtet vom Gesehenen.

»Perotto und Pantasilea. Der Wächter Lucrezias und ihre Kammerzofe.«

Der Papst stößt einen Seufzer aus, um dem ihm eben zugefügten Kummer Luft zu machen.

»Er war ein Taugenichts, aber warum sie?«

Burcardo antwortet nicht, und der Papst wiederholt seine Frage: »Warum sie?«

»Ich bin nicht die geeignete Person, diese Frage zu beantworten.«

Alexander VI. versinkt in Gedanken und taucht aus seiner Versunkenheit auf, um die Frage zu wiederholen, doch ist er diesmal allein mit Corella.

»Warum ist die Kammerzofe Lucrezias ermordet worden?«

Corella zuckt mit den Achseln und wartet schweigend ab, ob dem Papst das Schweigen als Antwort ausreicht. Alexander umkreist ihn, und es ist, als würde er laut sprechen.

»Du sollst nicht töten. Das ist ein Gebot Gottes mit einer vielschichtigen Kasuistik. Manchmal muß getötet werden, um höhere Werte zu verteidigen. Es gibt gerechte Kriege, beispielsweise, aber warum Pantasilea?«

»An wen richtet sich diese Frage?«

»Nehmen wir an, an dich, Miquel de Corella.«

»An mich als mutmaßlichen Mörder oder als studierten Humanisten?«

»Du gefällst mir sehr als Humanist, Miquel.«

»Eure Heiligkeit hat gefragt, warum Pantasilea, nicht jedoch, warum Pere Caldes. Wer hat es mehr verdient zu sterben, der Wächter Lucrezias oder ihre Zofe? Oder wäre es vielleicht aufrichtiger, uns zu fragen, ob sie irgend etwas getan haben, um den Tod zu verdienen?«

»Im Grunde ist es genau das, was ich dich frage, Miquel.«

»Erlauben mir Eure Heiligkeit, der Frage eine Wendung zu geben

und die Stadt zu wechseln. Begeben wir uns in Gedanken nach Florenz, wo man Fra Savonarola eingekerkert hat und foltert. Er wurde wie Ungeziefer in seinem Kloster gejagt, ohne daß er Widerstand geleistet hätte, wie einige seiner Ordensbrüder, vor allem der deutsche Bruder Heinrich, der vielen Angreifern den Kopf abschlug, während Savonarola betete und um den Beistand Gottes flehte. Nun foltern sie ihn, damit er gesteht, ein Betrüger, ein Feind des Papstes und der Christenheit zu sein. Warum?«
»Die Gesellschaft muß sich gegen ihre Zerstörer verteidigen, und die Folter ist gedanklich von Ulpianus und endgültig durch den *Tractatus de turmentis* legitimiert.«
»Ich kenne den *Tractatus*, und ich kenne die erzwungenen Geständnisse. Meine Frage jedoch spiegelte nicht meine empörte Unschuld wider, Heiligkeit, sondern richtete sich auf den politischen Grund von Mord und Folter. Der Grund ist die Wirkung. Der Schrecken als Gehilfe der Macht. Meinen Informationen zufolge ist Savonarola ein schwächlicher Mann, er ist zugrunde gerichtet und kann einen Arm nicht mehr gebrauchen. Alles nur, damit der Teufel aus seinem Körper entweiche. Es ist eine Savonarola und allen, die seinen Lügen glaubten, erwiesene Gunst, ist es nicht so?«
Alexander prüft den ungerührten Gesichtsausdruck Corellas.
»Ich habe nicht darum ersucht, ihn zu foltern. Ich wollte, daß man ihn nach Rom bringt, wo ihn zweifellos ein weniger inquisitorisches Verfahren erwartet hätte.«
»Weniger inquisitorisch? Warum? Eure Heiligkeit hat Ulpianus zitiert, der, wenn ich mich richtig erinnere, sagt, daß die Folter nichts anderes ist als eine eingehende Befragung und körperliche Qual, um die Wahrheit herauszufinden. Ein lobenswertes Ziel, das manchmal mit der Gelassenheit der Philosophie nicht zu erreichen ist. Vielleicht hätten wir uns der Wahrheit viel mehr genähert, wenn Platon, zum Beispiel, statt mit Sokrates Dialoge zu führen, ihn gefoltert hätte!«
»Das ist Sarkasmus.«
»Es ist nur eine phantasievolle Übertreibung, Heiligkeit. In der Tat ist die Folter Teil der *inquisitio specialis*, die alle erdenklichen Mittel zuläßt, um zur Wahrheit zu gelangen. Das moderne Strafrecht, und Eure Heiligkeit ist ein großer Rechtsgelehrter, legitimiert die Folter und ihre Anwendung, nicht nur an Plebejern und

Bettlern, sondern auch an führenden Persönlichkeiten. Man muß die errichtete Ordnung verteidigen.«
Alexander bedeutet ihm verärgert, sich zu entfernen, doch als Corella bereits im Begriff ist, den Raum zu verlassen, erreicht ihn erneut der Ruf des Papstes.
»Es sei festgehalten, daß du auf meine Frage, warum es nötig war, Pere Caldes und Pantasilea zu töten, nicht geantwortet hast.«
»Ich glaube, sie ausreichend beantwortet zu haben, Heiligkeit. Pere Caldes und die unglückliche Pantasilea verkörperten die Unordnung oder ihre Duldung. In Zeiten des Aufruhrs muß man den Rebellen und ihren Komplizen gegenüber unerbittlich sein.«
Burcardo hat sich im Hintergrund gehalten und beobachtet das ruhelose Wandern Alexanders, der auf und ab geht, als ob ihn die Begrenzungen des Ortes beengen könnten, er geht und spricht, ohne seinen Protokollchef anzublicken.
»Burcardo, wer weiß von den gefundenen Leichen?«
»Die Schiffer, Eure Heiligkeit, und Miquel de Corella, dieser untertänige Diener.«
»Ich möchte unbedingt, daß Lucrezia die Nachricht in aller Ruhe überbracht wird, ohne Aufsehen. Laß sie kommen.«
Und eine schwangere, ruhige, bleiche, mit Rosen bekränzte Lucrezia fällt in die Arme ihres Vaters, genießt wie ein kleines Mädchen die ihr endlich entgegengebrachten Zärtlichkeiten. Schließlich sitzt sie auf den päpstlichen Knien, und Alexander spricht zu ihr und umarmt sie, um jede Fluchtmöglichkeit zu verhindern.
»Lucrezia, ich wollte unbedingt mit dir reden, von Vater zu Tochter, von der Aufrichtigkeit ausgehend, die immer zwischen uns bestanden hat. Vor allen Dingen will ich dir sagen, daß du die Frucht deines Leibes vertrauensvoll erwarten kannst. Sie wird von mir eigenhändig gebenedeit, und mit aller Fürsorge bedacht werden.«
Lucrezia schmiegt sich noch mehr in den Schoß des Vaters und Tränen der Freude überströmen ihr Gesicht.
»Dieses Kind ist letztendlich Frucht der Vorsehung, Gott gibt und Gott nimmt, er belohnt und bestraft. Gott ist immer lehrreich.«
Lucrezia ist mit der Pädagogik Gottes einverstanden.
»Manchmal ist die Pädagogik Gottes fürchterlich.«

Lucrezia zeigt sich auch mit der Fürchterlichkeit der Pädagogik Gottes einverstanden.
»In der Empfängnis der Frucht deines Leibes, die ich nun mit meinen Händen befühle, hast du eine Rolle gespielt, aber auch Pere Caldes und deine Kammerzofe Pantasilea, die über die Natur eurer Zusammenkünfte Bescheid wußte.«
Lucrezia lächelt schon nicht mehr, weint aber auch nicht mehr und läßt sich bereitwillig wiegen.
»Gott hat dieses Bündnis geahndet, Lucrezia.«
Lucrezias Augen sind nachdenklich, doch ihr Körper gibt sich weiterhin der väterlichen Umarmung hin.
»Der Tiber hat die leblosen Körper von Pere und Pantasilea ans Ufer gespült.«
Entsetzen blitzt in Lucrezias Augen auf, ein Entsetzen, das ihr Vater vorerst nicht sieht, da er weiterhin seine Tochter in seinen Armen wiegt. Doch endlich will er die Wirkung seiner Worte prüfen und wendet mit einer Hand ihr Gesicht zu sich hin, so daß sie sich Auge in Auge befinden. Zunächst ist Lucrezias Blick teilnahmslos, dann sanft, und sie bemerkt leichthin:
»Der Tiber hat immer eine Gefahr dargestellt.«
»Der Tod kann so viele Umstände haben!«
»Ich denke stets an den Tod. Ich glaube nicht, daß ich viele Jahre leben werde.«
»Schweig, Lucrezia! Brich mir nicht das Herz!«
»Ich sage das im Ernst. Ich habe den lateinischen Leitsatz im Kopf: *Vive memor Leti, fugit hora.*«
»Die Zeit flieht, gewiß, doch Leben, Tod und Zeit sollen in Gottes Hand liegen. Denke an diese Hand Gottes, wenn du dich fragen möchtest, warum Pere Caldes und Pantasilea gestorben sind.«
Lucrezia schließt zustimmend die Augen und lächelt, bis ihr Vater sie aus der Umarmung entläßt.
»Und denke an die Heiratspläne mit Alfonso von Neapel. Du wirst Gefallen an ihm finden, so wie du Gefallen an der Freundschaft mit seiner Schwester Sancha hast.«
»Ich habe Gefallen daran, großen Gefallen«, flüstert die Frau, zieht sich mit einem sanften Lächeln zurück, und erst nachdem sie die Tür hinter sich zugezogen hat, kehrt das Entsetzen in ihre Augen zurück, sie beginnt in kurzen Atemstößen zu röcheln, bis sie sich zunehmend beruhigt, und mit einem geheimnisvollen

Lächeln ihre Kleidung und die sie krönenden Rosen in Ordnung bringt.

Die Dornenkrone einer Kreuzigung ist der erhabenste Schmuck des beinahe nackten Raums, in dem der ebenso nackte Savonarola auf der Folterbank gestreckt wird. Seine Haut zeigt blauschwarze Spuren der Folterungen, sein Gesicht die Verzerrung aller durchlittenen Qual, und seine Augen suchen nach dem Antlitz Jesu, und schauen nur einen Jesus, den seine eigene Kreuzigung kümmert. Die Schergen verändern die Spannung des Geräts, während sie fragend zu den an einem Tisch sitzenden Inquisitoren blicken, unter ihnen die höchsten Beamten der *Signoria*, der überragenden Autorität des Notars Francesco Barone, Ceccone genannt, unterstellt. Ceccone überprüft soeben ein Papier und schüttelt ablehnend den Kopf.

»Dieses Geständnis können wir nicht annehmen. Es zieht den Vorgang ins Lächerliche und liefert uns keine Argumente für einen Prozeß.«

»Was gilt es demnach zu tun?«

»Man muß ihm noch einmal anbieten, unseren Vorschlag zu unterzeichnen.«

Canacci ist einverstanden, und die Schergen erhalten den Befehl, Savonarola loszubinden. Von den Fesseln und der Folterbank befreit müssen sie ihn zu viert stützen, damit er sich unter Schmerzen hinsetzen kann, Schmerzen, die ihn aufschreien lassen, als jemand grob seinen linken Arm packt. Ceccone legt ihm die Papiere vor und sagt:

»Allein Ihr Starrsinn ist es, der Ihre Übel verursacht. Haben Sie gesehen, zu welchem Vorgehen Sie uns zwingen? Ihre Erklärung ist unannehmbar. Die von uns vorgeschlagene kommt der Wahrheit näher.«

Fra Girolamo liest sie aufmerksam, gepeinigt, und lehnt sie ab. Er sieht Ceccone ernst an.

»Du bist Barone, man nennt dich Ceccone, du bist bekannt für deine Betrügereien und deine Gefängnisaufenthalte. Wie kannst du der Notar dieser Niederträchtigkeit sein, mit welcher moralischen Eignung?«

»Sie befinden sich nicht in einer Lage, um moralische Eignungen

zu beurteilen. Unterschreiben Sie dieses Papier, und Ihr Leiden wird zu Ende sein.«
»Nein. Und wenn du es an die Öffentlichkeit bringen solltest, so als hätte ich es unterzeichnet, wirst du in weniger als sechs Monaten sterben.«
»Ihre Hochwohlgeborenen haben die Drohungen vernommen.«
Ihre Hochwohlgeborenen bedeuten, den Mönch wieder zur Folterbank zu bringen, und auf sie kehrt er unter Stöhnen zurück, das sich in Schreie verwandelt, als sich das Rad dreht, das die Knochen zermalmt. Mit den Schmerzenslauten des Gepeinigten im Hintergrund beraten sich die Versammelten.
»Diese Situation kann nicht unbegrenzt weitergehen. Vielleicht sollten wir zu einer Einigung kommen, zu einem verurteilenden, etwas zweideutigen Text, den wir später mit Randbemerkungen versehen können.«
»Ich sehe keinen Ausweg. Vielleicht wäre es am Vernünftigsten, ihn dem Papst auszuliefern.«
»Niemals. Wir haben ihm schon geschrieben und unseren übereinstimmenden Wunsch ausgedrückt, dieses Unkraut ehestmöglich aus dem Weizenfeld der Kirche zu entfernen, und ihm angeboten, Gesandte, wenn er möchte Remulins, zu schicken, um ihn hier zu verhören. Immer hier. In Florenz. Savonarola muß hier vernichtet werden, und durch uns.«
Es genügt ein Wink des erzürnten Ceccone, damit sich die Grausamkeit der Folterbank steigert, und Savonarola ohnmächtig wird. Sie überprüfen, ob der Mönch tatsächlich das Bewußtsein verloren hat, binden ihn los und schleppen ihn zu viert in seine Zelle, wo sie den Körper dem ihn mitleidig aufnehmenden Lager überlassen. Langsam kommt Savonarola wieder zu sich. Er schafft es unter Mühen, aus einem Krug Wasser zu trinken, ohne seinen verstümmelten Arm gebrauchen zu können, fährt er mit einer Hand über sein geschwollenes Gesicht, kühlt es mit Wasser. Ein Wärter huscht halbtot vor Angst in die Zelle, sieht nach allen Seiten, ob er nicht von draußen beobachtet wird. Er trägt eine Kerze und eine Schreibmappe, und nun richten sich die linkischen Bewegungen, Blicke, Sehnsüchte Savonarolas darauf, daß ihm der Wärter ein paar Blätter, das Tintenfaß, die Feder reicht, die Kerze anzündet, wodurch sichtbar wird, wie der Gefangene bei jeder Bewegung das Gesicht verzieht.

»Ich setze mein Leben aufs Spiel, Fra Girolamo.«
»Nichts von dem, was ich schreibe, kann dir schaden.«
»Ich haßte Sie früher, Fra Girolamo, aber ich kann nicht ertragen, was man Ihnen antut. Es mag sehr gerecht sein, doch mein Blick hält es nicht aus. Ich helfe Ihnen, soweit es mir möglich ist, aber man fürchtet, was Sie sagen, was Sie schreiben könnten.«
»Du brauchst es nicht zu fürchten. Wenn sie die Schriften bei mir finden, werde ich sagen, daß es sich um Hexerei handelt. Ich schreibe an einer *Regel des rechten Lebens*, um mein Gedankengut den künftigen Generationen zu vermachen.«
Der Wärter hat Salben und weichen Stoff aus einem Sack gezogen und versorgt die Wunden des Mönchs, doch ist dessen Sehnsucht zu schreiben so groß, daß er ihn unterbricht und bittet, ihn mit den Worten alleinzulassen. Als der Wärter gegangen ist, widmet er sich dem Schreiben, dem ersehnten Augenblick, in dem er sogar lächelt, als wäre er wieder glücklich, und während er die Worte eines nach dem anderen zu Papier bringt, rezitiert er sie laut.
»Gott hat den heiligen Geist von mir genommen, deshalb betet für mich. Ich zweifle an mir selbst, da Gott mir nicht wie früher seine Zeichen schickt. Bin ich etwa ein Heuchler oder trübt vielleicht, wie der Heilige Isidor sagte, die Folter den Verstand?«
Vom ängstlichen Wärter geführt, kommt ein ebenso wie Savonarola gefolterter Mönch herein, küßt ihm die Hände und erwartet seinen Segen. Savonarola streicht über sein wundenübersätes Gesicht, über die verweinten Augen.
»Sie haben dich wie *Ecce Homo* zugerichtet, armer Bruder Domenico.«
»Ich wollte kein Urteil unterschreiben, kein Eingeständnis, daß ich gelogen habe. Ich kann es durchhalten, aber Sie sind sehr gebrechlich, Pater, und Sie werden zermalmt.«
»Wenn du mich nicht verleugnest, wie sollte ich mich selbst verleugnen? Diese Leute hassen mich, weil sie die Wahrheit hassen, und meine Wahrheit bedeutet, daß sich die Ordnung ändern müßte, die es ihnen erlaubt hat, reich, mächtig und unzüchtig zu werden. Ich bin nur bereit zuzugeben, daß ich mich vielleicht in meiner prophetischen Fähigkeit geirrt, die Zeichen Gottes falsch interpretiert habe, daß der Herr mir nicht ganz vertraute.«
»Tun Sie nicht einmal das. Es würde ihnen für ein Urteil genügen.«

»Ich habe auch meine Grenzen. Außerdem zweifle ich an mir. Und wenn es stimmte? Wenn Gott mir nicht die prophetische Gabe verliehen hätte?«
Savonarola hat sich durch eine Welle der Gnade wie neu bewaffnet erhoben, und Fra Domenico, der diesem außergewöhnlichen Miserere als einziger Frommer beiwohnt, fällt auf die Knie.
»Ich Unglücklicher! Ich bin von allen verlassen und habe gegen Himmel und Erde gesündigt, wohin soll ich mich wenden? Wen ansehen? Bei wem Zuflucht suchen? Ich wage es nicht, die Augen zum Himmel zu heben, denn gegen ihn habe ich gesündigt. Auf Erden gibt es keine Zuflucht, denn hier habe ich für Aufruhr gesorgt. Was soll ich tun? Mich in Verzweiflung stürzen? Nein, in Wahrheit ist Gott barmherzig und seine Huld grenzenlos. Zu Dir also komme ich, barmherziger Herr, voller Trauer und Schmerz, denn nur Du bist die Hoffnung, Du allein meine Zuflucht. Doch was will ich Dir sagen? Ich habe nicht den Mut, meine Augen zu erheben, also werde ich Schmerzensworte ausgießen, um Dein Erbarmen zu erflehen: *Miserere mei Deus secundum magnam misericordiam tuam.*«

Die acht Bevollmächtigten der *Signoria* haben sich um Ceccone versammelt, und das Savonarola anklagende Schriftstück nimmt die Mitte des Tisches und ihre Überlegungen ein.
»Zwei Prozesse haben nicht genügt, um ihm eine ausreichend anschuldigende Erklärung abzupressen.«
»Dann wird ein dritter nötig sein.«
Die Worte stammen vom soeben eingetretenen Remulins, der die Aufmerksamkeit aller Anwesenden auf sich zieht. Er geht auf die Mandatare zu, bahnt sich zwischen ihnen einen Weg, und prüft das Dokument.
»Wir sprachen mit Eurer Heiligkeit über eine Abschrift, doch dieses Schriftstück enthält nichts, was wir für unsere Zwecke verwenden könnten.«
»Wie lautet die Botschaft des Papstes?«
»Dieser Prozeß ist ein Skandal und muß zu Ende gehen. Weder die Aussagen von Fra Girolamo noch die seiner engsten Mitbrüder liefern einen ausreichenden Schuldbeweis. Führt ihn mir vor.«

Zwei Wärter schleppen Savonarola herbei, der sein Haupt senkt, als er Remulins bemerkt.
»Kanzler, bestellen Sie dem Heiligen Vater den Ausdruck meines Gehorsams.«
»Ein guter Anfang. Bleiben Sie dieser Einsicht treu und erklären Sie sich Ihres als falscher Prophet begangenen Betrugs für schuldig, ebenso wie für Ihre Umtriebe als Verschwörer gegen die Kirche und Verleumder Seiner Heiligkeit, wobei Sie Personen wie unsere Gegner, Kardinal della Rovere, unterstützt haben.«
»Ich kann nicht etwas unterschreiben, was ich nicht gesagt habe, oder was mir von meinem apostolischen Eifer diktiert wurde.«
Remulins betrachtet eingehend die Savonarola zugefügte Zerstörung, vor allem den Arm, der an seinem Körper herunterhängt. Im Blick des päpstlichen Auditors liegt Mitleid, nicht jedoch in seinen Worten.
»Sie sollen ihn noch einmal auf die Folterbank spannen.«
Der Mönch reißt sich entmutigt die Kleider vom Leib, um seine Verletzungen zu zeigen.
»Bin ich noch nicht genug gefoltert worden? Ist das nicht ein Beweis, daß Gott mich bei aller Folter vor der Lüge bewahrt hat?«
Remulins zögert kaum, als er auf der Vollstreckung seines Befehls besteht. Savonarola ruft, während sie ihn auf die Folterbank zerren und ihm die Riemen anlegen, entsetzt, jedoch demütig aus:
»Erhöre mich, Gott. Du, Du bist es gewesen, der mich gefangengenommen hat ...«
Er kann nicht weitersprechen, denn die Folterbank verrenkt ihn, und den Worten folgen Schreie, die Remulins mit geschlossenen Augen und zusammengebissenen Zähnen hört. Er öffnet den Mund, um zu fordern:
»Stärker! Stärker! Bei Gott! Je schneller wir am Ende sind, desto besser!«
Savonarola ist gebrochen. Er stöhnt, weint, ruft aus:
»Ich bekenne, Christus verleugnet zu haben! Ich bekenne meine Lügen!«
Die Foltermaschine kommt zum Stillstand. Ceccone will mit den Blättern in einer, der Feder in der anderen Hand auf sie zueilen. Remulins hindert ihn daran und befiehlt mit einer Geste, den

tränenüberströmten, völlig zerstörten Mönch loszubinden. Man setzt ihn an einen Tisch und legt ihm die beschuldigenden Papiere vor. Er wirft Remulins einen gequälten Blick zu, dem der Auditor standhält, und unterschreibt schließlich. Alle atmen erleichtert auf, während man den ohnmächtigen Savonarola wegschafft, und die Männer, die den schweigenden Remulins umgeben, sind von Respekt erfüllt.

»Was tun, da er nun seine Schuld einbekannt hat? Welche Richtlinien hat der Heilige Vater vorgegeben?«

Remulins wird wieder Herr der Lage und bricht sein Schweigen.

»Ich habe keinen anderen Rat als den folgenden: Die Herren von Florenz sollen entscheiden. Meine Herren!«

Nach dem Gruß verläßt Remulins den Raum, und die Versammelten verharren in ihrem sprachlosen Staunen, bis einer von ihnen sich schüchtern vorwagt:

»Tod?«

Agnolo Niccolini verzieht angewidert das Gesicht, als er einwirft:

»Er ist schon zugrunde gerichtet. Sperren wir ihn lebenslänglich ein, und er soll seine Gedanken niederschreiben. Er wird gewiß schöne Werke zur Ehre Gottes verfassen.«

Ceccone widerspricht aufgebracht:

»Nach so viel Arbeit? Nur ein toter Mann ist keine Bedrohung mehr.«

Ein anderer Mandatar unterstützt ihn:

»Unsere Absicht war es, ihn nicht mit dem Leben davonkommen zu lassen, und damit er nicht als personifizierte Rache wiederkehrt, müssen ihm Fra Domenico und Fra Silvestro in den Tod folgen. Ein Mönch mehr oder weniger, was macht das schon aus?«

Remulins geht durch die Gassen. Er schwitzt und seine Beklommenheit schnürt ihm die Kehle zu. Machiavelli, der auf ihn gewartet hat, eilt an seine Seite.

»Und?«

»Verurteilt.«

Remulins bleibt zur Enttäuschung Machiavellis nicht stehen, sondern setzt seinen Weg fort, während die Glocken bereits jubilieren und Machiavelli zum florentinischen Himmel aufblickt.

In denselben Himmel steigt ein paar Tage später Glockengeläut, das Tod ankündigt. Savonarola, in ein weißes Büßergewand gehüllt, verabschiedet sich von dem Wärter und überreicht ihm ein Manuskript.
»Hier hast du die *Regel des rechten Lebens.* Die künftigen Menschen werden sie mehr verdienen als die heutigen.«
Der Wärter nimmt bewegt das Manuskript entgegen, doch Savonarola ist schon in der Reihe der aneinandergeketteten Gefangenen, zusammen mit seinen Ordensbrüdern, und sie erreichen, drei weißen Seelen gleich, die *Piazza della Signoria*, auf der die acht Mandatare, Bischöfe und Kardinäle, Remulins an bevorzugter Stelle, Platz nehmen, während Savonarolas Augen über die Ausstattung für seine Hinrichtung schweifen. Die Holzkreuze. Die aufgeschichteten Scheiterhaufen. Ein Bischof geht auf das Opfer zu und verkündet:
»Auf besondere Anweisung des Heiligen Vaters löse ich dich von der kämpferischen und triumphierenden Kirche.«
Savonarolas Stimme ist gelassen, als er antwortet:
»Von der kämpferischen, mag sein. Mich von der anderen zu lösen, steht nicht in deiner Macht.«
Der Inquisitor korrigiert seine Worte.
»Ich löse dich von der kämpferischen Kirche.«
Die Mönche schreiten an den kirchlichen Richtern vorbei und halten vor Remulins inne.
»Ihr werdet hingerichtet. Der Heiligkeit unseres Herrn gefällt es, euch die Qualen des Fegefeuers zu ersparen und euch statt dessen für eure Sünden den Ablaß zu erteilen und euch somit die ursprüngliche Unschuld zurückzugeben. Nehmt Ihr an?«
Savonarola stimmt zu, Domenico und Silvestro folgen seinem Beispiel. Nun stehen sie vor dem zivilen Gericht und Ceccone verkündet:
»Nachdem eure schändlichen Vergehen angehört und untersucht worden sind, verurteilen wir euch zum Tod durch den Strang. Dann werden eure Leichen verbrannt.«
Sie überqueren das letzte Stück, das sie noch vom Schafott trennt, vom Pöbel beschimpft, von Lausejungen verlacht, die unterhalb des Gerüsts Holzsplitter ausstreuen, um die nackten Fußsohlen der Mönche zu verletzen. Machiavelli beobachtet das alles ernst, aber ungerührt, so als würde er einem unvermeidlichen

geschichtlichen Phänomen beiwohnen. Die Hinrichtungen von Bruder Domenico und Bruder Silvestro finden vor den Augen und von den Gebeten Savonarolas begleitet statt, und als er an der Reihe ist, hält er seinen Hals dem Strick und der Grausamkeit des Henkers hin. Der Scheiterhaufen brennt, inmitten der züngelnden Flammen die drei Leichen. Der Scherge wischt sich den Schweiß ab, betrachtet zufrieden sein Werk und zeigt sich angenehm überrascht, als der junge Machiavelli seine Arbeit lobt.

»Eine hervorragende Exekution, Meister.«

»Haben Sie es bemerkt? Es besteht ein großer Unterschied, ob man es gut oder schlecht macht. Nun muß nur noch die Asche dieses Abschaums in den Arno gestreut werden.«

»Ich habe bemerkt, daß Sie den kaum gehängten Savonarola vom Galgen genommen und in die Flammen geworfen haben. Mit einer beachtlichen Geschwindigkeit.«

Der Henker bricht in schallendes Gelächter aus.

»Gut beobachtet! Ich dachte, wirf ihn so schnell wie möglich ins Feuer, denn vielleicht bleibt ihm noch ein Hauch von Leben, dann spürt er die gleiche Hitze, die ihn in der Hölle erwartet.«

Das Lachen des Henkers steigt zum Himmel, mit abermaligem, diesmal freudigem Glockengeläut.

Burcardo ruft kniend, weinend, mit einem Rosenkranz in den Händen, Gott an:

»Nimm Fra Girolamo Savonarola in deinen Schoß auf, der eher ein Heiliger als ein Sünder war, und verzeihe denen, die ihn vernichtet haben, denn sie wußten nicht, was sie taten.«

So ergriffen ist Burcardo, daß er schließlich zu schluchzen beginnt, sich allerdings gleich wieder faßt, sich mit den Händen übers Gesicht fährt und tief durchatmet. Und schon ist er wieder der strenge, selbstbeherrschte Burcardo, der sich erhebt und darauf wartet, daß Hellebardiere und Schritte die unmittelbar bevorstehende Ankunft Alexanders VI. ankündigen. Der Papst trifft mit finsterer Miene ein, doch mit klaren Aufgaben, die er seinem Protokollchef überträgt.

»Gut, daß du hier bist, Burcardo. Ich habe einen Auftrag. Wir feiern eine Hochzeit.«

Da Burcardo bloß mit dem Kopf nickt, fragt ihn Alexander VI.:
»Interessiert dich denn nicht, wer heiratet?«
»Zweifellos, Heiligkeit, alles weist offensichtlich darauf hin, daß die Braut Signora Lucrezia ist, und der glückliche Ehemann der Herzog von Bisceglie, Alfonso de Aragón.«
»Du bist gut informiert. Ich wollte dir erklären, wie diese Hochzeit ablaufen soll. Ich sehe sie nicht als ein so ausuferndes Ereignis wie die vorangegangene Vermählung mit Giovanni Sforza. Man sollte eine gewisse Diskretion walten lassen, ohne deswegen den Eindruck zu erwecken, daß wir etwas zu verbergen suchen.«
»Wenn Eure Heiligkeit erlauben, habe ich mir schon überlegt, wie sich die Verbindung feiern ließe. Ich hatte sie eher als eine Hochzeit im Familienkreis gedacht, im Hinblick auf den liebevollen und zurückhaltenden Charakter, den man dem jungen Prinzen nachsagt. Die Angehörigen der Borgias, die im Vatikan arbeiten, die Kardinäle Borgia und Llopis, der Bischof Joan Marrades.«
»Füge noch Ascanio Sforza hinzu.«
»Der Kardinal gehört nicht zur Familie.«
»Aber er ist ein Verbündeter der Neapolitaner, und er wird über eine Einladung erfreut sein. Ich würde die anfängliche Schmucklosigkeit, mit der ich einverstanden bin, mit einem prachtvollen anschließenden Hochzeitsmahl wettmachen. Wie findest du das?«
»Sehr ausgewogen, Heiligkeit.«
»Dann laß uns nicht länger reden. Nur zu, Burcardo.«
Burcardo verneigt sich und drückt damit seine Zustimmung und seinen Rückzug aus, doch hält ihn eine letzte Bemerkung Alexanders VI. zurück.
»Hast du das von Florenz gehört?«
»Worauf bezieht sich seine Heiligkeit?«
»Auf die Hinrichtung Savonarolas.«
»Etwas ist mir zu Ohren gekommen.«
»Was wird geredet?«
»Ich habe kein Gerede gehört.«
»Bitte, Burcardo, so eine Nachricht verbreitet sich nicht ohne Kommentare.«
»Ich pflege nicht auf Gerede zu achten, Heiligkeit. Um auf die Ausstattung der Hochzeit zurückzukommen, was halten Sie da-

von, wenn Don Juan de Cervello das Schwert über die Köpfe der Brautleute hält?«
»Eine ausgezeichnete Idee!«
Burcardo hat noch nicht richtig den Raum verlassen, als der Papst schon zur Geheimtür geht, die seine Gemächer mit dem verborgenen Salon verbindet, wo ihn eine steife und ausweichende Giulia Farnese erwartet.
»Giulia! Bei deinem Anblick blühe ich auf.«
»Worte, nichts als Worte.«
»Wie kannst du so etwas sagen?«
»Wochen sind vergangen, ohne daß ich zum Rendezvous gebeten worden wäre. Und nicht genug mit dieser Demütigung, es gibt auch offensichtliche Beweise, daß von der alten Zuneigung wenig übrig ist.«
»Beweise?«
»Man sagt, daß andere Frauen das Bett des Papstes frequentieren.«
»Legende.«
»Man sagt, diese Beziehungen hätten Frucht getragen.«
»Man sagt mir dutzendweise Kinder nach.«
»Auch meine Familie wurde beleidigt. Ein Orsini war Anwärter auf die Hand Lucrezias und ist abgelehnt worden. Francesco Orsini, Herzog von Gravina.«
Alexander ist es gelungen, eine Hand Giulias zu fassen, die weiterhin ihr Gesicht abwendet.
»Alles hat seine Erklärung, mein herzloses Täubchen. Wie kannst du mir Lieblosigkeit unterstellen? Wenn ich dem Treffen auswich, dann war es aufgrund der Bestürzung über den Tod meines Sohnes. Ich gelobte, neue Sitten herrschen zu lassen. Doch mein Fleisch ist schwach, und in deiner Gegenwart sind mein Fleisch und mein Geist schwach. Auch konnte ich in Zeiten der Abrechnung mit Savonarola den Skandal nicht noch schüren. Der unglückliche Mönch warf mir Unzucht vor, und während seines Prozesses war Vorsicht angebracht.«
»Diese Gründe kann ich verstehen, aber die Zurückweisung des Bruders meines Mannes? Die Zurückweisung von Francesco Orsini als Mann Lucrezias?«
»Staatsräson, mein Täubchen. Ich war sehr an der Heirat mit einem Orsini interessiert, damit die Gerüchte über die Beteili-

gung der Familie deines Mannes am Mord meines Sohnes verstummten, doch du weißt doch um die Notwendigkeit einer Verbindung mit Neapel.«
Giulia schluchzt:
»Ich fühle mich so verlassen!«
»Verlassener fühle ich mich, jedes Mal, wenn ich mir dich in den Armen deines Mannes vorstelle, in den Armen des grollenden Schwächlings, der sich in dir an mir rächt.«
»Mein Mann erniedrigt mich nicht.«
»Er erniedrigt mich in dir. Ich werde mit Adriana sprechen, und wir werden unsere Treffen wieder festlegen.«
Alexander versucht, sie an sich zu ziehen, doch Giulia weist ihn sanft zurück.
»Nein, heute noch nicht.«
»Wann?«
»Sehr bald.«
Der Papst verfolgt den Aufbruch der Frau, eine Flucht fast, mit einer erleichterten Melancholie, und kehrt in diesem Gefühlszustand in den Thronsaal zurück, wo ihn Cesare erwartet.
»Du wirkst seltsam. Zufrieden, aber auch nicht.«
»Wer fürchtet nicht, zu verlieren, was er schon nicht mehr liebt?«
»Eine sehr tiefgehende Überlegung.«
»In meinem Inneren vermischen sich gegensätzliche Gefühle: Der Jubel über den Sturz Savonarolas und die Trauer über die Unvermeidbarkeit seines Todes.«
»Noch einmal diese Geschichte? Noch einmal dieses Gespenst? Gilt etwa einem Kretin wie Savonarola diese feinsinnige Bemerkung, daß du fürchtest zu verlieren, was du nicht liebst? Ist Savonarola der Grund für deine Melancholie, oder sollten es weniger spirituelle Gründe sein?«
Der Papst will antworten, doch der Türhüter verkündet, daß der spanische Gesandte wartet, und Cesare tritt den Rückzug an.
»Bleib hier, wenn du möchtest.«
»Ich ertrage diesen Dummkopf mit den Manieren eines Schweineschneiders nicht.«
»Noch besser, du versteckst dich dort hinten und machst dir ein Bild von unserem Treffen. Auch ich komme mit diesem Ziegenbock auf keinen grünen Zweig.«
Cesare versteckt sich, und der schlechtgelaunte Gesandte kommt

herein, beschränkt seine Respektbezeugungen auf ein Küssen des päpstlichen Rings, tritt zwei Schritte zurück und verkündet, ohne weiter zu warten, seine Botschaft.

»Ich möchte Ihnen im Namen meiner Herren, der Könige Isabel und Fernando, mitteilen, daß in unseren Ländern Bestürzung herrscht über die Vorkommnisse in der Stadt Florenz, wo der Kanzler Remulins als kirchlicher Auditor unmittelbar am Prozeß gegen Fra Girolamo Savonarola beteiligt war.«

»Ich verstehe diese Bestürzung nicht, Herr Botschafter, denn Savonarola war ein Verbündeter des französischen Königs und somit ein Feind Eurer Katholischen Majestäten.«

»Vielleicht habe ich das Wort Bestürzung unpassend verwendet.«

»Das habe ich befürchtet.«

»Es wäre treffender, von Besorgnis zu sprechen. Es ist nichts gegen die Eliminierung eines politischen Feindes und intriganten, betrügerischen Propheten einzuwenden. Im Gegenteil. In meinem Land wäre er schon längst tot.«

»Also dann?«

»Ihre Majestäten betrachten die Geschehnisse in Florenz im allgemeinen Zusammenhang mit wenig freundschaftlichen Strategien, da sie von den Vorhaben Eurer Heiligkeit nicht in Kenntnis gesetzt wurden.«

»Ich hatte nichts weiter vor, als Recht walten zu lassen, und wollte vor allem, daß dies die Florentiner selbst täten.«

»Nichts, was auf der italischen Halbinsel geschieht, darf dem spanischen Reich verborgen bleiben. In diesem Sinne beklagen Ihre Katholischen Majestäten, nicht ausreichend über die Heiratspolitik des Vatikans informiert worden zu sein, ebensowenig wie über Cesare Borgias Absicht, seine Kardinalswürde niederzulegen und eine Feldherrenlaufbahn einzuschlagen.«

»Burcardo!«

Der Ruf Alexanders VI. verwirrt den Gesandten, und noch verwirrter ist er, als Burcardo den Saal betritt.

»Ich kann bei allem Respekt, Heiligkeit, nicht sehen, was ein Protokollchef bei diesem Gedankenaustausch verloren hat.«

»Eben in seiner Funktion als Protokollchef wird er mir helfen, diese Gedanken trotz meines aufkeimenden Zorns zu respektieren.«

»Eure Heiligkeit soll es sich nicht nehmen lassen, wütend zu werden.«

»Das ist ebenfalls meine Sache. Fahren Sie mit dem Unsinn fort, den Sie mir anscheinend mitzuteilen haben. Ein solcher Unsinn, daß ich eher geneigt bin, ihn als Ihre eigene Erfindung anzusehen, und nicht als Botschaft des mit einem hervorragenden gesunden Menschenverstand ausgestatteten Königs Fernando de Aragón.«
»Ich vertrete treu die Anweisungen meiner Herren, durch mich sprechen die Könige Spaniens!«
»Und schweigen, denn die Audienz ist zu Ende.«
Der Gesandte platzt fast vor Wut, doch Burcardo geleitet ihn förmlich zum Ausgang, und Cesare kommt lachend aus seinem Versteck, ahmt die Gesten und Worte des Botschafters nach.
»Meine Katholischen Majestäten haben gesagt ...! So ein Ochs!«
»Fernando de Aragón ist sehr schlau und schickt diesen Jungstier vor, um mir Botschaften zu überbringen, die er mir auf andere Weise sagen müßte. Sie trauen uns nicht, und vor allem mißtrauen sie dir. Es ist seltsam, Cesare. Warum fürchten wir dich insgeheim alle ein wenig?«

DER FÜRST

Cesare betrachtet sein Schwert. Er fährt mit der Fingerkuppe über die Gravuren und erklärt sie Corella, Llorca, Juanito und Montcada.

»Hier sind Cesare Borgia, Kardinal von Valencia, und daneben das Wappenzeichen der Familie, der Stier, eingeritzt. Da seht ihr ein Votivopfer. Hier heidnische Motive, Kanephoren und Priesterinnen mit entblößten Körpern und den Spruch *Cum Nomine Caesaris Omen*, damit niemand daran zweifelt, daß mich der gleiche Eifer wie der des großen Julius Caesar vorantreibt. Ein Cupido mit verbundenen Augen, aber bewaffnet, und schließlich die Überschreitung des Rubikon und die Legende *Iacta alea est.*«

»*Alea iacta est.* Der Würfel ist gefallen. Deine Träume haben sich erfüllt.«

»Noch nicht, Miquel.«

Die Tür hat sich geöffnet, und Burcardo fordert Cesare auf, ihm zu folgen. Cesare übergibt Corella sein Schwert.

»Nimm, Miquel. Verwahre es, damit Ihre Hochehrwürdigen Eminenzen nicht glauben, ich wolle ihnen die Kehle durchschneiden. Bald wird es mir zu mehr als nur zum Schmuck dienen.«

Er geht durch die ihm von Burcardo aufgehaltene Tür und eilt mit weit ausholenden Schritten zu einem Konsistorium, an dem kaum ein halbes Dutzend lustloser Kardinäle unter dem Vorsitz von Alexander VI. teilnehmen. Ascanio Sforza, an der Seite des Papstes, mustert abschätzend, wie Cesare Platz nimmt, und alle warten darauf, daß der Papst das Wort ergreift.

»Die von der Lage diktierte Dringlichkeit, der ausdrückliche Wille des Kardinals von Valencia und die durch die Geschehnisse entstandenen Umstände, die in unser aller Köpfe sind, legen es mir nahe, den Vorschlag des Kardinals anzunehmen, der seinen religiösen Rang aufgeben und ins weltliche Leben zurückkehren möchte, um das Schwert zur Verteidigung unseres Staates, zur Verteidigung der Kirche zu führen. Ich ersuche Ihre Hochwürdigen Eminenzen, seine Entscheidung, die Kardinalswürde zurückzulegen, zu unterstützen. Stimmen dafür und Stimmen dagegen.«

Alexander macht sich nicht einmal die Mühe, die Stimmen zu zählen, auch die Kardinäle nicht, die Arme zu heben, und schon geht Ascanio auf Cesare zu, um ihn schweigend zu umarmen, eine Geste, die von den wenigen Anwesenden wiederholt wird, wonach sie sich, gefolgt von Ascanio, zurückziehen. Kaum haben sie den Raum verlassen, versuchen sie Ascanio auszuhorchen, der ihnen entkommen will, indem er mehr läuft als geht.

»Willst du uns denn nicht sagen, was vorgeht, Ascanio? Was habt ihr, der Papst und du, vereinbart?«

»Alles entspricht dem heraklitischen Prinzip.«

»Was hat denn Herakles in dieser Geschichte zu suchen?«

»Heraklit, nicht Herakles, Kardinal. Alles fließt, nichts bleibt bestehen, und die Borgias brauchen einen Feldherrn, einen Fürsten, keinen Kardinal. Seine Heiligkeit hat mir versichert, daß Cesares neuer Status keinerlei Besitzeinbußen für unsere Familien nach sich ziehen wird.«

»Das wäre ja noch schöner!«

»Doch muß er dem neuen Heerführer des Vatikans eine gute Mitgift geben, denn sonst wird ihn keine Prinzessin heiraten wollen, und Seine Heiligkeit hat hochtrabende Pläne: Carlota de Aragón, Tochter des Königs von Neapel. Als Kardinal von Valencia war er schon gut dotiert gewesen.«

»Carlota de Aragón, die Tochter des Königs Federico von Neapel, wies ihn zurück, weil sie, wie sie sagte, keine *Kardinälin* sein will.«

»Wer weiß, ob nicht jetzt Jofré Kardinal wird, und Cesare sich endgültig als Ehemann und Mitbesitzer der neapolitanischen Güter in Sanchas Bett legt. Wer weiß. Jedenfalls ist er furchterregend, und der Tiber hat soeben neue Leichen ans Ufer gespült. Cesare muß nur jemanden, der ihm lästig ist, verächtlich ansehen, und Miquel de Corella erledigt den Rest. In den usurpierten Gebieten ist Ramiro de Llorca Verwalter der Güter und Vasallen, und benimmt sich so despotisch, daß die Leute Corella oder selbst Cesare höchstpersönlich nachtrauern.«

Sie senken die Stimmen und stecken die Köpfe zusammen, um aus dem Mund Sforzas das zu hören, was wenige Meter entfernt Alexander im verlassenen, nur von ihm und Cesare bevölkerten Saal lauthals ausruft. »Seit dem Auftauchen der Leichen von Pere Caldes und Pantasilea hat der Tiber nicht mehr genug Wasser für die Kadaver unserer politischen Gegner. Ich halte es für einen Exzeß. Für mich war schon das mit Perotto und Pantasilea ein Exzeß. Der Beschützer deiner Schwester und ihre Kammerzofe, ermordet, an Händen und Füßen gefesselt in den Fluß geworfen.«

»Perotto hat meine Schwester sehr schlecht beschützt, und ihre Kammerzofe tat es noch schlechter, da sie als Kupplerin mitwirkte. Ich erteile keinen Befehl, jemanden zu töten. Ich befehle meinen Männern nur, sich selbst nicht töten zu lassen.«

»Cesare, als mein Bruder und ich nach Rom kamen, mußte man sich verteidigen, da jede Familie über gedungene Mörder verfügte. Entweder hast du dieselbe Logik akzeptiert, oder du warst Kandidat, um im Tiber zu enden. Nun befinden wir uns in einer anderen Situation. Was ist zu tun? Auf die Dolchstöße antworten oder ihnen zuvorkommen?«

»Ihnen zuvorkommen. Wir befinden uns auf einem Pulverfaß, dessen Zündschnur wir noch nicht kontrollieren, doch wenn wir sie erst kontrollieren, gehört das Faß uns. Vom Süden bedrohen uns die Spanier, vom Norden her Frankreich, wenn nicht gar Österreich. Nichts und niemand kann sich der Logik der Ereignisse widersetzen. Was ist grausamer: zuzulassen, daß die unstillbare Grausamkeit der anderen über uns hereinbricht, oder stark zu sein, und mit Stärke eine neue Ordnung zu schaffen? Verheirate deine Tochter ohne viel Aufsehen mit dem neapolitanischen Prinzen, so beruhigen wir Spanien. Ich ziehe an den französischen Hof, wo Carlota de Aragón Hofdame von Anne de Bretagne ist, so beruhigen wir Frankreich, und ich bekomme eine Frau. Ebne du mir den Weg. Ernenne den Ratgeber des Königs von Frankreich, George d'Amboise, zum Kardinal, und gestatte dem König die Scheidung, damit er seine Schwägerin Anne de Bretagne heiraten kann.«

»Fürchtest du Gott nicht? Glaubst du nicht, daß er dich so hart strafen könnte, wie er mich strafte, als er mir Joan wegnahm?«

»Ich glaube nicht an das Glück, und nicht an das Schicksal. Auch

wenn ich mich auf einen berühmten Astrologen wie Lorenz Beheim berufe. Es gibt keine andere Triebfeder als die schöpferische Kraft, die Vernunft und die Offenkundigkeit des Notwendigen. Ich mische mich nicht in die Angelegenheiten Gottes, und hoffe, daß er Gleiches mit Gleichem vergilt. Ich lasse ihm die Freiheit, mich zu retten oder zu verdammen.«
Als Cesare die Audienz verläßt, kehrt das Schwert, das Corella verwahrt hat, in seine Hände zurück, und er hebt es hoch, als erhoffte er von ihm die Enthüllung aller Rätsel. Doch das Schwert schweigt, und über das Gesicht Cesares huscht eine Wolke der Unruhe. Ein flüchtiges Huschen.
»Wir müssen in Frankreich als Prinzen aus *Tausendundeine Nacht* verkleidet ankommen, und ihnen beweisen, daß wir die Vornehmsten, die Reichsten und die Schönsten sind.«
Corella zeigt auf seine Tonsur.
»Wie sollen wir deine frühere Verkleidung als Kardinal vertuschen?«
Cesare und sein Gefolge strömen in Tuchgeschäfte, setzen Juweliere, Goldschmiede, Schneider und Gestalter ein, die über ihre Pulte gebeugt nicht nur den Entwurf ihrer Gewänder, sondern auch des Pferdegeschirrs prüfen. Die Kunsthandwerker schuften unter dem unerbittlichen Druck des Ex-Kardinals, der bereits jedes Zeichen seines kirchlichen Rangs abgelegt hat. Soldaten und Diplomaten probieren die Gewänder an und wohnen der Modellparade für den Schmuck ihrer Pferde bei. Als alles schon kurz vor Abschluß steht, prüft Cesare seine prächtige Aufmachung vor dem Spiegel, doch plötzlich verfinstert sich seine Miene, er nähert das Gesicht dem Glas und entdeckt, daß das Syphilisgeschwür dunkler geworden ist.
»Die Reise muß aufgeschoben werden.«
Juanito Grasica versteht den Ernst der Sache nicht, die Cesare mit Ungezwungenheit verkündet hat.
Corella schließt sich seinem Erstaunen an.
»Aufschieben, warum?«
Cesare zeigt ihnen den Fleck im Gesicht.
»Wir müssen warten, bis das Geschwür zurückgeht. Es wäre nicht höflich, mit der Franzosenkrankheit im Gesicht nach Frankreich zu reisen. Laßt Gaspar Torella kommen, er ist der einzige Arzt, dem ich vertraue.«

Dann fährt er sich mit den Fingern über den Haarkranz.
»Wie lange es braucht, bis das Haar nachwächst. Es dürfte Carlota nicht gefallen, wenn sie meine Tonsur sieht, sobald ich mich vor ihr verneige.«
Doch Corella hat sich an seine Seite gestellt und hält ihm eine Perücke hin.

»So reich ist das Papsttum, daß die Pferde des Vatikans silbernes Geschirr tragen? Die Borgias sind zu Wohlstand gelangt. Nun verkleiden sie auch ihre Pferde. Siebzig Maultiere, mit Geschenken beladen, und von rotem und goldenem Satin bedeckt, sechsunddreißig Rassepferde in Gold und Samt, von in denselben Farben geschmückten Pagen geführt, Musiker als Musiker gekleidet, Reiter mit silbernen Sporen.«
Della Rovere betrachtet den Festzug Cesares und antwortet nicht gleich auf die Frage seines Begleiters, des Kardinals d'Amboise. Plötzlich bricht er in ein rätselhaftes Gelächter aus, das erst verständlich wird, als er es erklärt:
»Über die silbernen Sporen kann ich nur sagen, daß es Cesare gefällt, durch seine Aufmachung zu überraschen; was mich zum Lachen reizt, ist diese Perücke, mit der er seine Tonsur bedeckt. Er hat keine Zeit gefunden, sein Haar wachsen zu lassen und damit das Stigma der Kardinalswürde zu bedecken. Und beachtlich ist auch die Schicht Schminke, die versuchen soll, die Flecken der Franzosenkrankheit zu verbergen.«
Della Rovere eilt die Treppe hinab und erreicht rechtzeitig die Vorhalle, um Cesare zu empfangen. Er läßt ihm keine Möglichkeit irgendeines Ausdrucks, nicht einmal des Erstaunens, der Kardinal umarmt ihn stürmisch, und betrachtet ihn dann, als würde er den besten Freund im Leben und im Tod wiedersehen.
»Wieviel Zeit ist vergangen, lieber Freund, wieviel Zeit!«
Cesare zeigt sein Erstaunen nicht, und Corella umkreist unruhig das umschlungene Paar. Giuliano macht sich los und verkündet vor den beiden Gefolgsmännern den Grund für seine Begeisterung.
»Ich verhehle euch nicht, daß es in der Vergangenheit ernsthafte Unstimmigkeiten zwischen dem jungen Cesare und mir gab, Unstimmigkeiten, die mich ins Exil führten, fern von meinem

geliebten Rom, meinem geliebten Italien. Doch die Geschichte hat uns beiden Recht gegeben, und nun befinden wir uns auf der gleichen Seite, unter dem Banner und der Gastfreundschaft des Königs von Frankreich. Es lebe der Papst! Es lebe der König!«

Della Rovere geleitet Cesare vor den König von Frankreich. Cesare verneigt sich gebührlich, doch das mindert nicht den Eindruck überbordenden Erstaunens, den die prächtige Aufmachung des päpstlichen Sohnes und seiner Begleiter bei den Höflingen und Hofdamen, die Louis XII. umgeben, hervorgerufen hat. Cesare mustert die Anwesenden und sein Blick bleibt an Carlota de Aragón haften, die ihm ausweicht, als würde schon allein ein Blick ihr Schaden zufügen. Erst als Cesare, von della Rovere gedrängt, seine Aufmerksamkeit dem König widmen muß, beobachtet Carlota den Neuankömmling mit ironisch abschätzender Neugierde.

»Ich empfange den päpstlichen Legaten in doppelter Dankbarkeit. Zum einen, weil es mir die zuerkannte Scheidungsbulle erlaubt, die schönste Dame der Christenheit zu heiraten, und zum anderen wegen der Ernennung von George d'Amboise, Bischof von Rouen, zum Kardinal.«

Der König hat Anne de Bretagne als die schönste Dame der Christenheit bezeichnet, und sie schenkt ihm ein empfängliches Lächeln, während Cesare erwidert:

»Seine Heiligkeit pflegt sich selbst einen Jäger Gottes zu nennen, und alle seine Entscheidungen dienen keinem anderen Zweck als dem Wohl der Christenheit.«

Corella verfolgt den Ablauf des Gesprächs und die sich kreuzenden Blicke von Cesare und Carlota de Aragón, obwohl das Mädchen sich nicht von Anne de Bretagne wegbewegt. Aber die Königin macht sich offensichtlich über ihre Zurückhaltung lustig, und die beiden Frauen lachen über Bemerkungen, die Cesare betreffen, den der König zur Seite zieht, und darauf wandeln sie wie peripatetische Dialogpartner zu den Gärten.

»Ich möchte Ihnen für die Ernennung zum Herzog von Valence danken. Seine Heiligkeit ernannte mich zum Kardinal von Valencia, und nun erlaubt mir der Titel des Herzogs von Valence, zweifach Valenzianer zu sein.«

»Valentinois in Frankreich. Laßt uns über die dringlichsten Dinge

sprechen. Ich möchte keine Einschätzungen überstürzen, Sie aber dennoch darauf aufmerksam machen, daß die Dame sich sträubt. Meine künftige Frau hat sie ausgefragt, und Carlota scheint der Ehe abgeneigt. Ich habe Schreiben von verschiedenen Monarchen erhalten, die mich bitten, das königliche Blut Carlotas nicht zu vermischen mit ... nun gut. Sie kennen gewiß zur Genüge die Legenden um Ihre Familie. Bleiben Sie am Hof, soviel Zeit Sie benötigen mögen, um die Dame zu erobern.«
Cesare hört zu, als würde er bewegende und ersehnte Ratschläge erhalten, und wiegt nur abschätzend den Kopf, als der König es wagt, an die vielen Schmähungen zu erinnern.
»Es wäre jedenfalls zwecklos, Ihnen zu verbergen, daß wir in den wiederholten Versuchen, Mitglieder Ihrer Familie mit Infanten der Krone von Aragón zu verheiraten, ein Zeichen, wenn schon nicht der Feindschaft, so doch des Mißtrauens sehen. Meine Ratgeber fassen es als ein unausgesprochenes Bündnis auf: künftige Interessen Spaniens gegen die Frankreichs.«
»Wurde die Hochzeit von Lucrezia mit Alfonso di Bisceglie denn für schlecht angesehen?«
»Anders ließe sie sich nicht betrachten.«
»Kann nicht einmal meine Reise diese Wirkung auslöschen? Diene nicht ich selbst als dankbare Geisel zum Beweis unseres Respekts gegenüber den Interessen Frankreichs?«
»Wir haben den mehr als derben Spaß, den Sie unserem Vorgänger, Charles VIII., während seines Italienfeldzugs bereitet haben, vergessen. Ich will keine Geisel, Cesare, ich will einen Verbündeten. Ich brauche einen Heerführer mit der Seele eines Fürsten, der mir hilft, die italienischen Städte zu beugen, die sich den neuen Zeichen der Zeit widersetzen. Was kann ein Stadtstaat gegen einen Nationalstaat ausrichten? Die Macht des Fürsten muß allumfassend sein. Mein Ratgeber d'Amboise hat mir nahegelegt, Steuern zu erheben, ohne sie auszuhandeln. Der moderne Staat braucht Geld für seine Expansion und Soldaten, mit denen er sie erreicht.«
Der König, stets von d'Amboise und della Rovere gefolgt, überläßt Cesare sich selbst, und er macht sich auf den Weg, um Carlota von Neapel vorgestellt zu werden. Eine Vorstellung mit wenigen Worten, die im Lärm der Anwesenden untergehen, Carlota scheu unter den anderen Damen und stets hinter der großartigen

Anne de Bretagne. Der König, d'Amboise und della Rovere beobachten Cesares Bemühungen.
»Diese Festung wird er nicht zur Übergabe zwingen können.«
Della Rovere ist davon nicht so überzeugt.
»Man sollte diesen Valencianer nicht unterschätzen. Wenn Sie ihn handeln und reden lassen, kann diese Festung eingenommen werden, und der Papst bietet eine beträchtliche Mitgift an.«
»Ich höre, Lucrezia hatte vor ihrer Hochzeit mit Alfonso von Neapel ein Kind von einem unbekannten Vater, obwohl es heißt, man fischte den Vater erdolcht aus dem Tiber, und das Kind ist entweder in eine bessere Welt eingegangen oder unbekannten Zieheltern übergeben worden.«
»Ihr seid gut unterrichtet, Majestät. Nach der Geburt ihres Sohnes und der von ihrem eigenen Vater, also Alexander VI., in die Wege geleiteten Adoption, organisierte der Papst für das Mädchen in den Gemächern des Vatikans die Hochzeit mit dem neapolitanischen Prinzen in kleinem Kreis. Eine fruchtbare Ehe. Die letzte Nachricht lautet, daß Lucrezia durch den Beitrag des jungen Herzogs von Bisceglie wieder schwanger ist, wobei es auch heißt, das Kind könnte von Alexander VI. stammen, und dann wäre Lucrezia gleichzeitig Tochter, Frau und Schwiegertochter ihres Vaters, so steht es zumindest auf den Pamphleten am Torso des Pasquino. Die politisch-sexuelle Diplomatie Alexanders VI. ist ein Erfolg.«
»Zuviel Erfolg.«
»Es betrifft uns nicht.«
»Nein. Es betrifft uns nicht.«

Alexander schreitet mit zufriedenem Gesicht durch die Gänge, ein Brief flattert in seiner Hand. Er verkündet Soldaten, Klerikern und Beamten den Grund für seinen Jubel, damit sie ihn teilen.
»Ein Brief aus Frankreich!«
Er erreicht den Raum, in dem Lucrezia, unterstützt von Sancha und ihren Zofen, ein Umstandskleid anprobiert. Sie ist umringt von ihrem Ehemann und einer Gruppe von Höflingen, unter denen sich Serafino Aquilano erhebt und ein ihr gewidmetes Gedicht vorträgt.

Verweigert Euch nicht, meine Dame,
dem die Hand zu reichen
der von euch sich entfernen muß,
verweigert euch nicht, meine Dame.
Einem sanften, mitleidsvollen Blick
kann dieser Schmerz wohl standhalten
und dieses traurige Herz
wird immer Eures sein, meine Dame.
Verweigert Euch nicht, meine Dame ...

Der Papst unterbricht ihn und schwenkt begeistert den Brief.
»Ein Brief aus Frankreich! Die Dinge könnten nicht besser laufen für Cesare. Er ist der neue Herzog von Valence, und der König zählt auf ihn als militärischen Berater.«
»Und die Liebe?«
»Man kann nicht alles haben, Sancha, doch die reife Frucht wird vom Baum fallen. Ich werde Cesare eine Mitgift geben, als wäre er eine Prinzessin von Samarkand, die vor ihrer Hochzeit mit dem Großmogul steht. Ich hoffe, Carlota von Neapel ist, wenn schon nicht für Cesare, so doch für das Gold empfänglich. Lucrezia, hüte das Kind in deinem Bauch. Und du, Alfonso, hüte den Bauch.«
Er umarmt seine Tochter, küßt sie sanft auf die Lippen, befühlt sie mit einer Sinnlichkeit, die alle Anwesenden außer Sancha bestürzt. Er umarmt auch Alfonso di Bisceglie, küßt ihn auf die Wangen, ohne auf die abwehrende Geste des jungen Mannes zu achten. Rodrigo seufzt und verläßt den kleinen Hofstaat, wo Alfonso von seiner Schwester voller Zuneigung, als wollte sie ihn beschützen, umarmt wird. Alexander geht, um sich in Gegenwart Burcardos mit Remulins zu besprechen. Sein Gesichtsausdruck ist gespannt, als er ihm das Schreiben hinhält und ihn auffordert, es zu lesen. Das tut Remulins und der Papst umkreist ihn, während er auf seine Meinung wartet.
»Je nach Lesart.«
»Genau. Je nach Lesart.«
»Gründe für eine gewisse Freude.«
»Ich verstehe, daß sie Cesare seine Zeit in Paris vergeuden lassen und Carlota de Aragón die Rolle der Häsin spielt, damit der Hund hinterherhetzt, bis er erschöpft ist, und dann werden sie

ihm ein Kaninchen anbieten. Cesare kann nicht mit leeren Händen nach Italien zurückkehren.«
»Da ist noch ein zweites Element, das in Betracht gezogen werden muß. Ich komme aus Florenz, und dort gibt es sehr hartnäckige Gerüchte über einen unmittelbar bevorstehenden Feldzug des Königs von Frankreich in Italien.«
»Das wird mir allmählich immer klarer. Für Louis XII. ist es äußerst wichtig, Cesare an seiner Seite zu haben, wenn er diesen Feldzug beginnt. Das ist der hervorstechendste Beweis für den Zerfall der Heiligen Liga. Wie ist die Lage in Florenz?«
»Nach dem Verschwinden Savonarolas versucht die *Signoria* etwas zu finden, das die Stadt begeistert. Florenz ist eine entmutigte Stadt. Zuerst hielt sie die Medici nicht aus, dann Savonarola. Nun erträgt sie sich selbst nicht. Die Städte Italiens begreifen nicht, daß sich die Zeiten ändern, und sich nur noch Venedig und der Vatikan gegen den Wirbelsturm der neuen Hegemonialstaaten rüsten. Mit Savonarola ist die Utopie der Erneuerung verschwunden.«
»Remulins, ich bemerke bei dir eine gewisse Neigung für diesen Prediger. Er war unser Feind.«
»Ein zu argloser Feind. Ein waffenloser Prophet, wie ihn Niccolò Machiavelli nannte.«
»Findest du diesen Machiavelli nicht ein wenig zynisch? Ist er vielleicht auch ein waffenloser Prophet?«
»Nein, bloß ein Pessimist. Ein aktiver Pessimist. Er mißtraut dem Instinkt des Menschen und der Umsicht Gottes. Er glaubt nur an die Vernunft in Verbindung mit Stärke und Gesetz.«
»Laß uns Savonarola vergessen und sehen, wie es um unsere Bündnispoltik steht. Ascanio Sforza ist nervös, weil er befürchtet, wir könnten die Heilige Liga auflösen und seinen Bruder, Ludovico il Moro, in Mailand vor den Franzosen allein lassen. Cesare bedeutet mir, wir sollten uns den Franzosen anschließen, ohne mit den Spaniern zu brechen. Wie soll das gehen?«
»Vielleicht weiß Cesare die Antwort.«
»Ich brauche Cesare. Er sieht die Dinge dieser Welt noch viel klarer als ich. Der spanische Gesandte wartet und wird mir lästige Fragen stellen.«
»Wir müssen Zeit gewinnen.«
Die Augen des Papstes verkünden Zustimmung, und Remulins

zieht sich weiter nach hinten zurück, während Burcardo den spanischen Botschafter einläßt. Der Gesandte tritt selbstbewußt auf und deutet die ehrerweisenden Gesten nur kurz an, um so schnell wie möglich seine Kampfesrede zu schwingen.
»Wenn Eure Heiligkeit Ihre sehr Katholischen Majestäten, Isabel und Fernando, aus der Fassung bringen wollten, ist Ihnen das gelungen.«
»Ich kann mir den gelassenen König Fernando nicht fassungslos vorstellen. Ebensowenig wie Seine Eminenz Jiménez de Cisneros, Erzbischof von Toledo, dem ich eine milde Reform der Bettlerorden übertragen habe.«
»Genug der hohlen Worte, Heiligkeit. Ich spreche zu Ihnen als Staatsmann, nicht als Papst. Als Papst, als Stellvertreter Gottes auf Erden, meinen Respekt. Ich bin Altkastilier und nicht auf den Mund gefallen.«
»*Aequam memento rebus in arduis servare mentem*, sagte der große Horaz.«
»Der große Horaz mochte in die Hände klatschen oder sich die Finger in die Nase stecken, wenn er dazu Lust hatte, doch im Moment geht es nicht um geistige Gelassenheit, sondern darum, keine weiteren Kröten mehr zu schlucken, so vatikanisch sie auch sein mögen. Das meinen Ihre Katholischen Majestäten ...«
»Katholische Majestäten, diesen Titel tragen sie, weil ich ihn ihnen zugestanden habe.«
»Ein Titel, den sie tragen, weil sie ihn verdient haben, Herr des Himmels! Und schneiden Sie mir nicht die Rede ab, Heiligkeit, denn ich bin mit dem Schwert wendiger als mit der Sprache! Ihre Katholischen Majestäten dulden die Annäherungspolitik des Vatikans an den König von Frankreich nicht, eine Politik, die den Übereinkommen der Heiligen Liga zuwiderläuft und das Bestehen des Königreichs von Neapel gefährdet, das an die Krone von Aragón gebunden ist. Ihre Katholischen Majestäten heißen es nicht gut, daß von heute auf morgen ein Verwandter Seiner Heiligkeit wie der sogenannte Cesare, der Valencianer, wie durch Zauberei weiterhin Valencianer bleibt, aber aufhört, Kardinal von Valencia zu sein, um sich in den Herzog von Valence zu verwandeln.«
Burcardo und Remulins sind vorgetreten und versuchen, durch ihre Nähe den Zorn des Gesandten in Zaum zu halten, doch der

Papst hält sie mit einer Geste zurück und ruft mit aller ihm noch verbleibenden Majestät aus:
»Gehen Sie, Herr Botschafter, nehmen Sie diese Tür, denn der Nachfahre Petri besetzt diesen Stuhl nicht, um sich von einem Rüpel beschimpfen zu lassen!«
»Beschimpfen, was soll denn das, zum Donnerwetter! Wir befinden uns nicht bei einem Dichterwettstreit, es gibt auch keine feminoiden Dichter auf Abwegen, die auf einer Lyra oder mit sonst was klimpern. Wir sprechen von Staatsgeschäften, und ich vertrete eine bekannte Macht, eine vorrangige Macht, die mehr im Dienste der Christenheit steht als ein korruptes und von allen gewissenhaften Christen abgelehntes Papsttum.«
»Hinaus! *Raus hier! Raus aus Rom! Mißgeburt! Deine Mutter hätte dich schon am Tag deiner Geburt abmurksen sollen!*«
»Sprechen Sie christlich, also spanisch! Um Christi Kreuz Willen! Stellvertreter Gottes auf Erden, nicht? Wie schlecht ist doch Gott vertreten! Wir werden ein Konzil einberufen, das christliche Ordnung in dieses Babylon bringen wird. Ich gehe, aber demnächst werden mir Eure Heiligkeit folgen, in Ketten, im Bauch eines Schiffes, das Sie nach Spanien bringen wird, wo wir Sie in die finsterste Burg sperren werden, in der sich Ihre Spur, nicht jedoch Ihre sündige, düstere Erinnerung verlieren wird!«
Ein aufgerichteter und wutentbrannter Papst verfolgt den Abgang des Gesandten mit seinen Schreien.
»Mißgeburt! Scheißkerl!«
Und der Gesandte bleibt ihm keine Antwort schuldig, sondern beschimpft ihn noch, während er, ohne ihm den Rücken zu zeigen, zurückweicht.
»Ketzer! Antichrist!«

Miquel de Corella nimmt hin und wieder einen kräftigen Schluck und schüttelt den Kopf.
»Ich sehe schwarz, Cesare. Diese neapolitanische Füchsin spielt mit uns, und ihr Vater, der König Federico, sagt, er will seine Tochter nicht mit dem Bastard eines Geistlichen verheiraten.«
»Mich interessiert mehr das Bündnis mit dem König als das mit der Dame. Aber wir müssen einen Ersatz für sie finden.«
Ein bekümmerter Louis XII. kommt herein, gefolgt von d'Am-

boise, della Rovere und einem dritten, unbekannten Mann, argwöhnisch und ländlich, wie ein Bauer als Adliger oder ein Adliger als Bauer verkleidet. Der König streckt eine müde Hand zum Handkuß aus, die andere führt er zu seinem Herzen.
»Wie soll ein König gegen das Herz einer Frau kämpfen? Cesare, laß mich dich als Sohn betrachten, und die Zurückweisung der Dame wie einen ebenso zurückgewiesenen Vater erleben.«
»Soviel Solidarität ist eine Ehre, und unter allen Möglichkeiten will ich die wählen, die Ihnen gefällt, Majestät. Wir haben eine politische Heirat angestrebt, eine interessantere als irgendeine andere.«
»Es bleibt nur noch die andere Carlota, Charlotte d'Albret, aus der höchst vornehmen Familie, die in Navarra regiert. Uns begleitet ihr Vater, Alain d'Albret, Vater von König Juan de Navarra. Wir haben ein Porträt mitgebracht, das sich allerdings nicht mit der tatsächlichen Schönheit der Dame messen kann, damit der Herzog mit eigenen Augen urteilen kann.«
D'Amboise und della Rovere halten das Porträt von Charlotte d'Albret hoch, und Corella flüstert Cesare ins Ohr:
»Langes Gesicht, Nase noch länger, und lange Feige, nehme ich an.«
»Die Feige zählt am wenigsten. Das schlimmste ist die Nase.«
Der König und seine getreuen Schatten warten, daß Miquel und Cesare ihre unverständliche Sprache aufgeben, bis Cesare schließlich träge sagt:
»Edle, lange Schönheit, die ich in ihrem Wert schätze. Es sind Monate vergangen, und ich muß meinen Aufenthalt in Frankreich beenden. Nach Rom zurückkehren. Vielleicht nach Gandía, um so meinen Neffen, den Kindern des unglücklichen Herzogs von Gandía, nahe zu sein, die von ihrer Mutter María Enríquez einer strengen und obskurantistischen Erziehung unterworfen werden. Ich möchte das Problem meiner Heirat nicht auf einen durch die Zeit erzwungenen Antrag reduzieren.«
»Gute Einstellung. D'Amboise wird die Liste der bemerkenswertesten Bestandteile der Mitgift, die der Herzog der Familie Albret bietet, vorlesen.«
»Mit Verlaub, Majestät, würde ich gern die Bulle sehen, mit der seine Heiligkeit Signor Cesare von der Kardinalswürde entbindet. Ich möchte meine Tochter nicht exkommuniziert sehen.«
»Ich habe es dir doch schon bestätigt, Alain.«

»Ich will sie sehen.«
»Ehrenwort des Königs.«
»Ich will sie sehen.«
Corella wühlt in den Papieren, die auf dem Tisch liegen, zieht ein Dokument hervor und hält es Alain d'Albret unter die Nase. Der Mann liest es, und seine Lippen buchstabieren mühsam, bis er plötzlich mißtrauisch seinen Blick zu allen hebt, die ihn umgeben.
»Das ist ja Latein!«
D'Amboise zeigt sich Alain gegenüber geduldig.
»Ich habe sie schon gelesen, Alain, und sie sagt, was sie sagen soll. Cesare Valentinois ist ein Weltlicher wie du.«
»Es gefällt mir auch überhaupt nicht, daß meine Tochter die zweite Wahl sein soll. Die Neapolitanerin will nicht? Dann eben zur nächsten! In welcher seelischen Verfassung wird sich meine arme Tochter verheiraten? Sie ist ein sehr feinfühlendes Mädchen.«
Louis XII. fährt geduldig fort:
»Du hast bereits das Inventar der Mitgift gesehen, Alain, und sie ist großzügig.«
»Alles ist wenig für mein Töchterchen.«
»Alles ist wenig für den Glanz der Dame, das stimmt, Schwiegervater. Darf ich Sie Schwiegervater nennen? Und ich bin bereit, diese Mitgift zu erhöhen.«
Alain d'Albrets rhombische Augen versuchen in Cesares Gesicht den genauen Wert der Zugabe zu lesen.
»Das ist kein übler Gedanke, aber in welchem Maß? Ich fordere, Verwalter der Mitgift zu sein, und außerdem die Kardinalswürde für meinen Sohn Amanieu.«
D'Amboise explodiert:
»Amanieu Kardinal? Welche Verdienste hat dieser Ränkeschmied vorzuweisen, um Kardinal zu sein?«
»Da redet der richtige. Soll ich dir erzählen, warum du Kardinal bist? Und wenn du Kardinal bist, warum kann es dann nicht auch mein Sohn sein?«
Die Gesichter der vorgebeugten Körper von Alain d'Albret und des Kardinals George d'Amboise berühren sich beinahe, und der König stiftet Frieden.
»Alain. Wichtig ist das, was uns verbindet, und ich zweifle nicht

daran, daß Seine Heiligkeit deinem Sohn, dem geschätzten Amanieu, die Kardinalswürde verleihen wird, und George ihm bereitwillig seine Stimme geben wird. Vorbehaltlos.«
Der zähe Alte setzt sich wieder und sieht die Mitgiftliste noch einmal durch, die d'Amboise ihm hinhält. Er wiegt schweigend den Kopf.
»Hier erwähnt der Papst Geld, aber ich will greifbarere Güter. Schließlich liegt die Hochzeit auch im Interesse Ihrer Majestät, denn sie stärkt die Krone von Navarra gegen die Expansionsgelüste Kastiliens und Aragóns. Mit dieser Hochzeit wird Signor Cesare zum Vetter Eurer Majestät, und das ist etwas wert. Für wieviel Geld bürgt Eure Majestät?«
Als sich das Erstaunen des Monarchen in Zorn zu verwandeln droht, ertönt die versöhnliche Stimme Cesares.
»Ich verstehe Ihre Vorbehalte, geschätzter Schwiegervater – ich bestehe darauf, Sie so zu nennen –, und der König, da irre ich mich nicht, bürgt für alles, denn ich werde durch diese Heirat mit den Königen Frankreichs verwandt, und als Herzog von Valence zum Glanz seines Hofes beitragen.«
Der Alte ist noch nicht überzeugt und weist in erster Instanz Pergament, Tintenfaß und Feder ab, die d'Amboise vor ihn hingelegt hat.
»Es gilt zu warten. Ich muß das erst mit meinem Kopfkissen und mit meiner Charlotte besprechen.«
Cesare begegnet Alain d'Albrets Zurückhaltung mit leisem Spott, den er auch nicht abgelegt hat, als er Wochen später, wie immer hochelegant gekleidet, einen von Rittern gebildeten Gang hin zu Charlotte d'Albret durchschreitet, deren errötetes langes Gesicht mit dem Kinn die Brust berührt, den Blick ihres Mannes meidend. Kardinal d'Amboise trägt die Worte der Zeremonie vor. Doch die Gedanken Cesares sind fern und seine Augen suchen, bis sie auf die verlegene Carlota von Neapel treffen, die glaubt, daß der Valentinois sie ansieht, doch Cesare mißt nur die kürzeste Entfernung zum Brautbett. Dann nehmen seine Lippen, sein Körper an der Liturgie und ihrem Ende teil, am langen Weg zum Bankett, und am Weg zum Schlafgemach, wohin d'Amboise und der alte Alain sie begleiten. Das Paar tritt ein, und auch die Zeugen, die sich in den vom erleuchteten Bett entferntesten Winkel ins Halbdunkel zurückziehen. Die Braut ist nicht völlig entblößt,

wohl aber Cesare, der seine Nacktheit seiner über das Gesehene verwunderten Frau und den zwei Zuschauern darbietet, die den Blick abwenden, aber gleich wieder hinsehen, als Cesare ohne weiteres das Mädchen besteigt, während er mit seiner sanftesten Stimme sagt:
»Laß uns sehen, ob deine Feige so lang wie deine Nase ist.«
Sie hat geglaubt, mit einer Zärtlichkeit bedacht zu werden, und blinzelt, bevor er schmerzhaft in sie eindringt. Ihr Vater und der Kardinal zeigen sich über den raschen Erfolg Cesares erstaunt, und als sie Stunden später den Alkoven verlassen und die vor der Tür Wartenden informieren, berichtet d'Amboise verwundert:
»Vier. Vier Lanzenstiche, und sehr geschickte.«

Der Kardinal tauft den Neugeborenen, den sein Vater, Alfonso di Bisceglie, in Armen hält, Sancha an seiner Seite, Jofré, Burcardo, Remulins, Adriana del Milà, Giulia, Vanozza und Alexander VI. sind über das Taufbecken gebeugt, um das Wunder zu betrachten. Das Kind wandert in Doña Sanchas Arme, danach in die des Papstes, der es verzückt ansieht.
»Rodrigo. Du heißt wie ich, und Gott möge dir ein ebenso freudiges Schicksal vorgeben wie mir. Wäre der Tod meines Joan nicht gewesen!«
Tränen steigen in die Augen des Papstes, er küßt das Kind, übergibt es vorsichtig seinem glücklichen Vater und verläßt, von Doña Sancha begleitet, den Ort.
»Stimmen die Nachrichten, daß der König von Frankreich in der Lombardei einmarschiert ist und Richtung Mailand zieht? Ist es wahr, daß Cesare ein im Dienst des französischen Königs stehendes Heer anführt? Wie wird sich das auf meinen Onkel Federico, den König von Neapel, auswirken? Werden ihn die Soldaten des *Gran Capitán*s beschützen, oder will man ihn stürzen?«
»Zu viele Fragen gleichzeitig.«
»Vielleicht habe ich die wichtigste noch nicht gestellt. Stimmt es, daß Louis XII. und Eure Heiligkeit ein Übereinkommen ausgehandelt haben, das die Intervention in Neapel vorsieht?«
»Es handelt sich um kein Übereinkommen. Es gab Vorentwürfe dazu, im Hinblick auf eine mögliche Vermählung mit Carlota von Neapel, Cesare hat aber Charlotte d'Albret geheiratet. In einem

Vorentwurf willigte der König von Frankreich ein, keine Entscheidung über Neapel zu fällen, ohne sich mit mir zu beraten.«
»Und wie würde die beratende Antwort Ihrer Heiligkeit ausfallen?«
Alexander nimmt Sanchas Kinn mit zwei Fingern und zieht das Gesicht des Mädchens hoch.
»Du glaubst doch nicht, daß ich oder meine Familie auch nur einen einzigen Finger gegen das Königreich erheben werden, aus dem ihr stammt, du, Frau meines Sohnes Jofré, und der Mann von Lucrezia, Vater des kleinen Rodrigo? In welchem Kopf soll das Platz haben? In deinem kleinen Kopf vielleicht?«
Da er seine Schritte beschleunigt, kann er Sanchas Antwort nicht mehr hören.
»In meinem kleinen Kopf hat das und noch viel mehr Platz.«
Die Flucht Alexanders verwandelt sich in das Bestreben, so bald wie möglich zu einem vereinbarten Treffen zu erscheinen. Er durchquert seine vatikanischen Gemächer und erreicht den schmalen Gang, durch den er in das geheime, dunkle, jäh erhellte Zimmer gelangt, und im Schein der Fackel erscheint Cesare, als Heerführer der französischen Truppen gekleidet. Corella hält die Fackel, und der hinter ihm stehende Ramiro de Llorca nimmt seine Hand nicht vom Knauf seines Degens. Vater und Sohn umarmen sich kräftig, aber gefühllos.
»War denn so viel Heimlichtuerei nötig?«
»Man vermutet mich im Norden, bei den Truppen Louiss XII., doch war es wichtig, mit dir reden zu können. Briefe geraten leicht in die Hände der spanischen und neapolitanischen Spione.«
»Welche so wichtige Botschaft hast du mir zu übermitteln?«
»Unsere Truppen rücken im gesamten Herzogtum Mailand vor, bald wird die Toskana fallen, man wird die pontifikalen Gebiete respektieren und den Marsch nach Neapel fortsetzen. Der König von Neapel weiß allerdings nicht, daß Frankreich und Spanien darin übereinstimmen, ihn zu stürzen, um danach ein Souveränitätsabkommen zu treffen.«
»Ich habe deine verschlüsselten Botschaften sehr wohl zu interpretieren verstanden und bin über das alles bereits im Bilde.«
»Weißt du, daß der König von Frankreich für diesen Dienst meine Feldzüge unterstützen wird, damit wir uns der Romagna bemächtigen und die Grundlage für einen päpstlichen Staat schaf-

fen können. Und das ist die Basis für ein vereinigtes Italien, das in der Lage ist, den Hegemonialkämpfen Frankreichs und Spaniens Einhalt zu gebieten.«

»Nun begeben wir uns bereits in den Bereich der Träume, doch erzählst du mir nach wie vor Dinge, die ich schon weiß.«

»Genau. Du kennst den großen Schachzug, nicht aber den kleinen, hinter deinem Rücken. Hier in Rom.«

Der Papst sucht nach einer Möglichkeit, es sich bequem zu machen, doch zwingt ihn der Horizont nackter Wände dazu, im Licht der Fackel stehen zu bleiben, einem herrschsüchtigen Cesare gegenüber, der weiß, wie seine Befragung ausgehen wird.

»Weide dich nicht an dem, was du weißt, ich aber nicht. Sprich.«

»Im Vatikan selbst gibt es eine proneapolitanische Verschwörung, die Sancha und ihr Bruder Alfonso anführen, unterstützt von allen Feinden der Borgias, einschließlich Ascanio Sforza. Die Orsini nehmen Abstand, weil sie profranzösisch sind, doch die Colonna bereiten eine Volkserhebung in Rom vor. Sie hetzen die Bevölkerung auf und können auf die Hilfe der neapolitanischen Agenten und die Nichteinmischung der Spione von Fernando el Católico zählen. Die setzen auf zwei Karten, und der *Gran Capitán* wartet auf den Ausgang, um dann einzugreifen.«

»Du übertreibst die Rolle der neapolitanischen Spionage. Die Interessen von Sancha und Alfonso sind durchsichtig, genauso wie ihre Haltung.«

»Die Colonna stehen dahinter, und die Verbindung zwischen Lucrezia und Alfonso von Neapel ist für unsere umfassende Strategie zu einem Hindernis geworden.«

»Das ist mir ganz klar, nur was tun?«

»Nichts.«

»Nichts?«

»Nichts. Deine Aufgabe ist es, geschehen zu lassen, was geschieht, die Ergebnisse zu segnen und die unergründlichen Absichten Gottes zu preisen.«

»Die deine?«

»Ich kehre unverzüglich ins französische Lager zurück und werde bald als Triumphator in Rom Einzug halten. Ich hoffe, du hast einen guten Empfang vorbereitet.«

»Burcardo denkt an nichts anderes. Ist das alles, was du mir zu

sagen hattest? Deswegen so viel Aufwand? Du fragst mich nicht nach deinem Neffen? Nach deiner Schwester?«
»Ich frage dich nach Giulia Farnese. Wie fühlt sie sich als Witwe?«
»Giulia? Ich sehe sie selten. Ein erbärmliches Ende, das des einäugigen Orsini. Ihm fiel die Decke auf den Kopf und schlug ihm das wenige Hirn, das er noch hatte, zu Brei. Aber, warum fragst du mich nach Giulia?«
»Du mußt dich zerstreuen. Jage. Liebe. Ruhe dich aus. Laß die anderen handeln.«
Alexander bleibt nichts anderes übrig, als die Umarmung, mit der sich sein Sohn verabschiedet, entgegenzunehmen und im zunehmenden Dunkel zu bleiben, je weiter sich Miquel de Corella mit der Fackel entfernt. In dieser umschatteten Lage erreicht ihn die letzte Empfehlung Cesares.
»Tu nichts! Lasse geschehen. Und wundere dich über nichts, was kommen mag.«
Mit Cesare und Miquel verschwindet das Licht, und Alexander VI. bleibt allein mit seinem unruhigen Atem, fragt sich, die Hand auf der Brust, warum sich sein Atem wie toll gebärde.

Die Menge jubelt und die Jubelschreie betonen die Zweideutigkeit der Lage.
»Cesare! Cesare!«
Unter den Zuschauern bewegen sich halb vermummt Ascanio Sforza und della Rovere, während Alexander VI. die Goldene Rose segnet und das Zierschwert Cesare überreicht.
»Ich ernenne dich zum Statthalter und Gonfaloniere des Vatikans! Dein Glanz möge der Glanz der Christenheit sein!«
Ascanio Sforza murmelt:
»Dein Glanz möge der Glanz der Christenheit und die Kriegsbeute der Borgias sein.«
»Es ist unvorsichtig, daß du dich heute auf der Straße blicken läßt.«
»Du begleitest mich doch, della Rovere, oder? Bist nicht auch du ein Triumphator? Der König von Frankreich hat gesiegt, und das Herzogtum Mailand gehört schon nicht mehr meiner Familie. Mein Leben ist in diesem Cesare Borgia ausgelieferten Rom in Gefahr.«

»Meine Möglichkeit, dich zu beschützen, hat ihre Grenzen.«
»Und ihren Preis, nehme ich an.«
»Der ist immer der gleiche. Wir beide müssen eines Tages diese Rasse vernichten, die Rom seit den Zeiten von Calixtus III. verseucht. Ich möchte dich lebendig und weit weg wissen, Ascanio. Es wird gemunkelt, daß du deine Habe und die Gemälde schon verladen hast.«
»Ich muß nur noch von jemandem Abschied nehmen.«
Ascanio mischt sich unter die schreienden Leute und sieht im Vorübergehen, wie Cesare den Stier reizt, zu Pferd oder zu Fuß, mit dem Schwert in der Hand, und die blutenden Schädel von sechs Stieren zeigt, die er soeben abgeschlagen hat. Ascanio Sforzas Adamsapfel hüpft auf und nieder, im Rhythmus seiner schnellen Schritte, die ihn auf dem Weg zum Treffen mit Doña Sancha drei Stufen auf einmal nehmen lassen. Die Neapolitanerin duldet die Umarmung, weist aber die besitzergreifenden Liebkosungen des Kardinals zurück und geht zur Herausforderung über.
»Verläßt du mich, oder verläßt du mich nicht? Weshalb willst du mich besitzen, wenn du mich verlassen wirst?«
»Welches Spiel spielst du, Sancha? Ich habe dich gebeten, mir zu folgen. Auch du hast diese Schlacht verloren, aber wir können den Krieg gewinnen. Die Borgias werden nicht mit einer Hand die Franzosen und mit der anderen die Spanier in Schach halten können. Jetzt haben sie sich zusammengetan, um den italienischen Adel und den König von Neapel zu vernichten. Jetzt. Aber morgen ...«
»Ich mag die Besiegten nicht. Ich bin ihrer müde.«
»Deshalb ziehst du Cesare oder den *Gran Capitán* vor.«
»Was wirfst du mir vor? Wie soll ich mich wehren? Eine Frau meines Standes kann einen Hofstaat haben, ihre Dichter, ihre mehr oder weniger platonischen Liebhaber, doch ihr Leben und ihr Bauch hängen von den Männern ab, wie immer. Ich habe genug zu tun, um meinen Bruder zu beschützen. Er ist der einzige Besiegte, der mein Mitleid verdient.«
Ascanio ergreift ihre Hände und wechselt vom Sarkasmus zur Sanftheit.
»Eines Tages werde ich zurückkehren, und unsere Feinde werden nicht mehr existieren.«

»Wir werden uns nicht wiedersehen, Ascanio, und unsere Feinde erfreuen sich bester Gesundheit.«
Donner und Blitze erhellen den Himmel Roms, in ihrem Licht tritt Sforza auf die Straße, und Sancha läuft so schnell wie möglich in den Palast zurück. Kaum hat sie die Vorhalle betreten, erschüttert ein noch mächtigerer Donner als die vorangegangenen die Mauern des Gebäudes, und von den oberen Räumen her dringt der Lärm einstürzender Balken und eine Wolke aus Staub und Holzsplittern, die von der Treppe aus auf Doña Sancha niedergeht. Kaum vom Schrecken erholt, eilt sie schon nach oben, von Hellebardisten und entsetzten Höflingen begleitet. Alle Schritte bewegen sich zum Thronsaal, und dort sehen die Hereinkommenden eine eingestürzte, zu einem Haufen Schutt gewordene Decke. Ein Diener ruft aufgeregt:
»Seine Heiligkeit ist darunter!«
Höflinge, Sancha, Lucrezia, ihr Mann, Adriana del Milà schaffen zusammen die Trümmer weg, bis sie endlich den staubbedeckten und durch die Ohnmacht bleichen Pontifex freilegen. Sie bringen ihn in seinen Alkoven, und die Frauen waschen ihn mit in Rosenwasser getränkten Tüchern, während der Arzt Torella die Gelenke und die Durchblutung im Augenlid untersucht. Nachts hat er Fieber, wird vom Arzt und den Frauen überwacht, und auch von dem vom Ausmaß der Zerstörung des Daches beunruhigten Cesare, der diesen Umstand mit seinen getreuen Schatten bespricht.
»Eine seltsame Koinzidenz. Orsino Orsini stirbt durch Trümmer, die auf seinen Kopf fallen, und Seiner Heiligkeit geschieht etwas Ähnliches.«
»Es wird nachlässig gebaut. Man sollte den Architekten aufhängen oder auswechseln. Hat dein Vater nicht Bramante nach Rom holen lassen?«
»Spricht Sarkasmus aus dir, Corella?«
»Es ist die Schlußfolgerung. Welchen anderen Grund sollen wir suchen? Ein Duell zwischen den Borgias und den Orsini, das mit Gebäudeeinstürzen ausgetragen wird? In Rom wird vom Fluch Savonarolas gesprochen.«
Corella unterbricht sich, weil er schemenhaft Remulins in die päpstlichen Gemächer eilen sieht.
»Niemand könnte uns besser sagen, ob Savonarola in der Lage

ist, jemanden zu verfluchen, als Remulins. Remulins! Ist Savonarola dazu in der Lage, den Heiligen Vater von der Hölle aus zu verfluchen?«
»Savonarola ist nicht in der Hölle. Ich habe ihm persönlich, Minuten vor seinem Tod, im Auftrag Seiner Heiligkeit den Ablaß erteilt. Es wird angenommen, daß er sich im Fegefeuer befindet, wenn nicht gar im Himmel.«
»Zuviel der Großzügigkeit. Und wenn er in den Himmel gekommen ist und von dort aus gegen uns intrigiert?«
Remulins deutet ein Lächeln an.
»Savonarola war zu unschuldig.«
»War er unschuldig oder einfältig?«
»Er war unschuldig.«
»Ob er unschuldig oder einfältig war, ist gleichgültig. Warum wurde er verurteilt?«
»Weil er eine Gefahr darstellte.«
Remulins grüßt lustlos und setzt, von dem sarkastischen Lachen Cesares verfolgt, seinen Gang fort.
»Weißt du, Corella, dieser Remulins mochte Savonarola. Diese alten Dickhäuter, er ebenso wie mein Vater, fürchten, das zu verlieren, was sie nicht lieben.«

Aus einem nahen Zimmer dringt Lachen und Getrappel, und läßt Adriana del Milà auffahren. Sie betrachtet den sanften Schlaf des genesenden Alexander, verläßt die päpstlichen Gemächer und begibt sich in die Mitte des Trubels, wo sich Alfonso, Lucrezia und Sancha herumwälzen, sanfte Angriffe, harmlose Beschimpfungen, ein der Liebe vorausgehender Kampf, dem sich Sancha, Lucrezia unterstützend, anschließt, und gemeinsam werfen sie Alfonso auf den Boden.
»Ergib dich!«
»Niemals!«
Sancha wechselt zu einer männlichen Stimmlage.
»Deine Kühnheit wird dich teuer zu stehen kommen!«
Damit löst sie bei Lucrezia einen Lachkrampf aus, wodurch sie die Kontrolle verliert und es Alfonso ermöglicht, zu entwischen.
»Ihr seid fürchterlich. Ich habe nie ein Krokodil gesehen, aber dem Gerede nach seid ihr zwei Krokodile.«

»Nam, nam!«
Die Frauen bedrohen ihn mit, wie sie glauben, krokodilsartig geöffneten Mündern, doch Alfonso richtet sich auf und verkündet:
»Genug der Spiele für heute. Mich rufen Aufgaben, die meinem Geschlecht entsprechen.«
»Blond oder braun?«
Lucrezia trommelt spielerisch auf Sancha ein wegen dieser Worte, doch die Neapolitanerin läuft schon zu ihrem Bruder, um ihn zu umarmen.
»Wir sind doch glücklich, oder? Wir haben die Wolken der ersten Begegnungen zerstreut, nicht? Erinnert ihr euch an die offenen Feindseligkeiten beim Hochzeitsbankett? Es gab ständig Beschimpfungen! Bastard war das bevorzugte Wort.«
Lucrezia gesellt sich zu den Geschwistern, um ein Dreieck des Glücks zu bilden, in dem der junge Mann zu versinken scheint, sich jedoch wehrt und ausruft:
»Ich gehe. Ihr Frauen seid noch klebriger als Honig.«
»Sei nicht unvernünftig. Geh nicht allein auf die Straße.«
»Albanese und ein paar andere begleiten mich. Ihr könnt beruhigt sein.«
Alfonso küßt Lucrezia, grüßt mit einem Winken die schweigende Adriana del Milà und geht in die Ecke des Zimmers, wo sein Sohn Rodrigo in einer Wiege schläft. Er beugt sich hinunter, um die Stirn des Neugeborenen zu küssen, und achtet nicht weiter auf die gerührte Erwartungshaltung der Frauen, sondern eilt nach draußen, und dadurch entgeht ihm der Überschwang Lucrezias, die Sanchas Hände ergriffen hat und zu ihr sagt:
»Ich bin so glücklich!«
Alfonso ist schon auf der Gasse und seine drei Begleiter unterhalten sich unbekümmert, bleiben zurück, ohne zu bemerken, daß sich dem Prinzen vier maskierte Männer mit gezücktem Dolch in den Weg stellen. Alfonso bleibt noch Zeit, sein Schwert zu ziehen, doch zwei Dolchstiche bohren sich in seine Brust und in sein Bein. Er sinkt zu Boden, und die Angreifer versuchen, seinen Körper fortzuschleppen.
»Hilfe! Helft mir doch!«
Endlich haben die Leibwächter den Kampf bemerkt und eilen an den Ort, wo die Angreifer den blutüberströmten Körper weg-

zerren wollen. Die Schwerter kreuzen sich, doch die Angreifer kämpfen nicht viel, sondern fliehen, und lassen den blutenden, niedergestreckten Körper Alfonsos und das trostlose Entsetzen seiner Wächter hinter sich. Schließlich nimmt ihn Albanese in die Arme und erreicht mit Mühe das Tor, aus dem sie eben erst hinausgegangen waren, Blutspuren auf dem Pflaster hinterlassend. Albanese bricht in das Zimmer herein, wo Sancha und Lucrezia soeben Vertraulichkeiten austauschen, die jäh unterbrochen werden, da sie den leblosen Körper des Prinzen sehen, das bleiche Antlitz, das auf den Boden strömende Blut, das auch die Hände, die Körper der Frauen tränkt, als sie ihn in die Arme schließen.

»Mit mir hat der Schrecken Einzug gehalten. Scheint Ihnen das nicht eine Vereinfachung zu sein, Signor Machiavelli?«
»Ich habe nicht genügend Theorie darüber gesammelt. Noch nicht. Aber ich analysiere ihre Schritte, Cesare, und ich sehe, wenn man von Ihrem Vorhaben, vom Zweck ihrer Unternehmungen ausgeht, nur logische Vorgehensweisen. Gewalt ist notwendig, um eine Gesellschaft zu errichten, und wir leben in gewalttätigen Zeiten. Sie muß ein Patrimonium der Macht sein, denn sonst bedeutet Gewalt Unordnung. Entweder du wendest sie an, oder du bekommst sie zu spüren. Man spricht von dem Terror der Borgias, doch verglichen mit dem der Condottiere, wie etwa die Bentivoglio, Malatesta oder die Baglioni, sind die Borgias Engel gewesen. Man muß auch den Schrecken messen.«
»Er darf nicht maßlos sein.«
»Er darf nicht unwirksam, nicht umsonst sein. In der Tat verhängnisvoll ist der unbegründete und sinnlose Terror.«
»Ich brauche Sie an meiner Seite.«
»Als Philosophen oder als Philologen?«
»Als Experten in Militärwissenschaften.«
»Sehr schmeichelhaft, doch ein Wissenschaftsexperte kann wenig ohne einen Techniker ausrichten.«
»Gibt es einen konkreten Namen?«
»Leonardo, Leonardo da Vinci. Er besitzt ein allumfassendes Denken, das ihn befähigt, mit seiner Malerei weit über Masaccio und Botticelli hinauszugehen und Maschinen für die Zukunft zu

erfinden. Aber von der ganzen Maschinerie interessiert mich vor allem die militärische.«

»Ich habe den Freibrief, die Romagna zu erobern. Ein erster Schritt zu der Vereinigung Italiens, von der Sie gesprochen haben.«

»Mehr als es zu vereinigen, wird es darum gehen, es zusammenzuhalten und ein System zu schaffen, das es vor den Barbaren schützt. Leider hat die Macht der Päpste nicht dazu beigetragen, Italien zu stärken, sondern es geschwächt. Vielleicht können Sie dieses schlechte Vorzeichen ändern. Italien erlebt einen Augenblick kultureller Blüte, die in keinem Verhältnis zur politischen Kümmerlichkeit steht. Ihnen kann es gelingen. Sie befinden sich in einer guten Position. Schwert und Kirche. Sie haben die Geschichte begriffen, Sie sind ein Politiker, Sie sind sich bewußt, daß wir eine richtige Revolution durchleben, die das Alte begräbt und Wegbereiter für das Neue ist. Sie sind aus dem Holz der Fürsten geschnitzt. Sie müssen nur auf eine Unwägbarkeit achtgeben.«

»Auf das Glück?«

»Nein. Ich glaube nicht an das Glück in der Geschichte, sondern an das Wirken der Vernunft, an die Stärke gegenüber dem Zufall. Die Gefahr kommt nicht vom Glück oder von der Vorsehung, sondern von der Neigung der Menschen, zu große Neuerungen zu fürchten. Also drängt sich zwischen Altes und Neues das Unvermeidliche. Der Mensch ist ein ganz schlechter Akteur der Geschichte. Deshalb schreibe ich nicht für die Menschen, sondern für die Fürsten, und für meine Freunde.«

»Ich brauche Leonardo und Sie in Rom.«

»Ich werde mir das Angebot durch den Kopf gehen lassen. Die menschliche Natur ist seltsam. Was mir in Wahrheit Freude macht, ist das Kartenspiel in meinem Haus in der Toskana, und Nüsse zu essen oder *finocchióna*, begleitet von trebbianischem Wein. Doch reizt es mich, das Wirken der Macht aus nächster Nähe zu erleben.«

»An meiner Seite können Sie das.«

»Was meint Seine Heiligkeit zu alledem?«

»Er erholt sich von seinem Unfall.«

»Er hatte Glück. Auch Ihr Schwager, Prinz Alfonso, hatte Glück, nicht von den gedungenen Mördern getötet worden zu sein.«

»Glück. Das ist ein Wort, das ich niemals auf Ihren Lippen vermutet hätte.«
»Manchmal gibt es unnütze Worte, die unvermeidlich sind, solange wir keinen Ersatz für sie finden.«
Machiavelli zieht sich gedankenversunken zurück, und Miquel de Corella tritt aus dem Hintergrund, um den Kommentar Cesares zu hören.
»Machiavelli ist der einzige mir bekannte Gelehrte, der nie Dummheiten von sich gibt.«
»Er ist außergewöhnlich.«
»Außergewöhnlich? Miquel, dieses Adjektiv ist ein übergroßes Lob auf deinen Lippen.«
»Die Zeiten der Rhetorik sind vorbei, es sind die Zeiten der Kühnheit des Denkens, der Vorstellung angebrochen, des Schreibens ohne Schutz durch festgelegte Muster, auch wenn die Welt vorgibt, den klassischen und griechisch-römischen Kanon wiederbeleben zu wollen. Machiavelli denkt eigenständig und zitiert Titus Livius und andere Gelehrte des Altertums, um die Eigenständigkeit seines Denkens zu verbergen. Bedenke, daß er nie die Kirchenväter zitiert.«
»Er lenkt seinen prüfenden Blick auf den unnützen Terror.«
»Ich denke seit dem gescheiterten Attentat auf deinen Schwager an nichts anderes. Es war ein Akt unnützen Terrors.«
»Dagegen muß etwas getan werden.«
»Ich bin dabei.«
»Wenn du willst, kann ich dir einen moralischen Grund nennen.«
»Ich habe keinen Bedarf, aber heraus damit.«
»Heute morgen ging ich unter den Fenstern der Gemächer von Lucrezia und Alfonso vorbei, und jemand hat vom Fenster aus mit einer Armbrust auf mich geschossen.«
Cesare hält Corella den Pfeil hin.
»Verwende ihn als Beweis, wenn es nötig sein sollte.«
»Hast du den gesehen, der ihn abschoß?«
»Ich glaubte, Alfonso zu sehen.«
»Du bist dir nicht sicher?«
»Ich glaubte, Alfonso zu sehen.«
Corella verläßt Cesare und begibt sich in die Räumlichkeiten, in denen Sancha und Lucrezia den Verletzten pflegen. Die Ankunft Corellas wird von Sancha mit Argwohn aufgenommen, Lucrezia

hingegen verharrt in ihrer Niedergeschlagenheit, mit der sie einen weiteren Ehemann betrachtet, der dem Tod so nah war. Corella mustert den Liegenden und verzieht das Gesicht, während Alfonso ihn mit weit aufgerissenen Augen anstarrt und sich unruhig hin und her wälzt.
»Er sieht schlecht aus, Signoras. Ich habe gedacht, daß wir vielleicht von der Großzügigkeit des Heiligen Vaters eine Erlaubnis erwarten könnten, die ich für die Genesung von Don Alfonso für wichtig erachte.«
»Sie kümmert die Genesung meines Bruders?«
»Viele sind darüber in Sorge, denn von dieser Genesung hängt die Ordnung der Dinge ab. Ich kam auf den Gedanken, daß der Verletzte außerhalb Roms mehr Ruhe und Möglichkeit zur Genesung hätte.«
»Wo?« fragt Sancha mißtrauisch.
»In Neapel.«
Sanchas Gesicht erhellt sich, und sie ruft aus:
»Ich habe an nichts anderes gedacht! Erinnerst du dich, daß ich es dir gesagt habe, Lucrezia?«
Lucrezia stimmt zu, wechselt langsam aus ihrer ohnmächtigen zu einer erwartungsvollen Haltung.
»Das muß seiner Heiligkeit bei der erstbesten Gelegenheit vorgeschlagen werden!«
»Warum nicht gleich? Ideen wie Launen gehören sofort ausgeschöpft.«
»Warum auch nicht, Lucrezia?«
Sancha nimmt Lucrezia an der Hand, zieht sie von ihrem Mann weg, und die beiden Frauen eilen weit fort von dem Gemach, während Corella ihr Entfliehen einschätzend betrachtet, und sich schließlich dem liegenden und immer unruhigeren Prinzen zuwendet. In den Augen Corellas zeigt sich Mitleid, nicht aber in der Hand, die den Dolch ergreift, während die beiden Frauen forteilen und die ihnen entgegengestellten Hindernisse überwinden, bis sie endlich zu Füßen eines Alexander VI. angelangt sind, der in Wut geraten im Bett sitzt, die Stimme gegen die Anwesenden erhebt, Cesare, Remulins und einige Kardinäle.
»Wir sind also verantwortlich für den Fall Savonarolas! Er tat nichts, um den Tod zu verdienen! Mir scheint, Remulins, du solltest dich ausruhen!«

Remulins will eine Erklärung entgegensetzen, und Alexander will ihn daran hindern, doch die beiden Frauen zerstören die Logik der Situation und reißen das Gespräch an sich.
»Corella hat eine großartige Idee gehabt!«
»Alfonso nach Neapel zu bringen, damit er wieder gesund wird!«
»Wir könnten in wenigen Stunden aufbrechen!«
»Aber nur, wenn Eure Heiligkeit das erlaubt.«
Alexander VI. läßt mit dröhnender Stimme vernehmen:
»Ich werde es nicht dulden, daß Lucrezia sich aus Rom fortbewegt.«
Lucrezia weint mit dem unerträglichsten Schluchzen, das ihr Vater jemals ertragen mußte.
»Brich mir nicht das Herz, meine Tochter. Auch ich bin rekonvaleszent. Du willst mich verlassen? Soll doch dein Ehemann gehen, und wir werden prüfen, ob du ihm folgen kannst, und wann.«
Das genügt für Sancha, nicht für Lucrezia, doch die Begeisterung ihrer Schwägerin steckt sie an, und sie folgt ihr auf dem Weg zurück zum Zimmer.
»Wie findest du meine Entscheidung, Cesare?«
»Weise.«
»Nur weise? Wenn du rätselhaft wirst, übertriffst du Burcardo. Und die Sache mit Savonarola? Was tun? Kein Tag vergeht, an dem ich nicht in Schmähschriften als Mörder bezeichnet werde.«
»Was tun mit einem Toten? Mit irgendeinem Toten?«
Remulins entscheidet, ohne den kalten Ton in seiner Stimme zu ändern:
»Beerdigen. Will heißen, ihn vergessen.«
Die Frauen setzen ihren Weg fort und nähern sich erneut dem Gemach, wo sie Alfonso zurückgelassen haben. Doch ihre Schritte werden jäh aufgehalten, denn an der Tür stehen bewaffnete Leute, und vor ihnen allen Miquel de Corella, die Beine gespreizt, die Arme zunächst in die Seiten gestemmt, dann ausgebreitet, um die Frauen aufzuhalten, die das Schlimmste befürchten.
»Es ist nicht ratsam, daß Sie eintreten.«
»Alfonso!«
»Was ist meinem Mann geschehen?«

Corella fühlt, wie die Sanftheit, die seine Augen und seine Haltung Lucrezia gegenüber ausdrücken, schwindet. Er kann nur noch stammeln:
»Ein unglücklicher Unfall.«
Zornentbrannt und rasend will Sancha Corella das Gesicht zerkratzen. Die kräftige Hand des Mannes umfaßt das Handgelenk des Mädchens und hält sie zurück.
»Mörder!«
Lucrezia ist aus ihrer Verzweiflung aufgetaucht und ruft mit verletztem Stolz aus:
»Antworte mir, Miquel! Ich frage dich von meiner Stellung aus, und du mußt mir antworten! Was ist meinem Mann geschehen?«
»Ein Unfall. Als Sie fortgegangen sind, hat er versucht, sich aufzurichten, so unglückselig, daß er dabei aus dem Bett gefallen ist, und zu allem Übel auch noch auf die Seite mit den schlimmsten Verletzungen. Obwohl ich ihm zu Hilfe geeilt bin, floß das Blut aus der schrecklichen Wunde, und es gab keine Möglichkeit, es zu stillen.«
»Wer, welcher Arzt wurde geholt?«
»Torella, wie immer, nehme ich an.«
»Du nimmst es nur an?«
»Ich bin hinausgegangen, um einen Arzt zu rufen, und dann hat mich die Nachricht vom raschen Ende zurückgehalten.«
»Laß uns hinein. Wir wollen ihn sehen.«
»Sie haben ihn fortgeschafft.«
»Wohin?«
»Das entzieht sich meiner Kenntnis.«
Die beiden Frauen starren Corella an, als wäre er eine undurchdringliche Mauer, vor einer weiteren, noch weniger zugänglichen. Miquel bewahrt noch Stunden später seine Kälte, als er vor dem Papst, Cesare, Remulins, Burcardo und anderen Mitgliedern des päpstlichen Gefolges seine Erklärung des Geschehenen abgibt. Seine Heiligkeit hält die Augen halb geschlossen, und auch als Corella seine Darlegung beendet, öffnet er sie nicht. Die anderen warten vergebens, daß er etwas sage, doch als das nicht geschieht, ergreift Cesare die Initiative und fordert die Anwesenden zum Gehen auf, um mit seinem Vater allein zu bleiben. Einer von ihnen weigert sich. Er nimmt seine ganze, ihm verbleibende

Empörung zusammen, und schleudert Alexander und Cesare entgegen:
»Als Gesandter von Neapel frage ich, welche Erklärung gibt es für diesen Mord? Was tun sie, um die Mörder zu entlarven?«
Alexander hält weiterhin seine Augen halb geschlossen, doch Cesare antwortet:
»Mit großem Schmerz teile ich Ihnen mit, Herr Botschafter, daß Don Alfonso vor allem durch seine Ungeschicklichkeit starb. Er verstand es nicht richtig, aus seinem Bett zu fallen.«
Der Blick Cesares ist so hart, daß der Gesandte zurückweicht und sich den anderen anschließt, die teils aus Verblüffung, teils aus dem Wunsch, sich von dem morbiden Kreis zu lösen, weggehen. Nachdem sich alle zerstreut haben, öffnet Alexander die Augen, blickt nach rechts und nach links, ob noch jemand im Raum zurückgeblieben ist.
»Danke, daß du mir geholfen hast. Was hätte ich ihnen sagen sollen?«
»Nichts. Genau das, was du getan hast.«
»Ist es richtig gewesen, Cesare?«
»Nun gibt es keine Hindernisse mehr, und das werden dir sowohl die Franzosen als auch die Spanier danken. Der *Gran Capitán* wird den König Federico vernichten, und die Unabhängigkeit des Königreichs Neapel wird als ein dummer, unnützer Traum in die Geschichte eingehen. Der König Federico wird es sein Leben lang bereuen, daß er mir die Hand seiner Tochter nicht gegeben hat. In Zukunft wird Neapel der Boden für Verhandlungen und Eroberungen in unserer Reichweite sein. In der Romagna muß zur Tat geschritten werden. Nun müssen die Adelsgeschlechter zermalmt werden, die den alten Zeiten anhängen.«
In Alexanders Augen liegt Melancholie, aber auch Bewunderung.
»Und Lucrezia? Ich werde sie noch einmal verheiraten müssen, und habe schon den Freier im Kopf. Alfonso d'Este, der künftige Erbe des Herzogtums Ferrara, was meinst du?«
»Ein gesunder junger Mann, nach dem, was man gemeinhin für gesund hält: Er liest nicht, denkt nicht, jagt, treibt es zwanzig Mal am Tag mit irgendeiner Frau oder was immer sich bewegt und wenig Fell hat, und wäre gern Gießer geworden. Er wird mehr Zeit in fremden Betten und in den Schmieden verbringen als am

Hof. Eine gute Partie. Ich dachte daran, als du seinen Bruder Ippolito zum Kardinal ernanntest.«
»Du hast wirklich daran gedacht?«
»Ich habe sogar mit Corella darüber gesprochen.«
Im Blick des Papstes liegt aufrichtige Wertschätzung.
»Ich fühle mich alt, Cesare, aber in dir sehe ich einen Fürsten. Was sage ich, einen Fürsten: einen Kaiser.«

DAS PRIVATLEBEN DER LUCREZIA

Lucrezia weint, dem Erbarmen ihres Bettes überlassen, an einem Ende sitzt starr Doña Sancha, die schon genug geweint hat, sie läßt ihre Augen zu einem geheimen Traum schweifen, dann wieder zu Lucrezia, und in ihrem Blick liegt nicht die geringste Verurteilung. Ihr kommt es natürlich vor, daß Lucrezia weint, so natürlich wie das Versiegen ihrer eigenen Tränen. Alexander VI. späht durch den Türspalt, und als er sich zurückzieht, befragt er Adriana del Milà, die an seiner Seite steht, mit sorgenvoller Miene.

»Ist es normal, daß eine Witwe so viel weint?«

»Das hängt vom verstorbenen Mann ab.«

»Sie kannten sich doch kaum.«

»Lucrezia hat sich in alle möglichen, vorgeblichen und tatsächlichen Ehemänner verliebt. Nun beweint Lucrezia alle ihre toten Männer. Sie ist selbst alle ihre toten Männer.«

»Sie ist eine Borgia und der Familienräson verpflichtet. Die Familie steht über allem und allen! Sogar über mir selbst! Mich bringt diese Heulerei aus der Fassung. Sie bestürzt mich. Gewiß dienen die Tränen der Reinigung, einen Tag, zwei, drei. Aber Tränen über Wochen zeugen von Schwäche. Kümmere dich wieder um sie, Adriana. Sie muß von Sancha getrennt werden und neue Anregungen erhalten.«

»Lucrezia hat darum gebeten, sich auf ihre Besitzungen von Nepi zurückziehen zu dürfen. Ich glaube, du solltest sie aufbrechen lassen.«

»Meinetwegen. Dort wird sie nach Herzenslust weinen können. Vor allen Dingen aber soll Sancha sobald wie möglich nach Neapel zurückkehren. Bringt sie bis dahin in die Engelsburg und sorgt dafür, daß sie Lucrezia nicht trifft. Sie ist eine gefährliche Gesellschaft.«

In der päpstlichen Erlaubnis schwingt eine gewisse Härte mit, die erst verschwindet, als er sich einigen ihn erwartenden Kardinälen nähert. Er segnet die ehrerbietigen Kurialen.
»Ich möchte euch meine Freude über das Geld ausdrücken, das ihr geliehen habt, damit Cesare das großartigste Heer Roms seit dem Römischen Imperium aufstellen kann. Ohne euren finanziellen Beitrag wäre das nicht möglich gewesen. Die von Cesares Truppen besiegten Adeligen versammeln sich in Mantua, am Hof von Francesco Gonzaga und Isabella d'Este, um ihre Wunden zu lecken oder Verschwörungen anzuzetteln.«
»Sie sind böse Feinde«, hat ein Kardinal bemerkt.
»Was haben wir schon zu befürchten, mit der Rückendeckung des Königs von Frankreich und der interessierten Zurückhaltung der Könige Spaniens? Ihre hochehrwürdigen Eminenzen sollten mir endlich einmal geschichtliche Phantasie beweisen.«
Nachdem er ihnen den Segen erteilt hat, zieht er sich zurück, doch kaum hat Seine Heiligkeit den Raum verlassen, versteckt sie sich hinter der Tür und lauscht mit Befriedigung und Vergnügen den Kommentaren des Kardinalschors in seinem Rükken.
»Es ist empörend, daß man so leichtfertig über unser Geld verfügt!«
»Nur um die kleinen Schlachten des Sohnes zu bezahlen! Diesen Nepotismus nennt er geschichtliche Phantasie?«
»Cesare läßt sich König Italiens nennen.«
Alexander reibt sich die Hände, und bei dieser zufriedenen Geste überrascht ihn Burcardo. Alexander drängt ihn, heimlich den weiteren Kommentaren der Kardinäle zuzuhören.
»Die von den Pilgern im Jubeljahr gespendeten Gelder wurden für die Bezahlung der Truppen Cesares ausgegeben. Und nun bereitet er die Hochzeit seiner Tochter Lucrezia vor. Wer von uns wird die wohl bezahlen?«
»Alle.«
»Alle, aber er nimmt sich immer einen Unglücklichen vor, dem er drohen kann. Entweder machst du Geld locker, oder ich beschlagnahme deine Güter oder exkommuniziere dich. Die Truppe des Vatikans hat das Vermögen von Ascanio Sforza geplündert, Güter, die in einem Kloster verwahrt waren, was aber für den Überfall kein Hindernis darstellte.«

»Wollen Sie damit sagen, daß die Kardinalswürde so viel Unsicherheit mit sich bringt?«
»Das unsicherste für einen Kardinal ist der Bereich innerhalb dieser Mauern. Im Vatikan sind alle Diebe respektable Leute.«
Alexander wird ernst und kehrt zu den versammelten Kardinälen zurück, deren finstere Mienen sich in Lächeln verwandeln, ihre Empörung in Unterwürfigkeit.
»Wir haben die Vorschläge Ihrer Heiligkeit besprochen und werden alles tun, was in unserer Macht liegt. Dieser Traum Cesares, sich zum König Italiens im Dienste der Christenheit gekrönt zu sehen, muß das Ergebnis einer göttlichen Offenbarung sein.«
»Es ist der notwendige Traum aller Italiener. Wir sind valencianischer Abstammung und man hat uns Katalanen genannt. Doch wir betrachten uns als Hiesige, als Römer, wir wollen Italiener sein. Euch mag meine Entschlossenheit erstaunen, die mir meine Sicherheit diktiert.«
»Eine göttliche Offenbarung? Eure Heiligkeit sind als einziger von uns dazu befähigt, direkt mit Gott zu sprechen.«
»Welcher Wege bedient sich die Vorsehung, um zu den Menschen zu sprechen? Einer Zigeunerin. Eine Zigeunerin sagte mir: Ein mit dir Verbundener wird König Italiens sein.«
Es herrscht allgemeine Fassungslosigkeit, getarnt als bewunderndes Staunen.
»Eine Zigeunerin?«
»Kurz, nachdem ich mich in Rom niederließ. Ich kam von einer Audienz mit meinem Onkel, Papst Calixtus III., und die Zigeunerin wahrsagte mir aus der Hand. Gott kann sich in der am wenigsten vermuteten Kreatur ausdrücken. Sogar durch etwas so sehr den Blick Beleidigendes wie einen brennenden Dornbusch. Remulins wird sich mit euch in Verbindung setzen, um die Beiträge zu beschließen, die ich von euch erhoffe.«
Das ist eine Aufforderung zum Aufbruch, den die Kardinäle in völliger Unterwürfigkeit antreten. Der Papst ersucht einen von ihnen, den ältesten, zu bleiben.
»Giorgio, bleibe noch. Ich muß mit dir reden.«
Nur Burcardo wohnt dem Gespräch zwischen dem Papst und dem langsamen, bedächtigen Kardinal Giorgio Costa bei.
»Giorgio, ich glaube, es gefällt euch nicht besonders, mit eurem Geld den Ruhm des vatikanischen Staates zu unterstützen.«

»Eure Heiligkeit weiß doch, wie wir Kardinäle sind.«
»Wie seid ihr Kardinäle?«
»So wenig den irdischen Gütern verhaftet, daß es uns schmerzt, sie auszugeben.«
»Birgt denn deine Aussage keinen Widerspruch?«
»Wo gibt es keinen Widerspruch, Heiligkeit? Was nicht Widerspruch ist, ist Ironie.«
Der Papst lacht lauthals und klopft auf die zerbrechliche Schulter des Greises.
»Der gute alte Giorgio Costa! So gefällt es mir! Weißt du, Giorgio, ich habe einige Probleme mit Lucrezia, der ärmsten, die durch das Unglück, das ihr die verschiedenen Ehen gebracht haben, schweren Kummer leidet. Ich werde ihr Zeit geben, um wieder zu sich zu finden, aber ich hege schon Pläne für eine neue Hochzeit, und sobald ich sie gelassener sehe, werde ich ihr eine mächtige Position übertragen. Vielleicht ernenne ich sie unter Vorgabe meiner Reisepflichten zur Statthalterin Roms und verlasse mich in diesem Fall darauf, daß du ihr mit Rat und Tat zur Seite stehen wirst.«
Burcardo liegt auf der Lauer, Costa entgeht die vom Protokollchef ausgehende Spannung nicht.
»Fühlen Sie sich schlecht, Burcardo?«
»Überhaupt nicht, Ihre hochehrwürdige Eminenz.«
Den Papst belustigt das Unbehagen Burcardos, und er beharrt boshaft:
»Lucrezia ist eine erwachsene Frau, und ich will aus ihr eine politisch einflußreiche Persönlichkeit machen, nicht nur durch Heirat, sondern auch durch eigene Macht. Ich unternehme Reisen. Cesare ist im Feld. Wen gibt es also, der Rom besser regieren könnte als Lucrezia?«
Burcardo kann sich nicht zurückhalten.
»Auch in kirchlichen Angelegenheiten?«
»Warum nicht in kirchlichen Angelegenheiten, die der Verwaltung angehören? Costa. Alles wird kommen, wie es muß, und im gegebenen Moment zähle ich auf dich.«
»In meinem langen Leben fehlte mir nur noch, Amme einer regierenden Signora zu sein.«
Das schallende Gelächter Alexanders und die verkrampfte Haltung Burcardos unterstützen den Rückzug des alten Kardinals.

Seine bedächtigen Schritte ermöglichen es ihm, das Ritual der Wachen zu beobachten, das sich in den gartenseitig gelegenen Fenstern spiegelnde Licht, den Lärm der Waffen, wenn die Soldaten vor den Offizieren antreten, fernes Geschrei zu hören, zwischendurch die gebrochenen Stimmen, die von den Straßenmärkten heraufdringen. Doch inmitten all dieser Geräusche vernimmt der alte Costa das Schluchzen einer Frau und nähert sich dem Raum, aus dem es hervordringt. Die Tür wird geöffnet, und in ihrem Rahmen steht eine besorgte Adriana del Milà, die den Greis nicht beachtet und bei ihrem Fortgehen die Tür offenstehen läßt. Der Kardinal zögert nicht. Er stößt die Tür auf und befindet sich vor der auf ein Sofa hingeworfenen, aufgelösten und untröstlichen Lucrezia.

»Signora Lucrezia, kann ich Ihnen nützlich sein?«

Lucrezia hebt beunruhigt das Gesicht, richtet sich auf, trocknet hastig ihre Tränen.

»Weinen Sie ruhig weiter. In meinem Alter weint man schon nicht mehr, und ich erinnere mich gern an die Emotion des Weinens.«

»Ich fühle mich nicht besonders gut.«

»Sehr schlecht müssen Sie sich fühlen, um so betrübt zu sein. Ist Signora del Milà etwa den Arzt holen gegangen?«

»Das glaube ich nicht.«

»Mir scheint, Sie verlieren nicht Ihre Zeit, wenn Sie mir zuhören.«

Lucrezia zuckt mit den Achseln, und Giorgio Costa zieht die Tür hinter sich zu. Er setzt sich und lädt Lucrezia ein, an seiner Seite Platz zu nehmen.

»Wofür diese vielen Tränen?«

»Ich beweine mich selber. Nie werde ich glücklich sein, nie meine Träume verwirklichen. Alle Männer, die sich mir nähern, sterben. Ich möchte von einem neuen Freier nicht einmal reden hören. Er wäre ein toter Mann.«

»Rodrigo, pardon, Seine Heiligkeit, kann die Tränen nicht ertragen. Cesare ebensowenig. Die Borgias haben keine Zeit zu weinen, auch keinen Ort, an dem sie es tun könnten. Deshalb erscheint es mir wichtig, daß Sie für eine Zeitlang aus Rom fortgehen.«

»Wozu?«

»Um zu weinen. Um nach Herzenslust zu weinen.«
Lucrezia ist verwirrt, vielleicht auch ein wenig gereizt.
»Und dann?«
Der alte Kardinal ist vernügt und kann nicht anders, als dem Mädchen aufs Knie zu klopfen.
»Das ist die Frage, auf die ich gewartet hatte!«

Miquel de Corella erhebt das Schwert Cesares und verkündet: »Unter dem Zeichen von Julius Caesar, Cesare Borgia! Zweitausend Berittene und viertausend Infanteriesoldaten! Wann verfügte der Vatikan jemals über ein vergleichbares Heer?«
Zusammen mit anderen Rittern hören die ständigen Begleiter Cesares der leicht äthylischen Rede Miquels zu, die Cesare duldet, während er wie in Trance das Haar eines halbbekleideten Mädchens streichelt, inmitten anderer eher halbnackter als halbbekleideter Mädchen. Cesares Liebkosungen sind sanft, in gelassener Stimmung erträgt er die Gesänge Corellas.
»Wann konnte Rom auf solche Feldherren zählen? Vitellozzo, Vitelli, Paolo Orsini, Giampaolo Baglione ... und ich selbst, Miquel Corella, auch wenn ich es nicht gern ausspreche, und Montcada und Juanito, Juanito komm her, Juanito, man mag dich!«
Doch Juanito Grasica ist nicht bereit, das ihn umsorgende Mädchen gegen die Arme Corellas auszutauschen, und Cesare schaltet sich ein, um einen Vorschlag zu machen.
»Haben die Dichter und Musiker denn nichts zu sagen?«
Die Musiker greifen hastig zu ihren Lauten und die Dichter machen sich zum Rezitieren bereit.
»Nein. Ich will euch nicht getrennt. Du, Cimino dell'Aquila, sollst ein Gedicht mit Musikuntermalung verfassen über ... das Thema werde ich mir noch ausdenken.«
»Ich werde es in aller Eile dichten.«
»Du wirst es jetzt tun. Nennt man dich nicht den göttlichen Aquilano?«
»Stellt mir, edler Herr, ein leichtes Thema.«
»Das würde dir nicht gerecht werden. Ich will dir ein Thema vorschlagen, das mich fesselt: die Hydra. Weißt du, was eine Hydra ist?«

»Ein Schlangenungeheuer.«
»Eine Schlange mit sieben oder neun Köpfen, die nachwachsen. Du trennst die Köpfe mit dem Schwert ab, und sie bilden sich neu. Die Hydren sind neben uns und in uns, Aquilano, doch die schlimmsten sind die in uns, sie sind Sinnbild des Ehrgeizes, der Eitelkeit. Ich muß dir gestehen, daß ich mich von meiner inneren Hydra beherrscht fühle.«
»Ein pittoreskes Thema. Herakles tötet die Hydra und taucht seine Pfeile in das Blut der Bestie, denn dieses Blut ist Gift. Der große Cesare sagt uns: Ich kann meine innere Hydra nicht bändigen! Mein Blut ist Gift!« verkündet Corella theatralisch, trinkt weiter und verstärkt seine äthylische Distanz noch, ohne daß Cesare – zumindest scheint es so – seine Worte ernst nimmt, sondern weiter den Dichter bedrängt.
»Traust du dir das zu, Aquilano?«
Der Dichter bejaht, sammelt sich, nimmt die Laute, greift in die Saiten, und den Blick auf die Quelle seiner Inspiration gerichtet, rezitiert er, von Musik begleitet:

Sieben wunderbare Gaben bezwingen einen Liebhaber:
der Blick, das Lächeln, die Füße, die Hände, die Stirn,
der Mund und die Brust seiner Geliebten.
Doch sind die Köpfe der Hydra wie Geißeln,
die beißen, zerreißen, und den Liebhaber verschlingen.
Das Feuer der Leidenschaft, statt sie zu zerstören,
haucht diesen Trugbildern Leben ein, so wie vielen anderen Übeln.
Unter seinem verhängnisvollen Angriff findet der Liebhaber den Tod.

Alle blicken zu Cesare, um zu sehen, ob ihm das Lied gefallen hat, und endlich klopft der Valencianer mit seinem Weinglas auf den Tisch, worauf die anderen Anwesenden erst einstimmen. Stolz untermalt Aquilano die Hochrufe und den Applaus mit synkopierten Gitarrenklängen, bis Cesare ihn auffordert innezuhalten.
»Ich lobe dein Tempo und deine Geschicklichkeit, doch traue ich deinen Absichten nicht. Was willst du damit sagen, wenn du die Liebe verdächtigst, eine verborgene Hydra zu sein?«
Corella drängt sich in den Mittelpunkt der allgemeinen Aufmerksamkeit und nähert sein Gesicht dem bei Cesare liegenden Mädchen.

»Fiammetta, bist du eine Hydra, eine als schlecht ernährte Jungfrau verkleidete giftige Hydra?«
Das Mädchen kreischt theatralisch und überspannt, doch Corella ist Herr der Lage.
»Cesare, der göttliche Aquilano wollte dich von deinen Schuldgefühlen befreien. Gräme dich nicht über die Herbheit des Eifers, versuche auch nicht, ihr den Kopf abzuschlagen, denn du hast keine Macht über ihr Wirken, und die schlimmste Hydra ist die, die von außen unsere Sinne umgarnt. Ist es nicht so, Aquilano?«
»So ist es, Michelotto.«
»Die zweite Arbeit des Herkules bestand darin, die Hydra zu töten, Cesare. Das liegt schon hinter dir. Warum kümmert es dich nach wie vor, die Schlange zu töten? Fühlst du dich nicht besser mit der dritten Arbeit, die Hindin Keryneia in deinen Armen? Bist du die Hindin Keryneia, Fiammetta?«
Das Mädchen kreischt erneut hysterisch, Cesare amüsiert Corellas Herausforderung, nicht jedoch die anderen Ritter, die Langeweile und Verdruß kaum mehr verbergen können, bis sich schließlich einer vorwagt.
»Cesare, uns erwartet morgen ein harter Feldzug, und der Körper verlangt nach Schlaf.«
»Mach was du willst, Vitellozzo. Sind deine Kameraden gleicher Meinung?«
»Das nehme ich an.«
Die Herren ziehen sich zurück, einige in Begleitung ihrer Damen, und nun befindet sich Cesare im Kreis seiner engsten Vertrauten.
»Ich verstehe nicht, warum sich Vitellozzo zur Ruhe begibt. Er schläft nicht. Er ist ganz vom Gedanken besessen, daß wir eines Tages Florenz erobern, damit er sich an denen rächen kann, die seinen Bruder ermordeten. Er ist ein ebenso guter Soldat wie ein miserabler Höfling. Wenn die Kriege vorbei sind, weiß ich nicht, was mit ihnen geschehen wird.«
»Miquel, die Kriege werden nicht vorbei sein.«
»Nein? Wir haben Rimini, Pesaro, die ganze Romagna erobert. Hier in Pesaro befinden wir uns im Palast, der für Lucrezia bestimmt war, der arme Giovanni Sforza hat in Mantua Zuflucht gesucht, um sich im Schoß der Gonzaga auszuweinen, und ich habe dir etwas sehr Tröstliches zu berichten.«
»Erzähl schon.«

»Nur unter vier Augen.«
Cesare schickt die Frauen, Dichter, Musiker, auch die Adjutanten hinaus, und bleibt mit Corella allein.
»Heute nachmittag haben Ramiro de Llorca und ich Colenuccio, einen Boten von Ercole d'Este, empfangen. Er wollte dir seine Ehre erweisen, da Pesaro sehr nah bei Ferrara liegt, und sie nicht wollen, daß du die Grenze überschreitest. Du hast sie beeindruckt, Cesare, und mir scheint der passende Moment gekommen zu sein, um die Hochzeit Lucrezias mit Alfonso d'Este in die Wege zu leiten.«
»Man erzählt mir, daß Lucrezia trauert, und mit ihr nicht zu reden ist.«
»Sie wird schlußendlich einwilligen. Lucrezia will aus Rom fliehen, Cesare.«
»Fliehen? Du legst eine seltsame Kenntnis meiner Schwester an den Tag. Warum sorgst du dich so sehr um sie?«
»Wir haben sie zu sehr in die Enge getrieben. Das arme Mädchen hat für unzulängliche Ehemänner Zuneigung verspürt, und wir haben sie vertrieben, manchmal sogar in die Ewigkeit.«
»Ein Ehemann ist eine geschlossene Dose. Solange man sie nicht öffnet, weiß man nicht, was sich darin befindet. Genau das wird mit Alfonso d'Este geschehen, sollte sich Lucrezia mit ihm vermählen.«
»Eine Frau hingegen nicht. Eine Frau trägt nur Kinder in sich. Kleine Borgias, die eure Familie über Jahrhunderte und Grenzen hinweg fortdauern lassen. Wer ist die angesehenste Frau der Christenheit? Isabel la Católica? Herrin worüber? Über ihren Hof? Sie ist nicht einmal Herrin ihres Körpers. Wer ist die angesehenste Frau Italiens? Catalina Sforza? Isabella Gonzaga? Für sie gilt dasselbe. Sie sind gebärende Bienen, deren Leben bei jeder Geburt an einem Faden hängt. Lucrezia hingegen begehrt einen Hofstaat. Sie will sie selbst sein. Sie will dem allen entkommen.«
»Die Macht Lucrezias ist die Macht der Familie. Meine Macht ist die Macht der Familie. Ich habe oft darüber gegrübelt, was ich tun müßte, wenn mein Vater nicht mehr wäre. Der Boden würde sich unter meinen Füßen auftun. Es muß mir gelingen, daß er mich zum Gouverneur Roms auf Lebenszeit ernennt, mir eine Stellung verschafft, in der ich an der Macht bleibe, sollte er ein-

mal nicht mehr sein, und der Pöbel, den wir jetzt besiegt haben, sich erneut auf uns stürzt.«
Cesare gerät in eine Träumerei, die ihn stört, und er verscheucht sie mit einer Handbewegung. Miquel reicht ihm einen Becher mit Wein.
»Der erste Becher löscht den Durst, der zweite sorgt für Freude, der dritte für Genuß, der vierte für Wahnsinn. Der große Apuleius wußte es: ›Verdränge die Beklommenheit solange wie möglich.‹«
»Du hast recht. Ich begreife diese abstrakten Rasereien nicht, die mich manchmal befallen. Meine sind abstrakt. Deine sind konkret. Miquel, vergiß Lucrezia. Es brechen spannende Zeiten an. Ich habe Leonardo da Vinci und Machiavelli nach Rom gerufen. Der eine soll mir Kriegsgerät entwerfen, der andere meine Feldzüge rechtfertigen. Aber zuvor muß ich noch Lucrezia aushorchen.«
Miquel de Corella wird traurig.
»Sei lieb zu ihr, Cesare.«
»Du hättest ihr eines Tages schon gestehen können, daß du sie liebst.«
»Bevor oder nachdem ich ihre Ehemänner tötete?«
Corella pfeift eine schwermütige Melodie, während er sich zurückzieht. Alleingeblieben macht er dann seinem Kummer Luft und rezitiert:

Verweigert Euch nicht, meine Dame
dem die Hand zu reichen
der von Euch sich entfernen muß,
verweigert Euch nicht, meine Dame.
Einem erbarmungsvollen Blick
kann sich der Schmerz widersetzen
und dieses traurige Herz
wird stets in Sehnsucht nach Euch sich verzehren.
Verweigert Euch nicht, meine Dame.

Giovanni Sforza ist am Ende seiner Ausführungen angelangt: »Cesares Truppen ruhen sich in Pesaro aus. Ich habe mein Lehen verloren. Sie werden nicht dort verharren, sondern nach Bologna, Mantua oder Ferrara marschieren. Warum nicht Mantua oder Ferrara?«

Die Augen Giovannis richten sich in erster Linie auf Isabella d'Este und Francesco Gonzaga, die der Versammlung vorsitzen.

»Vor allen Dingen, Isabella, geschätzter Francesco, danke ich euch für die Gastfreundschaft, die ihr mir für diese Zusammenkunft gewährt habt. Ich kann mich schon als einen Heimatlosen betrachten, und ich warne euch, Cesare wird auch euch heimsuchen, hier in Mantua, dieser Bastard benötigt das Blut der Gonzaga, um sich stark zu fühlen, und dann, Isabella, wird er in deinen Besitz eindringen, wird Ferrara überfallen, denn es verlangt ihn auch nach dem blauen Blut der Este.«

Das Madonnengesicht der stets mürrischen Isabella zeigt kühle Besorgnis, und das von Francesco Gonzaga Ironie, eine Ironie, die Giovanni nicht entgeht.

»Ich lese deine Gedanken, Francesco.«

»Du hast immer Gedanken gelesen, Giovanni, auch wenn es keine gab.«

»Worauf spielst du an?«

»Sei nicht so argwöhnisch. Als du deine Frau, Lucrezia Borgia, verließest, begründetest du diesen Schritt mit schrecklichem Unheil, das sich näherte.«

»Du kennst die Stärke der italienischen Familien: die Sforza, die Este, die Gonzaga ... Aber stelle dir Rom vor, eine Stadt bloß, voll mit Geschlechtern, die um die Hegemonie kämpfen, jede Familie von ihrem Territorium aus, wie skrupellose Banditen, und die Borgias in der Mitte, die gelernt haben, die härtesten zu sein, diejenigen, die überleben. Ich liebte Lucrezia, aber nicht um den Preis, ein Gehörnter zu sein, und weniger noch ein durch Inzest Gehörnter.«

Aus den Augen Francescos ist der Sarkasmus nicht gewichen, und seine Frau gerät in Wut.

»Zweifelst du daran?«

»Mir sind die kriminellen Exzesse der Borgias sehr wohl bekannt, die andererseits an den Höfen Italiens, Spaniens, Frankreichs ebenso üblich sind. Aber ich weiß genauso, wie Legenden gewoben werden.«

»Legenden? Du sprichst von Legenden, wo es doch offensicht-

lich ist, daß dieses Gesindel von Katalanen den Vatikan pervertiert und das Gleichgewicht Italiens erschüttert hat?«
Francesco wendet sich von seiner empörten Frau ab und geht zu Giovanni, um ihn zu umarmen.
»Betrachte dich als einen ganz besonderen Gast hier in Mantua.«
»Ich danke dir, doch mein Asyl löst das Problem noch nicht. Cesare ist teuflisch. Wenn er Feinde hat, gliedert er sie durch Druck oder Geld in sein Heer ein. Er hat Rimini mit Hilfe seiner eigenen Einwohner erobert, die den Tyrannen Pandolfo Malatesta haßten.«
»Eine seltsame Persönlichkeit, blutrünstig, doch als er ins Exil ging und bemerkte, daß er seinen Hund vergessen hatte, schrieb er an Cesare mit der Bitte, ihn ihm zurückzugeben. Giovanni, Cesare hat dir Pesaro weggenommen, ohne auch nur richtig das Schwert zu ziehen.«
»Welche Herrschaft in Italien kann sich heute schon darauf verlassen, daß die Untergebenen sein Lehen zu retten versuchen? Die traditionellen Werte sind untergegangen, und der Pöbel feiert jeden Beliebigen als Befreier. Wovon er sie befreit, ist egal. Es sind Zeiten sinnlosen Bildersturms. Cesare hat Ramiro de Llorca als Verwalter seiner Besitzungen eingesetzt. Das Ergebnis? Die Vasallen hassen Ramiro de Llorca, und nicht Cesare, der ihm die Befehle erteilt.«
Das Gespräch zwischen den Rittern geht noch weiter, über den offenkundigen Respektverlust vor der Autorität, in Beziehung zur schwindenden Gottesfurcht, bis Isabella ihren Mann ruft, ihr zu folgen. Während die Frau voranschreitet, prüft Francesco Gonzaga ihren Gesichtsausdruck, als wollte er dadurch voraussehen, was ihn erwartet, und deshalb versucht der Mann, als sie die Einsamkeit ihrer Gemächer erreichen, ihr zuvorzukommen.
»Ich weiß nicht, was sie dir diesmal erzählt haben.«
»Erzählt? Erzählt man mir jemals irgend etwas?«
»Fangen wir nicht damit an, Isabella. Du verfügst über den besten Spionagedienst von Mantua, Ferrara und sogar von Rom. Wenn man dir erzählt hat, daß ich ...«
»Pst. Diesmal sind keine Röcke im Spiel. Man hat mir etwas Erniedrigenderes und Unerträgliches berichtet.«
»Betrifft es mich?«

»Mich und die Meinen! Der Papst ist dabei, mit meinem Bruder, dem Kardinal Ippolito, und meinem Vater die Hochzeit von Lucrezia Borgia mit meinem Bruder Alfonso, dem künftigen Herzog d'Este und Herrn von Ferrara, auszuhandeln. Diese Bastarde! Diese dahergelaufene Hure eine Herzogin von Ferrara! Wie findest du das?«
Francesco findet nichts daran, dem Schweigen und der ironischen Melancholie nach zu schließen, mit der er seine Frau betrachtet.
»Dieser Blick macht mich nervös! Was kümmert es dich? Welche Moral hast du?«
»Isabella.«
»Gefällt dir vielleicht diese Hure? Mir schien schon, daß sie dich beeindruckte, als du sie sahst in ... in Rom?«
»Ich erinnere mich nicht, wann ich sie sah.«
»Sie beeindruckte dich.«
»Sie war ein kleines Mädchen.«
»Was heißt, ein kleines Mädchen?«
»Du mußt es wissen.«
»Ich werde nicht zulassen, daß diese schlüpfrige Bastardin sich auf den Thron von Ferrara, den Thron meiner Mutter setzt. Denke an den Tag, an dem ich dir das gesagt habe.«
»Ich bewundere deinen Stolz, den Stolz, eine Este zu sein. Ich habe den, ein Gonzaga zu sein, aber können wir wirklich behaupten, daß die Borgias Bastarde sind, und wir nicht ebenso von Bastarden oder Condottieri abstammen, die ihre Anerkennung durch Gewalt durchgesetzt haben?«
»Wir Este sind eine durchsichtigere Dynastie. Unsere Kraft und Stärke bewegen sich innerhalb der Gesetze. Das ständige Halsabschneiden und Vergiften der Borgias hingegen nicht.«
»Ein Großteil der alten, mächtigen Familien sind zu Höflingen geworden. Sie tragen nur mehr poetische Duelle aus. Fast alle kamen durch den Degen und das Gift nach oben.«
»Das ist alles am Untergehen, gewiß. Aber wir schaffen die neuen Fürsten, und nur diejenigen, die sich vor dem Schmutz retten, werden rechtmäßig als solche gelten können.«
»Rechtmäßig? Die neuen Fürsten werden von den Bankiers abhängen, die ihr Heer, ihre neuen Kriegsmaschinen bezahlen, von den Kardinälen, die sie segnen, von den städtischen und länd-

lichen Plebejern, die ihre Truppen bilden, und von den Dichtern, die ihre Heldentaten besingen.«
»Spielt bei dem allen etwa Entschlußkraft und Mut keine Rolle?« Francesco Gonzaga betrachtet seine Frau mit Bewunderung.
»Du besitzt das Antlitz der Madonna und die Seele des fürchterlichsten Condottiere.«
»Ich bin eine Este.«

Ippolito d'Este vertritt die gleiche Meinung, als er den ihm von Remulins unterbreiteten Vorschlägen antwortet, während die beiden an einem reichlich gedeckten Tisch sitzen, der Kardinal genußvoll, Remulins zurückhaltend essen, und der Kardinal mit noch vollem Mund folgert:
»Ich bin ein Este.«
Remulins nimmt das zur Kenntnis, setzt aber dagegen:
»Und auch ein Kardinal. Und sowohl als Mitglied einer der vornehmsten Familien Italiens wie auch als Kardinal werden Sie anerkennen müssen, daß diese Hochzeit ein Segen ist.«
»Diese Heirat dient mehr den Interessen der Familie Borgia als denen der Christenheit.«
»Sind die etwa trennbar? Cesare ist zum entschlossensten Krieger Italiens und zum wesentlichen Bestandteil der Interessen aller, absolut aller italienischen Geschlechter geworden. Louis XII. unterstützt ihn, und Fernando el Católico läßt ihn gewähren. Die Eroberung Faenzas war ein militärisches Schauspiel, ein glänzendes Schauspiel, das verschiedenste italienische Herrschaften bewundernd betrachteten. Sie selbst waren eingeladen, ihm beizuwohnen. Nun, wo die Romagna eingenommen ist, scheint alles möglich. Cesare ist jetzt der Fürst Italiens.«
»Remulins, ich glaube nicht, was Sie sagen.«
»Warum verhandeln Sie dann mit mir? Kardinal Ippolito, Seine Heiligkeit hat Ihnen die Kardinalswürde verliehen und macht Ihnen nun ein wesentliches Angebot, damit Ihr Vater, der ehrenwerte Herzog Ercole, in die Verlobung Lucrezias mit seinem Erstgeborenen Alfonso einwilligt.«
»Wesentlich, wesentlich. Alles nennen Sie wesentlich.«
»Hat Ihre hochehrwürdige Eminenz den bekannten Sinn Ihres Vaters für Geld geerbt? Soll ich Sie an die Mitgift erinnern? Hunderttausend Dukaten.«

»Das beginnt schon schlecht. Zweihunderttausend.«
»Wir hatten schon den jährlichen Zins getilgt, den Ferrara dem Vatikan zu zahlen hat. Und es ist kein geringes Zugeständnis, daß man sie zum Erzpriester des Petersdoms im Vatikan befördert.«
»Von meiner Seite gäbe es kein Problem, geschätzter Kanzler. Es würde mich außerdem erleichtern, nicht mehr mit Ihnen verhandeln zu müssen. Aber in den Vorschlägen Seiner Heiligkeit gibt es zu viele Unklarheiten. Über die Mitgift läßt sich reden, doch die Aussteuer der Braut müßte gleich hoch sein wie die Mitgift. Dann bestehen noch die Kosten in Ferrara. Lucrezia wird ihren Hofstaat haben wollen.«
»Alle Herzoginnen oder Gräfinnen haben ihren Hofstaat in Ferrara, Mantua, Mailand.«
»Und der Hofstaat der Borgias pflegt sehr teuer zu sein, und mein Vater ...«
»Und Ihr Vater ist sehr umsichtig mit seinem Geld.«
»Das ist das Wort. Umsichtig.«
»Ich habe kein anderes verwendet. Welche Haltung hat Ihr Bruder Alfonso?«
»Mein Bruder wird so handeln wie es mein Vater, meine Sippe befehlen. Ich erinnere mich an das Gespräch, das wir vor unserem Aufbruch hatten, und ich habe einen Beweis dafür.«
Der Kardinal Ippolito d'Este erhebt sich und begibt sich zu einem verhüllten Gegenstand in einem Winkel des Zimmers. Er löst die Schnüre und Tücher, die die Leinwand bedecken, und vor den gespannten Augen Remulins erscheint das Ölportrait von Alfonso d'Este.
»Mein Bruder. Er gab es mir, damit Signora Lucrezia ihn allmählich kennenlernen könnte.«
Der Kardinal selbst läßt den Moment wiederaufleben, in dem ihm das Portrait übergeben wurde, während seine Lippen die Erinnerung verleugnen und Remulins eine behagliche und galante Stimmung vorgaukeln. Er erinnert sich jedoch genau daran, daß Alfonso wie in einem Käfig auf und ab ging, während sein Vater Ercole seine Geduld bis aufs äußerste strapazierte und der Kardinal, um eine Meinungsäußerung zu umgehen, sich abkapselte.
»Ich weigere mich, diese Hure zu heiraten! Das würde mich in ganz Italien lächerlich machen!«

»In Italien lacht niemand über die Hochzeit mit einer Hure. Es hängt nur von der Mitgift ab. Von den Verbindungen zur Macht. Glaubst du, daß mich diese Heirat begeistert? Ich war ein Bewunderer von Fra Girolamo Savonarola, und die Verschwörung, die ihn das Leben kostete, schmerzte mich sehr. Zwischen der Frömmigkeit der Este und der Konkupiszenz der Borgias tut sich ein Abgrund auf, der Himmel von Hölle trennt. Cesare hat sich der Romagna bemächtigt, König Louis XII. unterstützt ihn. Nach der Romagna wird er nach Mantua oder Bologna ziehen, warum nicht nach Ferrara? Beantworte dir diese Frage. Warum nicht nach Ferrara?«
»Ich mag nicht, daß man mir Fragen stellt. Und noch weniger will ich sie beantworten.«
»Du willst nur Kanonen gießen und dich mit Huren in den schmutzigsten Laken Ferraras wälzen. Cesare Borgia begehrt diese Hochzeit, weil nun seine Territorien an der Grenze zu Ferrara aufhören. Wenn seine Schwester sich mit dir vermählt, wird er durch einen Familienpakt gebunden sein und andere Ziele ins Auge fassen.«
»Er soll sich wohin auch immer wenden. Ich lasse mir keine Hörner aufsetzen.«
»Ich habe dir doch gesagt, meine Spione in Rom versichern mir, daß Lucrezia Opfer eines Gerüchts ist und wenig Wahres dahintersteckt.«
»Das heißt, es gibt ein Körnchen Wahrheit, und Giovanni Sforza hat erklärt, daß der eigene Vater mit Lucrezia Inzest getrieben hat.«
»Giovanni Sforza weiß nicht, wo sein Hirn hängt.«
Alfonso gibt sich gekünstelt nachdenklich und meint spöttisch: »Das Hirn hängt nicht, Vater.«
Ercole beläßt es dabei und nimmt das Ölbild seines Sohnes vom Tisch, das er dem Kardinal übergibt.
»Nimm dieses Portrait mit nach Rom, um es Lucrezia zu geben, und verhandle, im Augenblick gilt es zu verhandeln. Alexander hat den Wunsch, seine Tochter zu verheiraten, und diesen Wunsch wird er bezahlen müssen.«
Wutentbrannt verläßt Alfonso den Saal, überwindet sämtliche Hindernisse und Entfernungen, die ihn von seiner Gießerei trennen, einer Schmiede des Vulcanus, wo die anderen Handwerker

schwitzen und sich mit dem glühenden Metall plagen. Alfonso d'Este ist sofort ruhig geworden und entkleidet sich, bis er wie die anderen Arbeiter im Lendenschurz dasteht. Mit einem genüßlichen Gesichtsausdruck stülpt er sich die Blende über und rührt im geschmolzenen Metall. Ein lustvoller Gesichtsausdruck, der genetisch bedingt der Familie zueigen ist, denn auf dem Antlitz des Kardinals Ippolito zeichnet sich der gleiche Ausdruck ab, als er aus seiner geheimen Erinnerung auftaucht und in Rom Remulins das Portrait überreicht.

»Alfonso d'Este. In der Offenherzigkeit dieses Ausdrucks spiegelt sich die Offenherzigkeit der Absichten meiner Familie wider. Wenn wir den Vertrag zum Abschluß bringen, wird sich Alfonso überglücklich schätzen.«

Remulins schließt die Augen, damit Ippolito seine Geringschätzung und Skepsis nicht sehen kann.

»Wieviele Schlachten hast du heute morgen, heute nachmittag gewonnen? Nachdem du Catalina Sforza besiegt, verführt oder vergewaltigt hast, ja am ehesten vergewaltigt, welcher anderen Heldentaten rühmt man dich? Bist du ohne bewaffnete Männer nach Nepi gekommen? Wo ist dein Adjutant Miquel de Corella? Wo ist dieser Mörder meiner Geliebten, meiner Liebhaber?«

Cesare antwortet Lucrezia nicht. Er versucht mit einem Blick, das Gemach und den Garten zu erfassen, und die Gegenwart der trauernden Lucrezia.

»Ein schöner Ort für so viel Einsamkeit.«

»Man hat mir auch die Gesellschaft Sanchas entzogen. Sie gilt als schlechte Gesellschaft. Man hat sie in der Engelsburg eingesperrt, ihrer Sicherheit wegen, sagen sie. Aber wie naiv bin ich doch! Als wüßtest du es nicht! Du und unser Vater habt das alles ausgeheckt.«

»Die Engelsburg ist ein sicherer Ort. Wäre sie nach Neapel gereist, befände sie sich in Gefahr. Neapel ist nicht sicher. Bald wird es zu einem Übergriff Frankreichs und Spaniens gegen König Federico kommen. Seine Tage sind gezählt.«

»Und Sancha?«

»Ich nehme am Feldzug teil und werde versuchen, sie zu schützen. Das wird auch der spanische Feldherr, Fernández de Córdoba, tun. Sancha versteht es, auf sich aufzupassen. Du nicht. Du bereitest uns Kummer.«

»Soll ich also anfangen, mir Sorgen zu machen? Wann wird Miquel de Corella es auf mich abgesehen haben?«

Cesare nimmt sie an den Schultern.

»Tauche auf aus dem Traum der trauernden Witwe. Es ist ein zweckloser Traum. Dein erster Ehemann ist nach wie vor ein Dummkopf, und der zweite – er ruhe in Frieden – war ein Taugenichts. Weißt du denn nicht, was auf dem Spiel steht? Wir können uns den Klotz am Bein, den Gefühle ausmachen, nicht mehr erlauben. Unser Leben hat einen Sinn, der über Emotionen und die gebräuchliche Moral erhaben ist.«

»Eures schon. Das unseres Vaters, deines, vor allem deines, Cesare. Aber meines nicht, auch nicht das von Joan, der dafür bezahlen mußte, und nicht das Jofrés, der an der Seite der mächtigen Sancha bestenfalls die Karikatur eines Ehemanns abgibt.«

»Du sollst deine Stärke nicht verhehlen. Du bist ebenso stark wie unser Vater, wie ich. Du mußt unsere Bestrebungen unterstützen. In unserem Sinne.«

»Von welchem Sinn sprichst du?«

Cesare denkt nach, während die Abenddämmerung seine violette Kleidung nach und nach rötlich färbt, seine Gesichtszüge hervorhebt, und Lucrezia ihn wie eine dämonische, aber verführerische Erscheinung betrachtet.

»Es ist viele Jahre her, daß unser Vater sein Dorf, Xàtiva, verlassen und den langen Weg zu Macht und Ruhm beschritten hat. Er hätte Tausende Male wie eine Ameise auf der Strecke bleiben können, zermalmt vom Zorn der Geschichte.«

»Vom Zorn Gottes.«

»Lassen wir ihn in der Geschichte. Ich habe bis ins kleinste alle Einzelheiten dieses Wegs studiert, und ich konnte keine göttliche Vorsehung erkennen. Es war ein auf Wissen und persönliche Intelligenz gegründeter Erfolg. Das Glück hat sich darauf beschränkt, das Offenkundige zu sanktionieren. Rodrigo hat es von Feinden umringt geschafft, und er hoffte auf den Augenblick, wo ihn eine große Familie stärken würde. Heute existiert diese Familie, trotz der Verluste. Auch dieser zarte Herzog von Gandía, der Sohn Joans, dem seine Mutter, María Enríquez, ewigen Haß ge-

gen die Borgias einflößt, gehört zur Familie. Weißt du, mit wie vielen Königshäusern und Adelsgeschlechtern wir verwandt sind? Weißt du, daß Verwandte von uns an der Eroberung der von Columbus entdeckten Überseegebiete beteiligt sind? Reizt es dich nicht, an diesem großen Vorhaben mitzuwirken?«
»Womit? Mit meiner Vagina? Soll meine Vagina zum Glanz der Borgias beitragen?«
Cesare lächelt und erläutert.
»Wer weiß, wo sich das Hirn befindet, und ob wir über mehr als eines verfügen. Denke, was du willst, aber denke.«
Lucrezia prüft die belustigte Zurückhaltung ihres Bruders.
»Ich möchte als Frau zu dir sprechen, als eine gewissermaßen reife und verwitwete Frau. Als eine Frau, zu deren Witwendasein du beigetragen hast. Kann ich das?«
Cesare macht eine auffordernde Geste.
»Mir ist klar geworden, daß ihr dabei seid, eine von Geld, Sex und Macht beherrschte Welt aufzubauen. Aber in eurem Gefolge befinden sich auch stets Dichter und Musiker, ebenso nehmt ihr Huren zu euren Schlachten mit, die ihr mit eurer Syphilis ansteckt, und Krankenpfleger, damit sie die Geschwüre versorgen oder die Toten begraben. Welche Beziehungen unterhältst du mit deiner Frau? Überall wird ausposaunt, daß du es in einer Nacht bis zu drei Mal mit ihr getrieben hast.«
»Vier Mal.«
»Hast du sie wiedergesehen?«
»Nein.«
»Du hast eine Tochter. Kennst du sie?«
»Nein.«
»Man sagt, du hättest eine ständige Geliebte namens Fiammetta, und gewaltsam eine junge Adelige namens Dorotea verführt, die du bei deinen Feldzügen mitnimmst, während du Catalina Sforza als eine Trophäe der Eroberung mißbrauchtest.«
»Handelt es sich um eine bewundernde Auflistung meines Sexuallebens oder um eine Beschwerdeeingabe?«
»Alles was ich gesagt habe, bewegt sich innerhalb der Regeln. Es macht dich weder schlechter noch besser als die anderen. Das ist das Normale. Ich verstehe es. Ich verstehe es, Cesare, doch es stößt mich ab. Ich will nicht die Vagina der Borgias sein, die stets Trauer tragende Vagina der Borgias.«

Cesare scheint einigermaßen gerührt und umarmt seine Schwester, streichelt sie, küßt sie auf die Stirn, aufs Haar.
»Wir denken so, wie wir leben. Manchmal bemerken wir, daß wir nicht mehr wie früher fortfahren können, und deshalb ändern wir uns. Aber die Notwendigkeit zur Veränderung wird uns nur nach und nach bewußt. Du bist nicht die Vagina der Borgias. Du hast Verantwortung gegenüber der Dynastie. Du hast ein uneheliches Kind. Und deine Ehe mit Alfonso di Bisceglie blieb auch nicht ohne Folge. Das sind die künftigen Wurzeln. Deine. Bist du ihnen nichts schuldig? Sind sie nicht Teil des Unternehmens der Borgias? Du kannst nicht die Mentalität der Frau eines Geschäftsmanns haben.«
»Und ich?«
»Und ich? Was hat dieses Ich zu bedeuten, das du mir wie eine Anschuldigung an den Kopf wirfst?«
»Du bist ein Mann. Ein Eroberer. Ein Fürst. Ein Kaiser.«
In Cesares Stimme liegt Bitterkeit.
»Ich bin nur ein Trumpf. Der letzte Trumpf, der unserem Vater geblieben ist. Cesare. Kaiser oder nichts. Es ist nicht nur mein Leitspruch, sondern auch der Rodrigos, so sehr es ihm mißfällt.«
Danach seufzt er und macht seinem Kummer Luft.
»Hilf uns, Lucrezia.«
»Wobei?«
»Nicht zu scheitern.«

Die schwarz gekleidete Lucrezia betrachtet nachdenklich das Portrait von Alfonso d'Este. Der Nachmittag scheint ihre Melancholie widerzuspiegeln. Sie spricht laut, fragt Adriana del Milà und antwortet sich selbst, indem sie die ruhige Stimme ihrer Erzieherin nachahmt.
»Ich muß dich etwas fragen, Adriana.«
»Sag nur, Lucrezia.«
»Warum muß ich diesen Mann heiraten?«
»Eine Frau darf diese Frage nicht stellen, eine Borgia schon gar nicht, Lucrezia.«
»Man hat mir gesagt, er sei ein Frauenheld und denke schreckliche Dinge über mich.«
»Wer kann schreckliche Dinge über mein Mädchen denken?«

Lucrezia muß laut lachen und wiederholt den Ausdruck »mein Mädchen«, macht sich über Adriana, über sich selbst lustig. Vor lauter Lachen steigen ihr Tränen in die Augen, bis sie sich gefaßt und ernst erhebt, ihre Frisur zurechtmacht und am Klingelzug zieht, um die Haushälterin zu rufen. Dann gibt sie wie unbeteiligt, aber bestimmt, ihre Anweisung.
»Heute abend werde ich mit meiner Erzieherin essen. Ich wünsche Silbergedeck.«
»Silber?«
»Ja, Silber.«
Die Frau nimmt die Anweisung entgegen, und kaum ist sie draußen, läuft sie fröhlich los, um es dem restlichen Personal zu erzählen.
»Silberbesteck!«
Die Nachricht erreicht zusammen mit der durch sie ausgelösten Fröhlichkeit Adriana del Milà, die sich in ihrer Garderobe schminkt, und obwohl die weiße Farbe in ihrem Gesicht sie steif wirken läßt, haben sich ihre Augen geweitet, und ihre Handbewegungen werden schneller, um so bald wie möglich fertig zu werden. Eine besonders aufgeräumte Adriana del Milà begibt sich in das private Speisezimmer und prüft mit erfahrenem Blick die Verteilung von Besteck und Tellern, die Beleuchtung, die so stark ist, daß sie einen Kandelaber wegnehmen läßt. Sie geht wieder zur Tür, betrachtet von dort aus noch einmal das Licht, doch wird sie abgelenkt, da Lucrezia hereingekommen ist. Sie trägt keine Trauer mehr, ihr gewelltes, blondes Haar schmückt eine Blumenkrone, und sie hat das Portrait von Alfonso d'Este bei sich. Adriana umarmt sie, küßt ihre Wangen, und Lucrezia erwidert wohlerzogen ihre Zärtlichkeiten.
»Diese Nacht ist eine der glücklichsten meines Lebens, Lucrezia!«
»Warum?«
»Silberbesteck! Das bedeutet, du hast zu trauern aufgehört. Und dieses Kleid. Diese Rosen. Wunderbar, mein Mädchen!«
Anmut liegt in Lucrezias Lächeln und in ihren Gesten, als sie einen Sockel sucht, um das Portrait von Alfonso d'Este aufzustellen.
»Was hältst du von ihm, Adriana?«
»Ein mächtiger Mann.«

»Mir wurde gesagt, er sei ungehobelt.«
»Ungehobelt, ein Herzog von Ferrara?«
»Man hat mir gesagt, ich muß ihn heiraten, und ich will nicht.«
»Eine Borgia darf so eine Antwort nicht geben.«
Lucrezia erwidert nichts, und Adriana ist erstaunt über ihre Gefaßtheit, doch geht sie zum Tisch, setzt sich und wartet, bedient zu werden, während sie ihr Mündel mit strahlenden Augen mustert.
»Ich bin so froh, daß du deine Niedergeschlagenheit überwunden hast ...«
»Hast du mich lieb, Adriana?«
Die Frage hat Milà überrascht, und sie versucht, Zeit zu gewinnen, indem sie Tränen in ihre Augen steigen läßt und ein Taschentuch zur Hand nimmt.
»Schon die Frage allein verletzt mich. Ich habe dir mein Leben gewidmet.«
Lucrezia steht auf, geht zu Adriana, kniet vor ihr nieder und beachtet die Laune der Frau nicht weiter. Sie nimmt ihr Gesicht in die Hände und zwingt sie dazu, sie anzusehen.
»Dein Leben hast du mir nicht gewidmet, Adriana. Mach dir nichts vor. Mach mir nichts vor. Du hast es meinem Vater gewidmet, und ich frage dich nicht, warum. Mein Vater beschloß, daß ich an deiner Seite aufwachsen sollte und nicht bei Vanozza, und du gehorchtest ihm. Warum? Weil du so für deinen Ehemann, für die Familie deines Mannes, die Orsini, eine günstige Stimmung schaffen konntest? Deswegen hast du ihm sogar deine Schwiegertochter Giulia überlassen, auf Kosten der Gefühle deines Sohnes Orso, des armen Orso?«
Adriana erhebt sich tragisch und prüft, ob die von ihr dargestellte Tragödie Lucrezia rührt. Nein. Sie rührt sie nicht. In den Augen des knieenden Mädchens liegt nur Neugierde. Milàs Maske fällt, und sie sieht Lucrezia zum ersten Mal von du zu du an.
»Du bist erwachsen geworden, Lucrezia. Das habe ich soeben bemerkt. Doch stellst du Fragen, die du dir selbst beantworten solltest, vor allem, wenn du dich für eine Borgia hältst.«
»Das alles hast du für die Borgias getan?«
Der ernste Gesichtsausdruck Adrianas verrät verhaltene Wut, nicht verhalten genug allerdings, um sich nicht zu Lucrezia zu bücken, sie an den Armen zu packen und hochzuziehen.

»Laß uns von Angesicht zu Angesicht reden.«
Lucrezia wirkt fast belustigt, Adriana ernst, und mit diesem Ernst sagt sie:
»Du weißt ja nicht, was es bedeutet hat, in dieser Stadt zu überleben. Ich habe als Kind mitangesehen, wie die Milà und die Borgias von allen gedungenen Mördern Roms verfolgt wurden. Ich habe die Schreie gehört, mit denen man forderte, die Katalanen abzuschlachten, und wenn diese Rufe verstummt sind, dann deshalb, weil sich dein Vater Respekt verschafft hat und es ihm gelungen ist, daß man uns achtet. Deinem Vater und Cesare.«
»Um den Preis von Joans Leben, dem meines Mannes und so vieler anderer, deren Leichen der Tiber ans Ufer spült. Auch Leichen der Orsini! Deiner Familie!«
»Wäre es dir lieber, daß diese Leichen wir selbst wären? In welcher Welt lebst du? Nur die Stärke vermag uns zu schützen, und unsere Räson war dank deines Vaters die der Familie und die der Christenheit. Du lebe nur wie eine Prinzessin ohne Verantwortung, während wir für dich töten und sterben! Wir machen die Schmutzarbeit, und Lucrezia wandelt, von weißen Blumen gekrönt!«
Der Nachdruck, mit dem Adriana del Milà spricht, verändert Lucrezias Haltung nicht. Sie löst sich los und kehrt zum Portrait von Alfonso d'Este zurück.
»Wenn er mich heiratet, wie lange wird er dann deiner Schätzung nach leben, Adriana?«
»So wichtig ist er dir?«
»Ich habe mich in eine blutige Braut verwandelt und will leben wie andere Frauen auch, glücklich oder unglücklich. In meinem Haus, von meinen Freunden, Dichtern, Höflingen umgeben, fern von dieser Angst, die uns umgibt. Tag für Tag. Ich möchte mein Leben einer Sanduhr anpassen, der langsamsten, einer, durch die der Sand ganz langsam rieselt. Und nur ganz selten meine und die mir fernen Toten zählen. Wird das möglich sein?«
Adriana ist verwirrt, und noch mehr, als Lucrezia nach einem Seufzer zum Schluß kommt:
»Morgen werde ich nach Rom zurückkehren. Ich möchte meinem Vater persönlich mitteilen, daß ich in seinen Vorschlag einwillige.«
Adriana atmet erleichtert auf und will zu Lucrezia eilen, doch hält sie ihre Bemerkung zurück.

»Du wirst dich nicht von mir befreien, Adriana. Ich wünsche mir in Ferrara dich an meiner Seite, wenn ich Alfonsos Frau werde.« Und als ihr die Augen Adrianas Unverständnis zeigen, erklärt sie:
»Du mußt dein Werk zu Ende führen.«

Alexander umarmt seine Tochter zärtlich, drängt sie dann von sich, damit sie sich ansehen können.
»Ich habe nichts weniger von dir erwartet.«
Er nimmt sie an der Hand und führt sie zu einer kleinen Gruppe von Kardinälen und Höflingen.
»Ich sagte euch bereits, daß ich verreise, um die Früchte von Cesares Eroberungen zu ernten, und in meiner Abwesenheit könnte mich niemand besser vertreten als Lucrezia. Seht in ihr die Gouverneurin Roms und folgt ihren Entscheidungen, als wären es meine.«
Er hält sich nicht auf, um Erstaunen oder Überschwang entgegenzunehmen, sondert eilt mit Lucrezia an der Hand davon, zwingt sie zu einem Laufschritt, bei dem der alte Kardinal Costa und Burcardo kaum mithalten können. Als sie zu viert sind, überhäuft der Papst Lucrezia wieder mit Zärtlichkeiten.
»Mir fehlen die Worte, um meine überschäumende Freude auszudrücken. Du wirst eine große Herrin Ferraras sein. Schau. Lies diese Briefe, die ich abgefangen habe. Die Spione von Ercole d'Este und seiner Tochter, Isabella Gonzaga, schicken sie. Sie informieren sie über dich. Lies, lies laut!«
Lucrezia zögert, doch schließlich widmet sie sich der Lektüre.
»Die unterstrichenen Stellen, Lucrezia, das genügt schon.«
»›Eine entzückende Dame, voller Reize...‹ ›...von unbestreitbarer Schönheit, die ihr Wesen noch verstärkt, und insgesamt so sanft, daß man sie sich unmöglich zu finsteren Taten fähig sehen kann oder darf....‹ Von wem sprechen die?«
»Es ist ein an deinen zukünftigen Schwiegervater, Ercole d'Este, gerichtetes Schreiben, den sie Herzog von Ferrara nennen, doch wäre es passender, sie bezeichneten ihn als Krämer. Er feilscht, als hinge sein Leben davon ab! Er ist ein richtiger Geizhals. Den Brief schreibt sein wichtigster Spion, Gianluca Castellini. Niccolò di Correggio drückt sich in seinem Schreiben an Isabella

Gonzaga, deine künftige Schwägerin, ähnlich aus. Diese Heirat ist bereits eine gemachte Sache, und dein kluges Handeln als Regentin Roms wird den letzten Beweis erbringen. Wir verhandeln hart. Dein Schwiegervater ist ein erbärmlicher Geizkragen, doch kann er zu dem, was ich ihm anbiete, nicht nein sagen.«

»Ich sehe, daß man mich nicht verdächtigen soll, zu finsteren Taten in der Lage zu sein...«

»Erscheint dir das wenig? Du dürftest das einzige Familienmitglied der Borgias sein, das man keiner finsteren Taten verdächtigt. Giorgio, versprich mir, meiner Tochter während meiner Abwesenheit zur Seite zu stehen.«

»Ich möchte, daß du mir auch etwas versprichst, Vater.«

»Du hast den besten Moment gewählt, um mich darum zu bitten.«

»Ich möchte gewiß sein, daß sich meine Söhne in Sicherheit befinden, bewahrt vor Schwert oder Gift, und finanziell abgesichert.«

Alexander bedeutet mit einer Geste Burcardo und Giorgio Costa, den Raum zu verlassen, doch Lucrezia fordert sie mit einer herrischen Gebärde zum Bleiben auf.

»Ich wünsche, daß sie hierbleiben.«

»Aber Lucrezia, denkst du etwa, diesen Kindern könnte es schlecht ergehen? Deinen ersten Sohn habe ich adoptiert, als wäre er mein eigener. Remulins kann dir alle Unterlagen geben. Was Rodrigo, den Sohn aus deiner Ehe mit Alfonso von Neapel betrifft, hast du freie Hand, du hast alle Rechte der Mutter. Willst du ihn bei dir am Hof von Ferrara haben?«

»Zunächst will ich wissen, wie er aufgenommen wird. Sollte man ihn schlecht aufnehmen, welche Garantien bietest du mir?«

»Jeder meiner Enkel wird einen Teil der von uns eroberten Besitztümer erhalten. Cesare ist einverstanden. Giovanni wird das Herzogtum Nepi, Rodrigo das von Sermoneta vermacht. Was hältst du davon? Alles legal. Du wirst pro forma zu sehr niedrigem Preis ein paar enteignete Güter erwerben, mit der Garantie, sie überschreiben zu können. Alles ist genau durchdacht, Lucrezia, und hat Cesares Zustimmung. Ich lasse dich mit Kardinal Costa zu deiner Unterstützung zurück, doch du hast die Feder zu führen, du hast die Macht, zu unterschreiben.«

Er umarmt seine Tochter sanft, und Lucrezia bleibt mit Burcardo

und Kardinal Costa allein. In geringer Entfernung, auf einem Sekretär, befinden sich Tintenfaß und die päpstliche Feder. Lucrezia betrachtet sie, wagt es aber nicht, sie in die Hand zu nehmen.
»Das ist die Feder.«
Costa bekräftigt:
»Das ist die Feder.«
Lucrezia will sie ergreifen, doch Burcardo kann sich nicht beherrschen und stellt sich dazwischen.
»Bevor etwas unterzeichnet wird, bedarf es gründlicher Überlegungen, Signora. Die Feder ist Männersache.«
Lucrezia scheint erstaunt. Burcardo verkörpert ein Hindernis, nervös, doch ist sein Antrieb unaufhaltsam. Lucrezia lächelt und fordert den alten Kardinal auf, Zeuge zu sein.
»Signor Burcardo möchte mir die Feder nicht überreichen.«
»Das ist es nicht, Signora.«
Costa geht zum Sekretär, nimmt die Feder aus ihrer Halterung und zeigt sie ihr.
»Sie wiegt nicht so schwer wie das Schwert Excalibur. Da, nehmen Sie.«
»Ich werde sie zu gebrauchen wissen.«
»Signor Burcardos Reaktion war die eines Mannes. Wir Männer glauben, daß nur wir einen Griffel haben.«
Burcardo ist angesichts der Bemerkung und des an Lucrezia gerichteten Augenzwinkerns errötet.
»Eine Ungeheuerlichkeit! Ich bezog mich ausschließlich auf den Griffel im strikten Sinn des Wortes! Verzeihen Sie, Signora. Hochehrwürdige Eminenz ...«
Burcardo geht, von seiner Scham beschleunigt, verfolgt vom sarkastischen Lächeln Lucrezias und dem mitleidigen von Giorgio Costa. Aber kaum sind sie allein, ist Lucrezia Herrin der Lage.
»Ich wünsche Remulins zu sehen, er soll mir alle die Zukunft meiner Söhne betreffenden Unterlagen bringen.«
Burcardo erreicht hochrot seine schmucklosen Privatgemächer und spricht zu den Wänden, zur Luft.
»So tief sind wir gefallen! Ein unreiner Geist lenkt das Streitroß der Christenheit! Gott hat sie dazu verurteilt, Mütter, Nonnen oder Sünderinnen zu sein! Der heilige Paulus sagte, der Mann ist der Kopf und die Frau gewährte der Erbsünde Einlaß ins Para-

dies. Wer sind wir, um das zu bestreiten, was der heilige Paulus sagte?«
Niemand antwortet auf seine beklommenen Fragen, er fällt betend auf die Knie, und als er die Augen wieder von der Decke senkt, sieht er durch den Türspalt den im angrenzenden Raum ebenfalls knieenden Kardinal Ippolito d'Este, Remulins steht beobachtend neben ihm. Ippolito hört zu beten auf und begibt sich zum Verhandlungstisch, auf dem sich Papiere und Zahlen türmen.
»Ich habe Gott darum gebeten, mich in diesem Abschnitt der Verhandlungen zu inspirieren.«
»Ich halte Sie für sehr inspiriert, Eminenz. Hier sind die letzten Zugeständnisse Seiner Heiligkeit festgelegt: Die Rückgabe der Städte Cento und Pieve di Cento an Ferrara, kirchliche Pfründe für Ihren Bruder Giulio, das Anrecht auf die Kardinalswürde für Gianluca Castellini, Ratgeber des Herzogs d'Este. Tut mir leid, mehr ist unmöglich.«
»Unmöglich?«
»Unmöglich.«
Der Kardinal seufzt bekümmert, aber resigniert.
»Gott möge den Herzog so verständnisvoll sein lassen wie mich.«
Remulins erzwingt eine endgültige Entscheidung.
»Ja oder nein.«
»Amen.«
Remulins lächelt zufrieden. Er tritt auf den Balkon und gibt ein Zeichen. Fast unmittelbar darauf beginnt ein Feuerwerk in den Himmel Roms zu steigen. Sein Schein erhellt das gelassene Gesicht Remulins, das ermattete Ippolitos, das bekümmerte Burcardos, und auf einem anderen Balkon trifft die Nachricht, die Rom bewegt, Lucrezia, Adriana und den alten Kardinal Costa mitten ins Gesicht. Lucrezia fragt:
»Was feiern wir?«
Adriana antwortet nicht, wohl aber der alte Kardinal.
»Die Verkündigung Ihrer Hochzeit mit Alfonso d'Este.«

Der Papst erwacht schwitzend und durcheinander und braucht einige Zeit, bis er sich in der Welt seines Zimmers erneut zurechtfindet. Er trocknet seinen Schweiß, beugt sich aus dem

Fenster und blickt über ein Rom, über dem die Klänge des Festes schweben. Ebenso unruhig erwacht Lucrezia, springt von einer geheimen Vorahnung erfaßt auf und läuft zum Bett ihres Sohnes Rodrigo, an dessen Seite seine Kinderfrau döst. Lucrezia nimmt ihren Sohn in die Arme.

Alexanders Miene ist ernst, als er den Thronsaal betritt, in dem sich die Familie versammelt hat, um Lucrezia zu verabschieden, sie selbst an der Spitze ihres Gefolges, die von Kardinal Ippolito angeführten Gesandten Ferraras, Burcardo, Remulins, Cesare und seine Männer, Vanozza, Carlo Canale, Adriana, Giulia Farnese. Alexander segnet die knieende Lucrezia, hebt sie danach hoch, küßt ihre Wangen, die Augen des Papstes voller Tränen, die Lucrezias gleichgültig, während die Lippen des Vaters vor Rührung zittern.

»Traurigen Herzens, aber frohen Sinns schicke ich dich an den Hof von Ferrara, wo dich dein rechtmäßig angetrauter Mann, Alfonso d'Este, erwartet.«

Ein verhaltenes Schluchzen bringt die offizielle Verabschiedung ins Stocken, und Alexander sagt:

»Lebwohl, meine kleine Blume, lebwohl. Laß dich nicht verletzen, mein Täubchen, und sollten sie dir weh tun, komm in dieses Nest zurück.«

Lucrezia nimmt mit klaren Augen den Abschied von ihrem Vater hin, und bevor sie geht, läßt sie sich von einer dramatischen Vanozza umarmen, die beharrlich »meine Tochter, meine Tochter« wiederholt. Lucrezia schließt die Augen, um die Umarmung Cesares und den Kuß auf beide Wangen von Giulia Farnese entgegenzunehmen. Ihr Blick sucht ein Kind in den Armen einer Amme, und in ihm liegt eine Zärtlichkeit, für die sie keine Geste hat. Doch ihren anderen Sohn Rodrigo kann sie umarmen, eingeschüchtert vom Überschwang seiner Mutter wird er schließlich der Obhut seiner Kinderfrau übergeben. Lucrezias Augen lösen sich nur schwer von den beiden Kindern und streifen endlich, als wäre es zum letzten Mal, all die Männer und Frauen, die sie zu dem werden ließen, was sie ist. Einen nach dem anderen, eine nach der anderen prägt sich Lucrezias Blick für immer ein. »Auf Nimmerwiedersehen«, murmeln ihre Lippen, und sie entgeht mit einem Lächeln den ausgebreiteten Armen ihres Vaters, kehrt ihm den Rücken und tritt ihre Reise nach Ferrara an.

Diese ausgebreiteten Arme, an die sie sich während der Stunden, der Tage der Reise erinnert, eher als einen Versuch, sie in Rom zurückzuhalten, als eine Abschiedsgeste. Die Augen gesättigt von Pferden, Raststätten, Kaleschen. Adriana gesteht ihre Müdigkeit: »Eine so lange Reise, Lucrezia. Man hat sie in ein Spektakel verwandelt. Wo immer wir halten, erwartet uns ein Empfang, ein Bankett, der Prunk. Ich kann nicht mehr.«
»Sie ist länger als du denkst, Adriana. Ich werde niemals mehr nach Rom zurückkehren.«
»Was fällt meinem Mädchen ein? Du wirst nicht mehr nach Rom zurückkehren? So viel erwartest du dir von dieser Ehe?«
»So viel erwarte ich mir von mir selbst. Noch nie war ich so sehr mit mir allein. Mein Mann ist ein Unfall. In Wirklichkeit glaubt er, daß ich eine weitere Hure des Vatikans bin.«
»Ich möchte solche Gemeinheiten nicht aus deinem Mund hören! Wer könnte so etwas von meinem Mädchen denken?«
Die beiden jungen Damen, die mit ihnen in der Kalesche sitzen, haben sich bekreuzigt und betrachten erschrocken die blasse Lucrezia, über deren Gesicht die Landschaften huschen, die sie ihrem Schicksal näherbringen. Damen und Gesandte treten endlich eine wohltuende Schiffsreise an, die sie flußabwärts nach Ferrara, vor die Fenster bringen wird, von denen aus die Familie Este die Ankunft der Schwiegertochter beobachtet.
»Weniger, als ich mir erwartete. Ich dachte, sie wäre eine blonde Katze, und sie ist nur ein blondes Kaninchen«, bemerkt Isabella d'Este.
»Dieses Gefolge wird mein Ruin sein. Wir müssen es so bald wie möglich um die vielen Römerinnen und Römer erleichtern. Hier in Ferrrara läßt sich ein billigerer Hofstaat zusammenstellen.«
Ercole d'Este beklagt sich und sein Sohn, der Kardinal, stimmt ihm zu. Weiter drüben zerstreut sich Alfonso, indem er aus gekneteten Brotkrumen Figuren formt, und Francesco Gonzaga hat ein Fenster für sich allein gesucht, um der von Kanonensalven begleiteten Ankunft Lucrezias auf dem Fluß beizuwohnen. Seine Augen suchen sie und ergötzen sich an der Betrachtung, bis sich die Familie zum Empfang in Bewegung setzt und er sie sekundiert, um eine sekundäre Figur zu werden, als Ercole seine Schwiegertochter umarmt. Isabella möchte sie küssen, ohne mit den Lippen ihre Wangen zu berühren und ohne die Augen abzu-

wenden, die alles aufsaugen wollen, was von der gerade Angekommenen ausgeht. Lucrezia achtet nicht weiter auf ihre Schwägerin mit ihrer gekünstelten Distanz, wohl aber auf Alfonso, der ihr mit ironischem Blick, aber höflich die Ehre erweist. Sie gibt ihrem Schwager Francesco Gonzaga die Hand und die Sympathie in den sich kreuzenden Blicken setzt sich in den Händen fort. Aber es gibt keine Zeit zu verlieren, und man geleitet Lucrezia in ihre riesigen und kalten Gemächer, zusammen mit Adriana del Milà, die nichts sagt, nicht einmal, als an der Türschwelle die mächtige Gestalt von Alfonso d'Este erscheint, eine stumme Aufforderung an Adriana, zu gehen. Auf Alfonsos Lippen tanzt ein zerkauter Halm, und er schließt mit dem Fuß die von der Hofdame offengelassene Tür. Lucrezia erwartet ihn neben dem Bett, er geht auf sie zu, doch hält er inne, sucht einen Punkt auf dem Boden, der ihm helfe, seine Rede zu beginnen. Er findet ihn nicht, und Lucrezia rückt vor.

»Es war eine wunderschöne Begrüßung.«

»Ohne Zweifel. Ohne Zweifel.«

Der Blick Alfonsos gleitet über den Körper der Frau, und schließlich sagt er:

»Es scheint, wir sind verheiratet.«

»Wir sind verheiratet worden, aus der Ferne.«

»Gut. Also dann.«

Und ohne ein weiteres Wort beginnt sich Alfonso zu entkleiden, bis er so vollständig nackt ist, daß er wie ein Eindringling wirkt in diesem mit Teppichen und Kissen ausgekleideten Gemach, in Rosa wie die Braut, die auch Rosen im Haar hat und deren Augen nur in die des Mannes schauen, das einzige, was ihr bekleidet zu sein scheint, das einzige, das keine Absicht ausdrückt, als würden sie einfach eine Gegebenheit betrachten.

»Machst du es lieber bekleidet? Oder willst du, daß ich dich ausziehe? Ich bin ein eher ungeschliffener Mann.«

Lucrezia schließt die Augen und entkleidet sich, geht dann zum Bett, streckt sich aus, den Blick zum Betthimmel gewandt, eine Hand auf jeder Brust, die Beine zunächst geschlossen, dann geöffnet, als sich der Mann nähert. Er bespringt sie mehr, als er sie besteigt, und dringt in sie mit Hilfe einer Hand, bis er die richtige Richtung gefunden hat, dann reitet er sie keuchend und kräftig, ein besitzergreifender Ritt, bei dem seine Hände Gesicht,

Schultern, Brüste und Hintern Lucrezias kneten, während er flüstert:
»Mit wem treibst du es? Sag meinen Namen! Ich will, daß du meinen Namen sagst! Wer besorgt es dir? Wer besorgt es dir?«
Lucrezias Stimme klingt einigermaßen natürlich, als sie antwortet:
»Alfonso, du.«
»Alfonso, was weiter! Wie viele Alfonsos haben es mit dir getrieben? Alfonso was weiter!«
»Alfonso d'Este.«
»D'Este! So ist es! D'Este ...! D'Este! D'Este!«
Mit jedem Mal, wo er seinen Namen ausspricht, greift Alfonso an, als würde er die letzten ihm noch verbleibenden Stöße abgeben, bis er ausgeleert auf den Körper Lucrezias fällt, in deren Augen eine seltsame Freiheit liegt, die zu Himmeln schweift, die nur sie sieht. Alfonso erholt sich von seinem Ritt und springt aus dem Brautbett, ohne seine Frau anzusehen. Lucrezias Augen folgen seinem Abgang aus dem Alkoven. Seine Schritte führen ihn über Korridore zur Schmiede mit der immer entzündeten Esse, wo Vulcanus' Gehilfen ihn im Feuerschein kommen sehen, und Alfonsos Hände beginnen zu arbeiten, während seine Augen liebevoll das Modell des Geschützlaufs prüfen, das er nachbilden möchte.

Ercole d'Este geht unruhig auf und ab, Lucrezia sitzt, in ihrem Rücken steht Adriana, die Frauen beobachten gelassen das Hin und Her des Herzogs.
»Was ich dir sagen will, ist mir nicht angenehm. Aber es sind Monate vergangen, genügend Zeit, um dir meine Sorgen und zugleich meine Freuden mitzuteilen. Es ist unmöglich, dein Gefolge hierzubehalten. Nicht einmal mit der ansehnlichen Unterstützung deines Vaters. Ich sehe auch keinen Grund für einen auswärtigen Hofstaat. Wir haben in Ferrara Damen, Dichter, Musiker, die ein glänzendes Gefolge bilden können, wie das meiner Tochter Isabella in Mantua. Auch mißfällt mir der kalte, distanzierte Umgang, den du mit Isabella pflegst.«
»Kalt? Distanziert?«
Lucrezias und Adrianas Fragen haben sich gekreuzt.

»Sie beklagt sich.«
Zur Verwirrung des Herzogs wiederholen die Frauen die Frage.
»Isabella Gonzaga beklagt sich?«
»Wie kann sich eine so genügsame Dame beklagen?«
»Ich gebe zu, meine Tochter hat einen ausgeprägten Charakter, doch weiß ich bestimmt, daß sie im Grunde gutherzig ist und ihr eine kleine Geste genügen würde ...«
»Ich werde diese Geste finden, Herzog. Ich möchte sie in einer für die nächsten Monate bedeutenden Sache um Rat fragen. Über die Reform des Hofstaats werde ich nachdenken, und mir stehen bereits Dichter und Musiker zur Seite. Ercole Strozzi hat mir sehr geholfen und mir die baldige Ankunft eines großen venezianischen Dichters, Pietro Bembo, angekündigt, ein großer Könner mit kirchlichen Bestrebungen.«
»Ich habe von Bembo reden hören, und was Ercole Strozzi betrifft, gut, gut, doch macht ihn seine Verkrüppelung besonders empfindlich. Ich bezweifle, daß er uns Este mag. Er entstammt einer bedeutenden Familie. Stolz. Den Este gegenüber loyal, das schon. Aber Ercole ist anders. In jedem Fall stellen Dichter und Musiker kein Problem dar.«
»Die Probleme sind finanzieller Natur.«
»Fast immer. Gewiß. Darauf gründen sich die Beziehungen, liebe Tochter. Prüfe, was ich dir gesagt habe.«
Er wendet sich bereits zum Gehen, als er bemerkt, noch nicht alles gesagt zu haben.
»Stimmt es, daß du in anderen Umständen bist?«
»Es stimmt.«
»Eine hervorragende Nachricht, hervorragend. Wäre es im Hinblick darauf nicht angebracht, den Wunsch, deinen Sohn Rodrigo hier in Ferrara zu behalten, aufzugeben? Ich glaube, er ist in Rom besser aufgehoben als irgendwo sonst.«
»Das denke ich auch.«
»Das denkst du auch?«
Ercole wirkt über die Fügsamkeit seiner Schwiegertochter erstaunt, und als er fortgegangen ist, explodiert Adriana, und nicht Lucrezia:
»Ich ertrage keinen Tag länger an diesem schäbigen Hof. Rom ist ein wahres Paradies dagegen.«
»Du kannst gehen, wann immer du willst. Ich benötige in gewis-

sem Sinn eine andere Strategie und muß mich am Hof mit Leuten aus Ferrara umgeben. Strozzi wird mir helfen.«
»Strozzi! Wäre er nicht ein Krüppel, gäbe es mir zu denken. Ein so reizender Mensch. Er ist zu deinem Paladin geworden. Du kannst dich glücklich schätzen, denn er entschädigt dich für deinen rüpelhaften Ehemann. Du hattest recht. Er ist ein Rüpel.«
Lucrezia hält an der Bemerkung Adrianas nicht fest, sondern beauftragt eine Zofe, Isabella Gonzaga mitzuteilen, daß sie mit ihr sprechen wolle. Isabella trifft bald darauf ein, und Adriana nutzt das, um sich zurückzuziehen und die beiden allein zu lassen.
»Ich vermutete dich schon auf dem Weg nach Mantua.«
»Es ist bereits alles dafür vorbereitet.«
»Ich wollte dich nicht fortlassen, ohne dich vorher nicht noch um einen Rat gebeten zu haben.«
»Du weißt, daß du auf mich zählen kannst.«
»Ich bin schwanger, und obwohl ich einige Erfahrung habe, ist deine größer. Die Astrologen haben mir gesagt, daß cremefarbene Wäsche die mütterliche Brust mit mehr Milch versorgt. Würdest du dir eine cremefarbene Garderobe zulegen?«
Isabella blinzelt.
»Das war der erbetene Rat?«
»Ich versichere dir, die Frage raubt mir den Schlaf.«
Isabella seufzt tief und beherrscht sich. Sie versucht, etwas zu erwidern, doch der Zorn erreicht nur ihre Augen, nicht ihre Lippen. Schließlich verneigt sie sich steif und verläßt den Raum, wobei sie dem hinkenden, auf die Krücke gestützten Strozzi begegnet. Der Dichter ahmt daraufhin Isabellas finsteres Gesicht nach.
»Sie ist ebenso schön wie sie finster dreinschaut.«
Strozzi versteht nicht, warum Lucrezia in Lachen ausbricht, und bittet sie, die Gründe zu nennen, um mitlachen zu können.
»Erzählen Sie, was Sie so erheitert, Signora, dann können wir beide lachen.«
»Die stolze Isabella ist von mir soeben in einer wichtigen Sache zu Rate gezogen worden: Trägt die Cremefarbe, sowohl in der Umgebung als auch in der Kleidung der stillenden Mutter dazu bei, den Milchfluß anzuregen?«
»Diese Frage interessiert Sie?«
»Ich glaube, in anderen Umständen zu sein, Ercole.«
Die Grimasse weicht nicht aus Strozzis Gesicht, trotz des ver-

ständnisvollen Blicks Lucrezias, die sogar die Hand auf seinen Arm legt, um sie auszulöschen.
»Ercole, ich bin nach Ferrara gekommen, um Kinder zu haben. Wir Frauen sind nur dazu da, Kinder zu gebären.«
»Das ist nicht immer ein guter Dienst. Ich glaube, sie sollen auch von sich selbst, in ihrem Inneren geliebt werden.«
»Die Verehrung für Petrarca oder Platon bleibt außerhalb der Alkoven. Alfonso hat einen Gang gebaut, der sein Schlafgemach direkt mit dem meinen verbindet. So kann er kommen, wann ich es am wenigsten erwarte. Ich bin schwanger. Freu dich über die Nachricht, Ercole. Ich bitte dich darum.«
»Wenn Sie mich darum bitten. Ich bin gekommen, um Ihnen meinen Freund Bembo vorzustellen. Er ist soeben aus Venedig angereist und hat große Lust, Sie kennenzulernen.«
»Ich möchte ihn ebenfalls gerne kennenlernen.«
Von der Tür aus fordert der hinkende Strozzi Bembo dazu auf näherzukommen, und eine imposante Erscheinung betritt den Raum, die Strozzi und Lucrezia überragt. Bembo ist von dem Zusammentreffen beglückt, und Lucrezia spürt seine Begeisterung in dem Moment, in dem die Lippen des Venezianers ihre Hand küssen.
»Pietro ist ein viel besserer Dichter als ich und hat Ihnen schon eines seiner Gedichte gewidmet.«
»Er soll es vortragen. Jetzt! Jetzt sofort!«
Mit ausladenden Gesten aber zurückhaltender Rede erklärt Bembo:
»Für diese erste Gelegenheit habe ich nichts Eigenes mitgebracht. Wohl aber weiß ich ein spanisches Gedicht von Lope de Zúñigá zu rezitieren. Seine Worte werden klingen, als wären sie meine.

Ich glaube, sollte ich sterben
und damit vergehen meine Begierde,
müßte eine so große Liebe verderben,
daß alle Welt ohne Begehr bleiben würde.
Doch fern von diesem Gedanken
hat mein spätes Scheiden auch eine gute Seite.
Ich habe Grund, um zu danken,
Glorie in das Feuer zu gießen, in dem ich leide.

Adriana und zwei junge Kammerzofen sind während Bembos Vortrag hereingekommen und stimmen in die übermütige Begeisterung mit ein, mit der Lucrezia die Huldigung aufnimmt. Sie ist so übermütig, daß sie Bembo am Arm faßt und zum Fenster zieht, wo sie plaudern, ohne daß man sie hört. Strozzi seufzt angesichts der offensichtlichen Wirkung, und Adriana fängt seinen Seufzer auf.
»Liebesleid?«
»Freiwillig. Kontrolliert. Notwendig. Im Sinne Petrarcas. Ich wäre nichts, niemand, ohne Liebesleid.«
»Was ist Pietro Bembo noch, außer Dichter?«
»Schön und ehrgeizig.«
»Das ist nicht wenig.«
Aber es bleibt keine Zeit, um den Wettstreit der Absichten fortzuführen, denn Francesco Gonzaga schaut bei der Tür herein, sucht Lucrezia mit den Augen, doch als er sie in so guter Gesellschaft sieht, senkt er den Blick, sein Gesicht verrät Enttäuschung, und er will sich zurückziehen. Das kann er nicht, denn Lucrezia hat ihn gesehen und läuft auf ihn zu, um ihn zurückzuhalten und sich von ihm zu verabschieden.
»Reist ihr schon ab? Deine Frau hat es mir erzählt.«
»Ja. Wir reisen ab. Aber ich bleibe, das weißt du. Ich bleibe an deiner Seite, gleichgültig, wohin ich gehe. Laß mich bleiben, auch wenn ich nur Schatten, geringer Schatten, zweiter, dritter Schatten sein sollte.«
Lucrezia unterbricht seine Worte, indem sie ihm einen Finger auf die Lippen legt.
»Wir werden uns Briefe schreiben und uns treffen, wer weiß.«
»So oft wie möglich.«
»Ercole Strozzi wird unser Verbindungsmann sein.«
»Ist er dazu bereit?«
Lucrezia bejaht es mit den Augen, reißt sie aber auf, als vom Gang her die herrische Stimme Isabellas ertönt.
»Francesco! Worauf wartest du?«
Francesco Gonzaga hat wütend die Lider gesenkt und zieht sich zurück, ohne die Hände Lucrezias loszulassen, den Blick auf die blassen Lippen der Frau gerichtet, die sanft das wiederholen, was auf denen Isabellas wie ein gebieterisches Ultimatum klang.
»Francesco! Worauf wartest du?«

Francesco sagt etwas, das nur Lucrezia hört und worauf sie mit einem sanften Lächeln antwortet, sich dann abwendet und zu den anderen an der Szene Beteiligten zurückkehrt: Pietro Bembo und Strozzi, enttäuscht, aber sehnsüchtig, als erwarteten sie die Verkündigung eines Urteils und den Straferlaß. Adriana ist so vergnügt, als würde sie allein tanzen. Lucrezia läuft zu Bembo und Strozzi und faßt sie an der Hand, während sie ausruft:
»Meine Dichter.«
Adriana hat eine persönliche Entscheidung getroffen und geht zur Tür. Lucrezia nimmt etwas Seltsames an ihr wahr und hält sie zurück.
»Warum gehst du?«
»Ich muß packen. Ich kehre nach Rom zurück.«
»Du läßt mich also allein.«
»Brauchst du mich?«
Lucrezia überlegt.
»Ich weiß nicht, ob ich dich brauche, aber ich hab dich lieb.«
Adriana streichelt mit feuchten Augen ihre Wangen.
»Ich hab dich auch lieb, Lucrezia, aber du brauchst mich nicht.«
Die Zärtlichkeit verwandelt sich in Ironie.
»Du hast einen Hengst zum Mann, einen verliebten Schwager, einen hinkenden Vertrauten und einen schönen venezianischen Dichter an deiner Seite, was willst du mehr? Du hast endlich ein Privatleben.«
Die Frauen schweigen noch ein letztes Mal zusammen. Adriana wendet sich ab, tritt auf den Flur hinaus, Lucrezia folgt ihr liebevoll mit den Augen, führt schließlich zwei Fingerspitzen an die Lippen und schickt ihr einen Kuß nach.

DER HERRLICHE BETRUG

»Signor Cesare hat so viele Vorkoster, daß die Speisen kalt werden, bevor sie auf seinen Teller gelangen. Eine schlechte Sache, kaltes Essen. Eure Heiligkeit muß Ihren Sohn gegen kalte Speisen schützen.«

Alexander VI. schenkt der Bemerkung Leonardos, der zwischen Kochtöpfen hantiert, nur wenig entfernt von den Tischen, auf denen die Modelle der Kriegsmaschinen stehen, keine Beachtung, wohl aber Machiavelli, dem kein Handgriff des Künstlers entgeht.

»Pferdesuppe? So wie Sie die Tiere und vor allem die Pferde lieben, werden Sie Pferdesuppe essen?«

»Es ist ein Gericht, das ich zu Ehren Seiner Heiligkeit koche, denn das Pferdefleisch ist wenig fett, und Seine Heiligkeit scheint mir einen etwas hohen Blutdruck zu haben. Danach serviere ich Ihnen gemischte Innereien: vom Schaf, Schwein, Rind, eine sehr gut verdauliche Speise und sehr gediegen, wenn wir sie mit Polenta zu uns nehmen. Die Lieblingsspeise von Ludovico il Moro. Ach, welch herrliche Zeiten! Die Sforza waren die Sforza, die Medici die Medici, und die einzige Plage in Florenz war, daß du manchmal dem erbärmlichen Michelangelo begegnen konntest oder dem reumütigen, zum Savonarolismus bekehrten Botticelli, der sich zur Sühne daran machte, die *Göttliche Komödie* zu illustrieren.«

»Warum war Michelangelo erbärmlich?« fragte der Papst, fasziniert von der herabsetzenden Sicherheit des Kochs.

»Er hat schlechte Manieren, er ist ein Mißratener. Eines Tages fragte ich ihn auf der Straße etwas über die *Göttliche Komödie*, und er schickte mich zum Kuckuck. Ihm fehlt es an Harmonie. Gelassenheit. Man kann nicht stets auf der Suche nach der Bewegung der Körper sein, ohne Ausgeglichenheit zu finden, immer die Muskeln und die Kanten der Menschen im Auge. Durch diese grundsätzliche Strenge Buonarrotis stirbt die Malerei, so entstehen Skulpturen, aber keine Gemälde. Botticelli war ein grandioser Maler, bis er auf Savonarola stieß und zum Sünder wurde. Ein hervorragender Sünder und ein kleinmütiger, ein nahezu schlechter Maler. Eine schlechte Sache, der Humanismus in Händen von Schwärmern und Verherrlichern des Menschen wie Pico della Mirandola, der sogar eine Rede über die Würde des Menschen, *De hominis dignitate*, verfaßt hat, auch wenn ich mit seiner Sicht des Menschen als ständigem Proteus, als jemandem, der sich ständig selbst erschafft, einverstanden bin. In Kastilien nennt man Humanismus, was Cisneros treibt, doch Cisneros glaubt nicht an den Menschen, er glaubt nur an Gott. Nach Spanien bringen mich keine zehn Pferde.«

Leonardo sieht aus den Augenwinkeln, wie einer seiner Gehilfen, ein prachtvoller, anmutiger Jüngling, die unvollendeten Modelle seiner Kriegsmaschinen betastet. Er schleudert den Schöpflöffel, mit dem er die Suppe umgerührt hat, von sich und schreit: »Giacomo! Hurensohn! Rabenaas! Laß meine Modelle in Ruh!« Giacomo gerät in Wut, sein verletzter Stolz verwandelt sich in Geringschätzung, und er schleudert eines der Modelle auf den Tisch. Leonardo stürzt sich auf ihn und versetzt ihm einen Faustschlag in den Rücken, der den Jungen auf die Tischplatte fallen läßt. Der dreht sich um, und nun trifft seine Faust Leonardos Nase. Erschrocken blickt Alexander VI. hilfesuchend zu einem ungerührten Machiavelli, der ihn auffordert, sich da herauszuhalten.

»Mischen wir uns nicht in Streitereien zwischen Liebenden.«

Es fliegen noch ein paar Hiebe zwischen Leonardo und Giacomo, doch schließlich halten sie inne, mustern sich, lachen, Leonardo trocknet die Tränen des Knaben und kehrt seufzend zum Herdfeuer zurück.

»Die Schönheit des Körpers drückt nicht immer die der Seele aus. Dieser schöne Bastard ist ein Dieb. Giacomo Salai. Er hat tausend Mal für mich Modell gestanden, und tausend Mal hat er mich dort bestohlen, wo wir hingegangen sind. Tausend Mal bin ich drauf und dran gewesen, ihn der Justiz auszuliefern. Aber wie kann man diesen Körper ins Gefängnis stecken? Wie diese von seidigen Wimpern umgebenen Augen zur Finsternis verdammen?

Ich habe ihm sogar ein Rezept gewidmet, Eier à la Salai, auf der Basis von gekochten Eiern.«

Aus einer Ecke des Ateliers erhebt sich die erstickte Stimme von Giacomo Salai.

»Das ist mein Gericht! Ich habe es erfunden, und du hast es mir weggenommen. Immer nimmst du mir alles weg.«

»Das Leben sollte ich dir nehmen, Strohkopf. Die Suppe ist fast fertig.«

»Ich bewundere diese Fähigkeit der modernen Genies, von einem Können zum anderen zu wechseln: von der Malerei zur Kriegsmechanik, vom Entwurf von Städten zum Gebrauchsgegenstand.«

»Sinn für Freude, Forderung nach Freude, schließlich Phantasie und Mathematik, Heiliger Vater. Wenn man die Mathematik nicht anwenden kann, gibt es weder in den Wissenschaften noch im Vergnügen Sicherheit.«

»Auch in der Malerei?«

»Warum nicht?«

»Läßt sich die Mathematik beispielsweise in der Interpretation der Gemälde von Pinturicchio anwenden?«

»Bei dem genügt es, die Netzhaut anzuwenden. Ich weiß, wie sehr Eure Heiligkeit sein Werk schätzen, doch ist er in erster Linie ein guter Kolorist. Eure Heiligkeit sollte zwischen einer dekorativen Malerei und einer Malerei, die Philosophie ist, unterscheiden können.«

»Philosophie? Haben Sie gehört, Machiavelli?«

»Ich habe es ihn schon öfter sagen hören.«

»Die Malerei ist eine in sich gekehrte Kenntnis. Sie beschränkt sich nicht darauf, die Realität nachzubilden, sondern ordnet sie nach neuen harmonischen Schlüsseln. Eine Neuordnung der Realität, gibt es eine andere Erklärung für die Philosophie? Einige Philosophen streben danach, die Wirklichkeit zu entdecken. Zuviel Mühe. Es genügt, sie neu zu ordnen. Unser Bereich ist die Natur, dort muß das menschliche Maß errichtet werden. Der Humanismus, so viel wird von Humanismus und Humanisten geredet, ist nichts anderes als das Wiedererstehen des Prinzips, daß der Mensch das Maß aller Dinge sei. Wer kontrolliert besser das Maß der Dinge als ein Betrachter im wahrsten Sinn des Wortes, der Maler? Deshalb, und Eure Heiligkeit möge mir verzeihen, gleicht der Maler so sehr Gott. Einige übertreiben das. Kürzlich sah ich eine so unausgewogene Verkündigung, daß der Engel eher die Jungfrau mit Stockhieben vertreiben wollte, als ihr ihren Zustand guter Hoffnung zu verkünden. Die Malerei ist die höchste Kunst, auch wenn behauptet wird, die Dichtkunst sei ihr überlegen, und auch wenn die Dichter angesehener sein mögen als die Maler. Was der Geist ausheckt, tun die Hände, auch wenn dieser Kretin von Michelangelo, dieser ungezogene junge Mann sagt, daß man nicht mit den Händen, sondern mit dem Kopf malt. Er möchte als Weiser erscheinen, den Status eines Philologen haben, und deswegen hat dieser Emporkömmling Sonette zu schreiben begonnen, um als ein *Literat* zu gelten.«

»Steht die Malerei über der Architektur, zum Beispiel?«

»Welche Polemik! Erst gestern nacht verbrachte ich schlaflos mit dem Lesen eines Architekturkontrakts für Luciano Laurana, unterzeichnet von Federico da Montefeltro, und nie ist eine größere Ungeheuerlichkeit über die Vorherrschaft der Architektur geschrieben worden. Er behauptet, daß den Architekten von allen am meisten Lob und Ehre gebührt, denn sie ziert Geist und Kraft. Welche Bedeutung hat des Wortes Kraft in dieser Aussage, Signor Machiavelli, frage ich Sie, der Sie dieses Wort stets im Munde führen? Sie bezieht sich auf die Kraft der Architektur, die auf der Kunst der Arithmetik und der Geometrie beruht, zwei der wichtigsten freien Künste, wegen ihrer großen wissenschaftlichen Exaktheit, wegen ihres großen Geistes. Geist und Kraft, die Schlüssel der Modernität, gewiß. Aber die Malerei erfordert ebensoviel Kraft und Geist wie die Architektur und ist freier. Denn der Maler kann seine eigenen Träume gestalten, der Architekt hingegen ist davon abhängig, wie die anderen leben wollen oder sollen.«

»Sind denn der Maler und der Bildhauer nicht auch vom Geschmack derjenigen abhängig, die ihm das Werk in Auftrag geben?«

»Doch, wenn der Mäzen ein Kretin ist.«

»Ich fühle mich betroffen.«

»Wenn jedoch der Mäzen, wie Eure Heiligkeit, ein Freigeist und Kunstliebhaber ist, wird er den Künstler schaffen lassen. Ich werfe Ihrer Heiligkeit nicht vor, ein Mäzen, der sich überall einmischt, sondern ein zu toleranter Mäzen zu sein, bei der Auswahl von Künstlern, die nicht immer diese Bezeichnung verdienen.«

»Ich habe Humanisten wie Pomponio Leto, Pietro Gravina, Aldo Manuzio freie Hand gelassen. Ich überwache kaum die Vervielfältigungen der Bücher. Alle Humanisten kommentieren meine Großzügigkeit in der ornamentalen, monumentalen Kunst.«

»Gewiß, gewiß. Manchmal übertrieben, wenn Sie erlauben.«

»Wie viele Kirchen Roms verdanken mir ihr Entstehen? Alle loben die großzügige Pracht unserer vatikanischen Räume.«

»Viel Farbe! Zuviel Farbe! Eure Heiligkeit kann das mediterrane Wesen nicht leugnen.«

»Und das klassische. Mich begeistert die klassische Harmonie. Wir leben in einer Epoche, in der wir uns den Wundern der Architektur des Imperiums annähern, und da wir sie bewundern, lernen wir täglich aus der Vergangenheit.«

»Alles fließt, nichts bleibt bestehen, Heiligkeit. Wir werden niemals die Vergangenheit wiederholen und lieben sie auch nicht so sehr, wie das die Humanisten verkünden. Ein Gutteil der Paläste der heutigen, von den Dichtern auf Latein besungenen Fürsten wurde durch das Ausschlachten mächtiger Gebäude und prächtiger Kunstwerke des Altertums errichtet. Wieviel Marmor des Imperiums stützt heute die Häuser der neuen Herren, derselben, die jedesmal in Wehklagen ausbrechen, wenn eine Spur des Altertums, dieses angeblich Goldenen Zeitalters, verschwindet?«

»Glauben sie also, daß sich der Humanismus auf Scheinheiligkeit und nicht auf die Vergangenheit gründet?«

»Alles fließt, nichts bleibt bestehen. Die Dinge wiederholen sich niemals. Die Mathematik erlaubt eine weniger flüchtige Wirklichkeit. Alle mathematischen Wissenschaften sind philosophische Spekulationen, und die Malerei selbst ist Philosophie, weil sie sich der Bewegung der Körper in ihren verschiedensten Handlungsmöglichkeiten, vom Lächeln bis zum Verbrechen, widmet. Wer die Malerei geringschätzt, schätzt die Philosophie und damit die Wirklichkeit gering. Er kann die Wirklichkeit nicht verstehen.«

Cesare stürmt lärmend, gefolgt von seinen Feldherren, in die Ateliers und Küche Leonardos, und als er sieht, wie wenig weit die

Modelle der Kriegsmaschinen fortgeschritten sind, stellt er Fragen, die Leonardo, noch ohne sie zu hören, beantwortet.
»Ich gebe meine Verspätung zu, doch habe ich mich damit aufgehalten, meine Gerichte für Seine Heiligkeit und für Signor Machiavelli zu kochen. Ich habe eigene Kriterien über die Kochkunst entwickelt. Und sehen Sie diese von mir entworfenen Gegenstände: diesen, um das Ei im Augenblick des Kochens zu halten. Mit diesem Gerät könnten wir die kubischen Möglichkeiten der Eier ausschöpfen. Und hier diese wunderbare Zeichnung, um Spaghetti in Serie herzustellen.«
Corella und Cesare sehen sich an und verstehen nicht wirklich, was sie hören.
»Aber was wir brauchen, ist Kriegsgerät.«
»Das habe ich nicht vergessen, und hier habe ich die Anfänge für wunderbare Neuerungen. Aber so ist mein kreativer Prozeß. Ich muß abschweifen, damit sich plötzlich die ersehnten Ideen einstellen.«
»Für den Augenblick reichen mir Ihre herkömmlichen Maschinen. Ich will sie nur morgen schon auf dem Schlachtfeld ausprobieren.«
Corella mischt sich ein und schlägt dem Maler vor:
»Nebenbei können Sie etwas malen, zum Beispiel: Cesare vor den Mauern mit einer Spaghettimaschine in Händen.«
»Verschmähen Sie doch nicht die einfachen Gegenstände, denn sie führen uns manchmal zu komplexeren Werkzeugen. Der größte Festungsingenieur ist Francesco di Giorgio gewesen, wir haben ihn alle kopiert und selten übertroffen. Meine besten Maschinen sind die künftigen, und die sind noch nicht gemacht.«
»Ich muß morgen, übermorgen und in der kommenden Woche kämpfen. Ich kann auf diese Wunder nicht warten. Willigen Sie ein, mich mit verfügbareren Maschinen auszurüsten?«
»Wie sollte ich nicht einwilligen!«
Machiavelli mischt sich ins Gespräch ein.
»Morgen brechen die Truppen vielleicht in die Toskana auf, und mich überrascht das Ziel. Warum nicht Bologna, Cesare?«
»Es wäre logisch, nach Bologna zu marschieren, wir haben schon einige Städte in Bolognas Einflußbereich heimgesucht, doch der König von Frankreich hält diese Stadt unter seinem Schutz. Die Toskana. Vielleicht. Auf in die Toskana.«

Alexander VI. verzieht das Gesicht.
»Weder ich noch der König von Frankreich wollen, daß du Florenz anrührst. Louis XII., weil er fürchtet, du könntest zu sehr auf Kosten einer Stadt wachsen, die ihm gegenüber loyal gewesen ist, und ich, da ich glaube, daß es auf anderem Wege möglich ist, Florenz zu beherrschen. Sie sollen dafür bezahlen, verschont zu bleiben.«
»Laß uns später über Florenz sprechen. Nun ist es wichtig, unter Ausnutzung des Abkommens zwischen Frankreich und Spanien unsere Stellung in Neapel zu festigen, um der bislang regierenden Sippschaft aus Aragón ein Ende zu bereiten.«
Machiavelli will sich einschalten, und es gelingt ihm in einem kurzen, durch die besorgte Miene Alexanders hervorgerufenen Schweigen.
»Ich wollte ein paar Theorien über die Infanteriebewegung darlegen, bei welchem kriegerischen Unterfangen auch immer.«
Cesare ist einverstanden, nicht aber Leonardo.
»Signor Machiavelli, sie theoretisieren sehr gut, doch vor den Mauern der Burgen fallen die Theorien in sich zusammen, wie auch bald die Burgen in sich zusammenfallen und keinen Sinn mehr haben werden. Man wird keine Burgen bauen müssen. Die ganze Kriegsmaschinerie ist darauf ausgerichtet, die Burgen unbrauchbar zu machen. Ich glaube mehr an die Infanterie. Ich habe immer mehr an die Infanterie geglaubt.«
»Die Infanterie setzt sich aus Leichen zusammen«, brummt Machiavelli.
Leonardo lächelt nachsichtig über Machiavellis Naivität und weist auf einen seltsamen Kegel auf dem Tisch.
»Das ist die Zukunft. Ein selbstfahrender, gegen alle Arten von Beschuß gepanzerter Wagen. Er kann mit Fußsoldaten vollbeladen sein, vor allem aber die Bahn für die Infanterie freimachen. Wenn dieses Fahrzeug zum Einsatz kommen wird, haben die Pferde ausgedient. Dann ist es mit dem Abschlachten der Pferde vorbei! Darin liegt die militärische Zukunft, darin und im Flug.«
»Meinen Sie den verdunkelnden Flug von Millionen Staren, die wie in der Bibel den Feind in Angst und Schrecken versetzen?«
»Seien Sie nicht so sarkastisch, Signor Machiavelli. Unser Signor Cesare wird mich noch für einen Dummkopf halten. Eines

Tages wird der Mensch fliegen, und die fliegenden Menschen werden für jede Art von Feuer unerreichbar sein. Ich lade Sie zu einem Flugversuch ein. Was mein Menü betrifft, bringe ich es nicht weiter mit Ihnen in Verbindung. Ihnen, Signor de Corella, würden in Ingwer und Safran gegarte Innereien gut tun, und für Cesare habe ich Hammelhoden mit Honig und Sahne vorgesehen.«

Weder Cesare noch Corella beachten den Vorschlag Leonardos, da sie ins Gespräch vertieft sind, und Cesare Corella den letzten Stand der Dinge anvertraut. Corella faßt die Lage zusammen.

»Florenz hat sich eigentlich schon ergeben, indem es deine vier Punkte anerkannt hat, vor allem dadurch, daß sie mich zu ihrem Hauptmann ernennen und der Rückkehr der Medici zustimmen, die wir wie Komparsen in der Hand haben werden.«

»Haben sie Vitellozzo zufriedengestellt?«

Corella stößt hervor, daß es den Anschein hat, auch wenn man bei diesem Hohlkopf nie wissen könne. Einmal läßt er alles mit sich geschehen, dann wieder gerät er wegen einer Winzigkeit in Zorn. Er ist ein kleiner, blutrünstiger und willkürlicher Tyrann. Die Florentiner haben sich schon bereit erklärt, ihm sechs Geiseln auszuliefern, die unter den am Mord seines Bruder Beteiligten ausgewählt werden sollen. Cesares Gedanken haben aber, während Corella noch spricht, Florenz schon verlassen. Nun auf nach Neapel, denkt er, und dann nach Genua.

Giuliano della Rovere hat dem Mundschenk angeordnet, Wein ins Glas des Kardinals d'Amboise zu füllen, und beide grüßen sich mit den Gläsern in der Hand aus der Ferne, bevor sie trinken.

»Endlich ist Louis XII. König Jerusalems, und zwar durch die Eroberung Neapels.«

»Auch wenn es sich um einen symbolischen Titel handelt, ist er deshalb nicht weniger begehrt.«

»Aber mein guter George, ich habe den Eindruck, daß der Eroberer Neapels weder Louis XII. noch Fernando el Católico war, sondern ...«

»Cesare.«

»Cesare.«

»Das stimmt. Seine Einnahme Capuas ist aufsehenerregend gewesen.«
»Und blutig.«
»Welche Eroberung ist nicht blutig?«
»Und was ist mit den vierzig von den Truppen entführten jungen Leuten?«
»Ich glaube, es waren nur dreißig.«
»Der Papst hält Doña Sancha zurück, doch wird er ihr erlauben, mit ihrem Halb-Ehemann Jofré nach Neapel zurückzukehren. Was für eine Trauerweide von jungem Mann. Streitsüchtig. Komplexbeladen durch das schamlose Liebesleben seiner Frau. Dieser Junge ist eine Gefahr.«
»Die einzige Gefahr ist Cesare.«
»Und der König von Frankreich sieht weiterhin keine Gefahr im militärischen Ansehen Cesares. Wer wird der Herr Italiens sein? Louis XII.? Fernando el Católico? Nein. Cesare. Die Borgias.«
»Er ist ein Verbündeter, *malgré lui*. Uns ist bekannt, daß Cesare die Franzosen verabscheut, aber ihm bleibt keine andere Wahl, als unser Verbündeter zu sein.«
»Bis er König Italiens ist.«
»Das wird nie geschehen, solange wir die Wasser für seine Seefahrten aufwühlen, vorsichtig, besonnen. Deine Politik, das heilige Feuer der römischen Familien gegen die Borgias am Brennen zu halten, ist sehr interessant.«
»Arme Familien! Sie haben sie gebändigt. Die letzte Niederlage der Colonna und der Savelli hat es den Borgias ermöglicht, sich all ihre Güter einzuverleiben. Die reichen Borgias sind nicht wegen dem, was sie besitzen, zu fürchten, sondern wegen dem, was sie kaufen.«
»Und Cesare?«
»Er ruht sich aus. Wenn er nicht Krieg führt, verbringt er den Tag melancholisch auf einem Bett ausgestreckt und überprüft, wie die Syphilis zunehmend sein Gesicht mit Flecken bedeckt. Manchmal holt er Fiammetta zu sich, sonst die zunächst wider Willen entführte, nun aber von den Exzessen Cesares begeisterte, junge Dorotea. In seinen lethargischen Momenten gleicht er einer Schlange. Man hat mir erzählt, daß es in Spanisch-Amerika Riesenschlangen, Boas genannt, gibt, die einen Ochsen ver-

schlingen können. Aber dann müssen sie ihn verdauen. Geduldig. Sehr geduldig.«

»Ich bin im Widerstand allein geblieben. Alle Feinde der Borgias in der Kurie zählen schon nicht mehr. Ich muß mehr Geduld mit den Borgias haben. Es scheint ein titanisches Vorhaben zu sein.«

»Ich muß Sie verlassen, della Rovere. Mich erwartet eine Audienz.«

»Beim Papst?«

»Beim Papst? Wozu? Bei Cesare. Bei dem allmächtigen Cesare Borgia.«

Cesare ruht weiterhin auf einem Lager, während er den Ausführungen eines peripatetischen Machiavelli lauscht, die Stimme erreicht ihn aus der Ferne, ohne daß er den vollständigen Sinn seiner Worte versteht, bis plötzlich das Wort Feudalismus an sein Ohr dringt ..., Bauern und Händler, das sind die aufstrebenden Gesellschaftsschichten, weil sie ein realistisches Verhältnis zu ihrem Tun haben. Die Zerschlagung des Feudalismus ist unvermeidlich, und deshalb gilt es, sich nicht in einen weiteren Feudalherrn zu verwandeln. Die Zerschlagung des Feudalismus. Das ist offenkundig. Die Feudalherren werden entweder zu Höflingen, will heißen zu Tieren, deren natürliches Umfeld der Hof ist, oder sie dämmern in der Verteidigung ihrer Lehensgüter dahin, wie lange? Dreißig, vierzig Jahre noch? Es gilt, einen privilegierten Platz einzunehmen, um es mit den modernen Königen, Louis XII. oder Fernando el Católico, aufnehmen zu können. Cesare ergreift das Wort, weil es ihn stört, daß Machiavelli, peripatetisch, wie mit sich selbst spricht.

»Fernando el Católico oder Louis XII.?«

»Hier liegt das Modell, eher Fernando el Católico als Louis XII. Die kolonialen Streifzüge, der Sieg über den Islam, die Unterwerfung der Feudalherren von Kastilien und Arágon, die ethnischen und religiösen Säuberungen des Kardinals Cisneros, und das Gold, die mit Gold beladenen Galeonen, die aus Amerika kommen, das Gold, mit dem die Spanier alles kaufen können. Das sind die Grundlagen einer möglichen spanischen Vorherrschaft in den nächsten Jahren.«

»Ein Zusammenstoß mit Frankreich, mit Österreich wird unvermeidlich sein.«

»Mit Österreich nicht. Die Hochzeit der Tochter von Fernando und Isabel mit einem Sohn Maximilians von Österreich verhindert diese Auseinandersetzung. Maximilian sorgt an der Grenze dafür, daß Florenz nicht angegriffen wird. Der Zusammenstoß wird mit Frankreich stattfinden, und den wird die nächste Generation erleben.«
»Werde ich ihn erleben?«
»Zweifellos.«
»Sollte ich leben, werde ich ihn erleben. In letzter Zeit befrage ich die Astrologen nicht mehr. Den armen Lorenz Beheim bezahle ich, ohne ihn zu Rate zu ziehen. Es macht mir Angst, daß sie recht haben könnten, ich träume, durch eine von den Schwertern meiner Feinde gebildete Gasse gehen zu müssen. Und ich laufe, laufe, laufe, den Blick auf das letzte mich bedrohende Schwert gerichtet. Und ich wache auf, ohne zu wissen, ob ich es geschafft habe.«
»Man muß wach träumen. Unsere Zeit eignet sich für Träumer, aber für wache. Wir ahmen die alten Modelle nach, doch nichts gleicht dem Altertum. Kopernikus hält sich bedeckt, indem er bekräftigt, daß seine Theorien von den Planeten auf altem Wissen beruhen, aber so ist es nicht. Sie rechtfertigen sich mit dem alten Wissen, doch der Aberglaube ist noch sehr stark, ebenso wie die verborgene Deutung der Heiligen Schriften. Jeden Tag tauchen neue Maschinen auf, neue Erfindungen. Sogar die Erde ist vielleicht rund und dreht sich um die Sonne, wie Kopernikus behauptet. Die Patente für Erfindungen füllen Akten um Akten, doch keine ist wie der Buchdruck, der die Freigeisterei, nicht immer gemäße Bücher zu verbreiten, erlaubt. Und die Mechanik? Sie wird auf die Kriegsführung angewendet, und danach gehen die Entdeckungen auf zivile Bereiche und den Handel über. Logischerweise widersetzen sich die Gebräuche. Einstmals heilige Dinge lösen sich beispielsweise vor einem Geldschein auf. Wann lag jemals so viel Macht in Händen von Bankiers und Geschäftsleuten? Die geographische Ausdehnung haben im Moment noch die Abenteurer in der Hand. Aber die Kirche hat sich schon dorthin aufgemacht. Das Geld, das Geld mit Großbuchstaben, Cesare, fließendes Geld, nicht Lehensgüter, Gold, Gold, Flüsse von Gold, die nötig sind, um zu kaufen und zu steuern. Das ist das Zeichen der Zeit. Der Umschwung. Und man hat Angst vor dem

Umschwung. Nur eine Minderheit von Gelehrten und Wagemutigen fürchtet den Wechsel nicht. Die anderen verführt er zunächst, verschreckt sie dann, und schließlich stellen sie sich dagegen.«

»Signor Machiavelli, ich bemerke an Ihnen wahrsagerische Fähigkeiten.«

»Die Auguren haben die Zeit damit vergeudet, die Eingeweide von Opfertieren zu beschauen. Die Gesellschaft sollte man betrachten, das soziale Gefüge, die Verhaltensweisen. Warum? Wozu? Vor allem, wozu. Die Sinnhaftigkeit. Die Religionen haben sich der Sinnhaftigkeit bemächtigt, doch jetzt ist sie humanisiert worden, und man kann ohne Sinn kein Fürst, Bankier oder Krieger sein.«

»Die persönliche Macht. Die der Familie?«

»Die familiäre Macht ist ein Mittel, nur ein Mittel, und wird nicht immer gültig sein. Sie könnten zum Beispiel einen Familienpakt mit dem König von Frankreich, ihrem Vetter, geschlossen haben, oder mit dem König Spaniens, Vetter der verwitweten Frau ihres Bruders Joan. Was würde es kosten, diesen Pakt zu brechen? Das Kräfteverhältnis lenkt in Wahrheit die Bündnisse, und das Ziel ist die Macht als individueller Instinkt in jedem Gesellschaftsbereich, aber auch eine Ordnung aufzubauen, für diejenigen, die sie brauchen und nicht verstehen, eine Ordnung nach Maß der weniger illegitimen Interessen.«

»Weniger illegitim? Warum nicht legitim?«

»Diese Frage kann ich Ihnen nicht beantworten, belassen wir es bei weniger illegitim.«

Miquel de Corella streckt den Kopf zur Tür herein.

»Es tut mit leid, euch unterbrechen zu müssen, aber der Salon ist voll mit Gesandten, die mit dir sprechen wollen.«

»Sie sollen warten.«

»Der spanische und der französische sind darunter.«

»Sie sollen warten.«

»Und du sollst wissen, der Franzose befindet sich in Begleitung des Kardinals d'Amboise.«

»Sie sollen warten.«

»Sehr gut. Sie sollen warten.«

Cesare nimmt den Faden des Gesprächs wieder auf.

»Wechselbeziehung der Kräfte. Wenn ich meine mit denen der

Franzosen oder der Spanier messe, dann ziehe ich den kürzeren.«
»Genau deshalb haben Sie meisterhaft gehandelt, indem sie ihre Kräfte summiert und nicht gemessen haben. Für den Augenblick!«
Cesare prüft kühl die Feurigkeit, die Machiavelli in seine letzten Worte gelegt hat.
»Manchmal glaube ich, Niccolò, daß Sie begeisterter von meiner Bestimmung sind als ich. Manchmal denke ich, daß ich Ihnen als Modell diene, daß ich etwas mit diesen Tieren Vergleichbares bin, die von den Ärzten ausgeweidet werden, um die Anatomie oder die Wege des Blutes zu studieren, oder vielleicht ein Modell im Maleratelier, wie sie Leonardo verwendet. Im übrigen habe ich niemals einen so vielseitigen Geist wie ihn kennengelernt.«
»Leonardo steht für unsere Zeit. Man müßte ihn lebendig bis in alle Ewigkeit konservieren, um den künftigen Generationen sagen zu können: Seht her, hier habt ihr den Menschen aus der Epoche des Humanismus. Er verkörpert die Verbindung zwischen dem Künstler und dem Weisen, zwischen Zauberei und Wissenschaft. Er hat mich seine Hefte sehen lassen, sie sind voller Anmerkungen über die Arbeit des Künstlers. Die Veränderungen erfordern neue und umfassend begabte Menschen. Es kann nie genug geben.«
»Doch er konstruiert mir keine neuen Kriegsmaschinen.«
»Im Moment erträumt er sie.«
»Ein Humanist, der nicht an den Menschen glaubt. Ich habe ihn sagen hören, daß das Menschengeschlecht ein stinkender Haufen ist, der eine eiserne Faust braucht. Er sagt, der Mensch sei im Grunde schlecht.«
»Das ist nicht übel als Basis der Erkenntnis. Von diesem Vorbehalt aus ist alles möglich. Das Gute existiert nicht, Cesare, das Böse schon.«
»Existiert Gott nicht? Existiert nur der Teufel? Ist es das, was Sie und Leonardo glauben?«
Corella erscheint erneut mit einer für ihn ungewöhnlichen Schüchternheit.
»Der französische Gesandte flucht schon auf französisch, und der Kardinal beinahe auch.«
»Und der spanische?«

»Auf katalanisch. Er widmet dir sämtliche Flüche.«
»Ein gutes Zeichen. Sie sollen weiter lästern.«
Corella zuckt mit den Achseln und verschwindet erneut, was Machiavelli beunruhigt.
»Ich wollte Ihre Zeit nicht beschneiden.«
»Ich will, daß Sie sie beschneiden. Die abgelegenen Gesandten sind besser verdaulich. Ich fragte Sie: Existiert Gott nicht? Existiert nur der Teufel?«
»Die Theologie zieht mich nicht besonders an, und auf welchen Gott beziehen Sie sich? Auf den des Alten Testaments, rächend, grausam, mächtig, die Macht selbst? Auf Christus, hingegeben und geopfert für die Menschen? In Wahrheit verwenden wir das eine oder das andere Modell, je nachdem, wie es uns paßt. Religion und Kirche dienen nur als Werkzeuge des gesellschaftlichen Zusammenhalts. Doch es ist nicht immer so. Enthaltsame Mönche haben dazu beigetragen, daß sich das Volk nicht gegen den lasziven und diebischen Klerus auflehnte. Wenn ich vom Guten und vom Bösen spreche, berufe ich mich auf die menschliche Ebene. Auf den Menschen als Maß der Güte und des Übels, und ich bin pessimistisch. Ich glaube nicht an den seraphischen Humanismus der neoplatonischen Akademie von Florenz. Das große Wunder ist der Mensch, sagten Sie. Welcher Mensch? Die gewöhnlichen Menschen sind konservativ und feige. Ich möchte lieber auf Fürsten meinen Einfluß ausüben, auf die Macht, denn die Macht ist es, die die notwendigen Worte in das Gehirn der Massen einzuprägen versteht und diese Köpfe wieder mit Kraft füllen kann.«
»Also hat Leonardo recht.«
»Er hat recht. Wie er selbst sagen würde, fließt auch in der Wahrnehmung des Guten und des Bösen alles, und nichts bleibt bestehen.«
Diesmal bleibt Corella nicht an der Türschwelle stehen, sondern eilt zu Cesare, um ihm etwas ins Ohr zu zischeln.
»Vitellozzo auch?«
»Der auch.«
»Und Ramiro de Llorca?«
»Ebenso.«
Cesare ist aufgestanden, nimmt plötzlich eine energische Haltung an, seine Muskeln sind angespannt, die Fäuste geballt.

»Läuft etwas schlecht?«
Cesare fügt sich erneut in die Lage, nach und nach, und nimmt mit finsterem Blick die fortdauernde Anwesenheit Machiavellis wahr.
»Der Mensch, Niccolò, der Mensch als Maß der Dummheit, schlimmer noch, als Maß des Schlechten.«

Ercole d'Este hört zu, und der Kardinal Ippolito setzt ihn ins Bild.
»Zweifellos ist es ein Rückschlag für Cesare, auch wenn er ihn umwenden kann. Die Sache kommt von weit her. Es gab den ausdrücklichen Befehl des Papstes, die Toskana nicht anzugreifen, und Cesare respektierte das, soweit es ging, da es ihm gelungen war, die Florentiner einzuschüchtern, und da sie ihn zu ihrem Hauptmann machten. Zusammen mit Cesare kämpfen Vitellozzo Vitelli und ein paar weitere Feldherren, Orsini und Gravina zum Beispiel, und wie du weißt, haßt Vitellozzo die Florentiner, die Toskaner, weil sie seinen Bruder getötet haben. Es wird auch erzählt, daß Vitellozzo zu stolz ist, Zweiter hinter Cesare zu sein, und daß die Orsini zwar an seiner Seite kämpfen, aber die ihnen von den Borgias zugefügte Schmach nicht vergessen können. Gut. Plötzlich bieten die Honoratioren von Arezzo dem Valencianer die Stadt an, Vitellozzo und seine Hauptmänner willigen ein, marschieren in Arezzo ein und weiten ihre Macht auf das ganze Chiana-Tal aus. Der König von Frankreich wird wütend. Alexander bittet um Vergebung, und Cesare erklärt, daß Vitellozzo auf eigene Faust gehandelt hat. Folgst du mir, Vater?«
»Bis jetzt schon.«
»Dann gab es die Erklärung, Cesare hätte ein doppeltes Spiel getrieben. Einerseits soll er sein Bedauern über das Vorgehen seiner Condottieri zum Ausdruck gebracht, ihnen aber anderseits freie Hand für die Herausforderung gelassen haben. Das mit Arezzo war beinahe schon vergessen, und nun gibt es erneut Widerstand von seiten der Offiziere Cesares, was den Feldzug gegen Bologna betrifft. Sie haben den Angriff verweigert. Man munkelt von einem Treffen in der Residenz Mafione des Kardinals Giambattista Orsini, wo ein Plan ausgeheckt worden ist, um Cesare auszuschalten, und es hat schon anfängliche Scharmützel gege-

ben. Miquel de Corella tötet, wen immer er zu fassen bekommt, und Vitellozzo, die Orsini tun das gleiche. Das Gerücht geht um, daß Ramiro de Llorca zu den Aufständischen übergelaufen ist.«

»Er war der Handlanger Cesares, der Mann, der das Volk strangulierte, während Corella einen nach dem anderen erledigte. Und das Söldnerheer?«

»Cesare hat schweizerische Söldner rekrutiert, doch ist er immer mehr den Thesen des Florentiners Machiavelli zugeneigt, der für die Notwendigkeit eines regulären Heeres plädiert, das die jungen Männer einzieht. Ein Heer im Dienst der Räson jeder Gemeinde, jedes Staates.«

»Man sollte Lucrezia aushorchen. Vielleicht weiß sie gar nicht, was mit ihrer Familie geschieht. Sie ist den lieben langen Tag in Gesellschaft von unausstehlichen Dichtern, dem lahmen Strozzi, der nicht unbedingt ein Freund unseres Hauses ist, und diesem Venezianer, Pietro Bembo, der sich geweigert hat, an den Hof meiner Tochter zu kommen. Sie verbringen den Tag mit Scherzen und Rätseln. Mein Sohn hat mir gesagt, sie seien unerträglich.«

Auf dem Weg zum Palast seines Sohnes ist Ercole in Gedanken versunken und seine düstere Miene erhellt sich, bis ihn das Erscheinen Lucrezias in Begleitung von Strozzi und Bembo dazu zwingt, ein betroffenes Gesicht zu machen.

»Meine liebe Tochter. Ich habe dir bereits meine Trauer über deine Fehlgeburt und meine Freude, dich wieder guter Hoffnung zu wissen, bezeugt.«

»Das eine wie das andere sind Verdienste Ihres Sohnes.«

»Ich möchte nicht, daß die Nachrichten über die Wechselfälle Cesares, über seine gewiß vorübergehenden Probleme mit seinen Condottieri, dein Gemüt verstören, deine Melancholie verstärken.«

»Meine Melancholie? Die Philosophen sagen, die Melancholie sei das moderne Übel. Frucht der Unausgewogenheit zwischen dem, was wir wissen, und dem, was wir wollen, Krankheit des Stolzes des modernen Mannes, der nicht mehr alles auf die Vorsehung setzt. Des modernen Mannes. Sie sagen nichts davon, daß sie die moderne Frau betreffe, also kann ich wohl kaum melancholisch sein.«

Lucrezia zieht Strozzi und Bembo als Zeugen heran.
»Habt ihr meine Melancholie bemerkt?«
Strozzi und Bembo sehen sich erstaunt an, jeder wartet darauf, daß der andere etwas sagt, und schließlich ergreift Bembo das Wort.
»Wenn das, was Lucrezia empfindet, Melancholie heißt, wünschte ich mir diese Melancholie fürs ganze weitere Leben. Die Melancholie kommt Platons *divina manía* gleich, und ist die Vorstufe zum Wahnsinn.«
Ercole wird ungeduldig.
»Dichter! Dichter! Hebt euch den Unsinn auf, bis ich gegangen bin. Lucrezia, weißt du über die Probleme Cesares Bescheid oder nicht?«
»Ich weiß, daß er keine Probleme hat.«
»Seit wann?«
»Seit gestern, nehme ich an. Da erfuhr ich, daß Ramiro de Llorca gefangengenommen wurde und die Condottieri bereit sind, mit Cesare zu verhandeln.«
»Wie ist es möglich, daß du weißt, was ich nicht weiß?«
»Genau das ist eine Sache, die Sie wissen und ich nicht weiß. Daß Sie nicht wissen, was ich weiß.«
Bembo treibt das Wortspiel weiter.
»Und wie sollte der ehrenwerte Herzog wissen, daß du das nicht weißt, von dem er glaubt, daß du es wissen müßtest?«
Strozzi schließt sich dem Wortspiel an.
»Und wie sollte unsere Signora Lucrezia wissen, daß der Herzog nicht weiß, daß sie nicht weiß, was sie wissen müßte?«
Ercole unterdrückt seinen Zorn und zieht sich zurück, doch nicht ohne den letzten Pfeil zu verschießen.
»Meine Buchhalter haben mich empört auf deine Ausgaben hingewiesen. Sie werden weder durch den Beitrag Seiner Heiligkeit noch durch meine guten Absichten gedeckt. Man muß auf das Überflüssige verzichten, Lucrezia. Denke an den großen Horaz: *Vivitur parvo bene.*«
»Es läßt sich mit wenig leben, gewiß, aber worum Sie mich ersuchen, ist mit weniger zu leben, nicht mit wenig. Ist es nicht so?«
»Das stimmt.«
»Ich tausche Horaz gegen Seneca aus, ein von Ihnen bevorzugter Philosoph, wenn ich nicht irre.«

»Das stimmt ebenfalls.«
»Seneca schrieb: *Malum est in necessitate vivere; sed in necessitate vivere necessitas nulla est.* Es ist schlecht, mit dem Notwendigsten zu leben, doch besteht keine Notwendigkeit, mit dem Notwendigsten zu leben. Sind wir etwa arm?«
Der Wutausbruch ist nahe, und Ercole verläßt den Raum, wirft den Dichtern jedoch noch einen anschuldigenden Blick zu.
»Dichter! Dichter!«
Das fröhliche Gelächter Lucrezias verwandelt sich in Besorgnis, als sie Strozzi am Arm faßt und ihn um eine Antwort bittet.
»Hat dir Francesco die Festnahme Ramiro de Llorcas bestätigt?«
»Ich bin ein verläßlicher Bote. Die letzten in Mantua eingetroffenen Nachrichten waren diese.«
»Aber Ramiro de Llorca war doch, nach Michelotto, der wichtigste Mann Cesares!«
»Die Zeiten sind günstig für einen Verrat, und die Macht Cesares flößt Schrecken ein, aber auch Neid und Ehrgeiz.«
»Das alles soll in Rom bleiben und nichts davon hierherkommen, nicht wahr, Pietro?«
Pietro nickt zustimmend und küßt Lucrezias Hand, doch die Frau bemerkt die theatralische Traurigkeit, die dieser Kuß bei Strozzi ausgelöst hat, und entzieht Bembo ihre Hand. Mit derselben Hand zieht sie eine Rose aus einer Vase, küßt sie und reicht sie Strozzi. Der *chevalier servant* begnügt sich mit der Rose, zieht sich hinkend, auf seine Krücke gestützt, zurück, während sich Lucrezia und Bembo, um die Taille gefaßt, durch einen Laubengang entfernen. Als die Umrisse von Mann und Frau schon schemenhaft sind, rezitiert Strozzi, die Augen auf die Rose gerichtet:

Rose, erblüht in der Erde der Freude,
die ausgewählt wurde von ihrer Hand,
warum erfüllt Licht nun deine Blütenblätter?
Hat dir Venus Farbe verliehen, oder dieser Mund
dich mit seinem Kuß erneut in Purpur getränkt?

Strozzi läßt die Rose fallen, stöhnt auf und sucht die Stelle, von der aus einer Fingerkuppe Blut hervorquillt.
Blut strömt dickflüssig und lautlos über das Haar Ramiro de Llorcas, erreicht seine Augen, die begierig sind nach Licht. Mit verkrümmtem Körper, im Halbdunkel eines undeutlich erkenn-

baren Raums gefesselt, versucht er die Entfernung abzuschätzen, die ihn von den Stimmen seiner Folterknechte, von den ihn marternden Händen trennt.

»Miquel, bist du dort?«

»Da bin ich, Ramiro.«

»Warum machst du das mit mir?«

»Warum hast du uns verraten?«

»Ich habe mich darauf beschränkt, ihnen zuzuhören.«

»Das stimmt nicht. Du weißt, daß sie etwas gegen Cesare im Schilde führen.«

Das Schweigen liegt wie ein Schatten auf dem vom Schmerz erhellten Gesicht.

»Wenn ich es dir sage, dann nicht, um mein Leben zu retten, sondern um ein ruhiges Gewissen zu haben, denn ich bin nicht sicher, ob Cesare es verdient zu verlieren.«

»Das Gewissen ist eine gute Sache, Ramiro. Das Gewissen kann ein Lärm sein, oder aber ein Sonett. Ich werde dir einen Gefallen tun. Ich gestatte dir, den Lärm in ein Sonett zu verwandeln.«

»Ich bin sehr müde, Miquel.«

»Du wirst dich ausruhen, während du sprichst.«

»Ihr habt für heute das Treffen in Senigallia geplant, um ein Abkommen zu erreichen. Dieses Treffen ist eine Falle. Cesare kann dort den Tod finden. Cesare soll sich vorsehen.«

»Wer leitet das Vorgehen, und wie?«

»Vitellozzo, Baglione, Paolo und Francesco Orsini, Olivaretto da Fermo.«

»Und alles wurde bei den vom Kardinal Giambattista Orsini einberufenen Zusammenkünften von Mafione geschmiedet.«

»Das weißt du so gut wie ich. Cesare verlangte, daß die Condottieri ohne Soldaten in die Stadt gingen, daß die Soldaten vor der Stadt ihr Lager aufschlügen. Bogenschützen erwarten Cesare im Hinterhalt, und sollten sie ihr Ziel verfehlen, könnte Vitellozzo persönlich Hand an Cesare legen, und die Truppen von Vitellozzo, Olivaretto und die der Orsini warten draußen auf das Zeichen, das Cesares Tod verkündet. Sie wissen, daß der Valencianer nicht über genügend Soldaten verfügt, um sie zu schlagen.«

»Wie wenig sie doch wissen!«

»Du wirst mich töten? Warum?«

»Cesare ist ein genialer Stratege. Er hat neue Truppen rekrutiert

und den Mißkredit der Verschwörer ins Spiel gebracht. Cesare ist ein Tyrann, sie jedoch sind ein verabscheuenswürdiger Tyrannenabklatsch, grundlos grausam, vom Volk gehaßt. Cesare hat sich gegenüber dem Volk freigiebig gezeigt, und das Volk zieht einen wahren Tyrannen diesem Geschmeiß von Möchtegerns vor. Verstehst du deine Rolle dabei, Ramiro?«
»Nein.«
»Das Volk haßt dich. Du bist ein unerbittlicher Steuereinheber gewesen, ein Instrument der Unterdrückung.«
»Auf euren Befehl!«
»Unsere Befehle waren sehr nach deinem Geschmack. In den Augen der Leute bist du der Unhold gewesen, und morgen, wenn sie deinen Kadaver auf dem Platz ausgestellt sehen, werden sie ausrufen ›Cesare ist gerecht!‹, und sich auf unsere Seite stellen.«
Schweigen macht sich zwischen den beiden Männern breit. Ramiro versucht die Augen zu öffnen, über Schmerz und Angst die Oberhand zu gewinnen, doch zwei treffsichere Hände legen eine Kette um seinen Hals, und eine gekonnte Bewegung renkt die Wirbel aus und verwandelt seine Zunge in eine tote, über die Leere gebeugte Viper. Auf dem Gesicht des Todes schwindet das Licht, und hinter ihm taucht Miquel de Corella auf, immer noch die Kette in den Händen. Von oben ertönt die Stimme Cesares.
»Fertig?«
»Fertig.«
»Wir müssen nach Senigallia aufbrechen. Teile die Truppe auf, daß sie uns nicht mit einem so großartigen Heer anrücken sehen.«
Aber Corella starrt weiterhin auf die menschlichen Überreste Llorcas, die von den Gefängniswärtern fortgeschafft werden.
»Warum bin ich dir nach wie vor treu, Cesare?«
Die Antwort kommt aus den höchstgelegenen Schatten.
»Vielleicht verstehst du es nicht, treulos zu sein.«

Vitellozzo Vitelli beobachtet von einem Turm aus die Senigallia umgebenden Felder. Er steigt zwei Stufen hinunter und befindet sich vor seinen Kumpanen, Baglione, den beiden Orsini und Olivaretto.

»Cesares Truppen, in allen vier Himmelsrichtungen. Nichts zu machen.«
»Er hat so viele Schweizer Söldner angeworben, daß wir unsere Truppen gar nicht in Bewegung setzen können. Corella hat uns gezwungen, die Lager vor der Stadt aufzuschlagen, und meine Soldaten trinken und plündern, denn Corella hat ihnen den Freibrief dazu gegeben. Ich kann sie nicht wieder in Reih und Glied bringen. Was tun?«
»Nichts, Olivaretto, nichts. Cesare ist mit einem besonderen Panzer gekommen, und alle Pfeile dieser Welt werden ihn nicht durchbohren können. Nichts. Heute läßt sich nichts machen. Cesares Gastfreundschaft genießen. Ich bin durch seinen Palast spaziert und habe gesehen, daß er eine reich gedeckte Tafel vorbereitet hat.«
Die Herren begeben sich nach unten und nehmen die Ehrerweisungen von Cesare und Miquel entgegen, die sie am Fuß der Treppe erwarten.
»Eine prächtige Nacht für ein erquickliches Gespräch.«
»Über die Vergangenheit und die Zukunft.«
»Vitellozzo, die Vergangenheit zählt nicht mehr. Nur die Zukunft. Uns erwartet ein üppiges und delikates, von Corella für mich bestimmtes Abendessen im Palast, und nach Tisch noch Besseres. Das Menü hat mir mein Berater Leonardo da Vinci zusammengestellt, und ich kann euch versichern, daß er auch, was die Kochtöpfe betrifft, sehr phantasievoll ist. Was haltet ihr von einem Gericht aus Schweineschwänzen mit Polenta? Mit marinierten Vögeln, Schlangenrücken, Marzipan?«
Die Herren wirken einverstanden, und Cesare schreitet voran, gefolgt von Miquel, der ihnen den Rücken zukehrt. Sie sehen sich gegenseitig an, überlegen, die Gelegenheit zu nützen. Cesare und Michelotto gehen scheinbar arglos weiter, darauf bedacht, daß die anderen ihnen durch den Flur und die Gänge folgen, bis der Schrei »Verrat!« Cesare dazu zwingt, sich umzudrehen und seine Gäste von Soldaten und Schwertern umringt sieht. Olivaretto ruft noch einmal aus: »Verrat!«
Er kann es allerdings nur einmal tun, denn die Spitze von Corellas Schwert ist in seinen Hals vernarrt. Mit den Spitzen von vier blanken Waffen auf seiner Brust fragt Vitellozzo Cesare herausfordernd.

»Worauf zielt dieser Handel ab, Cesare? Ging es etwa nicht um ein ruhiges Abendessen, um ein noch besseres Zusammensein nach Tisch?«

»Es wird ein ruhiges Abendessen sein, und was nach Tisch kommt, ist unvorhersehbar. Zuerst aber werdet ihr wegen Verrat und Verschwörung verurteilt.«

Der jüngere der Orsini, Paolo, klagt:

»Cesare! Ich habe dir dieses Treffen ermöglicht. Ich habe sie dazu überredet zu kommen. So lohnst du mir das?«

»Du hast recht. Ich habe es dir noch nicht gelohnt.«

Getrieben, wenn nicht gestoßen von den Schwertern erreichen die Herren einen Saal, in dem sie hinter einem langen Tisch verschanzt, auf dem noch das Abendessen angerichtet ist, ein Kriegsgericht erwartet. Verwirrt durch den Widerspruch zwischen der Strenge der Richter und der Farbenpracht der Speisen wissen die Gefangenen nicht, ob sie die einen oder die anderen ansehen sollen. Die Stimme eines Soldaten dringt zu ihnen.

»Ihr werdet wegen Verrats und geplanten Verbrechens gegen unseren Gonfaloniere, Cesare Borgia, verurteilt. Die Menge der angehäuften Delikte reicht für ein Todesurteil aus, vor dem euch nur die Großmut unseres Anführers bewahren kann.«

»Anführers und Gastgebers«, nuanciert Cesare.

Vitellozzo tritt mit geschwellter Brust Cesare gegenüber.

»Genug der Farce. Ich glaube das Urteil zu kennen. Tod.«

»Tod.«

Der noch immer kühne Ausdruck Vitellozzos verfällt, und er wimmert:

»Ich bitte nur, daß man mir Zeit gibt, damit mir der Papst Ablaß erteile.«

Cesare erwidert Vitellozzo nichts und wartet auf weitere Aussagen. Die Orsini, fassungslos, schwanken zwischen Schluchzen und Empörung. Baglione hat den Kopf gesenkt. Olivaretto wendet sich an Corella.

»Du, der du so gut mit dem Dolch umgehen kannst, gib mir einen. Ich töte mich lieber selbst, bevor ich mich töten lasse.«

Corella überreicht ihm einen Dolch, Olivaretto betrachtet ihn erstaunt, ergreift ihn aber schließlich. Er nimmt all seinen Mut zusammen, stöhnt auf und stößt den Dolch in die Herzgegend. Blut quillt hervor, der Edelmann schwankt, fällt aber nicht, sondern

bemerkt, daß der Dolch kaum in seine Brust eingedrungen ist. Corella nähert sich, nimmt den Dolch am Knauf, ohne ihn jedoch herauszuziehen.
»Entweder zuwenig Mut oder zuwenig Kraft. Es ist kaum eine Wunde entstanden, von der du genesen müßtest, Olivaretto.«
»Du, der du ein Mörder bist, stoße den Dolch hinein. Jetzt. Ich will den Ort auswählen, an dem ich sterbe.«
»Anmaßender Dummkopf. So willst du also die Klugheit und das Werk Gottes zugrunde richten? Weißt du nicht, daß nur Gott den Augenblick und den Ort bestimmt? Was mache ich, Cesare?«
»Du hättest ihm den Dolch nicht geben sollen. Reiß ihn heraus, und das Urteil soll vollstreckt werden. Die anderen haben nichts zu sagen?«
»Es ist ein riesiger Irrtum!«
»Cesare, man hat dich belogen!«
»Wir haben uns nie gegen dich erhoben!«
Aber Cesare entfernt sich, gefolgt von Corella, bis er für seinen Beschluß die nötige Einsamkeit findet.
»Wie vereinbart, außer den Orsini.«
»Du willst diese Ratten begnadigen?«
»Nein. Aber wenn wir sie hinrichten, bewirken wir, daß ihr Onkel, der Kardinal Giambattista, seine Anhänger in Rom aufhetzt. Befolgen wir den Plan: Mein Vater soll dem Familienoberhaupt Giulio Orsini und dem Kardinal den Kopf abschneiden, und dann erledigen wir die Neffen. Ich erwarte eine Botschaft aus Rom, die mir die Zerschlagung der Familie Orsini bestätigt. Exekutiert Vitellozzo und Olivaretto, und legt die Orsini in Ketten. Ich gehe hinaus, um die Eskorten zu zerstreuen.«
Corella kehrt in den Speisesaal zurück, wo Gericht gehalten wird, und Cesare begibt sich lächelnd und erleichtert zu dem Ausgang, an dem die Eskorten der Gäste warten.
»Es ist nicht nötig, daß ihr wartet. Das Abendessen hat begonnen, und eure Chefs wollen, daß ihr euch so gut wie möglich amüsiert. Wir haben in den Stallungen Speisen und Getränke vorbereitet, damit ihr euren Spaß habt.«
»Danke, Cesare!«
Die Dankesrufe wiederholen sich mit abnehmender Begeisterung, und Cesare erholt sich, mit der kühlen Nachtluft auf seinem von der Krankheit geröteten Gesicht. Auf der Anhöhe zeigt

sich eine bekannte, hagere Gestalt, Cesare empfängt Machiavelli, der gespannt und noch keuchend fragt:
»Wie ist es gelaufen?«
»Wie vereinbart.«
Es liegt so viel Bewunderung in den Augen Machiavellis, daß es keiner Worte bedarf.
»Den Verrätern wird soeben der Prozeß gemacht. Nun muß nur noch mein Vater seinen Teil erfüllen.«
Cesare entschließt sich, nicht durch den schattenbevölkerten Gang ins Innere des Palastes zurückzukehren, denn er sieht hinter den Schatten die angeketteten Köpfe Olivarettos und Vitellozzos, einer nach dem anderen durch die mörderische Geschicklichkeit Michelottos verrenkt. In einer Zelle verharren, Gebete wispernd, die Orsini. Cesare rührt in seinen Gemächern die auf einer riesigen Platte angerichteten Speisen kaum an, Machiavelli schreibt unermüdlich, und Corella zupft auf einer Gitarre.
»Man wird auf das Echo des Geschehenen warten müssen.«
Während Corella Akkorde anstimmt, überlegt Machiavelli laut, was er schreibt.
»Man muß verstehen, daß der neue Fürst nicht dem herkömmlichen Modell eines guten Menschen entsprechen kann. Manchmal muß man, um den Staat zu verteidigen, gegen die Nächstenliebe, gegen die Menschlichkeit und gegen die Religion vorgehen. Der neue Fürst mag sich vom Guten nicht trennen können, muß es aber im Notfall verstehen, ins Böse einzudringen ...«
Fern von dem, was Machiavelli deklamiert, beharrt Corella auf seinen Akkorden und seinen Gedanken.
»Es war ein legitimer Akt der Verteidigung. Welche Meinungen interessieren dich, Cesare?«
»Du solltest mich besser fragen, welche Meinungen ich erwarte.«
Diese überbringt ein von der Bilanz begeisterter Miquel de Corella. »Dein Vater hat gesagt: Cesare ist ein Genie. Ladet den Kardinal Orsini zu den Festlichkeiten anläßlich der Einnahme von Senigallia ein. Er soll nichts erfahren von der Festnahme seiner Neffen, und wenn er kommt, bringt ihn in den Papageiensaal, legt ihn in Ketten und werft ihn in ein Verließ der Engelsburg. Die Orsini sind nur noch Vergangenheit. Aber nun zur Reaktion von Louis XII. Vaterstolz, ohne Zweifel, doch Louis XII. be-

merkte dem Kardinal d'Amboise und Charlotte d'Albret gegenüber: Du mußt stolz auf deinen Mann sein. Was der Valencianer vollbracht hat, war eine eines Römers würdige Heldentat. Cesare Borgia hat die Anlage von Julius Caesar. Und im Augenblick mehr Glück. Ihm ist ein entscheidender Schlag gelungen. Alle italienischen Adelsgeschlechter sind von Angst und Schrecken erfaßt.«

»Was hat Charlotte gemeint?«

»... So viel Blut! So viel Blut! Aber warte, sogar Isabella d'Este hat sich überwunden und am Hof von Mantua war sie, während Francesco Gonzaga sich dem Boten gegenüber besorgt zeigte, entzückt: Es war wunderbar! Ich werde Cesare einen Brief schicken und ihm vorschlagen, nach so viel Anstrengung auszuruhen, und ich werde ihm hundert Masken schenken. Soviel ich weiß, verkleidet er sich gern. Ihr Mann sagte, man solle ihn zermalmen, und sie wollte nichts davon wissen: Ihn zermalmen? Warum? Man muß sich mit ihm verbünden. Er hat mir seine Tochter als künftige Frau unseres Erstgeborenen angeboten. So früh? Noch etwas früher, und wir verheiraten sie in deinem Bauch.«

»Und Lucrezia? Was hat Lucrezia gesagt?«

In platonischen und flüchtigen Berührungen spazieren Lucrezia und Bembo durch den Laubengang, während sie den Brief liest, den sie soeben von Francesco erhalten hat.

»Francesco ist in Sorge, teilt mir aber mit, daß seine Frau über das in Senigallia Vorgefallene begeistert ist.«

»Es war ein großartiger Schachzug.«

»Was wird jetzt aus den Orsini?«

»Hast du Zweifel?«

Corella fährt mit der Bilanz des triumphalen Widerhalls fort und zeigt sich auch nicht befremdet, als Cesare ihn ausdrücklich bittet, über Leonardos Reaktion zu berichten. Er kennt sie aus guter Quelle, denn Machiavelli hat ihm von seinem Treffen mit dem Künstler in dessen mit Kochrezepten und Kriegsgerät vollgestopftem Atelier erzählt:

»Was halten Sie von den Geschehnissen in Senigallia?«

»Sehr aufwendig, Signor Niccolò, sehr aufwendig. Sehen Sie sich diese Maschine an. Es ist ein Schußrepetitor, der mit einem einzigen Knopfdruck Dutzende Schüsse ohne Unterbrechung abgeben kann. Ein mit dieser Maschine ausgestatteter Artillerist hätte

alle verschwörerischen Truppen in wenigen Minuten dezimieren können.«
»Cesare gibt diese Hoffnung auf. Er braucht keine so hochtrabenden Maschinen.«
»Ich habe für ihn mechanische Wurfmaschinen, noch nie ausprobierte Katapulte, Hebevorrichtungen entworfen, die es erlauben, die höchsten Mauern zu stürmen. Die künftigen Schlachten Cesares werden in die Geschichte der Kriegstechnik eingehen. Deswegen erstaunt es mich, daß die Aktion von Sinigaglia im Grunde so primitiv gewesen ist.«
»Ich verbringe schon drei Monate fast jeden Tag an Cesares Seite, und täglich gelingt es ihm, mich zu überraschen. Ich kam nach Senigallia, als die große Vorstellung schon begonnen hatte, und alles verlief nach Cesares Plan. Diesmal mußte er auf derbere Mittel und vor allem auf die Erfindungsgabe eines einzigartigen Mannes zurückgreifen, aber Sie müssen zugeben, es ist ein herrlicher Betrug gewesen.«
Der Ausdruck hat Leonardo gefallen.
»Herrlicher Betrug! Herrlicher Betrug! Gewiß, Niccolò. Sie sind zweifellos ein guter Literat. Ein herrlicher Betrug! Und so ausgedrückt, scheint es doch wirklich unmöglich, daß jemand erdrosselt wurde und Cesare am Ende die festgenommenen Orsini erhängt haben soll, oder? Mir wurde gesagt, daß die alte Mutter der Orsini, nur von zwei Dienern begleitet, durch die Straßen Roms streift und um Asyl bittet. Herrlicher Betrug! Danke, Machiavelli, ich habe soeben den barmherzigen Aspekt der Sprache entdeckt, wenn diese die Realität verhüllt, diese Realität, die Ihnen so gut gefällt. Ich ziehe weiterhin die Träume vor, sie sind wie Sterne auf dem inneren Firmament. Niccolò, wer einen Stern fest im Auge behält, wird sich niemals verirren.«

»Ich hätte mir so eine Situation nicht einmal träumen lassen, Cesare. Die Patrizier sind besiegt. Wir beherrschen das Herz Italiens. Du wirst nach Neapel ziehen, um ein Bündnis mit dem *Gran Capitán* zu besiegeln, das es uns erlaubt, den Franzosen die Stirn zu bieten, sollte es notwendig sein. Ich bin glücklich, mein Sohn, ich bin glücklich. Man erzählt, wie du die alten Lehen der Romagna verwaltest, und deine Untergebenen sehnen sich nicht

nach ihren alten Herren zurück. Im Gegenteil. Wir haben das mächtigste Heer der ganzen Halbinsel. Der Augenblick rückt näher.«
»Der Augenblick wird gekommen sein, wenn die Toskana unser ist. Dann können wir ebenbürtig mit Maximilian, mit den Königen von Spanien, mit Louis XII. paktieren. Es soll dich nicht erstaunen, wenn ich in Neapel mit dem *Gran Capitán* ein weiteres antifranzösisches Bündnis schließe. Die Kirche, Spanien, Venedig, und in der Zwischenzeit wachsen, wachsen, wachsen.«
Alexander blickt über die dunklen Weingärten und beobachtet aus den Augenwinkeln die nachdenkliche Gelassenheit Cesares. Sie beide allein. In der Betrachtung seines Sohnes sieht der Papst das Ziel, den Sinn einer Sippe. Er sagt respektvoll:
»Cesare.«
Und er fügt nichts hinzu, obwohl sich sein Sohn in der Erwartung weiterer Worte ihm zugewandt hat.
»Cesare«, wiederholt er.
»Mir kommt es wie Zauberei vor. Wenn wir heute, Cesare, deinen Namen aussprechen, denken wir gleichzeitig an den des großen Julius Caesar. Du weißt nicht, wie stolz ich bin. Du mußt einen Sohn bekommen. Diese Tochter, die dir diese Französin geschenkt hat, dient uns nicht. Einen Sohn! Wir müssen uns fortpflanzen! Warum ist deine Frau nicht an deiner Seite?«
»Ich weiß es nicht und weiß es doch. Manchmal würde ich sie gerne sehen und habe den König von Frankreich darum gebeten, doch hält er sie zurück, weil er glaubt, daß sie Druck auf mich ausüben würde. Dann wieder erinnere ich mich nicht einmal an sie. Mag sein, daß ich mich nach meiner Tochter sehne. Übrigens bin ich mit Isabella d'Este im Gespräch, um sie mit ihrem Erstgeborenen zu verheiraten. Was meine Frau betrifft, scheint sie mir ein leicht zu beeindruckendes Mädchen zu sein.«
»Alle Höfe hatten ihren Spaß mit ihrer Naivität. Sie verkündete in alle Himmelsrichtungen, wie sehr du ihr entsprochen hast. Warum wiederholst du es nicht? Wir brauchen einen Erben.«
»Joan hatte einen Erben. Er wird der künftige Herzog von Gandía sein.«
»Er steht unter Kontrolle seiner Mutter, einer Verrückten, in ihrem Stolz Gekränkten, die nach wie vor den Leichnam Joans einfordert und uns die Schuld an seinem Tod gibt. Sie hat ge-

schworen, ihrem Sohn ewigen Haß auf die Borgias einzuprägen.«
»Wir könnten deinen Enkel kommen lassen.«
»Könnten wir, wenn wir mit Fernando el Católico paktieren, deshalb ist deine morgige Reise nach Neapel so wichtig. Du und der *Gran Capitán* könntet euch verstehen. Zwei große Anführer von Angesicht zu Angesicht, mehr noch, ein großer Anführer und ein *Caudillo*, ein König Italiens. Was ist das?«
Es ist dunkel geworden, und Alexander VI. fällt etwas vor die Füße, das er untersucht, ohne es zu berühren. Cesare bückt sich.
»Es ist ein toter Uhu.«
Er hat den Kadaver des Vogels mit zwei Fingern hochgehoben, und Alexander wendet angeekelt das Gesicht ab.
»Ein toter Uhu ist ein Zeichen für Unglück. Das Symbol für Atropos, die Parze, die den Faden des Schicksals durchtrennt. Wenn der Uhu schreit, ist jemand gestorben oder wird bald sterben.«
»Der hat keine Zeit gehabt zu schreien.«
Cesare schleudert den Körper des Vogels in die Weinberge, und der Papst folgt angewidert seinem falschen Flug.
»Laß uns zu Abend essen.«
Die Diener servieren appetitanregende Liköre, frische und getrocknete Früchte, und so beginnt die Liturgie des Essens und Trinkens, während Alexander Pläne besprechen und Cesare nur über seine Macht reden will.
»Die neuen Maschinen von Leonardo sind außergewöhnlich. Die geneigte Hebevorrichtung ließ mich fast ohne Verluste in Ceri eindringen, und wenn er die Maschinen fertig hat, von denen er träumt...«
»Er träumt! Es gefällt und mißfällt mir, ihn reden zu hören. Leonardo glaubt nicht an den Menschen.«
»Nein. Er glaubt nicht an den Menschen. Machiavelli, der nie träumt, glaubt auch nicht an den Menschen. Ich auch nicht.«
»Woran sollen wir glauben, wenn nicht an den Menschen?«
»Du und ich haben selten über Glaubensfragen gesprochen.«
»Es wäre unangebracht, mit einem Papst über Glauben zu sprechen.«
»Du hast recht.«
Der Papst schwitzt, ihm wird schwindlig. Er greift sich an die Stirn und versucht, den Blick auf seinen Sohn zu richten.

»Cesare, ist Nebel in diesem Zimmer? Rauch?«
»Nein.«
»Mir ist übel, und alles dreht sich.«
Alexander VI. hat sich schwerfällig erhoben und kann sich nicht auf den Beinen halten. Er stürzt auf den Tisch, ohne daß Cesare Zeit geblieben wäre, ihm zu Hilfe zu eilen. Cesare gelingt es aufzustehen, und er versucht, vor den Bediensteten zu seinem Vater zu gelangen, aber auch vor ihm dreht sich alles. Er kommt nicht vorwärts, kann kaum die Arme nach ihm ausstrecken. Er wäre wohl zu Boden gefallen, hätte ihn nicht Miquel de Corella rechtzeitig aufgefangen. Undeutlich fühlt er sich beschützt, zu sehr beschützt, beschämend beschützt, und sieht, wie Corella sich bewegt, hört, wie er Befehle ruft.
»Bringt Seine Heiligkeit in den Vatikan und Cesare in seinen Palast! Zusammen sind sie leicht zu erledigen. Stellt Wachen vor die Türen! Holt die Ärzte!«
Cesare sieht die Decken der Gemächer, durch die er zieht, bis er vom weichen Bett aufgenommen wird, mit linkischen Händen versucht, seinen Schweiß wegzuwischen, in den Augen das Fieber, und auf den Lippen die Frage.
»Miquel, was ist los mit mir? Was ist mit meinem Vater los?«
Er sieht Corella am Ende eines langen Weges, zu lange für einen erstaunten Blick.
»Was ist los, Miquel? Miquel! Gift? Eine Verschwörung?«
»Tertianafieber.«
Alles rund um ihn wird dunkel, und als er aufwacht, sieht er das Gesicht Vanozzas über das seine gebeugt, dahinter Corella und Jofré.
»Und mein Vater?«
»Er kämpft weiterhin.«
»Gegen wen?«
»Gegen das Fieber.«
Cesare geht durch einen engen Gang, aus dessen Wänden, je weiter er vorzudringen versucht, Schwerter wachsen, er will ans Ende gelangen, das er nie erreicht, weil er aufwacht.
»Und mein Vater?«
Diesmal antwortet Corella nicht, und auch nicht Vanozza, und ihre Augen weichen denen Cesares aus.
»Stirbt er denn?«

Corella nickt.
»Aber noch ist er nicht gestorben, oder? Er kann nicht sterben, solange ich in diesem Zustand bin. Stell mich auf die Beine! Ich muß auf die Beine kommen! Verstehst du nicht, wenn mein Vater stirbt, sind sie hinter mir her. Es ist wichtig, daß sie mich für stark halten!«
Vanozza wäscht den nackten Cesare mit Schwämmen, hilft ihm, sich anzukleiden, sich durchs Zimmer zu bewegen, sich in einen in düsterem, bewölktem Mittagslicht liegenden Garten zu bewegen. Es scheint, als hätte sich Cesare erholt, und er möchte sich setzen. Nun ist schon nicht mehr nur Corella hier, sondern an seiner Seite steht Machiavelli und prüft aufmerksam die Haltung des Valencianers.
»Und jetzt sagt mir, was los ist.«
»Es steht schlecht, Cesare. Die Feinde der Borgias ziehen durch die Straßen und verfolgen die Schwächsten der Familie. Die Wache beschützt die Agonie deines Vaters.«
»Die Agonie.«
»Die Agonie. Die Gesandten schicken Boten mit der freudigen Nachricht aus, daß du im Sterben liegst.«
»Die Agonie. Haben Sie gehört, Machiavelli? Ich habe oft überlegt, was ich tun müßte, sollte mein Vater sterben. Doch erwartete ich nicht, daß es geschehen würde, während ich selbst darniederliege und keine Möglichkeit zur Entgegnung habe.«
Corella begehrt auf.
»Du bist immer noch du, Cesare.«
Und er ist auch noch Cesare, als Burcardo in Trauerkleidung in der Tür stehen bleibt, er müßte nicht sprechen, damit alle verstehen, aber er sagt:
»Das Ende ist nah.«
Miquel de Corella ist der einzige, den die geröteten Augen Cesares wahrnehmen.
»Etwas muß getan werden, und das werde ich tun.«
Alexander glaubt in seinem Delirium, ein gewaltsames Eindringen Corellas in seine Gemächer zu sehen, an der Spitze eines Trupps von Trägern, die Schätze und Dokumente aufladen, ohne daß jemand Miquels Unterfangen in Frage stellt. Er grüßt ihn und versichert ihm: »Keine Sorge. Cesare wird alles an einem sicheren Ort aufbewahren.«

Dann die Ohnmacht. Das Delirium, in dem häufig die Sorge um seinen Sohn im Vordergrund steht: Was mag mit Cesare geschehen sein? Ein zusammengefallener, aufgeblähter Alexander VI., umringt von Burcardo, seinem Arzt und zwei Bediensteten, schlecht beschützt von einer lustlosen Soldateska, die trinkt, so oft sie nur kann, und argwöhnisch den jenseits der Fenster lauernden Feind betrachtet. Burcardo belauscht, mit halb geöffneten Augen, was die Soldaten reden.
»Wenn sie ihn holen kommen, verschwinde ich durch die Hintertür.«
»Sollen sie doch selber zurechtkommen. Ich laß mich nicht für diesen Sterbenden töten!«
»Ihr haltet besser den Mund. Cesare lebt noch.«
»Cesare liegt im Sterben.«
»Aber Corella lebt.«
»Sofern ihn die anderen leben lassen.«
Vor den Augen Alexanders VI. ziehen langsam undeutliche Landschaften vorüber, die er vergessen zu haben glaubte, Landschaften von Xàtiva, die schemenhafte Gestalt seiner Mutter, Bruchstücke von Erlebnissen mit seinem Onkel und seinem Bruder Pere Lluís, die Krönungszeremonie, Giulia Farnese nackt, bereit für seine sanfte Berührung, und seine Lippen stoßen Namen und Wünsche aus.
»Pere Lluís, wo steckst du? Hast du Joan getroffen? Joan! Mein Sohn! Mutter! Meine Mutter! Was für eine Finsternis! Onkel, was für eine Finsternis!«
Eine marmorne Hand reicht ihm die Eucharistie, und seine Lippen können die Hostie nicht fassen. Jemand muß ihm den Mund öffnen, um sie hineinzuschieben, und als er sie geschluckt hat, bewegen sich Rodrigos Lippen, eher betend als rezitierend:

Wenn die Nacht ihre dunklen Schleier ausbreitet,
schließen fast alle Tiere ihre Lider
und die Kranken wachsen in ihrem Schmerz.

Er ist so offensichtlich gestorben, daß die Lebenden der Bedrohung des Todes entfliehen, zurückweichen, und irgendjemand schlägt Alarm.
»Verschwinden wir, bevor der Palast überfallen wird!«
»Verschwinden wir!«

Nicht alle folgen dem Alarm, doch Burcardo, der Priester und die zwei Nonnen, die noch zurückgeblieben sind, gehen schließlich auch und überlassen den aufgeblähten Leichnam der absoluten Einsamkeit des düsteren Alkoven.

Die Totenglocken läuten, aber der sich mit seinen Modellen abmühende Leonardo da Vinci hört sie nicht. Doch da sieht er einen ebenso fassungslosen wie enttäuschten Machiavelli hereinkommen. Er sagt nichts, aber der Künstler errät es:
»Sind sie gestorben?«
»Alexander VI. ist gestorben. Cesare ringt mit dem Tod und trifft Entscheidungen, die nicht von Cesare zu stammen scheinen. Es gibt nur einen Ausweg für ihn: In die Romagna zurückzukehren, seine Truppen wieder aufzubauen und dem künftigen Papst seine Bedingungen aufzuzwingen. Cesare ist noch Gonfaloniere des Vatikan, und das Papsttum existiert ohne Cesares Truppen nicht.«
Da Vinci zerschlägt die Modelle in seiner Nähe. Er betrachtet sie melancholisch.
»Diese Maschinen werden zu spät kommen. Leonardo, Leonardo, du bist wieder einmal ein armer Vagabund. Ich glaube, ich gehe nach Frankreich, folge meinem Stern, solange ich einen Traum habe, werde ich am Leben sein. Ich werde meinem Lebenskonzept folgen. In die Tiefe der Natur vordringen, diese Höhle erforschen, die uns als Bleibe gegeben wurde, die Sterne befragen, alles Lebendige anatomisch genau darstellen, Städte ordnen, ihre Gesetze diktieren, und – ach! – die Melancholie und den Wahnsinn heilen. Die Melancholie ist die Folge vom Bewußtsein der Zerbrechlichkeit des Menschen in seiner Beziehung zur Welt und zur Vorsehung. Willkommen sei die Melancholie! Ich werde es wieder versuchen, in Frankreich. Kardinal d'Amboise hat mir verlockende Angebote gemacht. Wenn wir schon von Verlockungen sprechen, wissen Sie, daß ich dabei bin, einen Kuchen aus Ranken auszuprobieren?«
»Es ist nicht der Moment dafür, bitte.«
»Von den Kriegsmaschinen werde ich wenig haben. Es gibt eine Zeit für den Krieg und eine für den Genuß.«
Da Vinci betrachtet die Modelle, wählt plötzlich den gepanzerten

Wagen aus, nimmt ihn, führt ihn zum Mund und ißt ihn mit gierigen Bissen auf.
»Was machen Sie da?«
»Ich esse es auf. Ich habe es geschaffen, und ich esse es auf. Ich pflege meine Modelle aus Marzipan anzufertigen, lieber Niccolò.« Er nimmt das Modell des Schußrepetitors und bietet es ihm an. »Wollen Sie kosten?«

Kardinal della Rovere übergibt Cesare Borgia eine sorgfältig geschnitzte Holzschatulle, der steif lächelnd in einem Lehnstuhl sitzt, Corella bewaffnet an seiner Seite, Vanozza, die Heiltees hereinbringt, Burcardo aufmerksam an der Seite della Roveres.
»Ich habe dir das Feinste aus den römischen Klöstern mitgebracht.«
»Gibt es denn Rom noch? Man berichtet mir von Plünderungen und Überfällen auf die Besitzungen der Borgias, auf jene Besitzungen, die nicht von meinen Soldaten verteidigt werden.«
»Ihr hattet zu viele Besitzungen. Es gibt nicht genug Soldaten, um sie zu verteidigen. Es muß etwas geschehen, und ich bin gekommen, um dir meine Hilfe anzubieten. Vor allen Dingen, was machen wir mit dem Leichnam deines Vaters?«
»Er ist als Papst gestorben und soll als Papst begraben werden.«
»In Rom ist die Stimmung nicht nach einem Begräbnis, wie es Seine Heiligkeit verdient, aber man muß ihn begraben, gewiß. Deshalb bin ich mit Burcardo gekommen, damit er ein zufriedenstellendes, aber kein herausforderndes Zeremoniell auswählt. Dein Gesundheitszustand hindert dich daran, an den Begräbnisfeierlichkeiten teilzunehmen, er hat dich aber andererseits nicht davon abgehalten, sämtliche Archive und persönlichen Schätze Seiner Heiligkeit an dich zu reißen.«
Della Rovere weist ironisch auf Corella.
»Dein rechter Arm kam in Sankt Peter vorbei und nahm alles mit. Er bedrohte sogar einen Kardinal damit, ihm die Kehle durchzuschneiden, sollte er ihm nicht freie Hand lassen.«
»Es ist alles in Sicherheit gebracht.«
Cesare berichtet, ohne daß Corella Zeit hätte, einzugreifen, und fügt hinzu:

»Es ist kein guter Augenblick für eine Auseinandersetzung, es muß ein Papst gewählt werden, und ich habe auf mehr als die Hälfte der Kardinäle Einfluß. Willst du Papst sein? Wir können es aushandeln.«
»Nein, es ist nicht der Moment. Uns beide interessiert ein Übergangspapst.«
»Ein todkranker Alter. Costa? Piccolomini?«
»Piccolomini.«
»Ist er nicht zu krank?«
»Das weiß nur Gott.«
»Gut. Soll es Piccolomini sein. Aber ich will ein würdiges Begräbnis für meinen Vater. Sobald wie möglich werden wir dann über die politische Strategie und die militärische Macht sprechen. Corella reist in die Romagna, um meine Truppen auf Vordermann zu bringen.«
Da Cesare die Audienz für beendet betrachtet, erhebt er sich, Corella und Vanozza bangen um seine Stabilität, das entgeht auch della Rovere nicht, obwohl Cesare auf ihn zukommt und ihn kräftig umarmen will. Die Augen della Roveres verraten Zufriedenheit, als er Cesares Schwäche in seinen Armen spürt, doch zieht er sich mit wohlwollenden Gesten zurück. Als der Kardinal fort ist, schwankt Cesare und benötigt Hilfe, um ins Bett zu gelangen. Wieder zittert und schwitzt er. Corella und Vanozza sehen sich besorgt an. Burcardo beschränkt sich darauf, im Geist zu erfassen, was er mit halbgeschlossenen Augen sieht. Cesare ruft ihn mit Blicken zu sich.
»Burcardo. Kümmere dich darum, meinen Vater anzukleiden. Es ziemt sich nicht für einen Papst, nackt begraben zu werden.«
»Er ist nicht nackt, Herzog.«
»Kleide ihn als Papst.«
Burcardo geht, und Cesare richtet sich an Corella.
»Verliere nicht eine Minute. Brich Richtung Romagna auf und überwache die Truppen. Sie sollen die Stadtmauern schließen, keine bewaffneten Leute hineinlassen, wenn sie die Losung nicht kennen. Alle Adelsfamilien haben sich erhoben. Giovanni Sforza ist nach Pesaro zurückgekehrt, die Colonna, die Orsini haben ihre Besitzungen wiedererlangt ... Alles beginnt einzustürzen.«
Cesare spricht weiter, doch Burcardo verläßt bereits das Haus und eilt zu den Gemächern des Vatikans, wo der tote Papst nach

wie vor spärlich bekleidet und allein auf dem Bett liegt. Burcardo wäscht und kleidet den Leichnam, mit gerümpfter Nase als einziges Zugeständnis an die beginnende Verwesung. Dann besprengt er den Toten mit einer großen Menge Parfum. Burcardo ist hager, doch schwitzt er, als er sein Werk betrachtet, bekreuzigt sich dann, kniet nieder und betet. In dieser Haltung überrascht ihn della Rovere, der in Begleitung von zwei weiteren Kardinälen, d'Amboise und Piccolomini, den Aufbahrungsraum betritt. Sie ziehen Kreise um den Toten und schnuppern wie Tiere, wollen den Tod unter den duftenden Ölen riechen. Burcardo hat sich erhoben und wartet, daß Ihre Eminenzen sich äußern. Nun schnuppern nur noch der französische Kardinal und der greise künftige Papst, während della Rovere an Burcardo herangetreten ist und ihn neugierig betrachtet.
»Interessiert es Sie, weiterhin im Amt zu bleiben?«
»Nein.«
»Von uns aus können Sie bleiben.«
»Es ist genug.«
»Es wäre sehr interessant, von Ihnen alles zu erfahren, was Sie wissen. Jetzt. Es ist der entscheidende Moment, um der Hydra Borgia den Kopf abzuschlagen.«
»Eminenz. Es ist nicht die einzige Hydra.«
»Aber Sie wissen alles. Sie haben die moralische Verpflichtung zu erzählen, was Sie wissen.«
Schweigen liegt auf den Lippen Burcardos, Gleichgültigkeit in seinem Blick. Della Rovere zuckt mit den Schultern, und angesichts dieser Geste hören die beiden Kardinäle auf, den Papst zu beriechen, und stellen sich zu ihm. Bevor sie den Saal verlassen, ordnet della Rovere Burcardo kalt an:
»Lassen sie ihn so schnell wie möglich in einen Sarg legen. Trotz des Parfums stinkt er. Er ist der häßlichste, schrecklichste und monströseste tote Körper, der jemals gesehen wurde.«
Als Burcardo mit dem Leichnam allein ist, seufzt der Protokollchef machtlos und geht, um kurz darauf von Soldaten gefolgt zurückzukehren, die einen mächtigen Sarg tragen. Die Bemerkungen der Soldaten sind nicht besonders anregend.
»Er stinkt wie die Pest!«
»Muß man diesen *marrano*, dieses Schwein, hier hineinstecken?«
»Es gibt in ganz Rom keinen Sarg, in dem er Platz haben könnte.«

Burcardo versucht vergeblich mit dem Blick, für Respekt zu sorgen. Schließlich gibt er entmutigt die letzte Anweisung und geht.
»Schafft ihn so schnell wie möglich hinein.«
Kaum ist Burcardo draußen, laden sich die Soldaten den Toten auf, mit jeweils einer Hand packen sie den Körper, mit der anderen halten sie sich Mund und Nase zu. Sie wollen ihn in den Sarg senken, aber er paßt nicht hinein, nicht wegen seiner natürlichen Körperfülle, sondern weil er von dem tödlichen Fieber so aufgebläht ist.
»Hier paßt er nicht hinein. Ich hab's euch doch gesagt.«
»Und wie es stinkt, dieses Schwein! Was muß der im Leben genossen haben?«
»Was man so hört, viele Muschis.«
»Danach riecht er nicht, er riecht nach Scheiße und Eiter.«
»He, Giorgio! Du bist doch ordentlich schwer. Setz dich auf ihn, bis er drinnen ist. Aber setz dich nicht auf den Bauch, der kann platzen.«
»Und warum ich?«
»Weil du so dick bist wie er.«
Giorgio macht sich bereit, die Arbeit auszuführen, da hält ihn ein anderer Soldat zurück. Er trägt die Tiara und setzt sie ihm auf.
»Da du dich auf einen Papst setzt, tu es mit der Tiara, nicht, daß sich Seine Heiligkeit gedemütigt fühlt.«
Unter Gelächter bedeckt sich Giorgio mit der Tiara, setzt sich auf Alexander VI. und versucht mit all seiner Kraft, die Leiche in den Sarg zu pressen, angefeuert von den aufmunternden Zurufen seiner Kumpane.
»Seht! Er strengt sich an, als würde er scheißen!«
Zwei weitere setzen sich zu Giorgio auf den Körper, und sie bringen ihn endlich hinein. Ein Soldat übergibt sich, die anderen heben den Deckel auf den Sarg und schließen ihn, atmen zufrieden auf und überlassen den Körper des toten Papstes abermals der Einsamkeit.
Die Glocken läuten.
Burcardo verläßt den Vatikan in Begleitung von Bediensteten, die sein Gepäck tragen, durch die Hintertür. Bevor er in die Kalesche steigt, betrachtet er zum letzten Mal diese Umgebung. In einer Hand trägt er eine Aktentasche, so besteigt er die Kutsche, die ihn von seiner Arbeitsstätte fortbringen wird. Im Wageninneren

gerät er ins Grübeln, und als sich seine Augen wieder dem Rom zuwenden, das er verläßt, sieht er das lächelnde Gesicht della Roveres, der einem greisen Kardinal vorangeht, dessen Augen schon zum Horizont des Todes schweifen. Er geht mit so unsicheren Schritten, daß Giuliano della Rovere ihn unter dem Arm stützt, während er verkündet:
»Habemus papam!«

KAISER ODER NICHTS

Machiavelli dreht eine Wasseruhr um und nimmt einen Kandelaber, den er dorthin richtet, wo er Juanito Grasica vor sich hindösend vermutet. Doch er döst nicht. Er scheint einem Traum nachzuhängen.

»Bist du hier, Juanito?«

»Ich bin hier, Signor Niccolò. Wenn ich an alle diese Geschichten denke, kommen sie mir so weit weg vor. Dieser Leichnam von Cesare nimmt alles ein. Es war wie die Linie des Horizonts. Wäre ich doch früher angekommen, um ihm zu helfen!«

»Cesare war schon tot, als er Rom verließ. Er irrte sich darin, della Rovere und den Katholischen Königen zu vertrauen. Er glaubte dem Wort des *Gran Capitáns*, der nur ein Feldherr war, und den Befehlen seiner Könige gehorchte. Ich erinnere mich, daß ich Cesare besuchte, als er rekonvaleszent darniederlag und der neue Papst, der kurze Piccolomini, schon tot war. Ein anderer Pontifex mußte gewählt werden, und es hieß, daß Cesare die Stimmen der borgiatreuen Kardinäle della Rovere übergeben würde. Ich versuchte vergeblich, ihn davon abzubringen.«

Machiavelli muß daran denken, wie sich Cesare bemüht, auf die Beine zu kommen, so bleich, daß man nicht einmal die Flecken der Franzosenkrankheit sieht, und wie sich der alte Kardinal Costa im Hintergrund hält, während der Valencianer aufmerksam den Ausführungen Machiavellis folgt.

»Warum wollen Sie della Rovere trauen, der ein traditioneller Feind der Borgias gewesen ist? Sollte er Papst werden, könnte er alle Ihnen gegenüber gemachten Versprechungen unerfüllt lassen. Sie haben noch die Festungen der Romagna. Corella kann sie weiterhin halten, bis Sie wieder persönlich die Truppen lenken.«

Cesare betrachtet prüfend Machiavellis ernstes Gesicht, tauscht einen Blick mit Costa, und läßt schweigend Zeit verstreichen, damit seine folgenden Worte wirksamer sind.
»Sie haben Corella gefaßt und foltern ihn. Er soll ihnen die Losungsworte für den Einlaß in die von uns kontrollierten Städte verraten. Im Moment hält Miquel durch, aber für wie lange? Wenn ich mit della Rovere paktiere, wird er mir garantieren, daß ich Gonfaloniere von Rom bleibe. Das Heer wird mir weiterhin unterstehen.«
»Warum sollte er die Abmachung einhalten, sobald er die päpstliche Tiara erhalten hat?«
»Mich zu vernichten, würde ihm das Leben zu schwer machen. Noch habe ich Verbündete. Noch vereinen mich Blutsbande mit dem König von Frankreich. Und der *Gran Capitán* sichert mir von Neapel aus Rückendeckung zu. Ich muß nur in Rom überleben. Wieder zu Kräften kommen. Zeit gewinnen und in die Romagna aufbrechen können.«
»Mit della Rovere im Vatikan werden Sie nie mehr in die Romagna zurückkehren. Die Loyalitäten schwanken. Ich komme als florentinischer Gesandter, und ich weiß genau, daß dort die gesamte *Signoria* darauf wartet, daß der Fall Cesares bestätigt wird.«
»Noch verkörpere ich die Hoffnung vieler, die den Traum vom Zusammenschluß gegen die neuen Barbaren träumten.«
»Die Barbaren waren und sind nicht draußen, sondern drinnen, Cesare. Die Leute fürchten das übermäßige Risiko, drastische Veränderungen stellen für sie Abgründe dar. Ihre Stärke war Ihr Vater, und Ihr Vater ist tot. Sie müssen della Rovere vom Vatikan fernhalten.«
»Das kann in Rom selbst einen Krieg auslösen, von dem ich nicht sicher bin, ihn zu gewinnen. Wenn sie mich in Rom schlagen, haben sie mich für immer besiegt.«
Machiavelli hebt die Schultern und mustert die Gegenstände im Zimmer, als stellten sie das einzige Reich dar, das Cesare noch bleibt.
»Ich habe Sie allein vorgefunden. Wo sind Ihre Männer?«
»Die einen tot. Corella im Gefängnis. Grasica habe ich beauftragt, die Truppen zu organisieren, die die Besitzungen meiner Familie in Rom schützen. Jofré ist großartig, er ist ein erwachsener Mann

geworden und befehligt die Patrouillen, die unsere Verbündeten und meine Mutter verteidigen. So ist die Lage.«
»Die Wache?«
»Die Wache setzt sich aus Valencianern, Katalanen und Aragonesen zusammen. Ich vertraue ihr.«
Machiavelli will sich angemessen von Cesare verabschieden, doch als er sich ihm nähert, sind beide unentschlossen. Cesares Stimme genügt.
»Auf Wiedersehen, Niccolò. Ich weiß, daß dir die Verlierer lästig fallen. Sobald ich wieder gesiegt habe, verständige ich dich.«
Machiavelli grüßt Cesare, dann auch Costa, und überläßt sie ihren düsteren Gedanken, doch bevor er die Tür hinter sich schließt, kann er noch hören, wie Giorgio Costa Cesare drängt: »Giuliano della Rovere erwartet deine Entscheidung.« Machiavelli macht sich auf den Weg zu della Rovere, der vor den Augen weiterer Kardinäle in ein hitziges Gespräch mit George d'Amboise und mit dem spanischen Gesandten verstrickt ist. Er hält eine Bibel hoch und schwingt sie über den Köpfen der Versammelten.
»Cesare ist noch nicht besiegt! Wir können nicht handeln, ohne ihn einzubeziehen, und auch kein Konzil einberufen, das in dem bestehenden Kräfteverhältnis im Heiligen Kollegium der Kardinäle eine größere Änderung herbeiführen würde. Es wird der Papst gewählt werden, den Cesare gutheißt.«
»Und warum sollst du es sein, Giuliano?«
»Und warum du, George?«
»Mich unterstützt der König Frankreichs.«
»Du hinkst auf einem Bein. Dir fehlt das spanische Bein. Herr Gesandter Ihrer Katholischen Majestäten Spaniens, wen unterstützen Sie?«
»Kardinal Carvajal.«
Della Rovere schleudert wütend die Bibel zu Boden.
»Wie können Sie anstreben, daß nach einem spanischen Pontifikat ein weiterer spanischer Kardinal zum Papst gewählt wird?«
»Alexander VI. war kein Spanier. Er war ein valencianischer *marrano* aus Xàtiva. Im Königreich Valencia vor der Vereinigung der Katholischen Könige geboren.«
»Kommen Sie mir nicht mit territorialen Spitzfindigkeiten, Herr Botschafter! Die italienischen Städte werden es nicht gutheißen,

daß der künftige Papst nicht aus einer ihrer Familien stammt. Solange die Päpste unseren Adelsgeschlechtern entstammten, gab es keine Probleme.«
Die Wut von Giuliano della Rovere hat auch dem Gesandten die Zornesröte ins Gesicht getrieben.
»Von welchen italienischen Städten sprechen Sie? Dieses Land ist ein Land der Sippen, der Horden und Clans. Die Souveränität der Städte wird so lange andauern, wie wir Franzosen und Spanier es wollen.«
Kardinal d'Amboise räuspert sich und greift ein:
»Nicht so voreilig, Herr Botschafter. Es ist nicht klar, daß unsere Interessen übereinstimmen.«
»Haben Sie denn nicht gesehen, wie sich diese Leute organisieren? Wie Stämme. Viele Dichter, viel Lautenklang, viel Humanismus und viel Petrarca, doch sie wissen nicht, in welcher Welt sie leben.«
An diesem Punkt bemerkt della Rovere, daß Machiavelli eingetreten ist, kehrt dem Streit zwischen d'Amboise und dem spanischen Gesandten den Rücken und geht auf ihn zu. Es ist schon nicht mehr der leidenschaftlich seine Kandidatur Verteidigende, sondern ein lächelnder kühler Hausherr, der Machiavelli an den Schultern faßt.
»Bringen Sie Nachrichten von Cesare?«
»Woher wissen Sie, daß ich von ihm komme?«
»Die Dinge haben sich verändert, Signor Machiavelli. Früher wußte Cesare alles über die anderen, jetzt ist es umgekehrt. Cesare verliert allmählich Ohren und Augen. Bewundern Sie ihn immer noch so sehr?«
»Ich habe seine Träume bewundert, denn sie hätten Wirklichkeit werden können. Ich verabscheue die Träumer. Vielleicht erschien mir deshalb Dante immer als ein Dummkopf.«
»Die Träume Cesares sind gültig, mehr als gültig, notwendig.«
Della Rovere entfernt sich noch weiter von dem Streitgespräch und senkt seine Stimme.
»Der Vatikan muß ein starker Staat sein. Darin hatte Alexander VI. recht, und ebenso Cesare. Doch die künftige Stärke des Vatikans soll militärischer und moralischer Natur sein. Wir müssen den militärischen Traum Cesares bewahren und ihm durch die Verurteilung der Borgias eine moralische Glaubwürdigkeit schaffen.

Sie gehören zu den Meinen, Signor Niccolò. Der König ist tot, es lebe der König! Ich als Papst werde die militärische Stärke des Vatikans beibehalten, und die Fahne der Sühne für die Schuld der Borgias hochhalten.«

»Ich verstehe die Synthese. Die von den Borgias geschaffene Grundlage soll bestehenbleiben, sie selbst aber sollen als einzige Verantwortliche für die Korruption der Kirche und ihren Mangel an Spiritualität angeklagt werden. Zurück zur Kasteiung, Schluß mit den Ausschweifungen. Der Gedankengang Savonarolas?«

»Nicht in solchem Maß. Der Gedankengang Savonarolas zersetzte das System, die Ordnung. Das System muß durch die Ordnung aufrechterhalten bleiben. Ich brauche Sie an meiner Seite, Machiavelli.«

»Ich kehre nach Florenz zurück.«

»Was gedenken Sie der *Signoria* zu berichten?«

»Daß man, ob lebendig oder tot, mit Cesare nicht mehr zu rechnen hat.«

»Wenn ich sage, ich brauche Sie an meiner Seite, muß das nicht heißen, daß Sie nicht nach Florenz zurückkehren sollen. Was ich brauche ist, daß Sie meine Absichten verstehen.«

»Ich werde die Ergebnisse verstehen.«

Die Stimmen der Anwesenden sind laut geworden, erreichen die Dezibel des Wortstreits. Der Grund für diesen Aufruhr ist die Ankunft des alten Kardinals Costa, der unerschütterlich und stumm dem Ansturm der Versammelten standhält.

»Bringst du neue Nachrichten?«

»Wie lautet Cesares Angebot?«

Aber Costa antwortet nicht, und seine halbgeschlossenen Augen ruhen nicht, bis sie das zurückgezogene Paar, della Rovere und Machiavelli, entdecken. Er geht zu ihnen und zieht Giuliano für ein Gespräch unter vier Augen beiseite, was die anderen Anwesenden mit vor Erstaunen offenem Mund zurückläßt. Als Costa aufgehört hat zu sprechen, kann della Rovere seine Freude nicht verhehlen, wendet sich, in das Licht der Auserwählten gehüllt, zu den Versammelten, und breitet mit einem triumphierenden Lächeln die Arme aus. Geneigte Häupter, plötzliche Umarmungen, Körper, die sich auf della Rovere stürzen, als wollten sie in seinen erahnten Sieg mit eintauchen.

»Herzlichen Glückwunsch, Giuliano!«

»Es konnte nicht anders sein!«
»Ein Tag des Ruhms für die Christenheit, Ehrwürdige Eminenz!«
Der spanische Botschafter bleibt mit d'Amboise allein.
»Der hat die Stimmen schon in der Tasche. Er hat so viel von einem Christen wie Alexander VI. und ist so konkupiszent gewesen wie irgendein Borgia. Man sagt ihm mehr als vier Kinder nach. Man schickt uns von Herodes zu Pilatus.«
Machiavelli weicht ihren Blicken nicht aus, und als er bereits zum Gehen gewandt an ihnen vorbeikommt, bestätigt er:
»Habemus papam!«

Miquel de Corella erwacht und betastet in der Dunkelheit die Wunden, die sein Gesicht, seine nackten Arme, seine blutüberströmte Brust bedecken. Er kann nur mit Mühe eines seiner verquollenen Augen öffnen, und als er von der Pritsche aufsteht, um sich auf einen Stein zu setzen, entdeckt er, daß er nackt ist. Er stützt seinen Kopf in die Hände, heftet die Augen auf die Nacktheit seines Geschlechts, und beginnt zu zittern, als würde genau diese Nacktheit seine Zerbrechlichkeit bestätigen. Er faßt sich jedoch wieder, als die Eisentür in den Angeln quietscht und hart gegen die Steinmauer der Zelle schlägt. Zwei riesenhafte, bewaffnete Männer kommen auf ihn zu, und der Gefangene empfängt sie mit der Bemerkung:
»Ihr ruht nicht, und laßt auch keine Ruhe zu.«
Die Wärter sind stumm, zwingen den Gefangenen aufzustehen und zu gehen, trotz der Ketten, die seine Gelenke fesseln.
»Warum bedeckt ihr mein Geschlecht nicht? Was, wenn Damen dort sind, wo ihr mich hinbringt? Mein Schamgefühl?«
Einer der Wärter nimmt ein schmutziges Tuch, das auf dem Strohsack lag, und schlingt es Miquel um die Taille, stößt ihn dann vorwärts, aus der Zelle hinaus, auf den Gang, und die Stöße sind das einzige Gesetz, das dem Gefangenen gegenüber angewendet wird. Sie sagen nichts, als sie ihn in die Kammer bringen, die von der Folterbank und den strengen Peinigern beherrscht wird. Sie betrachten die Spuren ihres auf dem Körper Miquels vollbrachten Werks mit Kälte. Der mit dem schärfsten Blick und Profil drängt darauf, daß sie ihn in die Mitte des Zimmers bringen, und versenkt sich in die Aktenbündel, aus denen die Logik

der Situation hervorkommen soll. Die müden Augen schweifen von den Buchstaben wie zufällig zu Corella, als sie fragen:
»Haben Sie ihre Absichten geändert?«
»Das hängt davon ab, auf welche Absichten Sie sich beziehen.«
»Sie kennen die nötigen Losungsworte, um Einlaß in die befestigten Städte zu finden, die Cesare untertan sind. Das Beharren in der Illoyalität gegenüber dem Pontifex, wenn schon nicht die gegenüber den ursprünglichen Herrschern dieser Städte, ist ein schlimmes Delikt, das Sie fortführen, indem Sie sämtliche Ihnen von uns unterbreiteten Vorschläge mißachten.«
Corella antwortet nicht, läßt aber sein ihn verhörendes Gegenüber nicht aus den Augen.
»Wollen Sie nicht antworten?«
»Signor, den Platz, den Sie einnehmen, habe ich dutzendmal eingenommen, und ich glaube, ich konnte unterscheiden zwischen dem zu reden bereiten Verhörten und dem, der nicht dazu bereit war.«
Der Inquisitor wartet darauf, daß die Rede weitergeht, doch Corella scheint nicht viel daran zu liegen.
»Also dann?«
»Also dann?«
»Zu welchen Schlüssen hoffen Sie zu kommen?«
»Ich bin nicht bereit zu reden.«
»Aus Loyalität Cesare gegenüber?«
»Aus Illoyalität dem gegenüber, was Sie vertreten, und aus einer persönlichen Überlegung heraus. Sobald ich rede, büße ich meine Stärke ein.«
Der Inquisitor gibt ein Zeichen, und die Wärter spannen Corella auf die Folterbank. Der Gefolterte preßt in Erwartung der Spannung der Maschine die Zähne zusammen, und als es soweit ist, entweicht seinen verkrampften Lippen kaum ein Schmerzenslaut, während seine Augen unter den geschlossenen Lidern zucken, und sich die Kieferknochen abzeichnen, als wollten sie die Haut zerreißen. Die Augen des Inquisitors prüfen die Wirkung der Tortur und scheinen die Einsätze der Maschine zu zählen, bis er sie für ausreichend hält. Dann gibt er ein Zeichen und erhebt sich, um das Ergebnis aus der Nähe zu betrachten.
»Er ist ohnmächtig geworden«, bestätigt ein Wärter, und der Inquisitor nickt.

Er verläßt die Folterkammer, und an seiner Stelle kommt ein devoter Dominikanermönch herein, der sich salbungsvoll den Leiden des Darniederliegenden widmet.
»Bringt den armen Kerl wieder zu Bewußtsein.«
Ein Eimer kalten Wassers schwappt in Corellas Gesicht, und er kommt zu sich, ein Schiffbrüchiger, bereit, den Ursprung der neuen Bedrohung auszumachen. Es sind dieselben wie vorhin, außer dem Dominikaner, und auf ihn lenkt Corella seinen Blick.
»Leidest du, Bruder? Ist nicht vielleicht dein Stolz der Grund deines Leids? Bist du ein guter Katholik?«

»Gläubig bin ich, doch der Glaube entflammt mich nicht …«

Der Dominikaner fordert die Wärter zu Erklärungen auf.
»Was hat er gesagt? In welcher Sprache redet er?«
»Was weiß denn ich. Er verbringt die Nächte damit, Verse in dieser fremden Sprache zu rezitieren.«

»… die langsame Kälte die Sinne auslösche,
will dem folgen, was meine Gefühle sagen,
mein Glaube Paradies, meine Vernunft Richter …«

»Bruder, in welcher Sprache rezitierst du profane Verse?«
»Sie sind ganz und gar nicht profan, Pater. Sie sind Teil des *Cant espiritual*, des geistlichen Lieds von Ausiàs March, ein katalanischer Dichter, der nur die Liebe und den Tod besungen hat.«
»Wozu vom Tod sprechen? Reden wir über die Liebe, Bruder! Du schweigst aus Liebe zu deinem Herrn, doch manchmal bewirkt eine sinnlose Liebe das Gegenteil. Ich kann dir im Namen des Heiligen Vaters die Freiheit und Verhandlungen über deine Besitzungen garantieren, wenn du zur Zusammenarbeit bereit bist. Übertreibst du deinen Stolz nicht, Bruder?«
»Warum nennst du mich Bruder, du Hurensohn?«
»Ich verstehe dich nach wie vor nicht, Bruder. Außerdem verteidigst du eine zwecklose Sache. Cesare Borgia ist als Gefangener des *Gran Capitáns* nach Neapel unterwegs, und er hat ausdrücklich auf seine Festungen in der Romagna verzichtet.«
»Da soll sich der Papst selbst hierherbemühen, um mir das zu sagen. Das ist ein Schwindel.«
»Wenn es dir jemand deines Vertrauens sagte, würdest du ihm glauben?«

»Hätte ich jemanden, dem ich vertrauen könnte, würde ich ihm glauben. Mein Problem ist, daß ich niemandem traue.«
Der Mönch fügt sich in das Unvermeidliche.
»Ich übergebe dich erneut den Händen deiner Folterknechte.«
Der Mönch wollte sich schon zurückziehen, als in seinem Rükken die Antwort Miquels ertönt.
»Ich würde mich doch auf die Mitteilung einer Person verlassen.«
»Die des Heiligen Vaters?«
»Auf die am allerwenigsten. Ich bitte darum, daß Niccolò Machiavelli mir Bericht erstattet.«
Der Dominikaner hebt die Schultern, und Corella bleibt liegen in Erwartung erneuter Angriffe. Er sinkt in einen Halbschlaf, wirft sich unruhig hin und her, träumt. In seinem Traum trägt Lucrezia ein Körbchen mit Blumen und ist überrascht, ihn so übel zugerichtet auf einer Wiese liegend zu finden. Sie beugt sich über den nackten verletzten Corella, und versucht, mit der Spitze eines Taschentuchs aus Batist seine Tränen zu trocknen.

»Wann werde ich wohl die Wangen benetzen
mit süßen Tränen, Wasser der Klage?«

Corella erwacht und richtet sich auf. Alles ist gleich, und gleich klingt auch das Geräusch der schweren, aufgestoßenen Tür, die gegen den Stein schlägt. Diesmal jedoch kommen keine Folterknechte herein, sondern Machiavelli, allein und ganz leise. Er mustert Corella besorgt.
»Noch bin ich am Leben, Niccolò, noch bin ich am Leben. Wer schickt Sie?«
»Ich mich selbst.«
»Das ist gut so. Nun erinnere ich mich nicht, was uns beschäftigt.«
»Sie baten um mein Kommen, damit ich Ihnen bestätigte, daß Cesare sich schon nicht mehr in Rom, sondern in den Händen des *Gran Capitáns* befindet.«
Miquel denkt nach und sagt schließlich:
»Es stimmt also, nicht wahr? Andernfalls wären Sie nicht hier.«
Machiavelli nickt, und Corella lächelt wehmütig.
»Also war alles umsonst.«
»Cesare wurde vom neuen Papst, seinem Freund della Rovere, den Spaniern ausgeliefert.«

»Della Rovere hätte ich längst die Kehle durchschneiden sollen. Entweder tötest du, oder du stirbst.«
»Noch sind Sie und Cesare am Leben. Cesare irrte sich darin, zunächst della Rovere und dann den Königen von Spanien zu trauen. Er wollte Rom Richtung Neapel verlassen, um darauf in die Romagna zurückzukehren und seine Stärke aufzubauen. Gonzalo Fernández de Córdoba, der *Gran Capitán*, gab ihm sein Wort, und wollte es gewiß auch halten. Doch die Könige Spaniens hatten andere Pläne. Die Königin Isabel haßt die Borgias, und Fernando de Aragón fürchtet Cesare nach wie vor.«
Corellas melancholische Ironie wird zur Niedergeschlagenheit.
»Was wird aus dir werden, armer Miquel de Corella? Wie werden sie mit dem besten Handlanger Cesares umgehen? Wie viele Schwerter werden aus den Gräbern der von mir Ermordeten hervorspringen, um mich aufzuspießen? Rette ich mich damit, die Losungsworte der Festungen bekanntzugeben?«
»Die Festungen ergeben sich eine nach der anderen. Nun geht es darum, daß Cesare die von ihm geforderten Wiedergutmachungen zahlt und den versteckten Schatz der Borgias herausrückt. Die Abreise Cesares war das Zeichen der Niederlage.«
»Also bleibt mir wenig Zeit.«
»Ich sehe das nicht so und habe dem Papst eine – wie ich glaube, sowohl in Florenz als auch in Rom brauchbare – These unterbreitet. Sie sind ein gedungener Mörder, Corella, gewiß. Aber ein ausgezeichneter. Der beste, den ich kenne.«
»Vielen Dank, Niccolò. Es erfüllt mich mit Stolz, daß Sie mich für den besten politischen Mörder halten, den Sie kennen.«
»Ein echter Spezialist, und Spezialisten wie Sie braucht die Macht immer. Ich habe Sie der *Signoria* von Florenz empfohlen, damit Sie nach einem symbolischen Prozeß und einer ebenso symbolischen Verurteilung eine wichtige Rolle in der Sicherheit der Toskana übernehmen können.«
»Aber der Papst wird über mich richten.«
»Sagen Sie Julius II., was er hören will, nämlich daß Cesare die ganze Schuld trifft, und daß Sie seinen Befehlen gehorcht haben. Auch die Päpste brauchen intelligente Mörder. Je intelligenter die Mörder sind, desto mehr werden sie von der Macht gebraucht.«
»Meine Logiklehrer in Pisa, oder vielleicht war ich nie in Pisa und hatte auch nie Logiklehrer, aber irgend jemand lehrte mich,

weil ich es vorher nicht wußte, daß ein Gutteil der Widersprüche bloße Vorspiegelungen von Widerspruch sind. Was mich rettet, Niccolò, ist meine Fähigkeit zur Grausamkeit. Was mich vor dem Tod rettet, ist meine Fähigkeit zu töten.«

»Sie rettet, wie sachkundig Ihre Grausamkeit ist. Besser ein geübter Schlächter als ein ungeübter.«

Corella lacht lauthals, steht auf, fällt aber hin, da er die Ketten an den Füßen nicht bedacht hat. Als er auf der Pritsche liegt, kann er, zur Verwunderung und Empörung Machiavellis, sein Lachen nicht länger zurückhalten.

»Worüber lachen Sie, Signor Corella?«

Corella antwortet nicht, aber sein Lachen ebbt ab, und während er sich die Augen reibt, um die Tränen zu trocknen, fragt er.

»Was kann Cesare retten?«

»Nichts. Ich erzähle Ihnen, wie er in die Falle ging.«

Schußsalven, denen der *Gran Capitán* zuhört, als würde er sie zählen, und als sie enden, hebt er den Kopf, um die Rauchschwaden im Himmel über Neapel zu betrachten.

»Salven für einen Mörder.«

Gonzalo Fernández de Córdoba hat sich umgedreht, und Doña Sancha wirft sich in seine Arme.

»Warum hast du diesem Ungeziefer Unterschlupf gewährt? Cesare hat immer noch ehrgeizige Pläne. Er ist mit Bankiers und Militärs verbündet, um erneut über die Romagna herzufallen. Sein Traum, König Italiens zu sein, besteht nach wie vor.«

»Es ist nur ein Traum.«

»Aber du hilfst ihm.«

»Ich helfe ihm nur zu träumen. Ist es eigentlich angebracht, daß er dich hier antrifft? Er kann jeden Moment hereinkommen.«

Doña Sancha schwankt, doch bevor sie sich entschieden hat, ist Cesare in Begleitung von Juanito Grasica in der Tür erschienen. Er trägt wieder Schwarz und Lila, dazu angetan, aufzufallen, und er begegnet dem *Gran Capitán* arrogant, aber doch freundschaftlich, indem er ihn umarmt. Vor Sancha verneigt er sich galant, sie erwidert seinen Gruß ohne zu lächeln und weicht seinem Blick aus.

»Ich habe die besten Aussichten, Gonzalo. Mich erreichen Nach-

richten aus ganz Italien. Meine Befürworter warten auf mich, und ich stelle alle meine Eroberungen in den Dienst der Könige von Spanien.«
Seinem Wink folgend breitet Juanito eine Karte auf dem Tisch aus, und Cesare zeichnet mit einem Finger seinen geplanten Ritt nach.
»Alles beginnt mit der Einnahme von Piombino, dem Schlüssel zu Pisa, und von diesem Brückenkopf aus, Florenz, der Schlüssel der Toskana. Mir ist bewußt, daß dadurch Louis XII. in Zorn geraten und vielleicht auch handeln wird, doch sollte es dazu kommen, vertraue ich auf dich, auf die Könige Spaniens und auf Maximilian von Österreich. Das ist das neue historische Bündnis.«
»Sehr gut beobachtet, Cesare.«
»Ich brauche Galeeren, Soldaten, Artillerie, mit denen ich im Namen Spaniens angreifen werde.«
»Nie war es uns eine solche Ehre, und nie konnten wir größeren Ruhm erwarten.«
»Mir ist bekannt, daß die Herren von Venedig, Florenz, Bologna und diese Schlange mit gespaltener Zunge, Giuliano della Rovere, zittern.«
»Den Heiligen Vater als Schlange mit gespaltener Zunge zu bezeichnen, scheint mir keine gute Art, die Angelegenheit zur Sprache zu bringen. Jedenfalls, Cesare, wirst du das von dir Geforderte zu gegebener Zeit erhalten.«
Die beiden Feldherrn umarmen sich, und Cesare nimmt ein wenig Abstand, um Gonzalo Fernández de Córdoba in die Augen sehen zu können.
»Du hast dich mir gegenüber wie ein Bruder benommen.«
»Adel verpflichtet, Cesare.«
Die Umarmung wird enger, und danach geht Cesare bewegt fort, doch ehe er den Raum verläßt, sucht er Doña Sancha auf, die gedankenverloren abseits weilt.
»Mein Bruder Jofré ist bei mir und hat mir gesagt, du möchtest ihn nicht sehen.«
»Es gibt nichts zu sehen, Cesare. Meine Geschichte mit Jofré ist zu Ende.«
»Er ist mittlerweile ein Mann.«
»Er ist spät, sehr spät ein Mann geworden.«

»Sancha, alles hat sich verändert, aber ich möchte, daß du dich in jedem Fall erinnerst ...«
»Nur ich allein wähle meine Erinnerungen aus.«
»Werde ich in deinen Erinnerungen auftauchen?«
In Sanchas Stimme liegt Sammlung, Bitternis, Sarkasmus, als sie antwortet:
»Du bist unvergeßlich, Cesare Borgia.«
Sie läßt sich die Hand küssen, und der Valencianer bricht auf. Sancha und der *Gran Capitán* sagen nichts, bis sie zu ihm läuft und in seinen Armen Zuflucht sucht.
»Beschütze mich, Gonzalo, beschütze mich!«
»Wovor? Vor wem?«
Der Heerführer versteht Sanchas Angst nicht, doch bleibt ihm nicht allzuviel Zeit, sie zu ergründen, da sein Adjutant ihm ankündigt:
»Der Botschafter Ihrer Majestäten, der Katholischen Könige.«
Gonzalo Fernández de Córdoba drängt Sancha zuerst mit dem Blick, dann mit einem leichten Schubs, zu gehen, und sie gehorcht, wobei sie in seinen Augen die Süße eines Blicks wie dem eines besiegten Tiers zurückläßt, und die Sanftheit der Frau macht der Überheblichkeit des übelgelaunten Botschafters Platz.
»Dich wollte ich sehen, und das schon seit Tagen. Was sollen diese Salven für den, der einst Cesare Borgia war, und heute nichts weiter ist als ein Gefangener unserer Könige?«
»Das war nicht die Abmachung.«
»Du befiehlst auf dem Schlachtfeld, und das machst du gut, Gonzalo, aber überlasse die Politik den Königen und ihren Gesandten. Als Gesandter der Katholischen Könige befehle ich dir, diesen großen Hurensohn in Ketten zu legen und nach Kastilien zu schicken. Ihn erwartet die Klage seiner Schwägerin, María Enríquez, die davon überzeugt ist, daß ihr Gatte, Joan de Gandía, von ihm getötet wurde. Wir werden ihm entweder den Kopf abschneiden, oder er stirbt vor Ekel in einem Verlies.«
»Das war weder meine Abmachung mit Cesare noch meine Vereinbarung mit dem Papst, und ebensowenig waren es die Anweisungen, die ich von Seiner Majestät Fernando erhalten habe.«
»Du bist stur wie ein Esel, Gonzalo. Da nimm.«
Der *Gran Capitán* liest die Papiere, die ihm der Botschafter hinhält, zwei Mal. Er seufzt und beschränkt sich darauf, zu bemerken:

»Gib mir Zeit!«
»Zeit, wofür?«
»Selbst der Verrat braucht seine Zeit.«
Cesare fühlt sich noch nicht verraten, über seine Karten, seine Zahlen gebeugt, in einer trügerischen Wolke, die ihn auf seinen Eroberungsweg zurückbringen soll. Es ist spät in der Nacht, er ist aufgeregt und müde, und bemerkt zu den ihm am nächsten stehenden Männern, unter ihnen Juanito:
»Morgen ist der große Tag, und ich halte es für richtig, dem *Gran Capitán* für das zu danken, was er meinetwegen getan hat. Begleite mich, Juanito.«
Ein serviler Edelmann kommt ihm zuvor.
»Bei allem Respekt, Signor, aber es würde mich sehr freuen, Ihr Begleiter zu sein und mich so ebenfalls von Don Gonzalo zu verabschieden, in dessen Dienst ich gestanden habe.«
»So sei es, Don Pedro. Nie befand sich Cesare Borgia in besserer Begleitung als in der des Grafen Pedro Navarro.«
Wieder umarmen sich der *Gran Capitán* und Cesare, mit Pedro Navarro und seinen Männern im Rücken.
»Es ist alles vorbereitet. Morgen beginnt eine neue Ära für die Borgias, die sich nun der spanischen Krone angeschlossen haben.«
»Das möge der Wille Gottes, unseres Herrn, sein.«
»Du versprachst mir einen persönlichen Geleitbrief, um jegliches Hindernis in den dir unterstehenden Garnisonen auszuräumen.«
Das Papier liegt auf dem Tisch bereit, und Fernández de Córdoba hält es ihm wortlos hin. Cesare verwahrt es, und im Gehen prägt sich ihm das Gesicht des *Gran Capitáns* ein, das seinen eigenen Gefühlen fern scheint. An seiner Seite marschiert Pedro Navarro, argwöhnisch nach rechts und links spähend, die vor ihnen liegenden Gänge im Auge und den Kopf immer wieder nach hinten gewandt.
»Seltsam. Ich habe Don Gonzalo ziemlich kühl gefunden.«
»Er ist so, Signor.«
»Und Sie sind ziemlich nervös, Herr Graf.«
»Das macht die Aufregung, Signor.«
»Ich hingegen fühle mich als Herr meiner Bestimmung.«
»Ich würde es nicht wagen, so weit zu gehen. Schicksal oder Vor-

sehung lastet auf den Menschen, und schließlich geschieht, was Gottes Wille ist.«
»Machiavelli würde Sie korrigieren. Er glaubt zwar, daß das Schicksal zählt, aber im wesentlichen zählt der Wille der Menschen, ihre Stärke, ihr Wagemut, ihre Fähigkeit zur kritischen Beurteilung, ihre Hartnäckigkeit.«
»Wer ist Machiavelli?«
»Ein Gelehrter aus Florenz.«
»In Florenz halten sich alle für Gelehrte.«
Sie haben die Gemächer Cesares erreicht, und er verabschiedet Pedro Navarro mit einem Lächeln.
»Gut. Wir sollten uns ausruhen. Morgen wird der große Tag sein. Graf, gehen Sie schlafen. Es ist an der Zeit.«
Pedro Navarro ist zwei Schritte zurückgewichen, und seine Miene ist ganz ernst, während er feststellt, daß die Wache herankommt und sich in seinem Rücken plaziert.
»Ruhen Sie sich aus, Euer Hochwohlgeboren, ich kann nicht.«
»Warum können Sie nicht ruhen, Don Pedro?«
»Weil ich Sie bewachen muß, Señor. Befehl des *Gran Capitáns.* Euer Hochwohlgeboren darf die Gemächer nicht verlassen.«
»Morgen auch nicht?«
»Morgen noch weniger als heute.«
»Ich bin also euer Gefangener?«
»Die Herzogin von Gandía hat bei Ihren Hoheiten den Katholischen Königen gegen Ihre Person Anzeige erstattet. Doña María Enríquez beschuldigt Sie des Mordes an Joan de Borgia, Herzog von Gandía.«
»Und aus diesem Grund werde ich eingekerkert? Ohne entsprechende Benachrichtigung? Wer hat sich diese Ausrede ausgedacht?«
Die gräflichen Lippen sind verstummt, und der Gang hat sich mit Wachen gefüllt, mit einem Wald von Lanzen, die einer möglichen Reaktion des Valencianers zuvorkämen. Cesare zieht ein Pergament hervor und reicht es dem Grafen.
»Und dieser Geleitbrief, den mir der *Gran Capitán* persönlich gegeben hat?«
Navarro nimmt den Geleitbrief, liest ihn, faltet ihn zusammen und steckt ihn in die Brusttasche, ohne auf die zurückfordernden Hände Cesares zu achten.

»Danke, Euer Hochwohlgeboren. Der *Gran Capitán* hat mich angewiesen, ihm das Schriftstück zurückzugeben.«
Cesare erhebt keinen Einspruch. Gelassen begibt er sich in sein Schlafzimmer, und Pedro Navarro ist nun Herr des Korridors, doch als Cesare verschwunden ist, dreht er sich unruhig um und fragt:
»Habt ihr Juanito Grasica gefaßt?«
»Wir konnten ihn nicht ausfindig machen.«
»Sucht ihn! Es eilt! Solange er frei ist, kann Cesare auf Freiheit hoffen.«

Cesare liegt in einer spärlich beleuchteten Kajüte. Er ist in Ketten gelegt, doch bewahrt er seine hochmütige Haltung, die sich auch nicht ändert, als Juanito Grasica mit einer Schüssel voller Essen hereinkommt.
»Essen Sie, Euer Hochwohlgeboren, die Küste Spaniens ist schon in Sicht, und es wäre nicht gut, wenn Sie abgezehrt ankämen. Das Schiff segelt gut voran, seit wir auf die Strömung der Meerenge von Gibraltar gestoßen sind.«
»An welchen Ort bringen sie mich?«
»Wir gehen in Alicante, in der Nähe von Valencia, von Bord, der Stadt, deren Herzog Sie sind, und deren Kardinal Sie waren. Auch sehr nah bei Xàtiva, der Wiege Ihrer Familie.«
»Kommen wir nach Xàtiva?«
»Nein. Sie werden in die Burg von Chinchilla gebracht. Aber sie sind unruhig. Ganz Italien ist in Aufruhr und fordert Erklärungen über den Vorfall. Ihre Verwandten bedrängen die Könige von Navarra, Jean d'Albret, Ihren Schwager. Signora Lucrezia setzt den Himmel in Bewegung, und Ihre Gattin Charlotte die Erde.«
»Arme Charlotte. Wir sahen uns kaum in der Hochzeitsnacht.«
»Sie muß Sie in sehr guter Erinnerung haben.«
»Hilf mir, zur Luke zu kommen. Ich möchte die Küste sehen. Auf welcher Höhe befinden wir uns?«
Grasica stellt sich an seine Seite und erforscht den luftigen Horizont.
»Gandía. Wir werden bald die Küsten Gandías sichten.«
»Dieser Drachen von María Enríquez wird seinen Sieg genießen. Doch es wird noch viel Kampf geben.«

Von einer Anhöhe aus betrachtet María Enríquez das Meer und glaubt, das Kielwasser eines fernen Schiffes bereits zu erkennen. An ihrer Seite bedeckt ein Junge, den sie festhält, mit einer Hand seine Augen gegen die Sonne, die andere erträgt die Besitzergreifung der Mutter, die sie immer fester umklammert.
»Du tust mir weh mit deinem Griff, Mutter. Ich bin kein Kind mehr. Ich werde nicht hinunterfallen. Laß uns gehen. Ich sehe nichts. Was erhoffst du zu sehen?«
»Das Vorbeiziehen des Teufels.«
»Der Teufel zieht übers Meer?«
»Heute schon.«
»Der Teufel ist mein Onkel Cesare?«
»Vergiß das nie! Der Teufel ist dein Onkel, Cesare Borgia. Aber der Teufel wird immer vom Engel besiegt. Der Teufel ist vom Engel besiegt worden.«
María Enríquez geht bis an den Rand der Steilküste und schreit: »Ich habe euch besiegt! Ihr verdammten Borgias! Ich! María Enríquez!«

Alfonso d'Este streichelt mit den Fingerspitzen das soeben gegossene Kanonenrohr. Er prüft es mit Kennerblick, tätschelt sein Hinterteil, als handelte es sich um einen lebendigen Körper, dreht sich dann um und betrachtet das nackte Mädchen, das zitternd und zusammengekauert seine Bewegungen beobachtet, mehr erstaunt als erschrocken.
»Sie ist vollkommen. Die vollkommenste Kanone, die ich jemals gegossen habe. Warum zitterst du? Mache ich dir Angst?«
»Mir ist kalt, ich zittere vor Kälte, Herr.«
Der Eindruck von Kälte wird durch Donner verstärkt, der einem prasselnden Regen vorausgeht. Alfonso trinkt aus einem Weinkrug und hebt das Mädchen hoch, damit auch sie trinke. Dann streichelt er ihren Hintern, klatscht darauf, und zwingt sie, sich auf die Kanone zu legen, die Lenden in der Luft und die Beine gespreizt, so daß sich ihr Geschlecht als weiche Ritze darbietet. Der Herzog entledigt sich seines Schurzes und rammt seine Rute in die Ritze des Mädchens, nimmt von ihr Besitz, als wäre die Kanone die Frau oder die Frau die Kanone. Vergeblich stöhnt das Mädchen:

»Das Metall tut mir weh! Mir ist kalt!«
Der Herzog kommt zum Höhepunkt, fällt erschöpft auf die vermischten Körper von Frau und Gerät, bis das Mädchen zu Boden gleitet und in einen Winkel läuft, um seine Kleider zusammenzuraffen. Auch Alfonso ist aufgestanden und beobachtet, wie die Gewänder der Frau das Aussehen einer Hofdame zurückgeben, die sich eilig und mit einer gewissen Scham anzieht.
»Die Herzogin wird befremdet sein. So lange habe ich gebraucht!«
»Eine solche Kanone läßt sich nicht in zwei Tagen fertigstellen. Deine Herrin ist immer in bester Gesellschaft.«
»Sie beklagt sich, daß Pietro Bembo fortgegangen ist.«
»Es bleibt ihr aber noch der hinkende Strozzi und mein Schwager, Francesco Gonzaga. Weiß meine Frau, daß mir ihre Korrespondenz und ihre Kontakte mit Francesco, bei denen Strozzi die Vermittlerrolle spielt, bekannt sind?«
»Die Herzogin erzählt mir solche Dinge nicht.«
»Was erzählt dir die Herzogin dann?«
»Daß sie Rom vermißt, daß es in Rom mehr Licht gab, und die Leute irgendwie direkter waren. Wenn sie glaubt, daß ich nicht zuhöre, sagt sie, wir hier in Ferrara seien scheinheilig. Sind wir wirklich scheinheilig?«
Alfonso schürt nackt das Feuer der Esse und denkt nach. Das Mädchen ist schon angekleidet, macht einen kleinen Knicks und läuft zum Hof, in den Regen hinein, auf den Palast zu. Erhitzt erreicht sie den Empfangssalon Lucrezias, wo sie zu ihrem Erstaunen Strozzi, Lucrezia und Francesco Gonzaga zusammen über einen Briefumschlag gebeugt vorfindet, aus dem die Signora ein Schreiben zieht, und es mit einer Hand festhält, während sie einen Finger der anderen Hand an die Lippen führt und Schweigen gebietet.
»Du hast nichts gesehen.«
»Ich habe nichts gesehen.«
»Du hast Signor Gonzaga nicht hier gesehen. Signor Gonzaga ist nach wie vor in Mantua.«
»Er ist nach wie vor in Mantua, ja, Signora.«
»Laß uns allein!«
Das Mädchen geht, und Francesco beklagt sich.
»Das war unvernünftig. Die Frau wird reden.«

Strozzi ist anderer Meinung.
»Sie wird schweigen.«
Lucrezia nickt zustimmend, ihre Bewegungen sind schwerfällig, ihre Schwangerschaft mittlerweile offenkundig.
»Sie wird schweigen. Sie ist eine der Geliebten meines Gatten und Vertraute deiner Frau, doch sie weiß, daß ich sie jederzeit entlassen kann. Sie kommt aus einer nicht besonders reichen Familie, und sie können keine Geliebte des Herzogs aussteuern, um sie mit einer guten Partie zu vermählen. Sie wird schweigen.«
Gonzaga mustert die Silhouette der Frau.
»Schon wieder schwanger, Lucrezia. Wie kannst du das bloß zulassen. Du weißt doch, daß die Ärzte dir gesagt haben, daß deine Natur die Geburten mit jedem Mal schlechter aushält.«
»Das ist der Preis, den ich für meine Freiheit bezahlen muß. Ich sehe Alfonso nur im Bett. Meinen Mann interessiert nur, daß alle Welt sagt, wie potent der Herzog von Este ist! Er besteigt diese Borgia so oft, daß er ihr keine Zeit läßt, von anderen bestiegen zu werden!«
»Schweige, Lucrezia, um Himmels willen.«
»Ich weiß, was geredet, was gedacht wird. Aber ich bin nun Herrin meiner Handlungen, und ich brauche dich, Francesco. Ercole, erkläre ihm, worum es geht.«
Strozzi empfiehlt Lucrezia und Francesco Ruhe.
»Wir haben dich nicht aus einer Laune heraus kommen lassen, Francesco. Du weißt, daß Lucrezia um die Freiheit ihres Bruders kämpft, und die Umstände haben sich verändert. Die größte Feindin Cesares war Isabel de Castillia, die, mit María Enríquez übereinstimmend, vom dämonischen Wesen der Borgias überzeugt war. Isabel de Castillia ist gestorben, und ihr Gatte hat nun freie Hand. Kardinal Cisneros mißtraut Cesare nach wie vor, doch respektiert er König Fernando. Er ist ein hervorragender Stratege, und es würde ihm keinerlei Widerwillen verursachen, Cesare als eine Alternative zum *Gran Capitán* ins Auge zu fassen.«
»Aber er hält ihn doch in einer Burg fest. Als Luxusgefangenen. In Chinchilla.«
»Er befindet sich schon nicht mehr in Chinchilla. Cesare hatte eine tätliche Auseinandersetzung mit dem Burgherrn, und wäre

beinahe entkommen. Jetzt ist er in Medina del Campo, auf der Burg La Mota, wo sie auch die Tochter der Könige, die Prinzessin Juana, Juana die Wahnsinnige genannt, in Verwahr haben. Rund um Cesare werden verschiedene Intrigen gesponnen. Fernando könnte ihn als neuen Feldherrn der Truppen in Italien verwenden, und einigen kastilischen Adeligen, angeführt von Graf Benavente, könnte er als Heerführer im Dienst ihrer Interessen dienen, gegenüber denen der *Casa d'Austria*, die von der Nachkommenschaft Felipes und Doña Juana repräsentiert wird. Felipe ist seinerseits zur Überlegung gelangt, Cesare festzuhalten, um ihn auf seine Seite zu bringen, sollte sein Schwiegervater gegen ihn das Banner führen. Alle wachen über Cesare, und alle scheinen ihn zu brauchen. Es ist Zeit für Cesare, und wir möchten, daß du etwas für ihn tust. Du bist von Mal zu Mal einflußreicher beim italienischen Adel, und man spricht von dir als Anführer der italienischen Truppen. Du mußt etwas für Cesare tun.«
»Für Cesare würde ich keinen Finger rühren. Für dich, Lucrezia, tu ich alles, was du von mir verlangst.«
»Ich bitte dich, auf den Papst einzuwirken, daß er nicht gegen die Freilassung meines Bruders eintritt.«
»Julius II. soll zulassen, daß dein Bruder nach Italien zurückkehrt? Nicht einmal im Traum wird er das tun. Er verfolgt die gleiche Politik wie die Borgias und beschränkt sich darauf, für weniger Skandale zu sorgen, doch das politische Gleichgewicht ist zerbrechlich, und Cesare ist ein Mythos, ein gefährlicher Mythos. Und was dich selbst betrifft, Lucrezia, bist du nicht freier, wenn Cesare in Spanien ist, und du hier in Ferrara?«
»Es ist meine Familie. Hast du etwa Angst, deine Frau könnte wütend werden, wenn du Cesare hilfst?«
Francesco Gonzaga fehlen die Worte für eine Erwiderung auf den Angriff Lucrezias, und er beschränkt sich in seiner Sprachlosigkeit darauf, die Hände der Frau in die seinen zu nehmen, doch eine Hand hält den Brief, den er noch nicht gelesen hat.
»Von wem ist der Brief?«
Lucrezia wechselt einen Blick mit Strozzi und sagt:
»Von Cesare.«
Sie streckt Gonzaga den Brief hin, und er liest ihn begierig, unterbricht sich manchmal, durch laute Ausrufe erstaunt über Cesares Kühnheiten.

»Habt ihr denn das gelesen? Wie kann er es wagen anzudeuten, daß er nicht lange Gefangener bleiben wird?«

Während Gonzaga weiterliest und nervös, aber von der Lektüre fasziniert, auf und ab geht, regnet es draußen, und von der Schmiede der Este aus, hinter den Regenschleiern, betrachtet Alfonso die fernen Lichter seines Palastes. Er ist jetzt etwas mehr bekleidet, und sein Bruder, Kardinal Ippolito, leistet ihm Gesellschaft.

»Weißt du, daß sich Francesco im Schloß befindet?«

»Das haben mir meine Vertrauensleute gesagt. Strozzi, dieser hinkende Hund, wird immer waghalsiger. Die Strozzi sind immer sehr stolz gewesen. Sie glauben, daß sie uns ebenbürtig, wenn nicht gar überlegen sind. Diesem Strozzi sollte man nachhelfen, mit seinem Hinkebein zur Hölle zu fahren. Weißt du, warum mein Schwager gekommen ist? Wird er etwa so geschmacklos sein, es mit meiner schwangeren Frau zu treiben? Ich habe einen Geheimgang von meinen Gemächern zu denen Lucrezias anlegen lassen. Wenn sie es am wenigsten erwartet, taucht ihr liebevoller Ehemann auf, und sie muß die Beine breitmachen. Doch ich konnte sie nie überraschen. Warum mag bloß Francesco heimlich gekommen sein?«

»Er ist wohl wegen Angelegenheiten im Zusammenhang mit Cesare Borgia darum ersucht worden.«

»Ist dieser Idiot nicht längst vergessen?«

»Er ist nicht vergessen. Es gibt Gerüchte, daß er unter dem Schutz von Fernando el Católico nach Italien zurückkehren soll.«

»Und der Papst duldet das?«

»Nein. Er duldet es nicht, sondern setzt seine Handlanger in Kastilien ein, damit Fernando Borgia nicht freiläßt. Der Tod der Katholischen Königin hat das gegen die Borgias bestehende Klima aufgelockert. Doch bei diesem Hinterhalt wird nicht nach vier, sondern nach fünf Seiten konspiriert.«

Alfonso d'Este trinkt achselzuckend und lädt seinen Bruder ein, es ihm gleichzutun.

»Möchten mein lieber Bruder und Ihre Hochehrwürdige Eminenz mit mir trinken?«

»Interessiert dich die Sache mit Cesare Borgia nicht?«

»Nein. Mir genügt eine Borgia. Ich habe Lucrezia wirklich liebgewonnen. Sie hat zweifellos Charakter. Wenn sie die Retterin von Gefangenen spielen will, soll sie sie doch spielen. Was meinen Schwager angeht, muß man diesen Strozzi loswerden. Wir Este schätzten seinen Vater sehr, Tito Vespasiano, Richter der Gelehrten, ein vernünftiger Mann, wie es auch Ercole war, bis Lucrezia erschien. Er hat alles angezettelt, um uns Este, Isabella und mich, zu demütigen. Er ist eine schlechte Gesellschaft für Lucrezia.«
»Aber siehst du denn nicht, daß nicht Strozzi der Feind ist? Siehst du nicht, daß nicht Gonzaga das Problem ist? Der Feind und das Problem ist Cesare Borgia, wieder Cesare Borgia.«
»Wenn es ihm den Kopf abzuschneiden gilt, werde ich ihn ihm abschneiden. Ich gehe schlafen. Es war ein harter Tag. Was sagst du zu der Kanone, die wir gegossen haben?«
»Was feuert sie ab?«
»Weiß ich nicht. Das muß noch überlegt werden. Für den Augenblick interessierte es mich, diese Leichtigkeit in Legierung und Form zu erreichen. Meine Frau regt zu Gedichten an und unterhält platonische Liebschaften. Du widmest dich der Politik. Ich stelle Kanonen her.«
Ippolito kramt ein Papier hervor und zeigt es Alfonso. Es dürfte ein gewisses Interesse erwecken, denn sein Bruder hält mitten im Ankleiden inne.
»Was ist es?«
»Ein Brief?«
»Von wem?«
»Von Cesare Borgia.«
Diesmal vervollständigt Alfonso scheinbar gleichgültig seine Garderobe, doch grübelt er über die erhaltene Botschaft.
»Was sagt er?«
Der Kardinal liest einen Ausschnitt laut vor:
»... ›Wir können erneut Tage des Ruhms in unserem geliebten Italien teilen ...‹«

Cesare, zu Pferd, spielt mit dem Stier, manchmal Verfolgter, dann wieder Verfolger, im engen Kreis des Innenhofs eines Kastells, dessen sämtliche Ausgänge verriegelt sind. Schließlich steigt er ab und spottet den Angriffen des Stiers mit den bloßen

Ausweichbewegungen seines Körpers. Er ist müde und gibt ein Zeichen. Ein Einheimischer bringt zahme Tiere herein, und der wilde Stier wird weggebracht, doch bevor der von Soldaten überwachte Auszug stattfindet, wechselt der Einheimische ein paar Worte mit dem Valencianer.
»Heute nacht, wie vereinbart.«
»Heute nacht, Juanito.«
Durch eines der zum Innenhof gelegenen Fenster dringen die Schreie einer Frau, gebrochene Schreie, von Schluchzen gefolgt, dann wieder die Schreie. Cesare sieht das Erstaunen, das sich in Juanito Grasicas zerstreutem Blick breit gemacht hat.
»Es ist die Königin Juana. Seit ihr Gatte gestorben ist, geht es ihr noch schlechter. Sie beobachtet mich immer hinter dem Gitterwerk verborgen.«
Juana hat ihren Busen entblößt und heult, die Augen weit aufgerissen. Sie folgt dem Rhythmus von Cesares Schritten, die sich zur Treppe, die zum Hauptturm führt, wenden. Die Frau, von abgezehrter Schönheit, hört nicht zu schreien auf, und Cesare bleibt stehen. Er schärft seinen Blick, um hinter den Gittern das Gesicht der Königin sehen zu können, und fragt:
»Doña Juana?«
Ein Brüllen antwortet ihm, und der Schrei:
»Zentaur! Ein Zentaur mit drei Körpern!«
Cesare erstaunt die Logik, doch er beschließt, seinen Weg fortzusetzen. Er steigt die Treppe hinauf, und in seinen Gemächern angelangt, zieht er sich um, kleidet sich schwarz wie die Nacht, betrachtet die kastilische Landschaft, lauscht den Schreien der Wahnsinnigen und wartet, bis es dunkel wird und sich auf dem Feld Lichter nähern, die er in Gegenwart eines Dieners wahrnimmt. Die Lichter sammeln sich rund um die Reittiere, die am Fuß des Turms warten, und der Diener wirft ein langes, aus mehreren Teilen zusammengeknüpftes Seil hinab. Das Ende läßt sich nicht richtig ausmachen, doch die Lichter werden geschwenkt, um sie zum Handeln zu drängen.
»Ich lasse mich zuerst hinunter, Signor, so kann ich den Abstand zum Boden messen.«
Der Diener schwingt sich auf die Fensterbrüstung, ergreift mit Cesares Hilfe mit beiden Händen das Seil, und klettert mit kräftigen Armzügen den Lichtern entgegen. Doch das Seil endet, und

noch ist der Boden weit entfernt. Grasica, von weiteren Männern umringt, ruft ihm, ohne vom Pferd zu steigen, zu:
»Spring hinunter! Wir haben keine Zeit!«
Der Diener zögert, erschrocken über die Distanz.
»Spring schon! Das Leben Cesares steht auf dem Spiel!«
Der Diener springt, und sein Körper prallt hart auf den Boden, wo er schmerzverzerrt und unfähig, aufzustehen, liegenbleibt. Cesare hat nicht gezögert. Er läßt sich hinunter, und Grasica, der neben dem verletzten Diener liegt, steht auf und will ihn zurückhalten.
»Machen Sie kehrt! Es ist zu hoch!«
Cesare, der schon das Ende des Seils erreicht hat, hört ihn nicht oder hört ihm nicht zu, und berechnet den Sprung bis zum Boden. Er berechnet ihn, läßt sich aber nicht abbringen. Er springt und fällt besser als der Diener, aber dennoch schmerzhaft, so sehr, daß auch er nicht mehr aufstehen kann. Grasica hebt ihn zusammen mit dem Kommandanten aufs Pferd, das Gesicht Cesares blutig im Mondlicht, ein Arm untauglich. Er grüßt seinen Helfer.
»Graf von Benavente, Sie haben Wort gehalten.«
»Beeilen wir uns, sonst haben wir weder Wort noch Leben mehr.«
Sie richten einen letzten Blick auf den liegenden Diener, auch der Verletzte sieht sie fortreiten, und ihr Ritt ist schon fern, als die alarmierten Wachposten kommen. Einer von ihnen will ihm gleich die Kehle durchschneiden.
»Tu das nicht! Der hat uns noch vieles zu erzählen.«
Der verletzte Cesare reitet wie besessen. So verletzt wie besessen durchquert er die Zeit und den Raum, die seinen Weg nach Navarra über Land und Meer ausmachen. Grasica an seiner Seite, ein besorgter Wächter, der ihm auf der Landkarte die verschlungenen Umwege der Flucht zeigt: Medina del Campo, Santander, das Schiff, das sie in Bérnico an die französische Küste bringen wird, der lange Weg über die Berge nach Navarra, Pamplona, wo Cesare beinahe ohnmächtig ankommt und am Ende eines von Hoheiten gebildeten Korridors, den er kaum wahrnimmt, erschöpft ins Bett fällt. Er hat den flüchtigen Empfang seines Schwagers, Jean d'Albret, seine unzulänglichen Höflichkeitsbezeugungen kaum wahrgenommen, seine nur halb ausgesproche-

nen Sätze. Er hat es nicht gewagt, ihn richtig zu begrüßen, zu umarmen, er umkreist die Legende von Cesare Borgia, dem von Dämonen besessenen, ist aber gleichzeitig fasziniert und horcht Grasica aus.

»Hat er tatsächlich Geld für seine Sache?«

»Der Graf von Benavente hat ihm geholfen, sein Vetter Louis XII. von Frankreich schuldet ihm Geld, er muß seine Besitzungen in Italien zurückerlangen. Cesare kann im Kampf gegen Fernando de Aragón und gegen Kastilien unter der Regentschaft von Cisneros eine Schlüsselrolle spielen.«

Abwägend, aber nicht überzeugt, läuft Jean d'Albret händeklatschend durch die Gänge, damit sich die Zofen zurückziehen.

»Kommt dem Valencianer nicht zu nahe, der schwängert mit dem Blick!«

Und er dreht sich streng zu seiner Frau um, die dem Kranken einen Strauß aus duftenden Pflanzen und Frühlingsblumen bringt.

»Nähere dich ihm nicht. Ich verbiete es dir. Er hat das Übel der Konkupiszenz im Gesicht, die Franzosenkrankheit.«

Cesare ist wieder zu Kräften gekommen, schreibt Briefe und malt sich aus, wie sie sehnsüchtig und emsig von Ippolito d'Este, Lucrezia, Francesco Gonzaga, Corella, Louis XII. gelesen werden, doch Grasica zerstört seine Wunschvorstellungen.

»Louis XII. hat die Abkommen gebrochen und wird nicht zulassen, daß Ihre Frau und Ihre Tochter nach Pamplona kommen. Lucrezia kann nur wenig ausrichten. Cisneros, der Regent Kastiliens, hat eine Prämie für Ihre Ergreifung ausgesetzt.«

»Einen hohen Preis?«

»Einen hohen Preis.«

»Und du, Schwager, was teilst du mir mit?«

»Du kannst hierbleiben, solange du willst, doch Navarra ist kein sicherer Boden. Fernando de Aragón erhebt Anspruch auf das Königreich und Louis XII. ebenso. Mein Land ist zur Hälfte von den im Dienst Fernando de Aragóns stehenden Truppen Beaumonts besetzt.«

»Ich werde dir helfen, diese Schlacht zu gewinnen, wenn du mir hilfst, nach Italien zu kommen. Wenn es mir gelingt, nach Italien zurückzukehren, werden alle zittern, allen voran der Papst. Juanito, bring mir das grüne Gewand. Grün ist die Farbe der Hoff-

nung. Gefallen dir die Farben und die Aufmachung meiner Gewänder, Schwager?«
»Die Aufmachung erstaunt mich, und die Farben verwundern mich.«
»Die Schneider fertigen für mich andere Gewänder an, weil ich anders bin, und, was die Farben betrifft: Hast du dir jemals vor Augen geführt, daß es sieben Himmel und sieben Farben gibt?«
»Du kleidest dich fast immer in Schwarz oder Violett, manchmal auch in Gelb.«
»Gelb ist die Farbe der Sonne. Ich kleide mich in Schwarz, um euch darauf hinzuweisen, daß ich das Helldunkel bin, ich bin mein Geist, und ich lebe im vollkommenen Helldunkel. Doch soll euch das Schwarz nicht erschrecken. Noah ließ einen Raben aus seiner Arche aufsteigen. Nun aber Grün. Die Hoffnung.«
Grasica verfolgt die Träumereien Cesares mit Pessimismus, aber auch der Valencianer wirkt nicht wirklich begeistert, wandelt durch den Palast und die Gärten, in Selbstgespräche vertieft, die nur von den von Grasica überbrachten Nachrichten unterbrochen werden.
»Remulins ist gestorben, Cesare, und der Papst hat alle Besitztümer der Borgias enteignet, die er in seinem Palast aufbewahrt hatte.«
Das war nicht die schlimmste, wohl aber die unerwartetste Nachricht. Cesare wartet gespannt auf den genaueren Bericht.
»Um welche Güter handelt es sich?«
»Um die, die Corella nicht mitnehmen konnte, als er ihrem Befehl gemäß den Vatikan plünderte. Hier ist das Inventar aufgelistet: Schmuck, Orientteppiche, Tapisserien aus Flandern, Möbel, Statuen. Zwölf große Kisten und vierundzwanzig Ballen. Der Notar war sehr gründlich.«
»Zwölf große Kisten. Vierundzwanzig Ballen. Remulins ist gestorben. Der treue, schlaue, unzugängliche Remulins. Wer bleibt von meiner ganzen menschlichen Landschaft? Lucrezia. Vanozza. Aber weder die eine noch die andere sind weiterhin Borgias. Sie helfen mir aus der Ferne. Würdest du mir an ihrer Stelle helfen?«
»Warum diese Zweifel?«
»Und wenn ich auf Reisen ginge? Nach Afrika. Nach Spanisch-Amerika. An einen Ort, wo ich neu anfangen könnte.«

»Die Familie ist zu einem Baum geworden, der sich über die gesamte bekannte Welt ertreckt.«
»Ich sehe den Zweck nicht, den wir mit meinem Vater festgelegt haben. Ich bin allein, Juanito. Allein im Leben und allein im Tod.«
Jean d'Albret geht nicht, sondern läuft, kommt mit Riesenschritten an.
»Dort kommt mein Schwager, der König von Navarra. Ich weiß nie, ob er mich um etwas bittet oder es mir befiehlt, oder mich inständig um etwas ersucht.«
»Cesare, Cesare, ich habe beschlossen, dich zum Anführer meiner Truppen zu machen. Was hältst du davon?«
»Eine Ehre. Aber wo sind deine Truppen?«
Jean d'Albret verläßt der Mut.
»Verzeih, Cesare, ich weiß nicht, wie ich es einem Feldherrn wie dir, der Tausende Männer befehligt und Städte erobert hat, unterbreiten soll.«
»Über welche Truppenstärke verfügst du?«
»Tausend Kavalleriesoldaten, zweihundert Arkebusiere, fünftausend Infanteristen.«
»Was ist zu tun?«
»Beaumont hat im Kastell von Viana Zuflucht genommen. Man muß ihn von dort vertreiben. Er in Viana und ich in Pamplona. Niemand wird mich mehr ernst nehmen, solange ich ihn nicht verjagt habe.«
Das Kastell von Viana besetzt Cesares Horizont. Er ist als Krieger gekleidet, schwarz unter dem glänzenden Rüstzeug, wachsam und angespannt, während der Generalstab um ihn herum schläft. Er rückt im ersten Licht des Morgens vor und betrachtet die ferne Festung.
»Bist du mein Anfang oder mein Ende?«
Ihn verläßt der Mut. Er stößt die ganze in seiner Brust angesammelte Bitterkeit aus und beobachtet das langsame Heranrücken einer feindlichen Patrouille, noch weit genug entfernt, um sich zu verbergen oder seine Soldaten um Hilfe zu bitten. Er zählt lautlos einen nach dem anderen die Mitglieder der Truppe. Zwanzig. Dann steigt er auf sein Pferd, betrachtet die Schlafenden.
»Adéu, mein Vater. Adéu, Erinnerung. Adéu, Begierden. Aut Caesar aut nihil!«

Er streckt sein Schwert nach vorn und stürzt im Galopp auf die Patrouille der Beaumonts zu, die erstaunt den seltsamen Angriff des einsamen Reiters beobachten.
»Wer ist dieser Verrückte?«
Es bleibt ihnen keine Zeit zu antworten. Der Angreifer, sein Schwert, sein Schrei ist schon über sie hereingebrochen.
»Aut Caesar aut nihil!«
Ein Schwert gegen sieben und dreizehn gezackte Lanzen, und plötzlich durchbohrt Cesare ein Lanzenstoß. Er fällt zu Boden, von Pferden, Schwertern und Beinen umringt, und noch können seine Augen den Tod in den Himmel gerichtet erwarten.
»Wer mag das sein?«
»Es scheint sich um einen bedeutenden Edelmann zu handeln.«
»Nimm ihm Schwert und Rüstung ab, um sie unserem Anführer zu bringen. Wir wollen ihm beweisen, daß wir eine gute Beute gemacht haben.«
Sie entblößen Cesare völlig und lassen den Körper neben einem Felsen liegen. Noch bewegen sich Lider und Lippen, während die Soldaten abziehen, doch als Juanito Grasica mit seinen Adjutanten ankommt, ist Cesare schon tot. Das Gesicht seines Getreuen ist tränenüberströmt.
»Cesare, warum wolltest du nicht, daß wir dir helfen? Warum wolltest du allein sterben?«
Auch der König von Navarra hat sich dem Leichnam genähert. Seine Augen prüfen sämtliche Verletzungen.
»Dreiundzwanzig, dreiundzwanzig Stichwunden waren vonnöten, damit so viel Leben entweichen konnte.«
Er nimmt seinen Umhang, schwenkt ihn in die Luft und bedeckt den nackten Körper.

Lucrezia befühlt ihren dicken Bauch und läßt sich von ihrer Zofe kämmen.
»Alle Welt verkündet, wie sehr sich der Herzog über die bevorstehende Geburt eines Erben freut.«
Lucrezia antwortet nichts und betrachtet den Himmel hinter den trüben Fensterscheiben.
»Nach so vielen mißglückten Geburten ist es an der Zeit, daß Gott unser Herr sich des Hauses Este erbarmt und ihm den er-

sehnten Erben beschert. Weiß die Signora schon, wie er heißen soll?«

»Alle Knaben, die mir gestorben sind, hätten Ercole heißen sollen, wie ihr Großvater. Wenn es ein Mädchen ist ... Besser, es ist kein Mädchen.«

»Sehr richtig, Signora, Frau zu sein bedeutet viel Leid, da kann ihre Stellung noch so hoch sein.«

»Strozzi wird demnächst hier sein.«

»Warum wissen Sie das?«

Lucrezia lauscht, nun lächelnd, und hört das klopfende Geräusch der Krücke von Ercole Strozzi, der sich der Tür nähert. Lucrezia lächelt immer noch, als Strozzi an der Türschwelle auftaucht, doch schwindet das Lächeln, als sie Ercole bleich, mit strengem Gesicht und Augen, die schreckliche, geheime Mitteilungen bergen, bemerkt.

»Geh. Wir werden schon später fertigmachen.«

»Aber jetzt ist das Haar feucht.«

»Geh.«

Die Zofe geht, und Ercole Strozzi nähert sich Lucrezia, ohne auf die in ihrem Blick liegenden Fragen zu achten. Er streicht ihr mit einer Hand übers nur zur Hälfte gekämmte Haar.

»Schlechte Nachrichten, Lucrezia.«

»Was ist los?«

»Ich will sie dir nicht übermitteln. Mit Verlaub.«

Er geht zur Tür zurück und bedeutet Juanito Grasica hereinzukommen, der einen eingeschüchterten, traurigen, müden Eindruck macht, und sich Lucrezia gegenüber ehrerbietig verhält.

Die Stille zwischen den dreien enthält die Botschaft, die Lucrezia bestätigend erfragt:

»Cesare ist tot.«

Das folgende Schweigen ist ausreichende Antwort. Die Frau fragt weder wie noch wo, nur der Zeitpunkt scheint sich im Inneren ihrer Brust festgesetzt zu haben. Jetzt, jetzt ist ihr geliebter, gehaßter Bruder Cesare gestorben. Lucrezia erhebt sich und wendet sich an Strozzi.

»Bereite ihm das Begräbnis eines Fürsten, so als wäre er der größte Fürst auf Erden gewesen.«

Sie will sich zurückziehen, doch der Ruf Grasicas hält sie zurück.

»Wollen Sie denn nicht wissen, wie es geschehen ist?«

»Wie ist es geschehen?«
»Er stürzte sich vor den Mauern des Kastells von Viana allein auf zwanzig Männer.«
»Kaiser oder nichts.«
Es war eine Überlegung, kein Kommentar. Sie erwartet keine Antwort. Plötzlich scheint Lucrezia die Menschen in ihrer Umgebung nicht mehr zu sehen, und sie begibt sich ins Nebenzimmer, wo sie, kaum daß sie die Tür hinter sich zugezogen hat, in ein Schluchzen ausbricht, das zu den beiden reglosen Männern hinüberdringt. Strozzi unterdrückt seinen Drang, zu ihr zu eilen.
»Ich bin so schnell wie noch nie hergekommen. Ich habe mit dem König von Neapel vereinbart, die Nachricht solange wie möglich zurückzuhalten, um Zeit zu gewinnen. Ich habe Pferde zu Tode gehetzt. Ich wollte das Vorgefallene der Signora berichten, bevor die Feinde ihren Nutzen daraus ziehen.«
Aber Strozzi hört ihm nicht zu und überwindet endlich die Entfernung, die ihn von dem Schluchzen Lucrezias trennt.

Grasica hat die Reaktion Lucrezias noch nicht verstanden. Er versteht sie noch immer nicht, als er sie Machiavelli erzählt.
»Dann kam sie in Trauerkleidung heraus und ließ im ganzen Herzogtum Ferrara Trauerflor anbringen und die Totenglocken läuten. Aber sie fragte mich nichts. Sie wollte nichts über die Einzelheiten erfahren. Und mich wundert, daß mir die Nachricht nicht hierher vorausgeeilt ist.«
»Ich lebe hier zurückgezogen und warte auf die politische Entwicklung von Florenz. Ich schreibe Ratschläge, die im Augenblick niemand braucht. Cesares Tod öffnet das Feld für jede Art von Begierden, und vielleicht sind die republikanischen Träume von Florenz nichts weiter als Träume. Wie diese Sterne, die Leonardo verfolgte.«
»Der Tod Cesares läßt dem Papst freie Hand.«
»Julius II. belagert Bologna. Das habe ich sehr wohl erfahren. Dieser Papst ist ein Feldherr, wie Cesare, er hat den Namen Julius gewählt, damit kein Zweifel aufkommt, daß er die Reinkarnation von Julius Caesar ist. Ein Borgia nannte sich Cesare? Er also Julius! Die Theatralik der Macht. Die Borgias waren Meister in dieser Theatralik, und in Zukunft wird es keine Macht mehr ohne

ihre Inszenierung geben. Was sind die königlichen oder feudalen Höfe? Die Höflinge? Schauspieler. Julius II. betreibt die gleiche Politik wie die Borgias, die einzig mögliche Politik. Juanito, ich beginne den Sinn der Zeit zu verstehen.«
»Wenn Sie, der Sie so weise sind, jetzt zu verstehen beginnen, was sagen Sie mir dann? Welchen Sinn haben die Zeiten?«
»Wir haben über Jahrzehnte grundlegende Veränderungen vorangetrieben, und alles schien für den großen Wandel vorbereitet. Alle Anzeichen deuteten auf einen von der Vernunft geförderten Sprung hin, auf den Menschen als Maß aller Dinge. So gediehen Künstler, Humanisten, Anführer, und die Wirklichkeit war endlich Wirklichkeit, diese Wirklichkeit, wie sie diejenigen so gut kennen, die direkt mit den Dingen in Berührung sind, ursprünglich die Bauern, später die Geschäftsleute. Alle Modernität geht von den Philologen und den Geschäftsleuten aus. Wir Philologen hatten von vornherein einen Bezug zur klassischen Kultur, die Geschäftsleute hingegen mußten das Neue erst durch die eigene Praxis verstehen lernen. Geschäftsleute und Bankiers schaffen sich ihre Welt. Welche Rolle spielte Gott in diesem Abenteuer, abgesehen davon, daß alles im Namen Gottes geschah?«
»Auch ich. Ich handle auch im Namen Gottes.«
»Von nun an werden sie versuchen, die Kühnheit der Menschen einzudämmen, um die Vernunft des Systems durchzusetzen, eine durch die Stärke des genialen Individuums nicht zu rechtfertigende Ordnung, eine Ordnung im Namen Gottes. In Zukunft wird man etwas tun müssen, um dieser Herrschaft zu entkommen. Die Freigeistigkeit dieser Zeiten war über die Maßen gefährlich. Wer kontrolliert sie? Juanito, auf jede freigeistige Epoche folgt eine der Überwachung.«
»Signor Niccolò, mir ist zwar nicht ganz klar, was Sie meinen, aber ich verstehe, daß dies keine guten Zeiten für Cesare gewesen wären. Soll ich Ihnen das Gedicht vortragen, das man in seinen Grabstein gemeißelt hat?«
Er wartet die Antwort Machiavellis nicht ab, sondern beginnt:

Hier unten in wenig Erde ruht
der, vor dem alle bebten,
dessen Hand Krieg und Frieden trug,
solange die Seinen lebten.

Oh du, der du suchst nach Dingen,
die zu preisen dir soll gelingen,
willst du das Würdigste loben,
endet dein Weg hier oben,
und du mußt nicht weiter ringen.

»Es ist ein wunderschönes Gedicht, nicht wahr?«
Machiavelli scheint ihm nicht zugehört zu haben, sagt aber:
»Warum ist als Epitaph nicht sein Leitsatz ›Kaiser oder nichts‹ verwendet worden?«
»Ich schlug ihn vor, doch der König von Navarra hielt ihn für zu aggressiv, und auch bei den Priestern und Bischöfen, die bei der Zeremonie den Gottesdienst feierten, fand er keine Zustimmung. Er war politisch nicht unbedenklich. Und Gott? fragten sie. Welche Rolle bleibt Gott, wenn man nur zwischen dem Menschen und dem Nichts wählen kann?«
Machiavelli schlägt sich mit der Hand auf die Stirn und wirft sich auf Juanito, um ihn zu umarmen.
»Du kannst in Frieden ziehen, denn du hast mich soeben auf einen großen Gedanken gebracht. Ich muß mich mit der Kirche aussöhnen, denn es sind Zeiten der Inquisition. Und eines Tages werden wir zur Stärke zurückkehren. Wohin führt dich dein Weg?«
»Ich weiß nicht. Ich suche einen Herrn, in dessen Truppe ich eintreten kann.«
»Miquel de Corella sucht Freiwillige für das Heer der Toskana.«
Juanito bleibt vor Staunen der Mund offen.
»Corella ist am Leben?«
»Sie waren schon daran, ihn als Schlächter umzubringen, doch überzeugte ich sie, daß er ein außergewöhnlicher Schlächter wäre, dessen großes Können man nützen müßte. Du findest ihn bei San Gimignano, wo er mit seiner Truppe sein Lager aufgeschlagen hat.«
Juanito will schon davoneilen, doch bemerkt er, wie unpassend sein Verhalten ist.
»Ich weiß nicht, wie ich Ihnen für Ihre Gastfreundschaft danken soll, Signor Niccolò. Cesare hatte recht. Sie sind einer der wenigen Gelehrten, die nicht dumm wirken.«
Machiavelli erläßt Juanito jegliche weitere Liturgie, beugt sich

aus dem Fenster, beobachtet, wie er mit der mißtrauischen Magd plaudert und danach aufbricht. Die Lippen Machiavellis bewegen sich.

»In Zukunft werden die Gelehrten nur überleben, wenn sie dumm wirken.«

SANCTUS, SANCTUS, SANCTUS!

Wenn wir auf sichere Weise in allen Bereichen handeln wollen, müssen wir uns kraftvoll an folgenden Grundsatz klammern: Was mir Weiß scheint, werde ich für Schwarz halten, wenn es die heilige Kirche so festlegt.

IGNACIO DE LOYOLA,
Geistliche Übungen

Es ist Gott zu eigen, unwandelbar zu sein, und dem Feind, veränderlich.

IGNACIO DE LOYOLA,
Über die Armut

»Ein Medici Papst. Ein Sohn von Lorenzo il Magnifico. Glaubt ihr, daß er mir seinen besonderen Segen erteilen wird? Pietro. Sprecht mit Pietro Bembo, er ist sein Privatsekretär.«
Lucrezia mit wachsfarbener Haut und vom Fieber geröteten Wangen und Augen.
»Mich schmerzt mein Kopf so sehr, wenn ich ihn bewege!«
Sie kann die Menschen, die vom Dunkel aus mit ihr sprechen, nicht sehen. Manchmal ist es eine weibliche, dann wieder eine männliche Stimme.
»Ich verliere das Augenlicht und höre euch kaum.«
»Und die Ärzte?«

Sie treten gebeugt und scheu aus einer trüben Dunkelheit.
»Hier sind wir, Signora.«
»Immer so nahe, Meister Palmario, Meister Bonaciolo. Ich will nicht sterben. Nehmt mir den Bußgürtel ab, den ich um die Lenden trage. Er tut mir weh und ist schon nicht mehr vonnöten.«
»Einen Bußgürtel, Signora?«
»Ich habe ihn beinahe mein ganzes Leben lang getragen. Und mein Mädchen?«
»Es kämpft ums Überleben, Herzogin.«
»Alfonso. Ist denn der Herzog nicht hier?«
»Hier bin ich.«
Warum ist Alfonso so weiß? Warum scheinen Lucrezia alle, die aus der Dunkelheit hervorkommen, um ihre Anwesenheit zu bestätigen, in milchig weißes Licht getaucht?
»Ist dir bang, Alfonso?«
Alfonso ist bang, und es sieht aus, als weinte er.
»Du bist der Herzog, die Macht ist dein. Man soll mir noch einen Tag, eine Stunde, eine Minute schenken.«
Alfonso schluckt und ist zu keiner Antwort fähig.
»Und der Medici-Papst? Kann er mir nicht eine Stunde, eine einzige weitere Stunde Leben gewähren? Mein Vater hätte sie mir geschenkt. Eine Stunde. Vielleicht eine Minute nur. Werde ich die nächste Minute noch erleben? Strozzi. Bembo. Francesco. Warum habt ihr Strozzi getötet? Du, du und dein Bruder, der Kardinal, ihr habt Strozzi umbringen lassen.«
»Strozzi starb vor mehr als zehn Jahren, Signora.«
Die Panik auf Alfonsos Gesicht hat sich verstärkt, und er zieht sich endgültig in den Hintergrund zurück, doch plötzlich tauchen an seiner Stelle klar und deutlich in den schönsten Farben der Jugend Alexander VI., Vanozza, Joan de Gandía, Cesare, Jofré, Sancha, Giulia Farnese, Adrina del Milà auf, heiter, lächelnd, beschützend über sie gebeugt.
»Arme Kleine, meine arme Kleine… wie sie leidet. Wie sehr muß die schönste Blume von Rom leiden.«
Cesare im Profil, zärtlich herausfordernd, Joan, der nicht weiß, wo er sich hinstellen soll, Vanozza, auf Rache aus.
»Warum hast du dich schwängern lassen, obwohl du wußtest, daß es dich das Leben kosten kann?«
Die Frage zerstört den Zauber, und die geliebten Wesen ent-

schwinden. Wieder dieser weißliche Hintergrund, und aus ihm taucht der Geistliche auf, die Hand, die sich auf die Augen Lucrezias legt, während die Lippen murmeln:
»Sie ist tot.«
Die Finger des Priesters schließen gefügig die Lider, und ebenso gefügig ist der Ausdruck der dem Tod erlegenen Frau.

María Enríquez betet den Rosenkranz zu Ende. Als sie hinausblickt, schmerzt sie das gleißende Licht Gandías in den Augen, als würden ihre Augen trotz der vielen Jahre noch immer aufbegehren. Doch dort, wo die Dame in der Ordenstracht der Klarissinnen wandelt, bevölkern Schatten die Gefühlswelt der frommen, früh verwitweten Frau. Wiederum verletzt sie die Sonne, als sie durchs Fenster blickend, ihren Sohn mit dem Enkel reden hört.
»Sie ist bei der Geburt eines Mädchens gestorben? Warum sterben die Mütter, wenn die Kinder geboren werden?«
»Das ist der Wille Gottes, Francisco. Deine Großtante Lucrezia Borgia, Herzogin von Ferrara, ist mit dem Trost der heiligen Sakramente gestorben, und hat einen besonderen Segen von Papst Leo X. erhalten.«
»Die Großmutter sagt, daß Lucrezia Borgia eine Ausgeburt des Teufels war. Sie sagt, daß alle Borgias Geschöpfe des Teufels sind.«
»Unter den Borgias gab es Sünder, doch sie haben für ihre Sünden bezahlt. Meiner Mutter, Cousine des Katholischen Königs und Tochter des Großen Feldherren von Kastilien, ist es gelungen, daß der Zweig der Borgias von Gandía in Gottesfurcht lebt. Aber ich bin ein Borgia, auch du bist ein Borgia und wirst eines Tages von den Heldentaten Cesares, eines großen Kriegers, hören. Cesare war der Bruder Lucrezias und hatte einen Leitsatz , der seinen Mut bewies: ›Kaiser oder nichts.‹«
»War er sehr mutig?«
»Zu sehr. Er war waghalsig. Die Menschen sollen fürchtig, gottesfürchtig sein und dem Kaiser gegenüber respektvoll. Vergiß das nie!«
Der Herzog von Gandía fährt fort, doch plötzlich sieht er die in Trauer gekleidete Silhouette seiner Mutter auf der Terrasse. María Enríquez schreitet zornentbrannt auf ihn zu, stolpert beinahe über die Kleider, die ihr fast bis zum Knöchel reichen, und stellt ihren Sohn zur Rede.

»Wie kannst du es wagen, dieses Kind Respekt für jenes liederliche, mörderische Pack zu lehren? Wie kannst du es wagen, jene zu schätzen, die deinen Vater getötet haben?«
Es kommt keine Antwort, und die Wut von María Enríquez wächst.
»Erinnerst du dich nicht mehr an den Tag, als ich dir die Galeere zeigte, die den verdammten Cesare Borgia in seine Gefangenschaft brachte?«
Der Herzog dämpft ihre Empörung, läßt sich aber zu keiner Entschuldigung herab, sondern hält dem Blick seiner Mutter stand. María Enríquez findet ihn unmöglich, nimmt ihren Enkel an der Hand und befiehlt ihm:
»Francisco, komm mit mir.«
María und ihr Enkel kehren in die Dunkelheit der Gänge zurück, die sie zur Kapelle führen. Ein Lichtstrahl fällt auf ein Bild, das die Fürsprache der Jungfrau für ein Opfer, zwei Heilige an der Seite, darstellt.
»Vergiß dieses Gemälde nicht! Die Heilige Jungfrau, unsere Herrin, begleitet von der heiligen Katharina von Siena und dem heiligen Dominikus, die für ein Opfer fürsprechen. Sieh dir diese vier Menschen an. Der mit Rosen Gekrönte ist Joan de Gandía, das Opfer, dein Großvater, mein Gatte, und die Jungfrau hält ihm die rote Rose des Martyriums entgegen, seines Martyriums. Betrachte diese dreckige, düstere Gestalt hinter ihm genau, es ist der Mörder, Miquel de Corella, der das Messer in der Hand hält. Dieser dort ist Jofré Borgia, ein bedeutungsloser Komparse. Der hingegen ist kein Komparse, sieh genau hin! Er hat den Mord an deinem Großvater angezettelt. In seinem Gesicht ist das Übel der Seele, das Übel der Konkupiszenz. Cesare Borgia! Der Heide! Der Brudermörder! Der Mann, der sich für so mächtig und unbesiegbar hielt, daß er verkündete: ›Kaiser oder nichts!‹ Das waren die Borgias. Schau, wie Cesare das Schwert mit dem Griff nach unten hält. Er bittet um Vergebung, Vergebung für sein Verbrechen. Kriminelle, die Borgias. Und Lucrezia, eine Sünderin, die ihren Leib stets Satan höchstpersönlich dargeboten hat. Vergiß es nie! Diese Borgias waren Instrumente des Antichristen! Höre auf mich! Deine Großmutter will dein Bestes. Und nun bete mir vor. Das kannst du sehr gut.«
Die Klarissin kniet sich auf einen Gebetstuhl, und der Knabe er-

klettert eine kleine Kanzel nach seinem Maß. Er denkt nach und ruft schließlich mit seiner Sopranstimme aus:
»Man muß leben wie jemand, der zu sterben bereit ist, und es gilt, auf Macht und Sinne Asche zu streuen, denn zu Asche wird, was Mensch war. Deshalb ist es am besten, das Herz stets Gott zuzuwenden.«
Die Gesichtszüge von María Enríquez werden sanft, während ihre Lippen leise Gebete murmeln, und die geschlossenen Augen bemerken nicht, wie das predigende Kind seinen Blick nicht von der Figur Cesare Borgias auf dem Gemälde löst, als würde seine Predigt mechanisch aus ihm hervorkommen, und als gälte seine Faszination für immer der Aura des Valencianers.
»Was hätte Cesare in dieser Situation getan?« sollte sich Francisco jedesmal fragen, wenn zuviel Realität in seine Welt als Erbe von Dynastien hereinbrach. Wie etwa, als die Bürger Valencias sich gegen die Feudalherren auflehnten, um ihren Machtanspruch in den Städten und auf dem Land zu festigen. Der Herzog von Gandía folgte dem Fluchtweg und dem Schicksal des Vizekönigs Hurtado de Mendoza, und der junge Francisco erfuhr an der Seite seines Vaters, was es bedeutete, vor dem Chaos zu fliehen, zunächst auf dem Pferd, dann mit dem Schiff nach Peñíscola, während die *Germania*, Handwerker- und Bauernverbände, den herzoglichen Palast von Gandía besetzten und sich ihr Anführer Vicente Peris zum ›Herrn des Landes‹ erklärte. Armer Herr des Landes, am Ende besiegt und zur Abschreckung der Bürger, die noch ohnmächtig Widerstand leisteten, gevierteilt. Aber er hatte erreicht, daß der Vizekönig, der Herzog und der gesamte Adel geflohen waren.
»Wie hätte sich Cesare verhalten?« sollte sich Francisco auch Jahre später vor dem Bild der Heiligen Jungfrau fragen, das er eingehend studiert, als wollte er die Botschaft des Malers entschlüsseln, und schließlich murmelt er:
»Kaiser oder nichts.«
Eine Frau kommt herbei, um das Bild anzusehen, und Francisco nimmt sie an der Hand.
»Das ist Cesare. Und der dort mein Großvater, der nach Ansicht meiner Großmutter von Cesare ermordet wurde.«
Die Frau bekreuzigt sich, und Francisco de Borgia tut es ihr gleich.

»Ich habe oft daran gedacht, das Gemälde wegnehmen zu lassen, doch kehre ich ein ums andere Mal zu ihm zurück, als würde es mich rufen.«
»Die ganze Christenheit verdammt das Gedächtnis an Alexander VI. und seine Bastarde.«
»Ich stamme von einem dieser Bastarde ab.«
»Aber dein Zweig ist von der Gnade Gottes und den Diensten deiner Familie für Spanien gewürdigt worden.«
Er führt seine Frau auf eine Terrasse mit Blick aufs Meer.
»Gefällt dir Gandía?«
»Mich betäubt so viel Sonne, so viel Farbe.«
»Wir haben unser künftiges Herzogtum noch kaum genießen können. Immer im Dienst des Kaisers. Zum Glück hat er die Einladung meines Vaters, die Lande des Herzogtums von Gandía kennenzulernen, angenommen.«
»Alles hier ist Licht. Manchmal befürchte ich zu erblinden.«
Vom anderen Ende der Terrasse nähert sich ein weiteres Paar mit spärlichem Gefolge. Charles V. schreitet voran, begrüßt Leonor de Castro und begibt sich dann an die Seite von Francisco de Borgia, weist die protokollarischen Ehrerweisungen zurück, während sich Leonor und die Kaiserin Isabel auf portugiesisch unterhalten.
»Ich habe eine interessante Bestimmung für dich ausersehen, Vetter. Sie wird dir gewiß zusagen. Lassen wir unsere portugiesischen Frauen über ihre Angelegenheiten plaudern. Ich bereite einen Feldzug gegen Franz I. von Frankreich vor und möchte die Creme des spanischen Adels an meiner Seite haben. Wir müssen die Schlacht in Frankreich schlagen, und wenn wir gewinnen, wird sich keiner mehr unserer Vorherrschaft in Europa widersetzen können.«
»Ich wollte schon seit geraumer Zeit diese unglückselige Episode der Plünderung Roms durch unsere Truppen zur Sprache bringen. Es ist unbegreiflich.«
»Schmerzvoll, aber begreiflich. Der Vatikan hat sich über uns lustig gemacht. Sie träumen immer noch von Eigenständigkeit, während Europa durch die Kämpfe gegen die protestantische Reformation in die Brüche geht. Der Papst war einer Liga gegen das Imperium beigetreten, und leider überließ der Tod unseres Heerführers, des Konnetabel von Bourbon, die Soldateska ihren niedrigen Instinkten.«

»Aber es haben Vergewaltigungen von Nonnen, Raub, Mord, gewaltige Zerstörungen im Namen des Kaisers stattgefunden.«
»Du kennst mich, Francisco. Du weißt, ich bin der wichtigste Verteidiger des Glaubens gegen die Reformation, doch manchmal läßt der Papst die Verteidigung des Guten nicht zu. Nach der Plünderung Roms erhält die Trennung von weltlicher und geistlicher Macht einen neuen Sinn. Die Plünderung Roms beweist, daß auch das Übel sein Gutes hat. Spanien und Deutschland bilden das Bollwerk gegen die Reformation, und der Papst wird sich diesen Gegebenheiten anpassen müssen. Aber noch fehlen uns geistige und zwingende Grundlagen. Der heidnische Humanismus des letzten Jahrhunderts ist noch nicht in ausreichendem Maß durch einen christlichen Humanismus ersetzt worden, und die von der Kirche unbehelligte Wiederbelebung der klassischen Philosophen Aristoteles, Platon und Sokrates war ebenfalls von Nachteil. Ganz zu schweigen von den sogenannten Humanisten am Hof von Lorenzo de' Medici, Brutstätte des Satanismus, der Geheimlehren, der Zauberei.«
»Man spricht von Erasmus von Rotterdam als heiligem Erneuerer des Katholizismus.«
»Meine Berater sagen mir, er sei verdächtig. Sein *Lob der Torheit* greift eine geistige Freiheit auf, die wir überwunden glaubten. Sein Ansatz war meines Erachtens gut, er widmete mir seine *Institutio Principis Cristiani*, doch hat er sich nun distanziert. Er möchte nichts mit uns zu tun haben, und er ist verärgert über die Kampagne, die einige unserer Theologen, wie Zúñiga und Sancho Carranza, gegen ihn angezettelt haben. Mein Vater war einer seiner ersten Gönner, und ich habe ihn eingeladen, an unseren Hof zu kommen, doch seine Antwort hat mir nicht gefallen.«
»Was hat er gesagt?«
»Daß es in Spanien zu viele als Renegaten verkleidete Juden gebe, und aus diesem Grund so viele Erleuchtete, Betschwestern, so viel religiöse Verfolgung. Er versteht nicht, daß der Kern des Katholizismus sich selbst gegenüber besonders wachsam sein muß. Wie heiß ist es hier in Gandía, Francisco! Ich weiß nicht, wie du das aushalten kannst.«
»In letzter Zeit war ich kaum hier. Ich bin zum Höfling geworden, zu Diensten Ihrer Frau Mutter, Doña Juana, im Kastell La Mota, oder Ihrer königlichen Hoheit.«

»Du hast mehrmals mit meiner Mutter, der Königin Juana, gesprochen, das stimmt. Sie fand Gefallen an den schönen Liedern, die du komponiertest, obwohl du sie auf katalanisch vortrugst.«
»Sie brachte mir eine besondere Aufmerksamkeit entgegen. Sie erinnerte sich sogar an meinen Großonkel Cesare, Gefangener im Kastell La Mota, in dem die Königin Juana eine Weile lebte. Sie erzählte mir eine seltsame Geschichte von Pferden und Stieren, Cesare erschien ihr wie ein Zentaur, manchmal rot, dann wieder schwarz, bedrohlich, er tauchte auch in ihren Alpträumen auf. Mein Großonkel Cesare war ein großer Stierkämpfer.«
»Du hast vom Strick im Hause des Gehängten gesprochen. Der von den Borgias geschaffene, zu Unabhängigkeit und Zentralismus neigende Geist des Vatikans ist bist heute nicht verschwunden. Auch das Übel hat sein Gutes. Die Plünderung Roms ist gewiß empörend, doch vielleicht hat Gott sie in seiner Vorsehung als notwendig zugelassen. Das Imperium ist das Instrument der Vorsehung. Ich habe dem Prediger Alonso de Santa Cruz aufgetragen, auf diesen Inhalten zu beharren.«
»Mein Vater bittet, sein Fernbleiben von der Heiligen Messe zu entschuldigen. Sein Gesundheitszustand erlaubt es ihm nicht.«
Der Kaiser vollführt eine großzügigige, entschuldigende Geste. Die beiden Paare und ihr Gefolge begeben sich in die Kapelle und nehmen auf den Gebetstühlen vor dem Altar Platz, zunächst Charles V. und Isabel von Portugal, dann Francisco de Borgia und Leonor. Sie verfolgen andächtig die in der winzigen Kirche von einem Kardinal und zwei Bischöfen zelebrierte Messe. Der Kardinal hebt die Arme empor und betet mit einer Inbrunst, die vor allem Francisco de Borgia überrascht.

Sanctus, Sanctus, Sanctus,
Dominus Deus Sabaoth,
Pleni sunt Caeli et Terra gloria tua,
Hosanna in excelsis,
Benedictus qui venit in nomine Domini,
Hosanna in excelsis.

Francisco de Borgia taucht erst zur Predigt aus seiner heiligen Verzückung auf, als Alonso de Santa Cruz energisch die Kanzel erklimmt. Charles V. lauscht der Predigt überrascht, bebend, er gerät sogar ins Schwitzen. Die beiden Frauen gleichen flammenden

Altarkerzen, Francisco ist in sich gekehrt, er hebt seine Augen nicht für die dröhnende Stimme, die furchteinflößenden Gesten. »Über Rom liegen Rauchschwaden, seine an heiligen, dem Ruhm Gottes gewidmeten Stätten ausgebrüteten Sünden brennen! Der Arm des Kaisers hat nicht gezögert, die Grenzen für eine vom Ketzertum untergrabene Christenheit zu ziehen. Die Macht des Antichrist ist so groß, daß er sich manchmal sogar in den höchsten Würdenträgern der Kirche inkarnieren konnte, ohne daß die spirituelle Kraft des katholischen Volkes und seiner Herrscher ausgereicht hätte, den Bösen auszurotten und ihm seine gespaltene, von Blut und Eiter bedeckte Zunge aus der Faulkammer des Gewissens herauszureißen. Das Volk Gottes ist sogar bei den Darstellungen der Heiligen Schrift verraten worden, die Kirchen sind voll mit heidnischen Malereien, die das Deckmäntelchen der Religion tragen. Ich appelliere an den Scharfsinn und die christliche Gesinnung des Kaisers, damit er eine Doktrin erlassen möge, die in Zukunft heidnische Werke wie Leonardos *Abendmahl* oder *Das Jüngste Gericht* von Michelangelo verhindert. Vom Papsttum geförderter Paganismus! Die moderne Kunst muß eine kirchliche sein, eine Kunst Gottes, doch von Rom selbst aus wurde der heidnische künstlerische Freigeist vorangetrieben! Es gibt keinen Kanon, keine Harmonie außer der Gottes. Rom ist schuldig und wird nie wieder Hauptstadt des modernen Paganismus sein! Der heidnische Humanismus ist schuld! Ehre dem Herrscher, der mit seinem Schwert die gespaltene, vom Teufel bewegte Zunge abgeschnitten und das wahrhaftige Wort Gottes des Vaters, des Sohnes und des Heiligen Geistes wieder eingesetzt hat!«

Mühsam steigt der etwas beleibte und schwer bewaffnete Francisco de Borgia, von seinen Adjutanten und von Fray Alonso de Santa Cruz sekundiert, aus dem Wagen, und dabei stößt er auf eine Truppe, die einen hageren Mann mit glänzenden Augen und hinkendem Gang in Fesseln fortschleppt, dessen Rücken jedoch gerade ist und einen schmächtigen, durch die Gefangenschaft geschrumpften Körper aufrichtet. Francisco faßt den durchdringenden Blick des Gefangenen als Unverschämtheit auf und wendet sich an ihn.

»Woher nimmt dieser Sträfling seine Kühnheit?«
Nicht der Gefangene antwortet ihm, sondern der Anführer der Patrouille.
»Achten Sie nicht auf ihn, Señor, er ist entweder wahnsinnig oder wird es werden, denn die Heilige Inquisition hat ihn als Erleuchteten erkannt.«
»Wie ist sein Name?«
»Er behauptet manchmal, Íñigo zu heißen, dann wieder Ignacio, immer aber de Loyola.«
Endlich spricht der Gefangene.
»Ich bin *l'home del sac*, der Schwarze Mann.«
»Du sprichst katalanisch?«
»Ich weiß nur, daß ich *l'home del sac* bin.«
Der Gefangene entfernt sich, von seinen Wächtern umringt, doch sein Blick ruht nach wie vor auf Francisco de Borgia, und der Herzog kann sich diesen Augen nicht entziehen.
»Was genau bedeutet ein Erleuchteter, Fray Alonso? Ein Ketzer, nehme ich an.«
»Es bedeutet das gleiche wie *Illuminierter*. In einem gewissen Sinn haben sie nichts Ketzerisches an sich, sondern legen nur einen besonderen Eifer in ihren Glauben. Auf einem anderen Blatt steht jedoch das Bestreben der kirchlichen Autoritäten, die Erleuchteten und Betschwestern erbitterter zu verfolgen als die protestantischen Ketzer und die nur scheinbar zu Christen getauften Juden.«
Bevor Borgia in den Palast geht, schweift sein Blick noch einmal zu dem schon in der Ferne hinkenden Gaukler, doch anderes verlangt seine Aufmerksamkeit: Er muß die Stufen erklimmen, die mit Trauerflor verhängten Gänge durchlaufen, die ins Vorzimmer des Kaisers führen. Im Sterbezimmer stehen vier junge Männer in Trauerkleidung um den schwarz gestrichenen Katafalk, auf dem der offene Sarg mit den sterblichen Resten der Kaiserin ruht. Charles V., auf Knien und mit gekreuzten Armen, sieht im Schein der Kerzen und durch seine Erschöpfung gelblich aus. Borgia betrachtet den schönen, aber verstörenden Leichnam. Er will sich dem Kaiser nähern, doch läßt ihn seine undurchdringliche Strenge Abstand davon nehmen. Er setzt sich, und neben ihm nimmt Fray Alonso Platz, der ununterbrochen den Rosenkranz betet, ohne aber Francisco aus den Augen zu lassen. Borgia

bemerkt, daß er beobachtet wird, und sieht ihm ins Gesicht. Der Mönch lächelt vertraulich und legt sanft eine Hand auf seinen Arm.

»Ihre hochwohlgeborene Großmutter María Enríquez hat ein großes Werk vollbracht, und so konnte aus einer verseuchten Wurzel ein Baum sprießen. Der Kaiser ist stolz auf Ihre Arbeit, sowohl mit den Waffen als bei Hof.«

»Auf welche verseuchte Wurzel beziehen Sie sich?«

»Auf die, die uns zu Alexander VI. führt.«

»Ist es Ihnen gelungen, Pater, zwischen Realität und Legende zu unterscheiden?«

»Legende?«

»Seit dem Tod Alexanders, Cesares, Lucrezias sind viele Jahre vergangen.«

»Ihr heidnischer Geist weilte noch bis zur Plünderung Roms in den Gemächern des Vatikans. Noch bleiben von Alexander VI. ernannte Kardinäle, und es gibt genügend Studien, die belegen, daß Sünde war, was Sünde war.«

»Studien?«

»Das *Diarium* des Protokollchefs Burcardo, in dem er einen Gutteil der sündhaften Taten der Borgias als gesehen und gehört bestätigt. Nun könnten wir denken: Der arme Burcardo ist eine naive, allzu bescheidene Seele, verankert im dunklen Mittelalter, und er kann die neuen Bräuche nicht verstehen. Aber auch der anonyme Brief ist in Umlauf geraten, den der am Hof Maximilians von Österreich exilierte Savelli erhielt, und in dem über alle Abweichungen der Borgias berichtet wird. Geschichtsverfälschung eines Opfers der Borgias? Möglich. Doch da gibt es auch noch Guicciardini, einen aufrechten Denker, der mit den reinigenden Zielen des Katholizismus übereinstimmt, im Unterschied zu dem zügellosen Machiavelli. Verschiedene Schriften des Universalgelehrten Guicciardini, vor allem seine *Storia d'Italia*, verurteilen den konkupiszenten Alexander und seine Söhne, eine dokumentierte Verurteilung, und berichtigen die gefährlichen indirekten Rechtfertigungen der Borgias durch ihren unseligen Meister Niccolò Machiavelli. Man muß die zynische Behauptungen, die der agnostische Machiavelli über die Macht angestellt hat, mit jenen vergleichen, die Anhänger von Erasmus, die schon an der Grenze zur Ketzerei standen, verfaßten, so wie Erasmus selbst in seiner *Institutio Principis Christiani*, oder der Spanier Juan de Valdés. Die Überlegungen zu Polydoros in den Dialogen von Valdés stellen alle Prinzipien des Machiavellismus und des heidnischen Humanismus in Frage: ›Du weißt nicht, daß du Hirte bist und nicht Herr, und daß du dem Herrn, unserem Gott, über die Schafe Rechenschaft ablegen mußt.‹ Haben Sie Valdés gelesen? Nein. Sie haben nichts versäumt. Soll ich fortfahren? Mir ist noch ein Urteil von Guicciardini über Alexander VI. in Erinnerung: ›... er erreichte auf unwürdige und beschämende Weise den Papststuhl, indem er ihn mit Gold erkaufte, und seine Herrschaft entsprach ganz diesem niederträchtigen Ursprung.‹ Soll ich fortfahren? Guicciardini meint, er hätte gegen das Fleisch gesündigt ...«

»Soviel ich weiß, ist Guicciardini ebenso antiklerikal wie sein Freund Machiavelli. Sie sind zwei pessimistische Italiener, weil Italien und der Städtestaat unter dem Gewicht von Königreichen wie dem Spaniens in die Geschichte eingegangen sind. Das Fleisch. Wer hat denn nicht gegen das Fleisch gesündigt? Alle vorherigen und späteren Päpste, außer einem anderen Borgia, Calixtus III., sündigten gegen das Fleisch. Der Kaiser sündigt gegen das Fleisch. Ich habe gegen das Fleisch gesündigt.«

»Mich verwundert die Inbrunst der Verteidigung, und sie bestätigt mir, daß Durchlaucht den Stolz der Borgias in sich haben.«

»Meine Familie ist in der ganzen christlichen Welt und jenseits des Ozeans, in Spanisch-Amerika verbreitet. Es ist logisch, daß es Heilige und Teufel gibt, Tugendhafte und Sünder. Ich habe den Stolz der Borgias in den Dienst Gottes und des Kaisers gestellt. Ich habe an seiner Seite in Tunesien und in der Provence gekämpft und kein anderes privates oder öffentliches Leben gehabt als das vom Kaiser mir zugestandene.«

Francisco erwartet den Einspruch des finster und argwöhnisch dreinschauenden Mönchs, bis ein Lächeln sein Gesicht entspannt.

»Ich habe nie das Gegenteil gedacht, Herr, aber es ist die Aufgabe der Berater des Königs, andere Berater zu prüfen.«

»Uns auszuspionieren?«

»Warum nicht? Der Kaiser versucht, die ihn Umgebenden gut zu kennen, und niemand kennt einen Menschen besser als sein Beichtvater, und deshalb umgibt sich der Kaiser mit den wachsamen Beichtvätern seiner Berater. Es handelt sich um eine Vorsichtsmaßnahme, die Gott mit Freude sieht, in dieser Zeit der Erneuerung der Christenheit, in der wir uns so viel vom Konzil von Trient erwarten. Die Menschen müssen zu ihrem eigenen Wohl überwacht werden, und der Kaiser ist sehr weise, wenn er die Inquisition damit rechtfertigt, daß das Land eher die Strafe als die Vergebung braucht.«

Der Konnetabel Kastiliens flüstert Francisco de Borgia ins Ohr, daß der Kaiser seinen Rat wünsche. Er begibt sich zu Charles V., der nun abseits vom Leichnam seiner Frau in dem Sessel liegt, der eigens für seine gichtgeplagten Beine entworfen wurde. Gelb im Gesicht und schweißglänzend zeigt der Kaiser auf seinen geschwollenen Fuß.

»Das Übermaß an Meeresfrüchten hat sich an meinem Körper genau in dem Moment, als meine Seele am betrübtesten war, gerächt. Die letzte Partie Meeresfrüchte, die ich mir aus Castro Urdiales bringen ließ, kam fermentiert an, aber die Gefräßigkeit war stärker als die Trauer über den angekündigten Tod meiner Frau. Über den Tod will ich zu dir sprechen, Francisco. Ich möchte, daß die Kaiserin in der Königlichen Kapelle der Katholischen Könige in Granada bestattet wird, und du den Leichenzug anführst.«

»Aber von Toledo nach Granada sind es mehr als zehn Tage Reise, und der Leichnam der Kaiserin …«

»Der Leichnam der Kaiserin ist in Gottes Hand. Du sollst nur den Zug anführen, an dessen Spitze du und deine Frau, ein Kardinal, drei Bischöfe und zwei Markgrafen reisen werden, gemäß dem höchsten Protokoll, das die Schriften festlegen. Wenn ihr nach Granada kommt, wird es deine Aufgabe sein, den Leichnam vor seiner Beerdigung zu identifizieren. Monatelang werden täglich dreißig Messen für die Seele der Kaiserin gelesen werden. Zieht los. Verliert keine Zeit!«

Er konnte dem Kaiser nie nein sagen. Nicht einmal, als der ihn dazu aufforderte, Mathematik, Naturwissenschaften und Astronomie zu studieren, um ihm dann in der Nacht sein Wissen weiterzugeben, zur Ergänzung dessen, was er tagsüber mit Hilfe des hartnäckigen, umsichtigen Alonso de Santa Cruz gelernt

hatte: Wozu mag der Kaiser die Astronomie brauchen? Gehorsam und gedankenverloren nimmt Borgia den Ritt neben der Kutsche mit dem Sarg auf sich, nur manchmal döst er im Inneren der Kalesche, in der seine Frau reist, vor sich hin. Sie betrachtet die vorbeiziehenden Landschaften, und ihre Laune wird immer schlechter.
»Die Tage, die Landschaften folgen einander, und ich verstehe dieses Abenteuer nicht, Francisco.«
»Es ist ein Befehl des Kaisers.«
»So wie er dir befahl, Mathematik und Astronomie zu studieren, um sie ihm dann nächtens zu erklären. Als ob du sein Hauslehrer wärst. Warum diskutierst du nie einen Befehl des Kaisers? Oder warum schlägst du ihm nicht zumindest eine andere Möglichkeit vor?«
»Warum? Ich weiß nicht.«
»Ich habe den Eindruck, daß du für etwas büßen willst.«
»Büßen?«
Borgia lächelt melancholisch.
»Vielleicht möchte ich für die dunkle Seite meiner Familie büßen. Wir erben Licht und Schatten.«
Der Zug hat angehalten, und vier Träger nähern sich dem Gefährt mit dem Sarg, doch da lähmt sie etwas in zwei Meter Entfernung, etwas, das sie die Hände zur Nase führen, sie würgen und ganz fürchterlich kotzen läßt. Borgia muß wütend vom Pferd steigen und sie antreiben:
»Worauf wartet ihr? Erschreckt euch der Tod?«
Die Träger gehorchen, doch in den Augen Borgias wie in denen seiner Frau flimmert Ungewißheit, und die anderen Begleiter des Sargs werden von Panik erfaßt. Als der Sarg endlich auf dem Katafalk ruht, wenden sich alle Gesichter Francisco zu, damit er das Erkennungsritual vollziehe. Er schreitet ernst auf den Sarg zu, doch dort treffen ihn wie ein Faustschlag die Ausdünstungen des eingeschlossenen Leichnams, und er kommt nur mit Mühe näher, so als würde er gegen einen Wirbelsturm ankämpfen. Er nimmt alle ihm verbleibende Kraft zusammen, hebt den schweren Sargdeckel auf, und vor seinen Augen erscheint der verfaulte Körper, das Gesicht entstellt, die Haut von Würmern zerfressen, die auf das Licht zukriechen. Borgia senkt den Kopf und schließt den Sarg wieder. Er bezwingt das von den Füßen aufsteigende

Zittern und hört die von einem der Adeligen gestellte Frage nicht: »Steht hiermit fest, daß es sich um den Körper Ihrer Durchlaucht, der Kaiserin Isabel von Portugal handelt?«
Borgia antwortet nicht und scheint auch die erneute Frage nicht zu hören:
»Bestätigen Sie, daß dieser Sarg die sterblichen Überreste Ihrer Durchlaucht, der Kaiserin von Portugal, enthält?«
Borgia blickt wie betäubt zu dem, der sein Zeugnis fordert, zu seiner angesichts seiner Starre beunruhigten Frau, zu jenen, die auf seine Äußerung warten.
»Ich soll bescheinigen ... diesen Überrest?«
Francisco de Borgia versteht nicht, was seine eigenen Lippen hervorgebracht haben, und die anderen weichen ein paar Schritte zurück, erschüttert von der dargebotenen Beklommenheit eines Mannes, der seine ganze Haltung eingebüßt hat, und dessen Augen jemanden suchen, der ihn von dem Gefühl befreit, sich verloren zu haben. Die gleiche Beklommenheit vermittelt er Tage später dem Kaiser persönlich, der gichtgeplagt humpelnd und krampfhaft den Rosenkranz betend Pläne für die Zukunft schmiedet.
»Wenn ich mich zurückziehe, Francisco, möchte ich, daß man mein Lager unter dem einrichtet, wo die sterblichen Überreste meiner geliebten Gattin ruhen, und von dort aus will ich jeden Tag einer Totenmesse beiwohnen, jeden Tag will ich mir bewußt machen, daß der Tod existiert. Man hat mir erzählt, daß dich der Anblick des kaiserlichen Leichnams sehr erschüttert hat.«
»Ich bin gekommen, um Sie darum zu ersuchen, nach Gandía zurückkehren zu dürfen. Ich bin noch immer vom Anblick der Leiche erschüttert. Und ich fühle mich immer noch an den Schwur gebunden, den ich meiner Frau gegeben habe: Nie will ich einem sterblichen Herrn dienen.«
»Du wirst mir nicht länger dienen? Du möchtest der Christenheit gegenüber Fahnenflucht begehen? Was wäre die Christenheit ohne uns? Ich habe einen edlen Auftrag für dich. Ich brauche für Katalonien einen Vizekönig meines Vertrauens, der mir den verbliebenen katalanischen Adel überwacht. Du sprichst ihre Sprache, doch stehst du auf meiner Seite. Ich möchte, daß du alle entwaffnest, die Adeligen, die Händler, die Bürger von Barcelona, aber vor allen Dingen die Räuber.«

»Ich erlebte als Kind den Aufstand der *Germania* in Valencia und mußte mit meiner Familie flüchten. Seit damals weiß ich um die Folgen einer von sozialen Ressentiments hervorgerufenen Unordnung, und mir ist bewußt, wie gefährlich es ist, die natürliche Rangordnung der Dinge zu stören. Ich erinnere mich an den zerstückelten Körper des aufständigen Vicente Peris, als hätte ich ihn mit meinen eigenen Augen gesehen.«
»Du hast am eigenen Leib das Beispiel des unheilbringenden, zügellosen und gegen die von Gott kommende Macht gewandten Wandels erlebt. Ehe in Katalonien Bürger, Händler und niedriger Adel sich mit den Räubern verbünden oder aus der Unordnung der Banditen Nutzen ziehen können, muß man ihnen allen den Garaus machen. Ich habe diesbezüglich eine Sanktion erlassen, auf katalanisch verfaßt, damit sie mich verstehen. Nun wünsche ich, daß du deine gute linke und deine harte rechte Hand einsetzt. Bei deiner Ankunft schwörst du auf ihre Gesetze und erfüllst die meinen.«
Der Kaiser überläßt einem Schreiber das Wort, der Borgia über geringere Anordnungen in Kenntnis setzt, über die Unterkunft im Erzdiakonat gleich neben der Kathedrale, über ein Nachrichtensystem, das den ständigen Kontakt mit dem Kaiser gewährleistet. Borgia versucht etwas zu sagen, doch Charles hat jede Widerrede erneut unterbunden.
»Kastilien ist die Achse der Monarchie, doch dürfen ihre entlegeneren Gebiete nicht vernachlässigt werden.«
»Solange mein Vater nicht tot ist, bin ich nicht Herzog von Gandía, und ich befürchte, daß so hochmütige und argwöhnische Adelige wie die katalanischen, der Herzog von Cardona beispielsweise, der einzige katalanische Grande Spaniens, es nicht dulden werden, mir zu unterstehen.«
»Du bist ein spanischer Grande, und wenn du den Titel auch noch nicht trägst, so vertrittst du doch den Kaiser, und die katalanischen Adeligen werden zur Kenntnis nehmen müssen, daß die Krone Spaniens nur eine ist.«
»Und wenn sie mir nicht Folge leisten?«
»Die Adeligen nimmst du fest, und die Banditen, die nicht adlig sind, bringst du an den Galgen.«

Am Boden der Schatten von sechs Gehängten, zu deren herabbaumelnden Körpern Francisco de Borgia nun seinen Blick hebt. Er betrachtet zufrieden sein Werk, und zufrieden schreibt er danach in der erleuchteten Einsamkeit seines Arbeitszimmers an den Kaiser:

Am Ende erhängte ich sechs der berüchtigsten Banditen, doch vermisse ich die versprochenen Mittel, die zu einer Befriedung Kataloniens im Sinne Ihrer Kaiserlichen Hoheit nötig sind. Ich mußte dem Herzog von Cardona, der mir seinen Gehorsam verweigerte, entgegentreten, und stellte den Grafen von Módica, der es wagte, mich mit dem Schwert zu bedrohen, unter Hausarrest. Ich bewege mich wie ein Verfolgter, trotz der Einschränkungen, die mir mein fülliger Körper auferlegt, trotz der zu früh auftretenden Beschwerden, die mir mein zügelloses Essen und Trinken bescheren. Eine weitere Sorge, die mich plagt, ist die Überwachung der Grenzen, denn die Franzosen marschieren im Roussillon ein, als wäre es ihr Land, und auch das katalanische Volk zeigt nicht allzuviel Begeisterung für die Krone Kastiliens. Die Bürger und Handeltreibenden sind leichter zufriedenzustellen, sie arbeiten friedlich und in Eintracht mit den Zielen Kastiliens. Ihre Majestät soll wissen, daß ich mich als ihr Jäger in diesem Vizekönigtum fühle, und nichts anderes bin als der Jäger all jener, die meinen Kaiser stören. In Perpignan herrscht Unbehagen, die Volkskonsuln haben sich gegen den örtlichen Hauptmann, François de Beaumont, erhoben, und ich muß auf Wunsch Ihrer Kaiserlichen Hoheit persönlich hinreisen, um die Ordnung wieder herzustellen. Ich habe die Anweisungen erfüllt, die Marine von Las Atarazanas im Hinblick auf den Schutz der Küsten und des geplanten Kriegszugs gegen die Mauren in Algerien zu verstärken. Alle Aufträge des Kaisers sind erfüllt worden, und ich erwarte die künftigen, stets im Respekt der weisen, mir von Ihrer Majestät diktierten Regel: Katalonien braucht mehr die Strafe als die Vergebung.

Müdigkeit zeigt sich auf dem feisten Gesicht des Vizekönigs Borgia, als er in den ehelichen Alkoven zurückkehrt, nachdem er zuvor seine acht schlafenden Kinder betrachtet hat. Er läßt seine quälenden Winde durch Mund und Anus entweichen, dann kniet er sich auf den Betstuhl und betet mit Hingabe, inbrünstig, als würde sich seine Seele nach Gebeten verzehren. Leonor bewegt sich im Halbschlaf, und als sie sieht, daß ihr Mann ins Gebet versunken ist, springt sie aus dem Bett und kniet sich neben ihn. Sie beten vereint und, schon im Bett, betrachten sie von Glück durchströmt ihre Bußgürtel. Die Augen Franciscos glänzen, und Leonor runzelt die Stirn, so wie immer, wenn sie etwas betrachtet, egal, ob es gut oder schlecht ist.

Von derselben Freude erfüllt wandelt der Vizekönig mit seinem Beichtvater Juan de Texada durch den Kreuzgang des Erzdiakonats, und der Mönch nimmt Francisco die Beichte ab und befreit ihn von seinen Sünden.

»Gebet und Kasteiung. Es gibt keine andere Formel. Den Geist mit Gott in Verbindung fühlen, und auf dem Körper den Schmerz des Bußgürtels, der uns an die Erbärmlichkeit des Fleisches erinnert.«

»Meine Seele erhebt sich im Gebet, doch fühle ich mich arm. Muß diese ganze mystische Glückseligkeit in einem selbst bleiben? Kann man nichts für die anderen tun? Man hat mir von einem alten, besonders gerechten Christen namens Ignacio de Loyola berichtet, Ordensgeneral der neu gegründeten Gesellschaft Jesu. Irgend etwas in mir sagt, daß ich diesen Mann kennengelernt habe, oder zumindest kommen mir seine Lebenseinstellung und sein Konzept des christlichen Kampfes, des Katholizismus als Streitroß, vertraut vor.«

»Ein heiliger Mann, den es viel Kraft gekostet hat, seine Wahrheit durchzusetzen, und obwohl er viel Unverständliches sagt, wage ich es, ein Treffen mit ihm zu empfehlen.«

»Die Jesuiten Araoz und Favre werden mich zu ihm bringen.«

»Im Augenblick, geschätzter Vizekönig, hat der Franziskanerorden gut daran getan, Sie, wie auch die Vizekönigin, bei sich aufzunehmen.«

»Meine Großmutter María Enríquez und meine Tante beenden ihre Tage in einem Klarissenkloster. Eine andere meiner Tanten, Sor Juana de la Cruz, ist die Gründerin der Barfüßerinnen. Aber alle diese Orden scheinen mir nach dem Maß alter Notwendigkeiten gemacht, die Jesuiten hingegen sind eine Antwort auf die herrschende Unordnung. Man muß die Ketzerei außerhalb der

Klöster bekämpfen, von den Klöstern steigt die geistliche Kraft des Gebets und des Verzichts zum Himmel auf. Erstmals in der Geschichte erreichen wir nun nach einem Jahrhundert der heidnischen Versuchung die allerhöchste Spiritualität.«
Im Halbdunkel seines ehelichen Alkovens beendet Francisco seine Erzählung von dem Treffen mit Texada und gesteht den unwiderstehlichen Drang, der ihn zu Loyola treibt.
»Er hat mir ein handschriftliches Exemplar der *Geistlichen Übungen* von Ignacio de Loyola geschenkt und versprochen, mir zu schreiben. Die Heiligkeit der Texte dieses Mannes zieht mich in ihren Bann. Was hältst du davon? Ich rede und rede, doch du sagst nichts.«
Leonor zögert, bevor sie antwortet:
»Ich weiß nicht. Ich sehe dich so aufgewühlt... Aber du bist ja schnell aufgewühlt.«
»Was kommt dir von allem, was du über Loyola weißt, schlecht vor?«
»Ich mag ihn nicht, das ist alles. Es sind die Gedanken eines Strategen, eines Anführers, eines Fürsten, wenn du so willst, aber nicht die eines Ordensmannes. Ich bin für eine idealistischere Glaubensauffassung.«
»Es sind Zeiten der Religionskriege, der Auseinandersetzungen, der ketzerischen Unterwanderung, der gefährlich wirklichkeitsfremden Philosophen wie Erasmus von Rotterdam oder unseres Juan de Valdés, der fruchtlosen Illuminaten. Selbst Erasmus dient ihnen zur Ausrede für ihr Ketzertum, sogar ein zum Studium des Lateinischen verwendetes Buch, *Colloquia* von Erasmus, birgt eine häretische Grundlage. Man muß wachsam bleiben. In dem, was Loyola aufgebaut hat, sehe ich eine Aufgabe von weltentsagten Titanen, deren Körper aber von der Intelligenz geleitet zum Handeln befähigt ist. Der Kirche fehlt ein erneuerndes Element wie die Gesellschaft Jesu. Sie ist kein Erbe der Vergangenheit, sondern aus der Herausforderung unserer Zeit entstanden.«
»Die Überlegungen sind deine Sache, Francisco, die Gefühle meine. Aber ich fühle wie eine alte Christin, und all diese Neuheiten riechen mir nach Schwefel.«

Im Sarg ruht der Leichnam von Leonor de Portugal, in einer ebenso sargförmigen Kapelle, in der sich der betende Francisco de Borgia über die Grenzen des Raums zu erheben scheint. Sein Blick gleitet über die Kerzen empor, und er verschließt seine Ohren für die Responsorien. Die Augen suchen die Gestalt, die Aura von Loyola, auf einem Bildnis schimmernd, das er in Händen hält, eine Illustration des Briefs, den ihm der Gründer der Gesellschaft Jesu geschickt hat. Seine Ohren hören mit der Stimme Ignacios die in der Botschaft enthaltenen Worte, er stellt ihn sich vor, wie er auf und ab geht und den Brief diktiert, einen Brief, der an ihn gerichtet ist.

»Ich verstehe, Herzog, die tiefe Betrübnis Ihrer Seele über den Tod Ihrer Gattin, und Ihren Wunsch, den Prunk der Welt zu verlassen, um in die Gesellschaft Jesu einzutreten. Doch die Gesellschaft nimmt nur Männer auf, die der Welt entsagt haben, und um das zu erreichen, Durchlaucht, müssen Sie meine Anweisungen befolgen: Verheiraten Sie Ihre Töchter, lassen Sie Ihre Söhne studieren, vollenden Sie die begonnenen Werke, und vor allem das Kollegium von Gandía, studieren Sie Theologie bis zur Doktorwürde. Dann wird der Moment gekommen sein, in dem der Großherzog von Gandía, Erbe der Sippschaft der Borgias, Aufnahme in die Gesellschaft Jesu finden kann, doch bis dahin muß alles absolut geheim ablaufen, denn die Welt hat nicht genug Ohren, um einen solchen Donnerschlag zu hören. *Ad maiorem Dei gloriam.*«

Ignacio de Loyola geht das Geschriebene noch einmal durch.

»Was hältst du davon, Polanco?«

»Es ist so wunderbar, daß es mir unglaublich erscheint.«

»Der Herzog von Gandía! Das öffnet uns die Türen zum Kaiser. Francisco de Borgia ist einer der privaten Ratgeber von Charles. Er ist ein weißer Rabe, den Gott der Gesellschaft Jesu ans Fenster gesetzt hat.«

Francisco de Borgia muß seinem angebeteten Herrn, dem Kaiser, mitteilen, daß er einem anderen Herrn, dem seines Geistes, gehorchen will. Auf seinem Weg nach Yuste reitet er Pferde wie Pappfiguren zuschanden. Charles V. hinkt zum Fenster und gibt dem in Trauer gekleideten Francisco de Borgia ein Zeichen, ihm zu folgen. Ein Diener legt dem Kaiser eine Angelrute in die Hand, und der wirft sie aus. Er achtet darauf, daß sie in den Teich des

Gartens fällt, und läßt sich auf einen hohen Stuhl setzen, von dem aus er den Erfolg des Fischfangs beobachten kann.

»Meine schlechte Gesundheit erlaubt es mir nicht, zum Fluß hinunterzugehen, der voll mit Forellen und Lachsen ist. Sie haben mir einen Teich voller Fische eingerichtet, Francisco. Warum versuchst du es nicht? Nein. Keine Ausreden. Stell dich an das Fenster nebenan, damit sich unsere Angelschnüre nicht verfangen.« Die Diener sorgen für die Ausstattung, so daß auch der Herzog von Gandía vom Fenster aus fischen kann. Der Kaiser beobachtet Borgia aus den Augenwinkeln.

»Jesuit also, was? Ich bin diesen Leuten gegenüber nicht unbedingt wohlwollend gesinnt, sie erscheinen mir zu hochmütig und selbstgefällig.«

»Der Glaube gibt uns Hochmut, und Demut zeigen wir Gott gegenüber.«

»Dieser Ignacio de Loyola ist ein geringer Soldat, der fromm wurde und viele Frauen anzog. Er verdankt seinen Erfolg schlecht verheirateten entflammten Frauen, sowohl in Barcelona wie in Paris, wo er Bettler war. Ich mag die Bettler nicht. Irgend etwas haben sie wohl dazu beigetragen, um es zu sein.«

»Er hat sämtliche menschlichen Tiefschläge überwunden, so wie Christus auf dem Kreuzweg.«

»Was für elende Fische habt ihr mir in den Teich gesetzt? Habt ihr sie gefüttert? Sie haben sich offensichtlich ihr Leben lang vollgefressen. Schafft mir hungrige Fische herbei! Beißen sie bei dir an, Francisco?«

»Nein, Señor.«

»Werde zu dem, was immer du willst, nur zu keinem Ketzer, Francisco. Aber ich möchte nicht, daß du mich gänzlich verläßt. Ich wünschte, du würdest meine Mutter besuchen, die in Tordesillas mit dem Tod ringt, und sich an dich mit dem wenigen Verstand und der Zuneigung, die ihr bleiben, erinnert. Auch sollst du in Portugal etwas für mich erledigen, denn vielleicht können wir die Königreiche zugunsten der Christenheit vereinigen. Nachdem der König Sebastian von Portugal jung verstorben ist, könnten wir für meinen Enkel Charles, dem Sohn von Philipp und Maria von Portugal, Anspruch auf die Krone erheben. Die Dinge stehen nicht gut für uns. Wir sind dank des Goldes von Amerika die Reichsten Europas, und haben durch die Vertreibung der Juden und Morisken am wenigsten Probleme im Land, wir sind die Fahnenträger Gottes und der wahrhaftigen Kirche, doch die Protestanten und ihre Fürsten sind im Vormarsch.«

»Ich kann beides erledigen, denn ich begebe mich nach Ávila, wo ich hoffe, Teresa de Jesús zu treffen.«

»Die erleuchtete Schriftstellerin. Ich gestehe dir, nichts von dem zu verstehen, was sie schreibt, doch erkenne ich zwischen den Zeilen die Hand Gottes. Jesuit. Jesuit. Werde Jesuit, Francisco, und erzähle mir, was das bedeutet. Erinnerst du dich daran, wie du Mathematik und Naturwissenschaften studiertest und mir jede Nacht erzähltest, was du tagsüber gelernt hattest? Du kannst viel leisten, Vetter. Aber mir wurde schon berichtet, daß Gandía voll von Jesuiten ist, die deine Bücher führen und mehr über deine Finanzen wissen als du selbst. Sei wachsam, Francisco. Sei wachsam. Man muß immer wachsam sein. Alle überwachen.«

Jenseits des Teichs mit den ruhenden Angelschnüren und den argwöhnischen Forellen liegen die schattigen Wege, die zum Kloster in Ávila führen, wo eine geschwätzige Teresa ihm von ihrer Besorgnis, ob die Erleuchtungen nun von Gott kämen oder nicht, erzählt. Und was, wenn sie nicht von Gott wären? Sprich nur, sprich. Und die Nonne erzählt von ihren Exstasen und Anfällen, ihren Erlebnissen im Himmel, auf Erden und am eigenen Fleisch, während Borgia offenkundig zustimmend nickt.

»Der Herr wollte, daß ich einmal einen Engel sah, nicht sehr groß, wunderschön, das Gesicht so gerötet, daß er einer der derart leuchtenden Engel zu sein schien, die beinahe verglühen. Ich weiß, es sind die Cherubim, obwohl sie mir nicht entdecken, welcher Klasse sie angehören. Mein Engel trug eine Lanze aus Gold oder Eisen, vielleicht aus Gold und Eisen, denn das Eisen war feuerrot an der Spitze. Und diese Lanze bohrte sich in mein Herz, riß meinen Körper innerlich auf, wühlte sich in meine Eingeweide, mir war, als hätten sie Feuer gefangen, als sie wieder herausgezogen wurde, und mich leer ließ, rein, verzehrt von der großen Liebe Gottes. Die Lanze war seine Stimme und die Stimme seine Gegenwart. Wie spricht Gott zur Seele? Ist es klar zu verstehen? Manchmal höre ich diese Stimme in mir, dann wieder außerhalb, und ich achte darauf, daß es sich nicht um Launen oder Schwermut handelt, obwohl ich nicht zu kränklicher Schwermut neige wie so viele andere in diesen mageren Zeiten, so viele wie die Versuchungen Luzifers. Der Teufel benutzt diese kranken Seelen und bemächtigt sich ihres Geistes. Wie läßt sich unterscheiden, wann es die Stimme Gottes ist und wann die des Teufels, Pater Francisco? Und man muß prüfen, ob diese Stimmen, wenn sie vollkommen sind, aus der Heiligen Schrift stammen, obwohl das Wort Gottes plötzlich als Wahrhaftigstes ertönt, mit einer ihm innewohnenden Wahrheit, als wäre es aus Licht, eine Botschaft voller Liebe. Kann dies der Teufel diktieren?«

»Wie sollte der Teufel ein solches Wunder diktieren? Widerstrebe nicht, aber beschränke dich auch nicht darauf, dich von den Offenbarungen in Besitz nehmen zu lassen. Bete, denn das Gebet ist das Gespräch mit Gott.«

Die Nonne war allerdings nicht sehr überzeugt, und bekanntlich unterwarf sie alles, was im Kloster passierte, dem Zweifel, wie denn die Stimme Gottes von allen möglichen Stimmen des Teufels zu unterscheiden wäre, und es beschäftigte sie in solchem Maß, daß sie *Die Seelenburg oder die innerlichen Wohnungen* verfaßte, damit kein Zweifel mehr auf ihrem Geist lastete, und auch nicht auf dem ihrer Berater, die ihr Konsultorium aufsuchten. Mit dem Wunsch, so schnell wie möglich nach Rom zum Treffen mit Ignacio de Loyola und zu seiner Bestimmung zum Jesuiten zu gelangen, machte er Halt in Tordesillas, wo die Königin Juana Lieder singt, die nur sie versteht, Melodien, die ihren unbeherrschten Bewegungen entspringen.

»Herzog von Gandía? Ich kenne keinen Herzog von Gandía.«

»Ich war vor einigen Jahren Begleiter Ihrer Majestät.«

»Ich hatte nie einen Herzog als Begleiter.«

»Ich war noch nicht Herzog, Señora, aber sie werden sich an mich erinnern, an die Male, wo wir von einem meiner Ahnen sprachen, Cesare, Cesare Borgia, dem Valencianer.«

Die Königin wiederholt mehrmals ›Cesare Borgia‹, singt den Namen laut, dann leise.

»Ich kannte nie einen Cesare Borgia.«

»Er war ein großer Sünder, hinter die Mauern des Kastells La Mota gebracht, als Ihre Majestät dort lebte. Ihre Majestät erinnerte sich daran, wie er mit dem Stier kämpfte.«

»Der Stier!«

Doña Juana ist erschrocken und schreit:
»Der Stier! Der dunkle Mann! Der dunkle, nackte Cesare! Jener Teufel, jener Zentaur, der mich entblößen wollte, und da ich es nicht zuließ, Stiere köpfte!«
Die Raserei Doña Juanas nimmt zu, die Ärzte wollen den Platz Borgias bei der Königin einnehmen, doch läßt sie es nicht zu.
»Laßt mich mit dem Herzog sprechen!«
Und als Francisco auf ihre Bitte hin zu ihr tritt, nähert die Königin ihre Lippen seinem Ohr.
»Sie bildeten ein einziges Tier, Herzog. Cesare der Dunkle, das weiße Pferd, der schwarze Stier, rot von Blut. Ein einziges Tier. Der Stierkampf ist mir immer als etwas Teuflisches vorgekommen.«
Sie schreit mehrmals ›Ein einziges Tier!‹, bis der Herzog sich betrübt zurückzieht und niemandem seine widerstreitenden Gedanken offenbart. In sich gekehrt wohnt er der Agonie der Königin bei, die von Priestern und Nonnen, Gesängen und Gebeten umgeben ist. Der Herzog ist besessen von seinen inneren Stürmen, obwohl er nach außen hin gelassen wirkt. Die Königin Juana streckt ihm aus der Ferne die Hand entgegen, doch der Herzog tritt vergeblich zu ihr, es gelingt ihm nicht, ihre letzten Worte zu hören, und er gesteht sich laut die Zwecklosigkeit der Reise ein, in einem Monolog, der sich dem Rhythmus der Kalesche anpaßt.
»Wenn mich der Kaiser auf den Weg schickt, weiß ich nicht, wohin ich gehe, beim heiligen Ignacio ist der Weg jedoch klar.«
Aber er erfüllt alle Aufträge und berichtet dem Kaiser alles Gesehene und Gehörte, einem schwermütigen, gichtgeplagten Herrscher, der nun mehr Aug und Ohr für die Altäre als für die Forellen hat, obwohl schon Ladungen von Meeresfrüchten aus Kantabrien nach Yuste gekarrt wurden.
»Also sprechen sogar die Nonnen mit Gott, und für mich, den Kaiser, kein Wort. Du hast ebenso den Ruf Gottes vernommen. Ich möchte nicht mit Gott in Wettstreit treten, Francisco. Manchmal erscheint mir der Teich, in dem ich fische, wie die Öffnung zum Abgrund, zum Tod, zur Hölle. Ich möchte mit Gott nicht in Wettstreit treten«, sagt der Kaiser zu ihm, während er, unbeweglich durch die Gicht, an einer Balustrade sitzt, die Angel über einem anderen Teich ausgeworfen. »Ich habe die Krone meinem

Sohn Philipp übertragen, und du bist aus meinem Dienst befreit. Aber gib acht! Der Großinquisitor hat es auf dich abgesehen. Der Papst mag uns nicht, und ihr Jesuiten seid die Soldaten des Papstes. Oder etwa nicht? Nun, wo du Geistlicher bist und einen bevorzugten Umgang mit Gott hast, erzähl mir von der Ewigkeit. Ist sie dem Kaiser, der gegen die Ketzerei gekämpft hat, sicher? Ich wünsche, daß du mein Testamentsvollstrecker bist.«
Ein Diener bringt ein Tablett voller Meeresfrüchte. Der Kaiser nimmt ein paar Entenmuscheln und riecht hingerissen an ihnen.
»Soeben aus Kantabrien eingetroffen! Wie viele Pferde sind wohl zuschanden geritten worden, damit dieses Aroma erhalten bleibt!«
Er befühlt die Krebse, die Muscheln, die Austern, die Langusten. Er läßt sich eine Miesmuschel öffnen und ißt sie roh.
»Der Geschmack des Meeres! Francisco, ich möchte, daß man mich unter dem Körper meiner Mutter begräbt und mein Herz, während es verfault, an ihrem liegt. Kannst du mir das ewige Leben garantieren? Ich zweifle nicht an Gott, doch schreibe ich an meinen Memoiren. Ist es statthaft, daß ich von meinen Werken Tag für Tag, Stunde für Stunde spreche? Gott weiß, daß meine Aufzeichnungen nicht aus Eitelkeit entstehen, sondern weil die Geschichtsschreiber unserer Zeit dazu neigen, meine Werke zu verdunkeln. Viele von ihnen sind meine religiösen Gegner.«
Und als Borgia schon eine verschwindende Gestalt ist, unten im Garten von Yuste, neben dem Teich, ruft ihm der Kaiser in seiner Sonderstellung des Fischers von der Höhe der Balustrade aus zu:
»Gib acht auf dich, Francisco. Mein Sohn, der König Philipp, schätzt dich nicht. Niemand ist sicher in diesem Leben. Niemand verdient es, sicher zu sein.«

Verlegen und schüchtern weiß er nicht, ob er angesichts eines knochigen und gealterten Ignacio de Loyola grüßen oder aber den Gruß abwarten soll. Die Männer sehen sich an, scheinen nach einem Augenblick in ihrem Leben oder in ihrem Gedächtnis zu suchen, der sie verbinden könnte, und plötzlich ruft Francisco de Borgia aus:
»*L'home del sac*, der schwarze Mann!«
Ignacio hat nicht gelächelt, aber mit den Augen zugestimmt.

»So nannte man mich in der Gegend von Manresa, als ich in den Höhlen nahe dem Montserrat ein Einsiedlerleben führte.«
»Ich sah Sie, als Sie in Ketten vor das Tribunal der Inquisition geschleppt wurden.«
»Ich beginne mich an dieses Zusammentreffen voller Vorahnungen mit einem so durchlauchten Herrn zu erinnern. Zweimal geriet ich in diese Lage. Ich erlitt die Inquisition als das, was ich bin, ein Soldat Christi, Soldat, Apostel und gelegentlich Märtyrer. Ich kam frei und wurde anerkannt. Ich nehme diese Erfahrungen auf mich, so wie ich meine Vergangenheit als Soldat, als Mann von Welt, als Pilger in Jerusalem, als Bettler und Student der Theologie in Paris auf mich nehme.«
»Ihr ganzes Leben war ein Weg zur Vollkommenheit, und auch ich versuche, den zu finden.«
Ignacio redet mit gezügelter Begeisterung.
»Alles spricht von der großen asketischen Natur des durchlauchten Herzogs von Gandía, und ich bewundere Sie. Sie gehören einem der wichtigsten Adelsgeschlechter an, sind ein guter Krieger gewesen, ein weiser und treuer Verwalter, ein Mann der Tat. Tat, das ist das Wort. Das Zusammenspiel von Denken und Handeln ist Teil unserer Regel. Die *Geistlichen Übungen* weisen uns an, wie wir zu handeln haben. Wir sind eine Gesellschaft der Soldaten Christi, nicht jedoch Militärs, denn unsere Hände tragen keine Waffen. Doch haben wir den Geist des Gehorsams und die Disziplin von Kriegern.«
Loyola hat einen Bericht von seinem schlichten Arbeitstisch genommen, auf den ein Strahl römischen Lichts fällt. Beide Männer sind blaß und dunkel gekleidet, der über vierzigjährige, immer noch beleibte Francisco ebenso wie der hagere, gut fünfzigjährige Ignacio de Loyola. Sie beugen sich über die Papiere, die der Jesuitengeneral aus der Mappe zieht.
»Die Borgias sind mit vier Königshäusern verwandt und haben mehr als zweihundert Adelstitel in Spanien, Portugal und Frankreich. Das ist Macht, eine Macht, die im Krieg Gottes gegen die Ketzerei eingesetzt werden muß.«
»Ich fühle mich vom Stigma einer Macht gezeichnet, die von einem simonischen Papst ausgeht.«
»Seit dem Verfall des römischen Imperiums wäre es wohl schwierig, auch nur fünf Päpste zu finden, deren Tugend beispielhaft ge-

wesen ist. Anastasius I. war ein Ketzer und starb, die Pest verbreitend, Johannes II. betrieb Simonie wie auch Sabinian und Sergius I., Stephan II., ein Fälscher der Heiligen Schriften. Im neunten Jahrhundert hat es praktisch keinen guten Papst gegeben, aber dafür eine Päpstin, und Sergius II. war Gegenpapst. Soll ich in der geschichtlichen Reihe fortfahren? Von Konstantin bis Alexander VI., ihren Urgroßvater, zähle ich an die dreißig Päpste, die nun in der Hölle sein könnten. Der gegenwärtige Papst, Paul III., verdankt seine Karriere Alexander VI., Ihrem Urgroßvater. Er ist der Bruder von Giulia Farnese, der bedeutendsten Geliebten des Borgia-Papstes. Ist Paul III. verantwortlich? Sind Sie es? Ausgerechnet Paul III., der seine Kardinalswürde der Konkupiszenz seiner Schwester verdankt, ist der Papst, der entschieden die Gegenreformation anführt. Er hat die Gesellschaft Jesu anerkannt und Orden geschaffen, die den Protestantismus im Volk bekämpfen: die Barnabiten und die Theatiner. Nach dem Konzil von Trient und der Ausweitung der Gesellschaft Jesu wird den Päpsten nichts anderes übrigbleiben, als tugendhaft zu sein. Wir Jesuiten haben vier Gelübde, nicht drei: Gehorsam, Armut, Keuschheit, und dem Papst zu dienen.«

»Auch wenn der Papst sich nicht dienen läßt?«

»Darum geht es nicht. Unsere Stärke soll die des Papstes sein. Entweder gelingt es uns, daß der Papst durchschaubar, tugendhaft und unfehlbar ist, oder die katholische Kirche wird untergehen. Wir müssen alle Anschuldigungen der Protestanten in Tugenden verwandeln: Der Ritus muß wunderbar, glänzend, strahlend sein, aber durch seinen Reichtum nicht beleidigend, die Heilige Jungfrau unbefleckter denn je, und der Papst unfehlbar, weil Gott es so will, aber auch von sich selbst aus und mit unserer Hilfe. Die Macht des Papstes muß eine geistliche sein, politisch und militärisch von den christlichen Fürsten gestützt. Heutzutage erscheint die Gesellschaft Jesu als ein Werkzeug des Kaisers Charles, weil sie eine Bastion gegen die Protestanten darstellt. Aber alle Fürsten benötigen den Aval der Kirche, denn ihre Macht stammt von Gott. Und wenn diese logische Kette zerbricht, erwartet uns bloß Chaos. Wir Jesuiten wollen an allen Höfen der Welt sein und zur Bildung des neuen Machtbewußtseins beitragen. Das erste Schisma des Ostens blieb fern und wurde durch das Vordringen des Ungläubigen ausgelöscht. Doch dieses Schis-

ma zerbricht die Ordnung im Kern der Christenheit, und sie muß wieder hergestellt werden in Zeiten, in denen sich die Welt erweitert hat und Spanisch-Amerika katholisiert werden muß.«
Francisco glaubt, um Loyola eine Aura zu sehen, der General der Jesuiten hat die Wirkung bemerkt, er tritt aus seiner Aura, umarmt Francisco de Borgia und hindert ihn gerade noch daran, auf die Knie zu fallen.
»Kehren Sie zu ihrem alltäglichen Leben zurück. Üben Sie Ihre Macht in allen Bereichen aus, in der Gesellschaft Jesu, von ihr ausgehend, aber auch als Patriarch Ihrer Familie, und als loyaler und äußerst nützlicher Diener des Kaisers. Auf immer *Ad maiorem Dei gloriam.*«
»Auf immer *Ad maiorem Dei gloriam*, General.«

»Nachdem Loyola tot ist und Laínez entfernt, wer wäre besser zum General der Gesellschaft Jesu geeignet als der Herzog von Gandía? Aufgrund seiner Arbeit als Generalkommissär der Gesellschaft in Spanien und Portugal, wegen seines Geldes, wegen der Verbindungen seiner Dynastie. Eine dringende Audienz mit ihm!«
Der Sekretär nimmt den Befehl von Papst Pius V. entgegen.
»Warum mag er wohl so oft die Ernennung zum Kardinal ausgeschlagen haben? Mir kam zu Ohren, daß er schon annehmen wollte, und Loyola im Namen der Prinzipien der Gesellschaft Jesu ihn davon abhielt.«
Die Jahre und das Fasten haben Francisco de Borgia abmagern lassen, ein heimlicher Spaziergänger ist er geworden, der Plätze in Rom aufsucht, die Alexander, Cesare, Lucrezia, Joan de Gandía bevölkert haben, Orte ihrer Sünden. Der Anblick der Engelsburg, dem Zufluchtsort von Alexander VI., wühlt ihn besonders auf, aber auch der Geheimgang voller imaginärer Laster, oder die Gemächer, die er kritisch betrachtet. In seinem Kopf wirbeln die Bilder seiner Ahnen herum, vor allem der auf dem Gemälde, das ihm seine Großmutter zeigte, nicht dargestellten. Und vor einem Bild, das Cesare zeigt, murmeln seine Lippen:
»Aut Caesar aut nihil!«
Bei der Audienz fordert ihn Papst Pius V. auf, sich zu erheben, als er vor ihm auf die Knie fällt.

»Ich möchte nicht in die Sünde des Hochmuts verfallen, die zuläßt, daß der General der Gesellschaft Jesu vor mir niederkniet.«
»Immer im Dienste Eurer Heiligkeit.«
»Pater Borgia, Sie haben in Rom, in Spanien, in Spanisch-Amerika hervorragende Arbeit geleistet. Schulen und Gründungen der Jesuiten bilden mittlerweile schon ein weltweites Netz im Dienst der Gegenreformation. Doch Sie haben mich sehr verstimmt, General.«
»Ich sehe nicht, warum, aber es wird zweifellos einen Grund geben.«
»So übermächtig fühlen Sie sich als General der Jesuiten, daß sie es dreimal abgelehnt haben, Kardinal zu werden?«
»Ich erörterte diese Möglichkeit, als der Gründer noch am Leben war, und wir kamen zu dem Schluß, darauf zu verzichten, um die Handlungsbereiche der Gesellschaft nicht mit denen des Vatikans zu vermischen.«
»Wenn es heißt, daß Sie soviel Macht wie der Papst haben, warum sollten Sie dann Kardinal sein?«
»Es gibt nur einen Papst, und der bin nicht ich.«
»Warum lehnen sie die Kardinalswürde erneut ab?«
Vor dem inneren Auge Borgias ziehen die Bilder von Alexander VI., von Cesare vorbei, die Szene mit den Kastanien, so wie sie Burcardo zu sehen glaubte, Lucrezia beinahe nackt auf den Knien ihres Vaters sitzend, die Leiche seines Großvaters Joan de Gandía, die sie aus dem Tiber ziehen, die fürchterliche Eindringlichkeit seiner Großmutter angesichts des Gemäldes, das ihn als Kind so sehr in seinen Bann gezogen hat. Pius V. bemerkt Franciscos Verwirrung, versteht aber die logische Folgerung nicht.
»Es hat schon zu viele Borgias als Kardinäle gegeben.«
»Ich respektiere Ihren Willen, doch bitte ich Sie, mir entgegenzukommen. Erstens: Unterstützen Sie die von mir ins Leben gerufene Kampagne gegen die Stierkämpfe, ich verachte diesen Brauch.«
»Ich pflichte Ihrer Heiligkeit bei. Der Stierkampf birgt Selbstverherrlichung und nur wenig Gottesfurcht.«
»Sie sollten außerdem in einer besonderen Mission nach Spanien zurückkehren. Es muß eine Katholische Liga zwischen

Spanien, Portugal und Frankreich geschaffen werden, um der Ausdehnung der protestantischen Reformation Einhalt zu gebieten und der türkischen Bedrohung entgegenzutreten. Der französische Hugenotte Heinrich von Navarra will sich mit der Schwester Charles IX. von Frankreich vermählen und würde damit automatisch zu einem ernsthaften Thronanwärter. Ein Hugenotte auf dem Thron Frankreichs! Philipp II. muß einschreiten.«
»Ich kam aus Spanien, bedroht von König Philipp nach dem Tod seines Vaters, des Kaisers. Mit dem Vater verstand ich mich trotz seiner seltsamen Ansinnen, doch der Sohn lebt abgesondert und von Bürokraten umgeben, der Kaiser beliebte, seine Befehle mündlich zu geben, Philipp II. hält alles schriftlich fest. Er hat trotz der Reichtümer aus Spanisch-Amerika schwerwiegende wirtschaftliche Probleme, die Gesellschaft zerfällt, und man sucht nach inneren Feinden als Verursacher. Meine Werke wurden auf den Index gesetzt, vor allem die *Christlichen Werke*, so wie die von Juan de la Cruz oder Fray Luis de Granada. Selbst der Bischof Carranza blieb von der Inquisition nicht verschont, angeklagt, die direkte Verbindung zwischen Mensch und Gott außerhalb der Liturgie zu fördern. Eine fälschliche Anschuldigung, was dem König sehr wohl bewußt ist, doch er bevorzugt es, Carranza im Gefängnis zu wissen, bevor er seinen Irrtum zugibt. Unsere Sünde? Im Versuch, eine größere Zahl von Christen zu erreichen, in romanischen Sprachen zu schreiben und den Bischof Carranza zu unterstützen, der tatsächliches Ziel des Inquisitionstribunals ist. Die Inquisition erschreckt mich nicht, doch will ich nicht die Gesellschaft Jesu der Schande aussetzen, daß ihr General der Läuterung unterworfen wird.«
»Die Jesuiten beunruhigen die Macht. Sie sind ihr unerbittliches Gewissen, aber ich weiß, daß Sie König Philipp mit Wohlwollen empfangen wird.«
»Meine Gesundheit ist nicht die beste.«
»Kann denn ein General der Jesuiten seine eigene Gesundheit über die Gesundheit der Christenheit stellen? Auf gegen den Stierkampf, gegen die Lutheraner, gegen die Türken!«
Francisco nimmt den Auftrag resigniert auf seine Schultern und legt unter Gebeten und Träumen von Zusammentreffen mit Loyola in niemandes Land, in niemandes Himmel den vereinbarten Weg zurück. Einmal in Barcelona und kaum die Sehn-

sucht nach dem Palast des Erzdiakons gestillt, voll mit verschwommenen Bildern von Leonor und ihren Kindern, pilgert er zu Fuß nach Montserrat zu den von Ignacio bewohnten Orten. Er stellt sich Ignacio de Loyola in seiner Höhle vor, bekleidet, als wäre er immer noch *L'home del sac.*

»Sehr gut, Francisco, sehr gut. Es gelingt alles prächtig. Die Gründungen in Westindien sind die Saat für die weltweite Verbreitung der Gesellschaft.«

»Sie heißen schon nicht mehr Westindien, General. Man nennt sie zunehmend Amerika.«

»Der Name eines Ortes, an dem sich Christen befinden, spielt keine Rolle. Man muß wachsam sein, immer wachsam, aber um das zu sein, müssen wir uns in erster Linie selbst überwachen.«

»Sind Sie im Himmel irgendeinem Borgia begegnet?«

»Ich habe keinen bemerkt. Vielleicht sind sie noch nicht angekommen.«

»Seine Majestät, König Philipp II., erwartet Sie.«

Francisco taucht aus seinen Träumen auf und läßt sich vom Kammerherren über Teppiche und durch die Finsternis in das Halbdunkel bringen, in dem Philipp II. ihn erwartet, ihn von der Seite ansieht, streng lächelnd, aber nur von der Seite, als kostete es ihn Mühe, den Hals zu bewegen.

»Willkommen zu Hause.«

»Ich habe es immer als solches betrachtet und mich als Diener Gottes und des Kaisers verstanden.«

»Die Zuneigung meines Vaters für dich ist mir eingeprägt. Ich sehe dich vor mir bei den Begräbnisfeierlichkeiten meiner Mutter. Neben meiner Großmutter, der armen Königin Juana. Mit dem Kaiser plaudernd, Gott hab ihn selig. Die Zeiten haben sich verändert, Herzog.«

»Wenn Sie mich mit einem Titel ansprechen wollen, dann mit dem des Generals.«

»General. Sei mir gegenüber nicht so zurückhaltend. In der Vergangenheit gab es Mißverständnisse.«

»Bei allem Respekt, aber es handelte sich um mehr als um Mißverständnisse. Es wurde nicht nur mein Werk auf den Index gesetzt, sondern angesichts meiner Abreise nach Rom auch meine Familie verfolgt: Mein Bruder Pedro Luis Galcerán de Borgia, Großmeister des Montesaordens, zwei weiteren Stiefbrüdern wurde der Prozeß gemacht, und einer von ihnen, Don Diego de Aragón, wurde in Xàtiva, der Wiege der Familie, hingerichtet.«

Der König ist abgelenkt gewesen, hat seine Gedanken zu wichtigeren Dingen schweifen lassen, doch nun kehrt er wieder zur Audienz zurück und fragt:

»Ich kenne die Botschaft Seiner Heiligkeit nur in geringem Maß. Worum geht es diesmal?«

»Um Stierkämpfe und Türken. Seine Heiligkeit hält den Stierkampf für ein heidnisches Schauspiel, weshalb sie sein Verbot empfiehlt, und sie schlägt ein großes Bündnis vor, um den Türken endgültig zu schlagen.«

»Und die Ketzer?«

»Ebenso, selbstverständlich. Wir kämpfen an drei Fronten, Majestät.«

»An vier.«

»Die vierte sehe ich nicht.«

»Unsere eigenen Reihen. Hier in Spanien sind wir von neuen Christen umgeben, will heißen von falschen Christen, von Mauren und Juden, die nur scheinbar bekehrt worden sind und dem Feind zur Hand gehen. Meine Großväter begannen mit der Säuberung des Blutes, und ich werde sie zu Ende bringen. Entweder gelingt es uns, oder diese teuflischen Rassen werden dem, was wir darstellen, den Garaus machen. Allen voran deine Gesellschaft, General. Deine Gesellschaft ist von zwangsbekehrten Juden unterwandert, dank der Toleranz deines Vorgängers Laínez und auch deiner eigenen.«

»Der heilige Ignacio sprach zu mir über die Wachsamkeit gegen den Ketzer, nicht gegen den Konvertiten.«

»Ihr bemerkt nicht, daß sie falsche Konvertiten sind und sich überall befinden, finanziert von ausländischen Staatskanzleien, denen daran gelegen ist, die Gegenwart Spaniens in der Welt, auf dem Höhepunkt seines Glanzes, zu vernichten. Unser Imperium erstreckt sich über alle Ozeane, aber wenn du stirbst, Gandía ...«

»General.«

»General, wenn du stirbst, wer hat dann die meisten Aussichten, dein Nachfolger zu werden?«
»Pater Polanco.«
»Jude! Von einer Renegaten-Familie aus Burgos.«

Borgia liegt darnieder und wird von schwarzgekleideten, bemühten Jesuiten gepflegt, seine halbgeschlossenen Augen bemerken den Ernst auf den Gesichtern, das Getuschel, die unruhigen Blicke, die eine oder andere Diagnose.
»Er hat Wasser in den Lungen. Er hat sich böse erkältet.«
Er befiehlt.
»Bringt mich in Form. Ich muß reisen.«
»An eine Fortsetzung der Reise ist nicht zu denken.«
»Es wird die letzte sein.«
»Nachdem die Mission in Frankreich abgeschlosssen ist, welche Reise bleibt dann noch, die ein Ausruhen verhindert?«
»Rom.«
»Welche Dringlichkeit erwartet Sie in Rom?«
»Der Tod.«
Zu erschöpft, um schließlich nach einer langen Reise von Rom nach Rom, über Barcelona, Madrid, Lissabon, und dieselbe Route wieder zurück, zu sterben, zu erschöpft, um an Ferrara vorbeizuziehen, wo der entfernte Verwandte Alfonso d'Este darauf dringt, daß er in dem Palast, in dem Lucrezia lebte und starb, verweile. Der junge Herzog versteht die scharfe Zurückweisung des offensichtlich Sterbenden nicht, der den Bruder Thomas in den herzoglichen Palast schickt, während er selbst fürs erste bei den Jesuiten Ferraras Quartier bezieht. Sie hieven Francisco unter Mühen auf einer Tragbahre über eine Treppe, und zwei junge Jesuiten reden mit dem blutjungen Herzog d'Este, der neugierig ist zu erfahren, was denn seinen entfernten spanischen Verwandten in sein Haus gebracht hat.
»Danke, Durchlaucht, für Euer Schiff, das uns über den Po nach Ferrara gebracht hat. Der General hätte die Reise nach Rom nicht überstanden.«
»Das war die Pflicht eines Verwandten und eines frommen Bewunderers der Gesellschaft Jesu, die sich hier in Ferrara so gut

eingerichtet hat. Die erfahrensten Ärzte stehen für ihn zur Verfügung, und in allen Kirchen der Stadt wird für ihn gebetet.«
Inmitten des Wirrwarrs der Gebete sieht Francisco de Borgia die drückenden Augusttage hinter den offenen, auf die rotbraunen Fassaden und die Gärten Ferraras gehenden Fenster vorbeiziehen, und glaubt in allen Winkeln die goldfarbene Silhouette Lucrezias zu erkennen, ihre Koketterien mit Strozzi und Bembo, und trifft schließlich immer auf das fragende und beunruhigte Lächeln des jungen Herzogs, der so oft am Fußende seines Bettes steht.
»Wissen Sie, was in Frankreich geschehen ist, General?«
»Was kann man von einem Bett aus schon wissen?«
»Es ist zu einem Gemetzel von Hugenotten während der Bartholomäusnacht gekommen, und die Königinmutter Catarina de' Medici wird beschuldigt, es angestiftet zu haben.«
»Der Wille Gottes und das Tun der Menschen. Da es gelungen ist, den jungen König Sebastian von Portugal mit einer französischen Prinzessin zu verheiraten ... ist doch unwichtig. Wie der Gründer sagte, es gibt kein Übel, das nicht auch etwas Gutes hat. Alfonso, ich möchte so gern meine Reise nach Rom zu Ende führen.«
»So schlecht behandeln wir Sie in Ferrara? Möchten Sie so schnell wie möglich hinkommen, um Papst zu sein? Genügt es Ihnen nicht, gleich mächtig wie der Papst zu sein? Noch ein Borgia-Papst!«
»Nur die Blutsbande vereinen mich mit jenen Borgias: Alexander, Cesare, Lucrezia.«
»Haben Sie meine Großmutter Lucrezia kennengelernt?«
»Du schätzt mein Alter schlecht ein, Vetter. Als Lucrezia starb, war ich kaum zehn Jahre alt, zehn ihren Sünden sehr ferne Jahre.«
»Meine Großmutter? Eine Sünderin? Hier in Ferrara hinterließ sie Spuren der Heiligkeit, sogar einen Bußgürtel, mit dem sie dem Anschein nach ihren überbordenden Hang zur Dichtkunst und zu den Dichtern abtötete.«
»Ein Bußgürtel?«
»Allerdings.«
»Alexander, Lucrezia, Cesare. Cesare Borgia.«
»Von ihm kann man nicht sprechen, denn er hat wirklich einen

schlechten Ruf, doch fühle ich mich dennoch von seiner Legende angezogen.«
»Du bist zu jung und mußt erst lernen, der Schönheit des Teufels zu mißtrauen. Cesare besaß die Schönheit des Teufels.«
»Haben Sie ihn kennengelernt?«
Francisco verliert angesichts der zeitlichen Orientierungslosigkeit des jungen Herzogs die Geduld.
»Wenn ich Lucrezia nicht gekannt habe, wie konnte ich dann Cesare kennen, der starb, bevor ich geboren wurde?«
»Es ist soviel Zeit vergangen, Vetter. *Aut Caesar aut nihil!* Ein vorzügliches Motto, das muß man zugeben. Doch welcher Edelmann würde es heute noch wagen, es zu verwenden? Die einzig möglichen Abenteuer liegen in Spanisch-Amerika, doch ist es nicht leicht, daß die Italiener dorthin gelangen. Das ist tatsächlich ein freies Land, im Gegensatz zu hier, wo alles kontrolliert wird. Wer könnte in alle Himmelsrichtungen ausrufen: Ich oder nichts!«
»Auch mich hat dieser Ausspruch verführt. Als ich jung war. Wieviel Unheil an diesem Hof! Jeder Sünder erhielt seine Strafe.«
»Das wäre gut gewesen, Vetter, aber das stimmt nicht ganz. Die alte Vanozza hatte ein langes Leben und starb in Frieden. Miquel de Corella war ein angesehener Condottiere im Dienst von Florenz. Giulia Farnese schied als eine große Signora mit päpstlichem Segen aus diesem Leben. Doña Sancha von Neapel ereilte auch keine offensichtliche göttliche Strafe. Der uneheliche Sohn Lucrezias, der sogenannte Infante von Rom, starb relativ jung, und seine Besitzungen gingen an ... Erhielten sie nicht Sie, Vetter?«
»Ich erinnere mich nicht.«
»Bestimmt. Sie gingen an das Herzogtum Gandía.«
»Ich werde sie *ad maiorem Dei gloriam* verwendet haben.«
»Daran zweifle ich nicht.«
»Und dieser infame Berater Cesares, der Florentiner?«
»Machiavelli? Er scheint keinen seiner Begabung angemessenen Erfolg gehabt zu haben. Und auch im Familienleben war ihm nicht viel Glück beschert. Er hatte Pech.«
»Glück oder Pech existieren nicht. Es existiert nur die göttliche Vorsehung.«

Der General hört im Bett liegend die Heilige Messe, das Gefolge ist gering, groß seine Frömmigkeit, und wieder einmal rührt ihn die Verkündung des Sanctus zu Tränen.

Sanctus, Sanctus, Sanctus,
Dominus Deus Sabaoth,
Pleni sunt Caeli et Terra gloria tua
Hosanna in excelsis,
Benedictus qui venit in nomine Domini,
Hosanna in excelsis.

Francisco dämmert vor sich hin, bis ihn Stimmen wecken, die ihm die unmittelbar bevorstehende Reise ankündigen. Es ist ihm kaum bewußt, daß sie ihn aus dem Bett heben und seinen Körper auf eine Tragbahre legen, die ihn auf den Weg nach Rom bringen soll.
»Ist er tot?« fragt der Herzog.
Irgend jemand antwortet:
»Es fehlt nicht viel.«
Im Garten öffnet Francisco die Augen, als sie ihm helfen, sich aufzurichten und in der Kalesche Platz zu nehmen, in schützende Decken gehüllt, aus denen sein Kopf wie der eines Kükens hervorsieht. Doch noch bleibt ihm Kraft, um den jungen Alfonso jenseits des Kutschenfensters zu segnen und ihm einzuschärfen: »Deine Jugend möge deinen Kopf nicht umnebeln. Rotte unnützen Ruhm aus deinem Gedächtnis aus. Es gibt keinen Ruhm außer dem Gottes. Denke daran: *Ad maiorem Dei gloriam.*«
Es scheint alles gesagt, doch er richtet sich auf, wie von einem dunklen Schrecken ergriffen, und schreit, als die Kalesche sich schon in Bewegung setzt, mit einer Stimme, die viel lauter ist, als es die Entfernung erfordert:
»Aut Deus aut nihil!«

Photo: Isolde Ohlbaum

MANUEL VÁZQUEZ MONTALBÁN, geboren 1939 in Barcelona, ist Lyriker, Romanautor, Kolumnist, Gourmet und Erfinder des Privatdetektivs Carvalho in so berühmten Kriminalromanen wie *Die Vögel von Bangkok* und *Die Rose von Alexandria*. Zuletzt erschien der Roman *Das Quartett* bei Wagenbach.

Lesen Sie weiter

MANUEL VÁZQUEZ MONTALBÁN
Das Quartett

Zwei Frauen und drei Männer. Wie soll das gutgehen? Wer ist zu viel? Wem gehört wer? Wer belügt wen? Ein literarisches Virtuosenstück über Paarbeziehungen.
Aus dem Spanischen von Theres Moser
Quart*buch*. Gebunden. 112 Seiten

MANUEL VÁZQUEZ MONTALBÁN
Robinsons Überlegungen angesichts einer Kiste Stockfisch

Die Robinsonade eines Weihbischofs: Auf einer unbewohnten Karibik-Insel besingt der füllige Gourmet angesichts einer Kiste Stockfisch das Laster der Schlemmerei. Ein Hoch auf alle Segler und Feinschmecker, seien sie auch Bischöfe!
Aus dem Spanischen von Michael Hofmann
SVLTO. Rotes Leinen. 96 Seiten mit Abbildungen

JAVIER MARÍAS
Während die Frauen schlafen

Erzählungen von einem der bedeutendsten und international erfolgreichsten Autoren der letzten dreißig Jahre. Geisterhafte Geschichten um schlafende Frauen, Doppelgänger und seltsame Nachrichten aus dem Jenseits.
SVLTO. Rotes Leinen. 160 Seiten

ANDREA CAMILLERI
Der unschickliche Antrag

Ein höchst komischer Roman aus Sizilien über die Wirren, Intrigen, Verhaftungen, Morde und Liebesdramen, die ein einfacher Antrag auf ein Telephon auslöst.
Aus dem Italienischen von Moshe Kahn
Quart*buch*. Gebunden. 280 Seiten

Spanische Reise
Ein literarischer Führer durch das heutige Spanien

Ein Cicerone durch das heutige Spanien: Provinzen und Städte, Gewohnheiten und Leidenschaften, Narreteien und Traditionen aus der Perspektive der bedeutendsten spanischen Schriftsteller der Gegenwart.
Zusammengestellt von I. Echeverria, C. Lopez de Lamadrid
und H. v. Berenberg
Quart*buch*. Gebunden. 208 Seiten

Spanische Liebesgeschichten

Herausgegeben von Heinrich v. Berenberg
Die Liebe und die moderne Literatur in Spanien: Geschichten über Don Juan in weiblicher, männlicher, vor allem aber in moderner Verkleidung. Und: Die Kinder kommen nicht mit dem Klapperstorch, sondern aus Paris.
SVLTO. Rotes Leinen. 144 Seiten

JAVIER TOMEO
Der Gesang der Schildkröten

Eine Don-Quichotterie von Spaniens phantasiereichstem Schriftsteller: Über einen komischen Heiligen, der den Mai verlängert und doch vergeblich auf den Frühling wartet.
Aus dem Spanischen von Fritz Rudolf Fries
Quart*buch*. Gebunden. 144 Seiten

MIGUEL DELIBES
Der Verrückte

Der neue Roman von einem der meistgelesenen spanischen Autoren ist eine literarische Kriminalgeschichte.
»Meisterhaft geschrieben, von einem Klassiker unseres Jahrhunderts!«
J. A. Aguado, ABC
Aus dem Spanischen von Fritz Rudolf Fries
SVLTO. Rotes Leinen. 96 Seiten

Die spanische Originalausgabe erschien 1998 unter dem Titel *O César o nada* bei Editorial Planeta in Barcelona.

Die Gedichte von Francesco Petrarca wurden der zweisprachigen Ausgabe *Sonette und Kanzonen* entnommen, Insel Verlag Leipzig 1974; aus dem Italienischen übertragen von Bettina Jacobson.
Die Übersetzung wurde aus den Mitteln der Dirección General del Libro, Archivos y Bibliotecas des Spanischen Kulturministeriums, Madrid, gefördert.

Verlag Klaus Wagenbach, Emser Straße 40/41, 10719 Berlin
Einbandgestaltung von Groothuis & Consorten unter Verwendung eines Gemäldes der *Comedia dell'Arte* (Musée Fabregat, Béziers)
Typographie von ⓢ sans serif, Berlin
Gesetzt aus der Korpus Imprint durch die Offizin Götz Gorissen, Berlin
Druck und Bindung durch Clausen & Bosse, Leck
Gedruckt auf chlor- und säurefreiem Papier
Leinen von Herzog, Beimerstetten

ISBN 3 8031 3145 6